HEYNE <

Das Buch

Saras Ehe ist alles andere als harmonisch. Insgeheim beneidet sie deshalb ihre Schwester Tini um ihr perfektes Glück. Doch das ändert sich mit einem Schlag, als Tinis Mann tot aufgefunden wird und bekannt wird, dass er nicht nur Alkoholiker war sondern Tini auch geschlagen hat. Sara ist geschockt, doch als ihre Schwester unter Mordverdacht gerät, ist sie von deren Unschuld überzeugt und recherchiert auf eigene Faust. Dabei gerät sie in ein dichtes Geflecht aus Selbsthilfegruppen und Inernetforen, in dessen Zentrum die geheimnisvolle Valeska steht. Auch der charismatische Anwalt Michael scheint mehr zu wissen, als er zugibt. Je länger Sara recherchiert, umso bedrohlicher erscheint ihr die Sache auch für sie selbst. Dann taucht plötzlich ein weiterer Toter auf …

Die Autorin

Janet Clark, geboren 1967 in München, arbeitete nach ihrem Studium als wissenschaftliche Assistentin, Universitätsdozentin, Geschäftsführerin und Marketing-Leiterin in Belgien, England und Deutschland. Bisher veröffentlichte sie Kurzgeschichten. *Ich sehe dich* ist ihr Debütroman. Heute lebt Janet Clark mit ihrem Mann und drei Kindern wieder in München.

Lieferbare Titel
Rachekind

Janet Clark

Ich sehe dich

Thriller

WILHELM HEYNE VERLAG
MÜNCHEN

MIX
Papier aus verantwortungsvollen Quellen
FSC® C014496
FSC
www.fsc.org

Verlagsgruppe Random House FSC® N001967
Das für dieses Buch verwendete FSC®-zertifizierte Papier
Holmen Book Cream liefert Holmen Paper, Hallstavik, Schweden.

3. Auflage
Originalausgabe 05/2011

Printed in Germany 2013
Umschlagfoto: © Shutterstock/Laurin Rinder
Umschlaggestaltung: Nele Schütz Design, München
Satz: Uhl + Massopust, Aalen
Druck und Bindung: GGP Media GmbH, Pößneck
ISBN: 978-3-453-43592-6

www.heyne.de

Meiner Mutter
in Liebe und Dankbarkeit

Das grelle Rot des Fruchtmantels schreit mir seine Warnung ins Gesicht. Doch ich sehe nur die winzigen Samen und das neue, bessere Leben, das sie mir versprechen.

Immer wieder drücke ich meine Fingernägel in das weiche Fleisch der Eibenfrucht, pule die dunkelbraunen Samen heraus und lege sie auf ein Holzbrettchen. Die Hüllen werfe ich in den Abfall, wo sie sich mit den noch feuchten Kartoffelschalen vermischen. Das Häufchen Samen zerstoße ich mit dem Mörser aus Stein, bis nur noch ein Pulver übrig ist, das auf der klebrigen Kuppe meines Zeigefingers einen schmutzigen Film hinterlässt.

Seine Hand auf meiner Schulter jagt eine Hitzewelle durch meinen Körper. Ich weiß nicht, wie lange er schon hinter mir steht, und wage kaum zu atmen, fürchte, dass er das Rasen meines Herzens bemerkt.

»Was machst du?«

»Curry.« Ich schiebe mit zitternder Hand das Brettchen von mir weg.

»Curry?« Er tritt neben mich, packt mein Kinn und zwingt mich, ihn anzusehen. Sein Atem riecht nach Schnaps. Sein Blick ist misstrauisch. »Du hast noch nie indisch gekocht.«

»Du tust mir weh.«

Er lässt mich los, doch er fixiert mich, als wolle er meine Gedanken lesen.

»Du lügst.«

Ich tunke einen Löffel in die brodelnde Soße, führe ihn an meinen Mund, probiere und reiche ihn dann weiter. Meine Hand ist ruhig. Meine Stimme fest.

»Noch etwas Würze, was meinst du?« Ohne auf seine Antwort zu warten, nehme ich das Brettchen und ein Messer, gebe das tödliche Pulver hinzu und rühre es langsam in seine Lieblingsspeise ein.

»Du kannst nicht indisch kochen.«

Schokobraune Pulverfäden durchziehen die Oberfläche wie das Farbspiel eines Kreisels und verschmelzen unaufhaltsam mit dem gelblichen Grundton.

»Ich hatte nie die richtigen Zutaten.«

»Du wolltest nie.«

Ich drehe die Temperatur herunter und ziehe den Holzlöffel aus dem Curry. Die Oberfläche glättet sich und bedeckt mein Geheimnis.

»Ich wollte dir eine Freude machen.«

Aus den Augenwinkeln sehe ich, wie er sich von mir ab- und dem Kühlschrank zuwendet. Gleich wird er einen Schritt machen. Zögernd. Dann noch einen. Die Tür öffnen, vorsichtig, damit die Flaschen nicht klirren, ein Bier herausnehmen, mit dem Feuerzeug den Kronkorken wegschnippen und einen großen Schluck aus der Flasche nehmen.

Da. Das Plopp. Das leise Klirren des Metalls auf den Küchenfliesen. Schlucken. Stumm zähle ich bis fünf. Dann drehe ich mich zu ihm um. Mit dem Handrücken wischt er sich über die bierfeuchten Lippen.

»Sind Kartoffeln drin?«

»Und Hühnerbrust. Freust du dich?«

Mit einem Schulterzucken schlurft er aus der Küche. Im Türrahmen bleibt er stehen.

»Ich hätte mir eh ein Curry geholt.«

Ich lächle ihn an. »Ich weiß.«

Sonntag, 7. Dezember

1

Die junge Frau stand reglos vor dem Grab.

Er beobachtete, wie ihre Lippen sich bewegten, ein stummes Zwiegespräch, an dessen Ende sie vor dem Grabstein in die Hocke ging und vorsichtig darüberwischte, so als streichelte sie den Stein. Beim Anblick der zärtlichen Geste zuckte er zusammen. Er sah, wie sie vier Rosen auf das Grab legte, dunkelrote Blüten im Weiß des Schnees, und hörte das Rauschen in seinen Adern, das sich zu einem Brausen steigerte und schließlich wild in seinen Schläfen pochte.

Das hätte mein Grab sein können. Aber mir würde sie keine Rosen bringen.

Er ballte seine Hände zu Fäusten. Sein Puls beschleunigte sich, die Fingernägel gruben sich tief in seine Haut. Er fühlte den Schmerz und verstärkte den Druck.

Plötzlich bemerkte er den Mann neben sich.

»Alles in Ordnung?« Die Hand des Mannes schwebte über seinem Arm, berührte ihn aber nicht. Erst jetzt hörte er sein eigenes Keuchen.

Ohne dem Mann zu antworten, wandte er sich ab und lief zum Ausgang. Die Abenddämmerung über der Stadt tauchte die Fußgänger in geheimnisvolles Licht, das sie mit ihren eigenen Schatten verschmelzen ließ.

Verdammt, was ist nur los mit dir, wie kannst du dich so gehenlassen? Willst du alles ruinieren? Hast du vergessen, was sie dir angetan hat?

Er hatte es nicht vergessen. Fünf Jahre und vier Monate

lang hatte er es nicht vergessen. Eintausendneunhundert und einunddreißig Tage. Er legte die rechte Hand über die linke und drückte mit dem Daumen einen Finger nach dem anderen nach unten, bis er das leise Knacken des Gelenkes vernahm.

2

Lydia spürte, wie die Nässe durch ihre Hose kroch. Trotzdem verharrte sie in der gleichen Position, die Knie auf dem grauen Stein, den Oberkörper nach vorne gebeugt. Vorsichtig, als befreie sie uralte Knochen von feinem Wüstensand, wischte sie den Schnee von den kupferfarbenen Buchstaben, bis die Inschrift vollständig zu lesen war. Dann nahm sie die Rosen, die sie auf dem Stein abgelegt hatte, und platzierte sie sorgfältig unterhalb der Inschrift.

*Anina 28 * Lucca 8 * Neni 6 * Nora 5*

Die Sonne ging unter, bevor es Abend wurde.

»Ach Anina, warum hast du nicht auf mich gehört? Wir hätten zusammen neu angefangen, weit weg von hier.« Sie öffnete ihren Rucksack und holte eine Grabkerze heraus. »Wen hätte es gekümmert? Mich nicht. Ich wollte eh nicht in München bleiben.«

Sie legte die Kerze auf ihrem Schoß ab und griff wieder in den Rucksack. »Wir hätten in Berlin eine neue Gruppe gründen können. Oder in Hamburg. Oder… ach egal, irgendwo, wo er dich nicht gefunden… wo er *euch* nicht gefunden hätte.«

Die dritte und vierte Kerze stellte sie aufrecht in den Schnee, dann nahm sie eine Schachtel Zündhölzer, holte eins heraus und fuhr damit an der Reibefläche entlang. Das dünne Hölzchen entflammte kurz und erlosch, bevor sie es in die Nähe der Kerzen bringen konnte. Sie versuchte es wieder und wieder, doch kaum bewegte sie das Streichholz, flackerte die Flamme und ging aus. Mit einem unwilligen Laut warf sie die Schachtel in den Schnee und begann, ihren Rucksack nach einem Feuerzeug zu durchwühlen.

»Du könntest jetzt hier sein! Du und dein dämlicher Dickschädel. Weißt du eigentlich, was du mir abverlangst? Oder wie oft ich alles hinschmeißen will? Einfach hier weg und abhauen.« Ungestüm riss sie am Reißverschluss der äußeren Tasche. »Weißt du, wie oft ich mich frage, ob ich das Richtige tue? *Du* hättest natürlich keine Zweifel, du würdest mich auslachen, nein, du würdest mir die Leviten lesen, weil ich an unserer Sache zweifle.«

Mit der rechten Hand zog sie ein Feuerzeug aus dem Rucksackfach. Dann flüsterte sie kaum hörbar: »... und wahrscheinlich hättest du sogar Recht. Aber was hilft mir das?«

Sie nahm die Kerzen hoch, eine nach der anderen, hielt sie schräg und zündete sie an. Die Flamme des Feuerzeugs wehte nach hinten und versengte die Haut an ihrem Daumen. Lydia ließ das Feuerzeug fallen und tauchte die Hand in den Schnee, spürte, wie die kalten Kristalle um ihren Finger herum schmolzen und den Schmerz betäubten.

Dann platzierte sie die leuchtenden Grablichter sorgfältig über den Namen. »Ihr seid nicht umsonst gestorben. Das verspreche ich dir.«

3

Ziellos schlenderte er die Straße entlang, bis zum Nymphenburger Kanal, dessen schnurgerader Verlauf ihn immer wieder aufs Neue faszinierte. Dort blieb er, wie so oft, stehen und verlor sich in der Betrachtung der geraden Linie des künstlichen Gewässers, das auf seiner gesamten Länge nicht einen Zentimeter von seinem vorgesehenen Weg abwich. Nur so funktioniert es, dachte er, man muss dem einmal eingeschlagenen Weg bis zum Ende folgen.

Das fröhliche Treiben einer Gruppe Jugendlicher, die auf der gefrorenen Wasseroberfläche Eishockey spielte, irritierte ihn. Schnell überquerte er die Fußgängerbrücke und verschwand in der Dunkelheit des Grünwaldparks. Er genoss den Schutz des dichten Nadelwalds, der ihn von dem Trubel der Kanalbesucher abschottete, und verlangsamte seinen Schritt. Als sei es ein Spiel, lauschte er dem Knirschen seiner Sohlen auf dem Schnee und achtete darauf, genau in der Mitte des Weges zu bleiben.

Es war kalt, der Wetterbericht hatte weiterhin Minustemperaturen vorhergesagt. Er sah seinen warmen Atem in der eisigen Luft, doch er spürte die Kälte nicht. Er berauschte sich an der Vorstellung, wie er seine Hände um ihren Hals legte. Seine Hände an der Kehle dieses Luders. Bald.

Viel zu schnell erreichte er die in weihnachtlichen Lichterglanz getauchte Hauptstraße. In der beleuchteten Auslage eines Buchladens stapelten sich Bücher und festliche Päckchen vor einer mit Kunstschnee bestäubten Trennwand. Er blieb stehen und betrachtete sein Spiegelbild im Schaufenster. Blaue Augen. Schmale Lippen.

Sein Handy klingelte. Prüfend blickte er auf die Nummer im Display, doch er wusste bereits, wer dran war. Es war so weit. Die Zeit des Wartens war vorbei. Die Jagd begann. Jetzt.

Montag, 8. Dezember

4

Sara stellte das Telefon auf Lautsprecher und betrachtete sich im Spiegel. Mit einer raschen Bewegung zog sie den Bleistift aus dem zu einem Knoten geschlungenem Haar. Wie sehr sie doch ihrem Vater ähnelte. Im Gegensatz zu Tini hatte sie seine dunklen Haare, fast schwarzen Augen und dichten Wimpern geerbt. Sie drehte ihre Haare zu einer Schnecke und befestigte diese von neuem mit dem Bleistift im Nacken. Aus dem Lautsprecher tönte noch immer das Freizeichen. Sara griff nach dem Telefon, um aufzulegen, als sie endlich Tinis verschlafene Stimme hörte.

»Ja?«

»Tini! Endlich! Wo warst du, verdammt? Ich hab mir Sorgen gemacht!«

»Hallo Sara.«

Sara hörte Tini gähnen.

»Liegst du noch im Bett?«

Im Hintergrund lief der Fernseher. Tini musste davor eingeschlafen sein, sie sah nie tagsüber fern.

»Nein.«

»Du klingst verschlafen.« Mit einem Buch in der Hand ging Sara zu dem Bücherregal auf der anderen Seite des breiten Altbauflurs. Sie suchte nach einer Lücke in den Bücherreihen und quetschte das Buch schließlich zwischen *Die Buddenbrooks* und einen Krimi. Aus dem Telefonhörer schallte die hektische Stimme eines Moderators.

»Wie spät ist es?«, fragte Tini.

Sara warf einen Blick auf ihre Uhr. »Fünf vor halb neun.«

»Kacke!«

»Du liegst doch noch im Bett.« Sara sah ihre Schwester vor sich. Wie sie die blonden Haare hinter ihre Ohren strich, obwohl sie dort nie lange blieben, während ihre blauen Augen einen so intensiv musterten, als versuche sie, Gedanken zu lesen. »Wir waren verabredet, bei Edina, erinnerst du dich? Wegen dem Interview. Du hattest versprochen, dass du pünktlich kommst.«

»Ja ... Sorry. Ich hab verpennt.« Die Stimme des Moderators im Hintergrund verstummte.

»Toll. Ich ...«

»Sara, reg dich ab, ja? Ich bin gestern nach der Weihnachtsfeier auf dem Sofa eingeschlafen. Im Wohnzimmer. Da höre ich den Wecker nicht.«

»Aber ich hab dich doch angerufen.«

»Und ich hab's nicht gehört. Okay? Wahrscheinlich habe ich gestern zu viel Wein erwischt. Ich fühle mich, als hätte mir jemand mit dem Hammer auf den Kopf gehauen. Sag lieber, wie's gelaufen ist.«

»Naja, mäßig. Mit dir wäre sie sicher offener gewesen.«

Sara spürte, wie ihre Verärgerung wieder hochkam. Wäre Tini wie versprochen um halb sieben am Treffpunkt gewesen, hätte sie nicht die Hälfte der Zeit damit verbringen müssen, Edinas Vertrauen aufzubauen, um überhaupt verwertbare Aussagen für ihren Artikel über häusliche Gewalt zu erhalten.

»Hat es dir was gebracht?« Tinis Tonfall nahm eine versöhnliche Note an. Sara überlegte kurz, ob sie darauf eingehen sollte.

»Schon.« Sie ging weiter in ihr Arbeitszimmer. »Allein ihre Reaktion, als ich sie auf ihr Baby angesprochen habe.«

»Ja, traurige Geschichte.«

»Ich versteh das nicht. Warum geht sie nicht? Hat er sie nicht auch geschlagen?« Sie setzte sich an ihren Schreibtisch und schaltete den Computer an.

»Ja klar. Der behandelnde Arzt hat das Jugendamt eingeschaltet. Wegen dem Baby. Seitdem betreue ich sie.« Tinis Stimme klang jetzt resigniert, wie so oft, wenn sie über ihre Arbeit als Sozialarbeiterin sprach.

»Warum also?«

»Weil sie glaubt, dass sie keine Chance hat, wenn sie sich wehrt. Ich erlebe das doch jeden Tag, was glaubst du, wie mich das frustriert.« Tini seufzte. »Und weil sie nichts anderes kennt und sich verantwortlich fühlt.«

»Verantwortlich? Für einen Mann, der sie schlägt, und eine Familie, die sie wie Dreck behandelt?«

»Ach, Sara, würdest *du* aufhören, dich verantwortlich zu fühlen?«

»Ja. Allerdings.« Sie bemerkte die Schärfe in ihrem Tonfall und riss sich zusammen. »Wenn mein Grundrecht auf körperliche Unversehrtheit angegriffen wird…«

»Man muss die Hand nicht heben, um jemanden zu verletzen«, unterbrach Tini sie.

»Ich weiß nicht, worauf du hinauswillst.«

»Natürlich weißt du das.«

Sara hörte, wie ihre Schwester Geschirr aufeinanderstapelte. »Unglaublich, Paul schafft es nicht mal, seinen Dreck wegzuräumen. Hier stinkt's wie in einer Currybude. Widerlich. Egal, ich wollte nur sagen, dass du ein Grundrecht auf körperliche *und seelische* Unversehrtheit hast. Du berufst dich nur auf die körperliche.«

»Und? Körperliche Gewalt ist nun mal die offensichtlichere.«

»Eben. Aber nicht unbedingt die schlimmere. Was tut Edina wohl mehr weh – die angebrochene Rippe oder die Tatsache, dass sie ihr Kind aufgeben muss?« Tini stellte das Geschirr lautstark ab. »Schwieriges Thema, ich weiß. Vielleicht kannst du das ja in deinem Artikel berücksichtigen.«

»Ich werd sehen«, antwortete Sara.

»Ich muss jetzt Schluss machen, sonst verpasse ich meinen nächsten Termin auch noch. Soll ich später bei dir vorbeikommen? Dann kann ich dir helfen, falls dir noch Infos zu Edinas Geschichte fehlen. So gegen sechs?«

»Isst du mit?«

»Gern. Und, Sara?«

»Ja?«

»Tut mir leid, wegen …«

»Schon gut, bis später.«

5

»Ich kann dir nicht folgen.« Saras Freude wich langsam der Verärgerung über Ronnies abfällige Worte. Als die Redakteurin von *Nova* heute Mittag angerufen und ihr eine Teilzeitstelle angeboten hatte, war sie jubelnd durch die Wohnung gehüpft. Eine Festanstellung!

»Du *willst* mir nicht folgen«, sagte Ronnie. »Schatz, glaub mir, wenn du jetzt das Angebot von *Nova* annimmst, legst du dich fest. Und zwar langfristig.«

Vielleicht hatte er Recht. Vielleicht wollte sie seiner Argumentation wirklich nicht folgen, sondern einfach auf ihren Erfolg mit Champagner anstoßen. »Ja und?«

»Wegen ein paar Euro musst du dein Talent nicht dieser Art von Schundjournalismus opfern.«

Schundjournalismus?

»Wie kannst du so was sagen? Was ist mit dem Artikel, an dem ich gerade arbeite? Wie kann es schlecht sein, unterdrückten Frauen eine Stimme zugeben?«

»Du weißt genau, was ich sagen will.«

Er faltete die Zeitung sorgfältig auf DIN-A-4-Format und legte sie auf den Couchtisch neben den Adventskranz.

»Wenn du in einem Provinzkrankenhaus –«

»Wir reden nicht über mich.« Er neigte den Kopf und betrachtete das Revers seines Jacketts.

»Wenn du in einem Provinzkrankenhaus operierst statt in der Uniklinik, sagt das nichts über die Qualität deiner Arbeit aus.«

Ronnie zupfte eine Fluse vom Revers. »Sara, Schatz, ich will nur dein Bestes.«

»Mag sein, aber du machst es dir leicht. Du sitzt als Oberarzt fest im Sattel. Ich muss als freie Journalistin um jeden Job kämpfen. Und außerdem kennst du *Nova* überhaupt nicht. Das ist eine anspruchsvolle Frauenzeitschrift.«

»Klar.« Sein abgehacktes Lachen erinnerte sie an eine von Jonas' sprechenden *Star Wars*-Figuren. »Und das Tolle am *Playboy* sind die Reportagen.« Ronnie erhob sich aus seinem Sessel und stand jetzt vor ihr. Einen guten Kopf größer als Sara, grinste er auf sie herab. Sie verschränkte die Arme vor der Brust.

»Du kannst doch *Nova* nicht mit dem *Playboy* vergleichen!«

»Ich vergleiche nicht. Ich veranschauliche.« Er strich ihr eine Haarsträhne aus der Stirn. »Im Ernst. *Nova* ist ein Hochglanzblatt mit Fokus auf Mode und Promis. Wenn du dich dort siehst – bitte. Ich glaube nicht, dass du dort glücklich wirst.«

Sara blickte ihrem Mann nach, der kopfschüttelnd den Raum verließ.

Schundjournalismus?

Machte sie wirklich einen Fehler? Sie folgte ihm in die Küche und lehnte sich an den Türrahmen. Schweigend beobachtete sie, wie Ronnie die Steaks aus dem Kühlschrank holte und auf einem Holzbrett ausbreitete. Wie attraktiv er noch immer wirkte, mit seiner großen Statur und dem ebenmäßigen Gesicht, dabei wurde er nächstes Jahr vierzig. Die grauen Strähnen in den dunkelbraunen Haaren standen ihm. Eigentlich sah er heute besser aus als damals, vor fast zehn Jahren, als sie ihn kennengelernt hatte. Sie stellte sich vor, wie er in seinem Arztkittel den Krankenhausgang entlangschritt, an jeder Seite eine Krankenschwester, die mit schmachtenden Augen an ihm hing.

»Tini isst mit uns.«

Ronnie, der konzentriert das Fleisch marinierte, drehte sich zu ihr um und runzelte die Stirn. »Ich habe nur drei Steaks.«

»Hau halt noch ein Stück Pute mit rein. Ist mir sowieso lieber.«

»Und wann kommt deine Schwester?«

»Gegen sechs.«

Er schaute auf die Uhr. »Es ist halb sieben.«

»Dann kommt sie sicher gleich.«

»Wir essen in genau acht Minuten. Mit oder ohne die Königin von Saba.«

»... und dann hat der Stefan dem Tom den Ball an den Kopf geschossen, und jetzt sagt der Tom, dass er ihn nicht auf seiner Party haben will, aber wir wollten Tom den Lego-Racer doch zusammen schenken, das haben wir doch gesagt, oder Mami?«

Sara nickte.

»Oder Mami?«

»Ja, das haben wir.«

»Und du holst uns mit dem neuen Auto ab.« Jonas fixierte seinen Vater. »Gell, Papa, das hast du versprochen.«

»Wenn du das sagst.«

Jonas blickte erst zu ihr, dann zu seinem Vater und konzentrierte sich schließlich auf sein Steak. Die plötzliche Stille ließ Sara aufhorchen. Ob Jonas jetzt dachte, sie seien ihm böse? Vielleicht sollte sie bei der Geschichte mit dem Ball etwas nachhaken.

»Du hast dich schon dafür entschieden, oder?« Ronnies Messer fuhr mit lautem Quietschen über den Teller.

»Nächsten Montag fange ich an«, antwortete sie und aß weiter, ohne ihn anzublicken.

»Und wie stellst du dir das vor?« Sein Ton war sachlich distanziert, aber nicht unfreundlich.

»Was meinst du?«

»Was ist mit Jonas? Wird er jetzt ein Schlüsselkind?«

Jonas sah sie erschrocken an.

»Er geht zur Schule, was denn sonst?« Sara zerteilte die Ruccolablätter auf ihrem Teller in kleine Fetzen. »Die Mittagsbetreuung der dritten Klasse soll sehr gut sein.«

»Und wenn er krank ist?«

»Nehme ich mir frei.« Sie schnappte sich die Pfeffermühle und würzte mit drei energischen Drehungen das Fleisch nach. »Was soll das? Fragst du das die Bewerberinnen im Krankenhaus auch? Das ist sexistisch.«

Ronnie setzte zu einer Antwort an, als das Telefon klingelte.

»Das wird Tini sein.« Sie stand auf. »Hallo?«

»Sara, Tini …« Die Worte ihrer Mutter gingen in Schluchzen unter. Saras Herz zog sich zusammen.

»Mama! Was ist mit Tini?«

6

Der Raum war leer. Lydia blickte auf die große Wanduhr über dem Eingang. Zwanzig vor sieben. Das Treffen begann um sieben. Sie öffnete ihre Jacke und überlegte, ob sie die Zeit nutzen sollte, um in dem kleinen Büro neben dem Veranstaltungssaal ihre Mails abzurufen, als sie aus der Kochnische am hinteren Ende des Saales ein Hämmern hörte. Sie legte die Jacke über einen der bereits im Kreis aufgestellten Stühle und ging zur Kochnische.

»Petra! Was machst du denn schon hier?«

»Diese Scheißmaschine! Erst braucht sie Wasser, dann Bohnen, dann muss sie spülen und jetzt soll ich sie auch noch reinigen. Nur Kaffee macht sie nicht.« Petras sonst so blasses Gesicht hatte rote Flecken, ihr strenger Dutt hing schief zur Seite.

Lydia lachte. »He, es ist nur eine Kaffeemaschine. Komm mal wieder runter!« Sie ging zur Kaffeemaschine und schaltete sie aus. »Was hältst du davon, wenn wir eine Kanne Tee kochen? Ist eh besser am Abend.«

Petra trat einen Schritt zurück. »Seit wann gibst du so leicht auf?«

»Seit wann lässt du dich von so einer Lappalie aus der Ruhe bringen?« Lydia öffnete den kleinen Hängeschrank und entnahm ihm zwei rote Tütchen. »Links oder rechts?«

»Ich hasse es, wenn die einfachsten Dinge nicht funktionieren.« Die Flecken in Petras Gesicht verblassten langsam.

»Was ist wirklich los?« Lydia musterte Petra aufmerksam. »Hat er wieder gegen die Auflagen verstoßen?«

»Nein es ist wegen dir. Ich kann dich nicht ersetzen!« Sie stieß die letzten Worte mit einer Heftigkeit hervor, die Lydia erschreckte. »Wie soll das gehen? Die Gruppe wird mich nie als Leiterin akzeptieren. Ich bin doch nur eine von ihnen!«

»Petra. Ganz langsam. Du bist am längsten dabei, *und* du hast den Absprung geschafft. Du weißt, durch welche Hölle die anderen gehen, und du weißt, dass man sich daraus befreien kann.« Lydia legte ihre Hand auf Petras Schulter. »Und außerdem musst du mich nicht völlig ersetzen, sondern nur ab und zu vertreten. Ich habe Berlin abgesagt.«

»Du … du bleibst? Du nimmst den Job nicht an?« Petra blickte Lydia skeptisch an, als wolle sie den Wahrheitsgehalt der Aussage testen.

Lydia nickte und wandte sich ab. Sie wollte nicht, dass Petra ihr die Enttäuschung ansah, die sie bei dem Gedanken an Berlin wieder überfiel. Schweigend löffelte sie die Teemischung in eine Filtertüte und goss den Tee auf.

»Aber ich dachte, das sei deine Chance, endlich diesen blöden Job bei dem Versicherungsheini aufzugeben und für deine Frauenarbeit bezahlt zu werden. Wie lange arbeitest du jetzt schon ehrenamtlich für die Selbsthilfegruppen? Vier Jahre? Fünf Jahre? «

»Ich gehöre hierher.«

»Es ist wegen Anina, oder?« Petra senkte ihre Stimme. »Du bist noch immer nicht darüber hinweg?«

Mit einem Ruck hob Lydia die Filtertüte aus der Kanne und warf sie ins Waschbecken. Sollte sie Petra den wahren Grund für ihre Entscheidung sagen? »Unsinn! Meine Entscheidung hat nichts mit Anina zu tun.«

»Die Rosen auf ihrem Grab waren von dir, oder?«

Lydia schaute sie überrascht an. »Du warst dort?«

»Natürlich.« Petra hob die Arme wieder zum Kopf und löste ihren Dutt. »Ich bringe ihr immer Nelken am Todestag.« Geschickt drehte sie die langen, graublonden Haare zu einer ordentlichen Schnecke und steckte sie mit drei Nadeln fest.

»Ihr hattet große Pläne, ich weiß das von Anina. Ihr zwei gegen den Rest der Welt.« Petra lächelte jetzt, ihr Blick schweifte ab, als könne sie etwas sehen, das Lydia verborgen blieb.

7

Er stand ganz still. So still, dass seine Gestalt mit dem Busch verschmolz, in dem er sich versteckte. Konzentriert beobachtete er die Szene hinter dem Fenster, das ihm Woche für Woche das gleiche Schauspiel bot. Doch etwas stimmte heute nicht. Er brachte seinen Kopf näher an die Scheibe heran.

Plötzlich wusste er, was nicht passte. Der Mann. Der Mann, der gerade in seine Richtung schaute. Hastig zog er seinen Kopf zurück, spürte, wie ein Dorn seine Wange zerkratzte. Dann wagte er erneut einen Blick in den hell erleuchteten Raum. Neben ihm, auf beiden Seiten, saßen Frauen, die er noch nie gesehen hatte. Und daneben saß SIE.

Und wie sie da saß: Die Arme vor der Brust verschränkt, den Kopf in den Nacken gelegt, leicht zu einer Seite gebeugt. Respektlos. Furchtlos.

Ahnungslos.

Du fühlst dich so sicher unter deiner Perücke. Als ob mich das auch nur eine Sekunde täuschen könnte. Da hast du gesessen. Auf dem Stuhl, genau gegenüber vom Fenster. Ich habe dich sofort erkannt. Nach fünf Jahren.

Ja, er hatte sie sofort erkannt, aber er hatte nur dagestanden. Hatte den Anblick in sich aufgesaugt wie ein Verdurstender Wasser.

Wieder verspürte er den Impuls, hineinzurennen und sie aus dem Raum zu zerren, seine Beute in Sicherheit zu bringen. Seine Beine kribbelten. Seine Hände juckten. Sie waren bereit. Er war bereit.

Nein! So lange hatte er gewartet, jetzt wollte er sie in die Enge treiben, zusehen, wie sie immer panischer wurde, während er die Schlinge um ihren Hals langsam zuzog.

Du hast verloren. Ich sehe dich, egal wo du bist.

Er lächelte. Er wusste genau, was er mit ihr vorhatte.

8

»Und die Polizei glaubt wirklich, dass Tini Paul getötet hat?« Sara schüttelte ungläubig den Kopf. »Das ist doch völlig absurd!« Sie beobachtete das Mienenspiel ihrer Mutter. Wie alt und müde sie auf einmal aussah. Schnell wandte Sara den Blick ab, und versuchte die wenigen Informationen zu ordnen, die sie von ihrer Mutter erhalten hatte.

Ihr Schwager war tot. Tini musste Paul kurz nach ihrem gemeinsamen Telefonat heute früh gefunden haben. Er hatte seltsam gekrümmt neben dem Bett in seinem Erbrochenen gelegen. Angeblich vergiftet. Von Tini, behauptete die Polizei. *Mutmaßlich.* Blödsinn. Es musste eine andere Erklärung für Pauls plötzlichen Tod geben. Sie zwang sich, ihre Mutter wieder anzusehen.

»War Paul wirklich Alkoholiker? Hast du das gewusst?«

»Nein. Ich dachte, sie wären glücklich.«

»Ich auch.« Sara seufzte. »Wie klang Tini denn, als du mit ihr telefoniert hast?«

»Ich fand sie erstaunlich gefasst«, sagte die Mutter nach einer kurzen Pause. »Vielleicht lag das auch an den Beruhigungstabletten, die sie bekommen hat. Sie stand völlig unter Schock, nachdem sie Paul gefunden hatte.«

Die Stimme der Mutter brach. »Unsere arme Tinimaus«, flüsterte sie, »das muss so furchtbar gewesen sein.« Sie tupfte sich mit einem zerknüllten Taschentuch die Tränen aus den Augenwinkeln.

Wieder entstand eine Pause. Sara sah der Mutter an, wie

sehr die Ereignisse in ihr arbeiteten. Schließlich brach sie das Schweigen.

»Ich überleg schon die ganze Zeit, ob sie etwas angedeutet hat, oder ob sie anders war in letzter Zeit…«

»Und?« Ihre Mutter beugte sich vor, ein paar Zentimeter nur, doch Sara erkannte in dieser winzigen Bewegung ihre Hoffnung, endlich Aufschluss über die ungeheuerlichen Geschehnisse zu bekommen.

»Ja nichts! Überhaupt nichts!« Sie bemerkte, wie sich der Oberkörper ihrer Mutter zurückzog und Enttäuschung sich auf ihrem Gesicht ausbreitete. »Ich wusste zwar, dass er viel Druck in der Bank hatte und oft gestresst war, aber das war auch alles.«

»Über was habt ihr dann immer geredet?«

»Über alles Mögliche halt.« Sara rief sich die letzten Treffen und Telefonate mit Tini in Erinnerung. In den letzten Tagen drehten sich die meisten Gespräche um den Artikel, den sie über Edina schreiben wollte. Und sonst?

»Ja, über was denn, zum Beispiel?«

Sara zuckte mit den Schultern. »Über ihre Arbeit, oder Ronnie…«

»Ronnie?«

Sara spürte den prüfenden Blick ihrer Mutter. »Dies und das, wenn ich mich halt geärgert hab oder so…«

»Habt ihr denn auch Probleme?«

»Mama!« Sara sah die Sorge in den Augen ihrer Mutter. »Nur weil ich über meinen Mann rede, muss doch nicht gleich der Haussegen schief hängen!«

»Ihr redet also über Ronnie, aber nicht über Paul – obwohl er getrunken hat?«

Sara schwieg. Wie hatte Tini ihr das verheimlichen können? Und wieso hatte sie es nicht selbst bemerkt? Zitternde

Hände, eine Fahne zur falschen Tageszeit, eine lallende Aussprache, ein aufgedunsenes Gesicht, hätte es nicht genug Warnzeichen geben müssen? Wann hatte sie Paul eigentlich das letzte Mal gesehen? Tini war in letzter Zeit immer allein gekommen, weil Paul so viel arbeiten musste. Sie schien das nie gestört zu haben. Hätte ihr das nicht auffallen müssen? Sie erhob sich und ging zum Fenster. Die klare Winternacht war vom Mond hell erleuchtet. Der erste Schnee des Jahres bedeckte den Rasen.

Paul hatte heimlich getrunken. Wie hießen die? Deltatrinker. Hatte sie nicht vor kurzem etwas darüber gelesen? Sara lehnte ihre Stirn an das kühle Fenster. Konstanter Alkoholspiegel, zumeist versteckter Konsum, seltener Rauschzustand, unauffälliges Verhalten. Ob man mit Kaugummi eine Fahne vertuschen konnte? Sie musste unbedingt mit Tini reden. Wo steckte sie bloß? So ein Verhör konnte doch nicht so lange dauern!

»Ich muss morgen auf die Polizei, eine Aussage machen. Ich weiß gar nicht, was ich sagen soll.« Die Stimme der Mutter riss Sara aus ihren Gedanken. Sie hob ihren Kopf und drehte sich zu ihr um.

»Na, dass Tini niemals ihren Mann umgebracht hätte, natürlich. Vielleicht war er total dicht, als er ins Bett ist, und Tini hat nicht gemerkt, wie schlecht es ihm ging, weil sie im Wohnzimmer eingeschlafen ist.« Sie ging zu ihrem Sessel zurück und blieb daneben stehen. »Kann man an einer Alkoholvergiftung sterben?«

9

Sara lehnte am Steingeländer der Brücke und sah den dick vermummten Frauen und Männern zu, die ihre Curlingstöcke über die vom Schnee befreite Oberfläche des Nymphenburger Kanals schlittern ließen. Der Geruch nach Glühwein hing noch in der Luft, obwohl der kleine Kiosk, an dem man sich an kalten Wintertagen Eisstöcke leihen und Getränke und Hotdogs kaufen konnte, schon geschlossen hatte. Es musste kurz nach zehn sein. Früher waren sie oft zu viert hier gewesen, Paul, Tini, Ronnie und sie, hatten Glühwein getrunken und ihre Füße beim Eisstockschießen steifgefroren. Früher … Wie das klang. Als wäre es Jahre her, dabei waren sie doch erst … Sie schüttelte ungläubig den Kopf. Es war über zwei Jahre her.

Jetzt war Paul tot.

Angeblich ermordet.

Und Tini wurde noch immer verhört.

Es war unfassbar.

Wie oft hatte sie Tini um ihre harmonische Ehe beneidet, sich gewünscht, dass Ronnie so verständnisvoll und tolerant wäre wie Paul, sie auch so aktiv darin unterstützte, beruflich Fuß zu fassen. Und auch so einen tollen Humor hatte. Deswegen hatte Tini sich in ihn verliebt, sie erinnerte sich noch gut daran. Wie unglaublich blind sie gewesen sein mussten, dass Tini und Paul ihnen ihre Probleme so lange verheimlichen konnten. Eigentlich sollte sie Ronnie Abbitte leisten, vielleicht war sie wirklich einfach zu empfindlich, was seine

Kommentare betraf. Oder erwartete sie schlicht zu viel? Empfand sie deshalb ihre Ehe nicht als glücklich?

Dabei war Ronnie ein vorbildlicher Vater. Überhaupt, was war Glück? Rosarotes Abendglühen bei Rosamunde Pilcher?

Sie blickte unschlüssig auf das Päckchen Zigaretten, das sie vor etwa zehn Minuten gekauft hatte, und begann langsam die Folie abzuziehen. Vorsichtig öffnete sie die Schachtel, entfernte das Silberpapier und roch mit geschlossenen Augen an dem Tabak. Dann steckte sie die Packung zurück in ihre Manteltasche. Wie schnell sich eine Situation ändern konnte. Heute früh waren sie eine ganz normale Familie gewesen, jetzt war ein Familienmitglied tot und ein weiteres stand unter Mordverdacht.

Was war nur geschehen? Sie nahm eine Zigarette und sah sich um. Knapp einen Meter neben ihr stand ein Mann. Sein Blick war starr geradeaus gerichtet, als wäre er in seiner eigenen Welt versunken, mit einem zufriedenen Lächeln, das seine schmalen Lippen umspielte.

Was soll's. Sie machte einen Schritt auf ihn zu und bat ihn um Feuer. Bemerkte, wie er sie musterte, als das Feuerzeug ihr Gesicht im Schein der Flamme kurz erhellte.

»Was macht so eine hübsche Frau wie Sie hier ganz allein?«

»Ich denke nach.«

»Ein guter Ort dazu, nicht?«

»Ja, still und ungestört.« Sara hoffte, dass er den Wink kapieren würde. Er blieb stumm neben ihr stehen. Dann hakte er nach: »Liebeskummer?«

»Glücklich verheiratet.« Sie hob die Hand, in der sie die Zigarette hielt, um dem Fremden ihren Ehering zu zeigen.

»Na dann, schönen Abend noch«, murmelte der Mann und ging davon.

Glücklich verheiratet, äffte sie sich im Stillen nach und wusste nicht, ob sie lachen oder weinen sollte.

Dienstag, 9. Dezember

10

Die Haustür stand offen. Trotz der eisigen Temperaturen, trotz des Hinweisschildes *Türe bitte immer schließen.* Sara klingelte mehrmals. Dann trat sie entschlossen in den Eingangsbereich mit dem blauen Mosaikboden und lief an Briefkästen und Lift vorbei zur Treppe. Die Absätze ihrer Stiefel klapperten auf den Steinstufen. Vielleicht schlief Tini noch und hatte deshalb nicht auf das Klingeln reagiert. Wie lange sie gestern wohl noch auf der Polizeistation gewesen war? Sicher war sie völlig fertig.

Vor der Wohnungstür hielt sie inne. Sie war versiegelt. Der Anblick versetzte ihr einen Schlag in den Magen. Es war wirklich so – Paul war tot. Mit Siegel. Amtlich.

Wenn Tini nicht hier war, wo war sie dann? Unschlüssig lehnte Sara sich an die Tür.

»Frau Neuberg? Sind Sie Frau Neuberg, Christinas Schwester?«

Ein Mann kam auf sie zu. Groß, mit dunkelblonden Haaren und einem freundlichen Lächeln, das ihn auf Anhieb sympathisch machte. Er trug Jeans und eine Lederjacke, darunter einen schwarzen Rollkragenpullover mit auffälligem Reißverschluss am Hals. Er musste gerade mit Tinis Nachbarin geredet haben. Die alte Frau stand vor ihrer Tür, die geblümte Schürze straff über den Bauch gebunden, und blickte ihm skeptisch nach. Ob er ein Zivilpolizist war?

»Frau Neuberg?«

»Wie kommen Sie darauf?«

Er zog ein Foto aus seiner Innentasche und hielt es Sara hin.

Sie betrachtete es. Paul, Tini und sie selbst, jeder eine Radlermaß in der Hand, im Hintergrund das Klettergerüst eines Spielplatzes. Ihr letzter gemeinsamer Biergartenbesuch. Sie schluckte. Der Mann streckte ihr seine Hand hin.

»Michael Seitz. Christinas Anwalt.« Sein Händedruck fühlte sich gut an.

»Wo ist Tini? Haben Sie mit ihr gesprochen? Wie geht es ihr?«

»Sie ist… noch verhindert«, sagte er leise und beugte sich dabei noch etwas vor. Sie nahm den Geruch seines Eau de Toilette wahr. Moosiger Fels im klaren Bergbach, sie erkannte es sofort, so hatte sie ihren Favoriten bei der Dufttestreihe für *Nova* beschrieben.

»Verhindert?«

Seitz schwieg.

»Sie hat ihn so geliebt.« Sara schüttelte den Kopf, als könne sie noch immer nicht glauben, dass Tini Witwe war. Witwe? Wie das klang, Witwe. Tini war siebenundzwanzig. »War es ein Unfall, also ich meine, hat Paul aus Versehen zu viel getrunken? Er ist doch an einer Alkoholvergiftung gestorben? Oder…« Sie senkte ihre Stimme. »Selbstmord?«

Er drehte sich um, zur Nachbarin, die immer noch in der Tür stand.

»Ich bringe Sie nach Hause, Frau Neuberg.« Noch während er sprach, umfasste er ihren Oberarm und zog sie sanft zum Aufzug.

»Warum ist die Wohnung versiegelt?«

»Die Spurensicherung wird noch nicht fertig sein.«

»Spurensicherung?« Sie musste zu laut gesprochen haben, denn er legte seinen Finger an den Mund und machte eine Kopfbewegung in Richtung der Nachbarwohnung.

»Spurensicherung?«, flüsterte sie. »Dann denkt die Polizei tatsächlich, es ist Mord? Oder?«

Er nickte.

»Das ist doch nicht...? Glauben Sie das auch? Ein Unfall... Es muss ein Unfall gewesen sein!«

»Das ist unwahrscheinlich. Oder eher: ausgeschlossen.«

Endlich kam der Aufzug. Mit einem blechernen Knarren öffnete sich die Tür. »Die braucht Öl.« Er drückte auf E.

»Und Selbstmord?« Sie hörte, wie ihre Stimme quiekte.

»Kein Abschiedsbrief. Auch wie er gestorben ist, spricht dagegen.«

Der Lift hatte sein Ziel erreicht.

»Jetzt sagen Sie nicht... Tini hat damit nichts zu tun, das wissen Sie doch, oder?« Der Gedanke, er könnte ihre Schwester für eine Mörderin halten, traf sie so plötzlich, dass sie Seitz am Ärmel packte und ihn zwang, sie anzusehen. Sie schluckte den Kloß, der sich in ihrer Kehle festsetzen wollte, hinunter. »Tini hat damit nichts zu tun!«

»Der Staatsanwalt sieht das anders.«

»Und Sie, was denken Sie?«

»Ich halte das für Unsinn«, antwortete er. Sein Blick war weich.

Gemeinsam traten sie auf die Straße. Sofort kroch die Kälte unter ihren Lammfellmantel. Sie fröstelte und wickelte den Wollschal noch einmal um ihren Hals, bis nur noch Nase und Augen zwischen Schal und Mütze zu sehen waren.

»Sind Sie öffentlich oder mit dem Auto da?«, fragte Seitz und zog einen Autoschlüssel aus seiner Lederjacke.

»U-Bahn. Ich wohne gleich an der Haltestelle Rotkreuzplatz.«

»Darf ich Sie heimfahren? Dann können wir ungestört reden.«

»Gerne.« Ungestört reden. Ja! Sie hatte tausend Fragen, die nach einer Antwort schrien, sich aber gegenseitig im Weg standen.

Schweigend gingen sie den Gehweg entlang, zu einem schwarzen Alfa Romeo. Er öffnete die Beifahrertür. Auf dem Sitz stapelten sich Zeitungen.

»Entschuldigen Sie, ich hatte nicht mit Begleitung gerechnet.« Er warf die Zeitungen in den Fond des Wagens. Sie stiegen ein. Als er den Motor starten wollte, jammerte der Anlasser nur kurz, dann war es still. Eine Zornesfalte bildete sich auf seiner Stirn.

»Komm schon.« Er drehte den Schlüssel noch einmal um, es gurgelte, Stille. »Scheißkarre. Typisch Alfa. Wenn es zu kalt ist, fährt er nicht, wenn es zu heiß ist, fährt er nicht, und wenn es zu nass ist –«

»Sowieso nicht. Ich weiß. Schönheit hat ihren Preis.«

Der nächste Versuch klang besser, heulend sprang der Motor an.

»Wie kommt der Staatsanwalt darauf, dass Tini etwas mit Pauls Tod zu tun haben könnte?«

»Die Ehefrau ist in der Regel die erste Person, auf die die Polizei ihr Augenmerk richtet.«

»Ist das nicht ein bisschen einfach?«

»Nein, das ist Statistik.«

»Aber Sie sind doch ihr Anwalt!«

»Deswegen war ich eben bei der Nachbarin. Ich kann ihr nur helfen, wenn ich Beweise finde, die die Theorie der Polizei widerlegen.«

»Braucht die Polizei keine Beweise?«

»Doch. Sicher.«

»Gibt es denn …« Sara räusperte sich. »Hat sie denn irgendwelche …«

Seitz ließ seinen Blick von der Straße zu ihr wandern. Vorsichtig. Fragte er sich, wie viel er ihr anvertrauen konnte? Oder was sie wusste?

»Tini und ich haben keine Geheimnisse voreinander. Sie können ruhig reden.«

»Dann wissen Sie, dass sie geschlagen wurde?«

Sie starrte immer noch wie betäubt ins Leere. Gedankenverloren nippte sie an ihrem Milchkaffee. Seitz hatte seine Aufmerksamkeit auf die Speisekarte gerichtet. Den Espresso hatte er in einem Zug geleert, wie ein Koffeinjunkie auf Entzug. Wer war dieser Mann, der ihr diese Ungeheuerlichkeiten erzählte? Woher wusste sie, dass sie ihm trauen konnte? Erst jetzt fiel ihr der Schatten auf seinem Gesicht auf. Ein unrasierter Anwalt? Ob er damit den Kratzer, der sich vom Ohr bis zum Kinn zog, verdecken wollte? Sie bekam plötzlich Kopfschmerzen. Pochend. Mit dem Zeigefinger der rechten Hand massierte sie ihre Schläfe, die sich wie ein Blasebalg in ihr Gehirn ausdehnte und wieder zusammenzog. Wenn sie den richtigen Punkt traf, gingen die Schmerzen wieder weg. »Ich kann es einfach nicht glauben. Paul hat Tini wirklich geschlagen?«

Seitz nickte. »Für die Polizei reicht das als Motiv. Außerdem sind ihre Fingerabdrücke auf der Aluschale mit den Essensresten, in denen wohl das Gift gewesen ist.« Er legte die Speisekarte weg. »Und sie war zum Todeszeitpunkt wahrscheinlich in der Wohnung.«

Sara fixierte ihren Kaffee. Sie wollte Seitz nicht ansehen. Warum hatte Tini ihr nichts erzählt? Sie waren doch immer füreinander da gewesen. Sie spürte seinen Blick. »Ihre

Schwester war öfters in einem Internetforum. Sie hat dort über ihre Probleme mit Paul geschrieben. Haben Sie Stift und Papier?«

»Ja.« Sie holte ihr Notizbuch und einen Kugelschreiber aus ihrer Handtasche.

»Notieren Sie bitte: www.frauenwehr.de. Ihre Schwester hat unter dem Pseudonym Esperanza geschrieben.«

Tini hatte im Internet über ihre Eheprobleme geschrieben? Im Internet?

»Das Problem ist, dass auf den ersten Blick viele Indizien gegen sie sprechen.«

»Es macht keinen Sinn.« Sie räusperte sich. »Ich meine, sie hätte nur gehen müssen! Das predigt sie ihren Schützlingen doch hundert Mal am Tag!« Wütend verstaute sie ihr Notizbuch in der Tasche.

»Ich weiß. Und dennoch deuten die Indizien auf sie. Wir müssen Beweise beibringen, dass sie es nicht gewesen sein kann.«

»Aber wer könnte es denn gewesen sein?«

»Ich weiß es nicht«, antwortete Seitz.

11

Leise öffnete Lydia die Tür zum Krankenzimmer. Sie versuchte zu lächeln, doch es fiel ihr schwer. Als der behandelnde Arzt sie eben zur Seite genommen hatte, um mit ihr über Marie zu sprechen, war ihr wieder einmal bewusst geworden, wie wichtig und gleichzeitig vergeblich ihre Arbeit oft war. Wie konnte Marie nach fast drei Jahren noch immer so einen Müll erzählen? Sie sei nach einen Alptraum in Panik aus dem Fenster gesprungen. Glaubte sie im Ernst, dass irgendjemand ihr das abnahm? Hier in der Notaufnahme, wo jeder Arzt ihren Leidensweg kannte? Lydia nickte den anderen Patientinnen in dem Vierbettzimmer freundlich zu und zog einen Stuhl an Maries Bett, dem letzten im Raum.

»Hallo Marie, wie geht es dir?«

»Oh Mann, endlich! Die wollen mich hier umbringen, weißt du, wann ich meinen letzten Chick hatte?« Marie richtete sich mühsam im Bett auf. Ihr linker Arm war geschient, ihr rechtes Auge hatte einen breiten, lilafarbenen Rand, über der Augenbraue klebte eine Mullbinde, ihre Oberlippe war mit zwei Stichen genäht worden.

»Du siehst echt scheiße aus.« Lydia berührt die Schiene. »Tut's weh?«

»Frag mich, wenn die Schmerzmittel nachlassen. Viel schlimmer ist, dass ich nicht allein aus dem verdammten Bett darf.« Sie rümpfte die Nase und zog ihre lädierte Lippe leicht nach oben. »Ich könnte ja zusammenklappen … Blödsinn. Komm, ich will in den Garten.«

»Du willst eine rauchen.« Lydia schlug die Bettdecke zurück und half ihr, sich aufzusetzen.

»Und? Warum nicht? Ich hab noch nie gehört, dass man wegen einem gebrochenen Arm nicht rauchen darf.« Ihre dünnen Beine waren übersät mit blauen Flecken und Schürfwunden. »Holst du mir meinen Mantel?«

Marie inhalierte den Rauch, behielt ihn eine Zeit lang in der Lunge und stieß ihn dann mit einem tiefen Seufzer aus. Lydia beobachtete sie von der Seite, registrierte die hektischen Bewegungen, die Nervosität, die sie vergeblich zu überspielen versuchte.

»Das tut gut. Oh Mann, du kannst dir gar nicht vorstellen, wie biestig die hier sind.«

»Was ist passiert, Marie?« Lydia legte ihre Hand auf Maries Oberarm. »Und erzähl mir nicht den Schrott mit dem Alptraum. Verstanden?«

Marie schloss kurz die Augen. »Ich… ich weiß es nicht. Wirklich. Ich weiß es nicht.«

»Marie!« Lydia fixierte ihr Gesicht. »Du springst aus dem Fenster und weißt nicht warum? Für wie blöd hältst du mich?«

»Ich weiß nicht, wie es dazu gekommen ist. Ich hab schon geschlafen und plötzlich…« Sie brach ab. Ihre Unterlippe zitterte. Schnell führte sie die Zigarette an den Mund und nahm einen Zug.

»Und plötzlich?«

»Er stand einfach da. An meinem Bett. Hat mich an den Haaren nach oben gezogen. Mich angeschrien. Und meinen Kopf gegen die Wand geschlagen. Und…« Ihre Augen wurden feucht, sie zwinkerte mehrmals, doch sie konnte die Tränen nicht mehr zurückdrängen.

Lydia zog ein Taschentuch aus ihrem Rucksack.

»Und dann?« Sanft tupfte sie über die Tränen, die Maries Wangen herunterliefen.

»Er hat immer nur geschrien. *Du Hure, ich bring dich um.* Immer wieder. *Du Hure, ich bring dich um.* Und meinen Kopf gegen die Wand. Ich hab doch geschlafen. Ich wusste gar nicht, was los war.« Sie nahm Lydia das Taschentuch aus der Hand. Resolut wischte sie sich über die Augen und schnäuzte sich. »Immer *du Hure, ich bring dich um,* ich hatte solche Angst, so hab ich ihn noch nie gesehen.«

»Weißt du, was ihn so aufgeregt hat?«

Marie nickte. »Ich glaub schon.« Die Tränen liefen ihr über das Gesicht.

Lydia wartete, dass sie weitersprach. Sie wusste, es war sinnlos, Marie jetzt zu drängen, sie musste es von allein erzählen.

»Wegen meinem Ex. Wegen dem Geld. Für den Laden. Er wusste nicht, dass …« Sie schwieg und rauchte stumm ihre Zigarette zu Ende, warf sie vor sich auf den Boden und zerquetschte sie mit der dünnen Sohle ihres Stiefels. »Er wusste nicht, dass das Geld dafür von meinem Ex war. Die Bank hat mir doch nichts gegeben!«

Sie starrte in den Schnee, noch immer trat sie auf der Kippe herum. »Er sagt, ich besorg's meinem Ex …« Sie stampfte mit dem Fuß auf.

Lydia berührte sie am Arm, ganz leicht nur, um sie nicht zu unterbrechen, aber fest genug, um sie spüren zu lassen, dass sie nicht alleine war.

»Das ist mein Geld! Das ist mein Anteil am Haus!« Sie drehte ihren Kopf zu Lydia. »Meins! Verstehst du. Dafür muss ich es niemandem besorgen …«

»Hat er dich aus dem Fenster gestoßen?«

Marie schüttelte den Kopf. »Ich hatte so eine Angst. Ich hab mich losgerissen und bin ins Wohnzimmer, und da hab ich mit der Ginflasche nach ihm geworfen, und die ist zerbrochen, und er ist mit der Flasche auf mich los, und ich bin in die Küche und hab die Tür zugesperrt, und dann…«

Sie rieb sich mit dem Ärmel über das Gesicht. »Und dann hat er die Tür eingetreten, und ich bin aus dem Fenster gesprungen.«

Lydia legte den Arm um Marie, die den Kopf an Lydias Schulter lehnte. Gemeinsam schwiegen sie in der Stille des Krankenhausgartens. Die Bilder von Marie, wie sie mit dem Kopf gegen die Wand krachte, in Todesangst durch die Wohnung flüchtete und schließlich aus dem Fenster in die dunkle Nacht sprang, arbeiteten in Lydia. Sie spürte, wie der altbekannte Hass in ihr aufloderte und sie am liebsten aufgesprungen wäre, um den brutalen Schläger eigenhändig zur Rechenschaft zu ziehen, um ihm jede Verletzung, die er Marie angetan hatte, doppelt und dreifach zurückzuzahlen. Schließlich brach sie das Schweigen.

»Und jetzt? Wie geht's jetzt weiter? Warum erzählst du den Ärzten diesen Mist von dem Alptraum?«

Maries Gesichtsausdruck verfinsterte sich. »Ach, die Wichtigtuer. Du weißt doch, was dann abgeht. Die spielen sich als Helden auf und verständigen die Polizei, und dann soll ich ihn anzeigen und… Die haben doch keine Ahnung!«

»Stopp! Diese *Wichtigtuer* wollen dir helfen, klar? Die verdienen etwas mehr Respekt.«

Marie fischte eine Zigarette aus der Schachtel auf ihrem Schoß und zündete sie an. Viel zu schnell inhalierte sie das Nikotin. Lydia spürte Maries Zerrissenheit, die Unsicherheit, die sie mal wieder hinter ihren markigen Sprüchen zu verstecken versuchte. Doch sie ließ sich nicht täuschen.

Da war noch mehr, etwas, das Marie noch tiefer getroffen haben musste als die Schläge oder ihr Sturz aus dem zweiten Stock. Geduldig wartete sie darauf, dass Marie ihre zweite Zigarette ausdrückte.

»Und? Zeigst du ihn an?«

Marie schüttelte den Kopf.

»Warum? Ist es wieder deine Schuld? Weil du ihn provoziert hast?« Lydia bemerkte den sarkastischen Tonfall in ihrer Stimme und machte eine kurze Pause. Als sie fortfuhr, achtete sie darauf, so neutral wie möglich zu sprechen. »Wie soll es weitergehen? Marie? Wie? Du weißt, dass du wieder hier landen wirst. Solange du ihn nicht zur Rechenschaft ziehst, wird er glauben, dass er mit dir alles machen kann. Alles.«

Marie mied ihren Blick.

»Irgendwann ist es nicht mehr die Notaufnahme. Dann ist es zu spät. Du musst ihm Einhalt gebieten. Jetzt. Du musst ihn anzeigen.«

»Ich kann nicht.« Maries Worte waren kaum zu verstehen.

»Marie! Natürlich kannst du! Verdammt! Du kannst ihn sofort wegweisen lassen. Du weißt genau, dass er sich dir dann nicht mehr nähern darf.«

»Nein, ich kann nicht. Er… er bringt uns alle um. Die Kinder, meinen Ex, mich, uns alle. Er hat's geschworen.«

12

Während Sara darauf wartete, dass der Computer hochfuhr, ließ sie den Blick durch ihr Arbeitszimmer wandern und betrachtete Jonas' Bilder, die zwischen Fenster und Bücherwand hingen, zusammen mit Fotos in verschiedenen Größen. Fotos von Jonas, Ronnie, ihrer kleinen Familie, zu Hause, im Urlaub. Fotos von ihrer besten Freundin, ihrer Mutter, von Tini. Tini und sie beim Klettern, die legendäre Romreise zu ihrem zwanzigsten Geburtstag, Tini und sie als Teenager beim Schwimmen, als Kinder beim Skifahren. Sie stand auf und stellte sich vor das Foto. Das fröhliche Grinsen ihrer Schwester zeigte eine Zahnlücke, die Hose, durchnässt von den vielen Stürzen, hatte einen Riss am Knie, und die Mütze hing ihr schief über ein Ohr. Ihr eigenes, ernstes Gesicht war der Kleineren zugeneigt, den Arm fest um ihre Schulter, drückte sie Tini so eng an sich, dass ihre beiden Körper ein umgekehrtes V bildeten.

Sie tippte die URL aus ihrem Notizbuch ab und sammelte die Kugelschreiber auf ihrem Schreibtisch ein, während der Browser arbeitete. Sie liebte diesen Tisch, er war aus Glas und wie immer über und über mit Papieren bedeckt, auf dem Teetassen und Wassergläser ihre Ränder hinterlassen hatten. Endlich. Ein paar Klicks später hatte sie die aktuellen Postings der Forumsmitglieder auf dem Bildschirm.

Heute 20:05 von Babette

hi maren, was soll das? du lügst dir nur in die eigene tasche, wenn du glaubst, dass du ihn mit einem anti-aggressions-kurs ändern kannst. der schlägert seit jahren und das soll ihn in ein lamm verwandeln? totaler scheiß. sorry, aber hey? wach auf!
babette

Sara überflog die Einträge der letzten vierundzwanzig Stunden und spürte, wie sich mit jedem Wort mehr Widerstand in ihr aufbaute. Niemals würde Tini in so einem Forum ihre Eheprobleme erörtern. Niemals! Sie lehnte sich auf ihrem Drehstuhl zurück und versuchte, sich an die letzten Gespräche mit Tini zu erinnern. Hatte sie wirklich nie anklingen lassen, dass in ihrer Ehe etwas nicht stimmte?

Meist hatte sie selbst Tini ihr Herz ausgeschüttet. Über Ronnie. Vielleicht sollte *sie* öfter mal solche Foren besuchen, wenn sie sich ärgerte, um die Dinge in die richtige Perspektive zu rücken.

»Brauchst du noch lang?« Ronnie trat neben sie und stellte ein Glas Wein auf den Schreibtisch. »Der Krimi fängt gleich an.«

»Danke. Ich komme nach.« Sie nippte. »Shiraz?«

»Chilenischer Sauvignon.« Er zog einen zusammengefalteten Zettel aus der Hosentasche und reichte ihn ihr. »Die Internetadresse habe ich heute von Eleonor bekommen, du weißt, die neue Anästhesistin.«

Sara öffnete das Papier und blickte Ronnie fragend an.

»Das ist ein Handyortungsservice. Eleonor nutzt diesen Service für ihren Sohn. Ich finde, wir sollten das für Jonas auch einrichten. Du musst dich nur anmelden und seine Handynummer bei dem Provider für die Ortung freischalten lassen.«

Sara legte den Kopf zur Seite und musterte Ronnie. »Wozu?«

»Das Besondere an diesem Anbieter ist, dass du die Ortung über Internet und Handy laufen lassen kannst. Du bekommst ein Login für die Ortung und kannst entweder übers Internet genau die Bewegung des Handys mitverfolgen oder dir die Straßennamen per SMS schicken lassen.«

Sie zog ihre Augenbrauen zusammen. Wozu sollte sie Jonas' Handy orten lassen? Er hatte sein Handy so gut wie nie dabei, warum auch? Er war acht Jahre alt und nie alleine unterwegs.

»Schau nicht so skeptisch. Da muss nur eine Redaktionssitzung länger dauern als geplant. Du kennst doch deine Branche.« Er tippte auf den Zettel. »Geh einfach auf die Seite und lies es dir durch. Oder besser, melde uns gleich an, so viel sollte uns die Sicherheit unseres Sohnes wert sein.«

Das Glas in der Hand gab sie mit einem Finger den Suchbegriff Esperanza ein. Sechsundvierzig Treffer.

Sie begann zu lesen.

12. Dezember 23:45 von Esperanza

Hallo,

jetzt ist es so weit. Ich komme gerade aus dem Krankenhaus, sieben Stiche, weil MEIN Mann meinen Kopf gegen einen Türrahmen geschlagen hat.

Wenn er je die Hand gegen mich erhebt, gehe ich. Meine Worte. Gestern noch.

Und, was habe ich getan?

Nichts.

Genau wie die meisten hier, obwohl ich genau weiß, was ich machen müsste.

Jetzt kann ich mich nicht mehr hinter meinen eigenen Ausflüchten verstecken. Ich brauche Hilfe, aber ich habe niemanden, mit dem ich darüber sprechen könnte.
Esperanza

13. Dezember 00:17 von Valeska
liebe esperanza,
du hast nicht »nichts« getan! du hast dich uns geöffnet. das war dein erster schritt in die richtige richtung! ich bin sehr stolz auf dich!
wir sind für dich da. wir können dir helfen. am besten erzählst du uns erst mal etwas mehr über dich.
hab mut!
Valeska

Sara starrte auf den Bildschirm. Die Buchstaben verschwammen zu einem grauen Nebel, der keinerlei Sinn ergab. Sie blinzelte, rieb sich die Augen und las die nächsten acht Einträge, in denen ihre Schwester Schritt für Schritt ihre Situation offenlegte. Sie las einen Beitrag nach dem anderen, immer schneller, als ob sie dadurch das Unfassbare greifbar machen könnte.

Nichts davon hatte sie gewusst.

Nichts.

Oder?

Weder, dass Tini Paul betrogen hatte und er deswegen betrunken in der Arbeit erschienen war, noch, dass er dort einen Kunden als arrogantes Arschloch bezeichnet hatte und deswegen fristlos gekündigt worden war. Auch nicht, dass er daraufhin erst recht zu trinken angefangen und nicht mal ansatzweise versucht hatte, einen neuen Job zu bekommen, oder dass Tini davon überzeugt war, dass dies Pauls

Art war, sie für ihre Untreue zu bestrafen. Sie las sich den ersten Eintrag noch einmal durch.

... ich habe niemanden, mit dem ich darüber sprechen könnte.

Es war wie ein Schlag ins Gesicht. Tränen liefen über Saras Wangen, sie sah, wie sie auf die Tastatur tropften, einen feuchten Fleck hinterließen, auf dem C. Dann auf dem N. Mit dem Handrücken wischte sie ihr Gesicht trocken und zog geräuschvoll die Nase hoch. Dann scrollte sie durch die restlichen achtunddreißig Einträge, zwanzig waren von Tini. Sie las sie alle und druckte sie aus. Die restlichen stammten von anderen Forumsmitgliedern, die Tinis Einträge mal mehr, mal weniger hilfreich kommentierten.

Es war absurd. Da schrieb sich ihre Schwester in einem anonymen Internetforum ihren Kummer von der Seele und bekam bestenfalls Ratschläge, die sie selbst täglich anderen Frauen gab. Und dennoch hatte sie immer weitergeschrieben. Wie hilflos und verlassen musste sie sich gefühlt haben, sie, die anderen half und sich selbst nicht helfen konnte.

Ihr letzter Eintrag war der erschütterndste.

18. November 21:33 von Esperanza

Hi,

ich hasse hasse hasse hasse ihn!!!!

Und ich lasse mich scheiden. Selbst wenn ich für den Unterhalt von diesem Säufer aufkommen muss.

Letzte Woche hab ich's ihm gesagt, er ist ganz ruhig geblieben, richtig unheimlich war das. Ich hab mir gleich gedacht, da kommt noch was. Und ich hatte Recht. Wisst ihr was dieser Scheißkerl getan hat?

9000 € verzockt! Im Internet!!! Unser gesamtes Geld!!! Und 6000 € Überziehungskredit! Auf unser gemeinsames Konto!

Wir sind total pleite. Das hat er mit Absicht getan, damit ich mich nicht trennen kann. Ich kann nicht mal den Anwalt bezahlen. Oder die Kaution für die neue Wohnung.
So ein ARSCHLOCH! Ich würde ihn am liebsten umbringen.
Ich schwöre, egal wie, aber im Januar ziehe ich in die neue Wohnung – ALLEIN!
Esperanza

»Ach, Tini.« Sara weinte jetzt hemmungslos. Sie weinte um Paul, dessen plötzlicher Tod sie schmerzte, trotz der neuen Wahrheiten, die sie über ihn erfahren hatte. Sie weinte um Tini, die in ihrer Verzweiflung so allein gewesen war, und sie weinte um die Beziehung zu ihrer Schwester, die auf einmal nicht mehr die war, für die sie sie gehalten hatte.

Erst das Knallen der Wohnzimmertür ließ sie aufhorchen. Während Schritte über den Flur kamen, wischte sie sich schnell die Tränen mit dem Ärmel ihres Pullovers ab. Ronnie sollte sie nicht so sehen.

13

»Ich dachte, du kommst noch? Jetzt ist der Film vorbei.« Ronnie setzte sich auf den Stuhl, der immer für Jonas bereitstand, und musterte sie. »Hast du geweint?«

»Nein.« Sara tat so, als wäre sie in ihre Lektüre vertieft.

»Und warum ist die Wimpertusche total verschmiert?« Er drehte ihren Stuhl zu sich, holte ein Taschentuch aus der Hosentasche, befeuchtete es mit der Zunge und tupfte ihr Gesicht ab. Dann deutete er auf ihren beigefarbenen Ärmel, über den sich schwarze Schlieren zogen. »Das kriegst du nie wieder raus.«

Sara nahm Ronnie das Taschentuch aus der Hand und schnäuzte sich kräftig. »Der Anwalt hatte Recht. Paul ... Er hat Tini ge... geschlagen.« Ronnie schwieg.

Mit festerer Stimme fuhr sie fort. »Am liebsten würde sie ihn umbringen. Das hat sie geschrieben. Kannst du dir das vorstellen?«

Er beugte sich vor und nahm stumm ihre Hand.

»Erinnerst du dich an letztes Weihnachten, als Tini die Kopfverletzung hatte?«

Er nickte.

»Das war Paul.« Sara fühlte, wie ihr wieder Tränen in die Augen stiegen. »Warum hat sie nie was gesagt?«

»Du kennst doch deine Schwester, sie hat ihren eigenen Kopf.« Er ließ ihre Hand los und strich ihr eine Strähne aus der Stirn. »Überleg mal, wie peinlich das ist, wenn ausgerechnet sie als Sozialpädagogin sich als Gewaltopfer outen würde. Wie ein Zahnarzt, der Karies bekommt.«

»Aber doch nicht *mir* gegenüber.« Sara zog die unterste Schublade des Rollcontainers auf, nahm einen lila Hefter heraus und schloss sie mit einem Knall. Sie schrieb *Tini* auf ein Etikett und klebte es auf den Hefter. Dann sortierte sie die ausgedruckten Foreneinträge chronologisch ein.

»Warum nicht dir gegenüber?«

»Weil ich –«

»Gerade dir gegenüber.« Ronnie nahm den Hefter und blätterte durch die Seiten. »Was hättest du denn getan, wenn du es gewusst hättest?«

»Sie unterstützt, bestärkt, Paul zu verlassen, sie zu uns geholt ...«

»Siehst du. Du hättest sie unter deine Glasglocke geschubst.« Er nahm ein Blatt heraus und überflog es. »Tatsächlich. *Ich bin so sauer, ich würde ihn am liebsten umbringen*. Ich fass' es nicht. Im Internet!«

Sie nahm Ronnie den Hefter aus der Hand und sortierte die Seite wieder ein. Er schüttelte den Kopf und presste missbilligend die Lippen zusammen.

»Wie kann sie nur so eine Aussage in ein öffentliches Forum stellen?«

»Warum nicht? Sie hat doch unter einem Pseudonym geschrieben. Warum sollte sie da ein Blatt vor den Mund nehmen? Es wusste doch keiner, wer sie wirklich ist.« Sara schloss die Forumsseite und fuhr den Computer herunter. »Außerdem ist das Warum jetzt nicht wichtig. Tatsache ist, dass sie unter Mordverdacht steht und unsere Hilfe braucht.«

»Unsere Hilfe?« Er hatte sich auf dem Stuhl zurückgelehnt, die Hände im Nacken verschränkt, die Beine ausgestreckt.

Sie nickte. »Tini ist in Untersuchungshaft. Wahrscheinlich dreht sie gerade völlig durch. Du kennst sie.«

»Meinst du nicht, die Polizei weiß, was sie tut?«

Sie stand auf und nahm ein Foto ihrer Schwester von der Wand. Liebevoll fuhr sie mit dem Finger darüber.

»Ich weiß genau, dass Tini nichts mit Pauls Tod zu tun hat.«

»Die Polizei scheint es in Betracht zu ziehen.« Ronnie streckte seine Hand nach dem Foto aus. »Das muss sie sogar, bei den Aussagen, die deine Schwester öffentlich von sich gegeben hat.«

»Du weißt, dass sie dazu nicht fähig wäre.« Sara reichte ihm das Foto. Er warf einen kurzen Blick darauf und gab es ihr zurück.

»Was willst du mit dem Foto?«

»Nichts.« Sie legte es auf ihren Schreibtisch. »Aber ich werde nicht tatenlos zusehen, wie Tini für etwas eingesperrt wird, was sie nicht getan hat.«

Er runzelte die Stirn. »Du willst auf eigene Faust ermitteln?«

Ermitteln. Wie das klang. Aber wenn er es so nennen wollte. »Ich hatte gehofft, du würdest mir helfen, mich umzuhören.«

»Du bist ja völlig übergeschnappt! Nehmen wir an, deine Schwester ist wirklich unschuldig und irgendjemand hat Paul getötet. Glaubst du im Ernst, der wird dir tatenlos beim Herumschnüffeln zusehen? Was, wenn du uns auch noch in Gefahr bringst?« Er zeigte ihr einen Vogel. »Überlass die Angelegenheit mal schön den Leuten, die dafür qualifiziert sind. Du würdest alles nur noch schlimmer machen.« Jetzt erhob auch er sich. Er sah ihr direkt in die Augen.

»Ich werde Tini nicht im Stich lassen.«

Wortlos verließ er das Arbeitszimmer. Sie hörte, wie er im Bad den Spiegelschrank zuknallte und den Zahnputzbecher mit einem lauten Klacken auf dem Waschbecken absetzte. Sara seufzte und setzte sich wieder an ihren Schreibtisch. Hätte sie diplomatischer sein können? Ihn irgendwie ködern? Aber wie? Wie sollte das funktionieren bei jemandem, der Sprudelkisten nur trug, wenn er Stahlkappenschuhe anhatte für den Fall, dass sie ihm auf die Zehen fielen? Bei jemandem, der Joghurt bereits zwei Tage vor dem Verfallsdatum nicht mehr aß? Er würde sie nie bei etwas unterstützen, das auch nur andeutungsweise gefährlich klang. Aber wie groß konnte diese Gefahr schon sein?

Und wenn er sich auf den Kopf stellte. Tini brauchte sie. Nur, wenn Tini Paul nicht umgebracht hat, wer konnte es dann gewesen sein?

14

Lydia nahm immer zwei Stufen auf einmal. Auf der letzten wartete sie, bis das Licht das erste Mal ausging, und schaltete es wieder an. Dann sprintete sie über den schmalen Flur. Vor ihrer Wohnung fuhr sie vorsichtig mit dem Finger am Türrahmen entlang, bis sie den feinen, fast unsichtbaren Seidenfaden spürte. Ihre Schultern senkten sich, und sie fühlte, wie die Anspannung aus ihnen wich. Dann griff sie in ihre Manteltasche und zog einen Schlüsselbund heraus.

Sie schloss die Tür auf, trat ein, verriegelte die Tür wieder und legte die Sicherheitskette vor. Dann erst machte sie Licht. Sie hängte ihren moosgrünen Parka an den dreizackigen Garderobenhaken, nahm den Baseballschläger aus dem Schirmständer und stand mit drei Schritten mitten in der Küche, wo sie sich umschaute, bevor sie ihn an die Wand lehnte.

Seufzend betrachtete sie das Geschirr, das sich in der Spüle stapelte. Sie machte den Reißverschluss ihres Rucksacks auf und entnahm ihm eine Flasche Spülmittel und ein zerquetschtes Päckchen mit unregelmäßigen roten Flecken an den Seiten. Einwandfrei. Der krönende Abschluss des Tages – Kirschstrudelmansche. Hoffentlich war die Seminararbeit nicht versaut. Sie entfernte das Papier, legte den Strudel auf den Tisch neben die Obstschale und griff noch einmal in den Rucksack. Auf dem Deckblatt des spiralgebundenen Hefts war ein klebriger roter Streifen, der sich vom Titel bis zum Rücken und über den seitlichen Buchblock zog.

»Oh Mann!« Sie warf das Heft auf den Tisch, dass es

knallte, und beobachtete, wie sich eine Orange aus dem Turm in der Obstschale löste, auf dem Strudel landete und dann langsam durch die herausgequetschte Kirschmasse über den Tisch rollte.

»Na klar.« Sie griff die Orange und putzte sie ab. »Willst du mir was sagen? Vielleicht, dass ich lieber dich als die Kalorienbombe da drüben essen sollte?«

Mit einer Hand fasste sie an den Verschluss ihrer schwarzen Cargohose und zog ihn einen Zentimeter von ihrem Bauch weg. »Nicht, solange der Knopf noch hält.«

Geschickt fügte sie die Orange wieder in die Obstschale ein. Dann nahm sie ein Messer, schnitt den Verschluss des Spülmittels auf und spritzte die gelbe Flüssigkeit auf einen Schwamm. Das Zitronenaroma stieg in die Luft. Während sie die Essensreste vom Geschirr kratzte, überlegte Lydia, ob sie die Strudelleiche in warmer oder kalter Vanillesoße ertränken sollte. Sie entschied sich für kalt.

Aus dem Wohnraum, der gleichzeitig ihr Schlafzimmer war, holte sie ihren Laptop, stellte ihn auf den Tisch und steckte das Stromkabel ein. Vielleicht konnte sie sich im Januar schon einen neuen Akku leisten.

Sie durchsuchte den weißen Hängeschrank nach Zutaten für einen Winterzaubertee und nahm sich vor, im neuen Jahr den Schrank auszumisten. An dem schwarz verfärbten Ingwer roch sie mehrmals, bevor sie ihn wegwarf, nahm dann zwei Zimtstangen, fünf Nelken, eine Handvoll Kardamom, zwei Teelöffel Früchteteemischung und warf alles zusammen in den Siebeinsatz ihrer gläsernen Teekanne. Sie rührte die Vanillesoße an und schüttete sie kurz darauf in den Suppenteller, in dem der Strudel lag. Dann nahm sie Tee und Strudel, setzte sich an den kleinen Tisch und schaltete den Computer ein.

Endlich Feierabend.

Tee. Etwas Süßes. Internet. Was wollte sie mehr. Sie öffnete ihren Browser und tippte »Gewalt gegen Frauen, Selbsthilfe« als Suchbegriff ein. 45 730 Treffer. Ob sich je etwas ändern würde? Sie scrollte durch die Ergebnisse der ersten Seiten, klickte auf einen Link, loggte sich als »Blackwidow« ein und navigierte gezielt zu einem Chatroom.

Blackwidow ist jetzt online.
Violettinchen: Hallo blackwidow, schön dich zu sehen!
Blackwidow: hi leute, was geht ab?
Bibi: Hallo Blacki, gut dass du da bist. Streiten darüber, wieso Frauen nicht aussteigen, wenn sie geprügelt werden. ☺

Wie sinnlos. Wisst ihr nicht, dass jede Geschichte ihre eigene Dramaturgie hat? Deshalb fragte sie nie *warum*, sondern stärkte erst einmal das Selbstbewusstsein: *Keiner hat das Recht, dich zu schlagen. Keiner. Nicht dein Mann, nicht deine Eltern, nicht dein Freund, nicht dein Feind.* Erst wenn eine Frau das verinnerlicht hatte, war sie bereit auszusteigen. Erst dann lohnte es sich, ihr beizubringen, wie sie sich wehren konnte.

Blackwidow: und?
Violettinchen: Gewaltspirale, wenn du da mal drinne bist ist …
Bibi: Blödsinn, Gewaltspirale, wenn dein Typ dich kloppt, dann haust du ab. ☹
Blackwidow: stopp. gewaltspiralen gibt es, und sie dauern durchschnittlich 7 jahre. aber sie sind nicht der grund, warum frau sich schlagen lässt, sondern beschreiben, wie sich die gewalt immer weiter steigert.
Bibi: 7 Jahre? ☹

Blackwidow: im durchschnitt, kann auch ein monat oder zwanzig jahre sein.

Lydia senkte den Löffel in die weiche Kirschstrudelmasse, schaufelte sich Vanillesoße darauf und führte ihn zum Mund. Sie lehnte sich zurück und genoss den sauren Kirschgeschmack zusammen mit der süßen Vanillesoße auf ihrem Gaumen. Wenn das keine sinnliche Erfahrung war. Wer brauchte schon einen Mann, solange es Obststrudel mit Vanillesoße gab.

Violettinchen: Siehste, Bibi, sach ich doch.
Blackwidow: das fängt langsam an. erst splittet der mann die frau von ihrem umfeld, so mit: »willst du wirklich noch weg? ich hab uns extra einen video geholt«, später dann zeigt er offene eifersucht und abneigung gegen ihre familie und freunde.
Violettinchen: Und dann?
Blackwidow: dann kann sie ihm nichts mehr recht machen, sie wird vor anderen bloßgestellt und systematisch kleingemacht. irgendwann ist ihr selbstvertrauen weg.
Bibi: Und die Frau lässt alles so einfach mit sich geschehen? Die ist doch selbst schuld!
Blackwidow: manche gehen rechtzeitig, manche sind schon zu kaputt oder wissen nicht wohin. das kannst du nicht pauschalieren, das sind schleichende prozesse.
Bibi: Ich find trotzdem, es ist ihre eigene Schuld. Niemand zwingt sie, zu bleiben.

Ach Bibi, denk doch mit! Wo soll sie denn hin? Wenn sie niemanden hat? Oder nichts anderes kennt? Oder weiß, dass er sie ein Leben lang jagen wird?

Natürlich sollte eine Frau raus aus so einer Situation. Natürlich war Davonlaufen die beste Verteidigung. Natürlich war es bescheuert, zu dem Schläger zurückzukehren. Und trotzdem war es die Realität. Und dafür gab es Gründe. Viele Gründe. Individuelle Gründe. Wie bei Marie, die Angst hatte um ihre Kinder, um sich selbst, vor der Verantwortung für ihr Tun, dessen Konsequenzen sie nicht abschätzen konnte. Und deshalb war sie für jede Frau, die sich aus einer Gewaltsituation befreit hatte, dankbar. Sie hatte ihre Aufgabe im Leben gefunden. Esoteriker würden es wahrscheinlich Bestimmung nennen. Lydia lächelte. Esoteriker würden jetzt bestimmt ein schlechtes Karma um sie herum spüren. Strudelkarma.

Blackwidow: schön, wenn es so einfach wäre. versetze dich mal in die lage der frau: der erste schlag kommt als schock. der typ ist untröstlich über den »ausrutscher« und ist danach besonders lieb, und die frau hofft, dass alles wieder gut wird.
Cooldude ist jetzt online.
Violettinchen: Aber das wird's eben nich mehr, oder?
Blackwidow: nein, über 90% der männer, die einmal zuschlagen, schlagen wieder zu. trotzdem bleiben viele frauen, weil er droht, die kinder wegzunehmen, sie finanziell abhängig ist, usw.

Lydia schenkte sich Tee nach. Und manche sperren ihre Frauen ein. Oder bringen sie um.

Cooldude: Ich hatte einen Fall, da hab ich die Polizei eingeschaltet, und die Frau hat die Anzeige zurückgezogen. Eine Woche später war sie wieder im Krankenhaus.
Charly ist jetzt online.
Bibi: Sag ich doch: Blöd, wenn man bei so einem Arsch bleibt.
Violettinchen: Bibi, du nervst. Vielleicht hatte sie Angst.

Allerdings. Du nervst. Lydia leckte die letzten Reste Vanillesoße aus dem Suppenteller.

Cooldude: Ich bin zu ihr, echt sauer, denn ich hatte viel Zeit investiert, aber sie hat nur geweint. Mit viel Mühe hab ich dann herausgefunden, dass sie die Anzeige zurückgezogen hat, weil er ihr gedroht hat, sie umzubringen, wenn er verknackt wird.

Und, Cooldude, kannst du ihre Angst nicht verstehen? Was soll sie denn tun? Ihr Leben lang auf der Flucht sein? Immer Angst haben? Oder ihren Mann um die Ecke bringen? Als sichere Lösung? Meinen Segen hätte sie. Vater Staat sieht das aber nicht so gern.

Charly: Es gibt auch Männer, die Opfer sind.

Genau, Charly. Geh doch mal in die Notaufnahme und schau, wie viele Männer du dort findest, die von ihren Frauen zusammengeschlagen wurden.

Blackwidow: statistisch sind das nicht mal 5% der häuslichen gewaltopfer, notwehr mit eingerechnet.
Violettinchen: Hallo charly, bist du eins?
Charly: Ja. Alles hab ich für meine Frau getan. Aber das Luder hat sich in einen anderen verguckt und wollte mich loswerden. Also hat sie versucht, mich umzubringen, und mich dann liegen lassen, mit Verbrennungen dritten Grades.

Lydia stockte der Atem. Sie spürte, wie das Blut aus ihrem Gesicht wich.
»Du Schwein!« Sie ließ ihre Faust heftig auf den Tisch knallen. »Du dreckiges Schwein!«

Bibi: Krass. Und dann?
Charly: Dann war ich wochenlang im Krankenhaus.
Cooldude: Und deine Frau?
Charly: Ist seitdem verschwunden.

Hastig klickte Lydia die Seite weg. Sie starrte auf die wechselnden Werbebanner der Partnervermittlung, die auf dem noch offenen Internetportal abwechselnd ein- und ausgeblendet wurden. Sie hörte laute, abgehackte Atemgeräusche. Nach und nach merkte sie, dass es ihre eigenen waren, dass sie hyperventilierte. Wie in Zeitlupe zwang sie sich, aufzustehen und die Schubladen nach einer Tüte zu durchsuchen. Jeder Handgriff ein Kraftakt. Mit jedem Keuchen spürte sie, wie sie die Kontrolle über ihren Körper verlor, wie ihre Gelenke zu Watte wurden. Sie sank vor dem Herd auf den Boden. Konzentrierte sich auf ihre Atmung. Langsam driftete sie in den ihr so gut bekannten Zustand zwischen Ohnmacht und Wachsein, die Augen starr auf den Abfalleimer neben dem Küchentisch gerichtet, der Körper wie gelähmt, die Atemstöße kurz und heftig. Die Konturen des Mülleimers bewegten sich, hüpften im Zimmer auf und ab und verwandelten sich langsam in den Alptraum, der sie überallhin verfolgte.

15

Ich sehe dich. Das ist dein schlimmster Alptraum, nicht wahr?

Er starrte auf den Satz, der noch immer auf dem Bildschirm leuchtete. Dann verzog er den Mund zu einem breiten Grinsen.

Blackwidow ist jetzt offline.

Er sog die Zeile mit einem tiefen Atemzug ein, Buchstabe für Buchstabe, um sie für immer festzuhalten, während sie mit jeder neuen Chatline weiter nach oben und schließlich vom Bildschirm rückte.

Du hast angebissen. Du bist wortlos gegangen.

Wortlos!

Hereingefallen bist du auf mich. Du hast dich selbst verraten. Dabei wäre es so leicht gewesen, mich auszutricksen. Du hättest nur weiterschreiben müssen. So was wie: »auch für männer gibt es anlaufstellen zur traumaverarbeitung, versuchs mal mit ...« Das hätte mich verunsichert. So cool bist du nicht. Ich weiß, wie du tickst.

Er überflog die Unterhaltung über das Verschwinden von Blackwidow.

Wie krank ihn das machte. Wenn die anderen an ihren Worten hingen.

»Was meinst du, Blackwidow?«

»Was würdest du machen, Blacki?«

Ja, was wirst du jetzt machen, Blacki?

Jetzt, wo du weißt, dass ich dich nicht vergessen habe? Weglaufen? Wieder dein Aussehen ändern?

Das hilft dir nicht mehr. Du hast dein Todesurteil schon längst unterzeichnet. Damals. Hast du wirklich geglaubt, du würdest ungestraft davonkommen? Vor mir?

Ich sehe dich. Egal, wohin du läufst. Die Schlinge liegt bereits fest um deinen Hals, du hast es nur noch nicht bemerkt. Bis heute.

Na, spürst du, wie ich dir langsam die Luft abschnüre?

Mittwoch, 10. Dezember

16

Ich werde ihn einfach bitten, mich zu Tini mitzunehmen, dachte Sara und drehte die Bürste aus ihrem Haar. Die Locke fiel weich über ihre Schulter. Sie legte die Bürste auf das Waschbecken, fuhr sich mit einer Hand durchs Haar und blies mit dem Föhn von unten heiße Luft hinein. Darf man in Untersuchungshaft überhaupt Besuch empfangen, einfach so, ohne Anmeldung? Im Spiegel sah sie, wie sich zwischen ihren Augenbrauen eine vertikale Falte bildete. Sie schaltete den Föhn aus. Mit Zeige- und Mittelfinger zog sie die Stirnfalte auseinander und glättete sie, fuhr dann über die weiche Haut unter den Augen, die heute leicht geschwollen waren. Sie nahm die teure Antifaltencreme, die Ronnie ihr zum dreißigsten Geburtstag geschenkt hatte und die sie nie benutzte, und massierte sie in die Haut um die Augenpartie ein. Eigentlich war Sara mit ihrem Aussehen zufrieden. Die leicht gewellten Haare schmiegten sich um ihr ovales Gesicht und passten gut zu den dunklen Augen und den dichten Wimpern. Der Mund war einen Tick zu schmal, aber mit etwas Lippenstift ließ sich das leicht korrigieren. Sie griff nach ihrer Tagescreme und begann, sie auf ihrem Gesicht zu verteilen.

Da läutete es. Sie erschrak. Hatte sie so getrödelt? Ein Blick auf die Uhr beruhigte sie. Zwanzig vor zehn. Seitz wollte um zehn Uhr kommen. Wahrscheinlich eine Postwurfsendung. In Strumpfhose und BH ging sie zur Wohnungstür.

»Hallo?«, fragte sie in die Gegensprechanlage.

»Seitz. Guten Morgen! Bin ich zu früh?«

»Nein, nein«, log sie. »Kommen Sie rauf!«

Sara betätigte den Türöffner, lehnte die Wohnungstür an und rannte ins Schlafzimmer. Der hatte Nerven! Fast eine halbe Stunde zu früh! Vor ihrem Kleiderschrank riss sie einen engen Jeansrock vom Bügel, schlüpfte hinein, schnappte sich den Rolli mit den bunten Ringelärmeln vom Sessel und streifte ihn über. Dann lief sie ins Bad. Klaubte ihre Sportsachen und das nasse Handtuch vom Boden auf und warf alles in den Wäschekorb.

Die Wohnungstür fiel ins Schloss.

»Ich komme«, rief sie und legte noch roten Lippgloss auf. Nach einem letzten Blick in den Spiegel hastete sie über den Flur. Seitz stand an der Garderobe. Sara sah, wie er eine Daunenjacke an einen Haken hängte. Eine Daunenjacke, die sie kannte.

Abrupt blieb sie stehen.

»In der Küche ist sie nicht«, erklang eine Stimme.

Seitz drehte sich um. Er grinste. »Überraschung!«

»Tini?« Wie in Zeitlupe sah Sara ihre Schwester um die Ecke auf sich zukommen. Stumm schloss Tini sie in die Arme. Sara spürte an der ungewöhnlich kräftigen Umarmung die Erleichterung, die Tini empfinden musste. Tini war hier. Bei ihr. Alles war gut.

Oder?

Tini saß auf ihrem Stammplatz am Küchentisch und schaute sie an. Erst jetzt fiel Sara auf, wie schlecht ihre Schwester aussah. Sie hatte dunkle Ringe unter den Augen, die Lippen waren spröde, ihre blonden Haare hingen kraftlos in ihr blasses Gesicht.

»Habe ich das jetzt richtig verstanden?«, fragte Sara. »Du stehst noch immer unter Mordverdacht?«

Seitz kam Tini zu Hilfe. »Ja. Leider. Daran hat sich nichts geändert. Ich konnte aber Haftverschonung erwirken. Bis zur Verhandlung.«

Er setzte sich neben Tini.

»Oh … und jetzt?« Sara blickte von einem zum anderen.

»Ich muss mich jeden Tag bei der Polizei melden. Bis zur Verhandlung.« In Tinis Augen schimmerten Tränen. »Wenn die mich wieder einsperren, das pack ich nicht. Ich kann nicht zurück dahin.«

»Das musst du nicht.« Sara strich Tini die strähnigen Haare aus der Stirn. Unter ihren Fingerkuppen spürte sie den feinen Wulst der Narbe. »Das musst du nicht. Das verspreche ich dir.«

Tini lehnte ihren Kopf an Saras Hüfte. »Wie willst du das denn verhindern?«

Sara biss sich auf die Lippe und schwieg. *Warum bist du nicht früher zu mir gekommen?*

»Kopf hoch«, sagte Seitz. »Wir nutzen jetzt die Zeit. Die Staatsanwaltschaft hat die Beweisaufnahme noch nicht abgeschlossen. Das dauert noch, bis die offizielle Anklageschrift eingereicht und ein Verhandlungstermin festgelegt wird.« Er nahm Tinis Hand und drückte sie. »Wir schaffen das schon. Glaub mir.«

Sara zuckte zusammen. Nie hatte sie Tini so vertraut mit einem Mann gesehen. Außer mit Paul natürlich. Es erschien ihr falsch. Sie hatte bisher kein Wort über Paul verloren. Er war seit zwei Tagen tot, und Tini hielt sich an der Hand eines fremden Mannes fest, als müsse er sie aus einer tosenden Flut retten. Schnell wandte Sara sich ab, ging zur Spüle und füllte Wasser in die Kaffeemaschine. Aus der Anrichte holte sie Tassen und Unterteller und stellte sie auf den Tisch. Tini hielt noch immer die Hand ihres Anwalts. Schweigend. Als bräuchten sie keine Worte, um sich zu verstehen. Sara häufte sechs Löffel Kaffee in den Filter und schaltete die Maschine an. War er der Mann, mit dem Tini Paul betrogen hatte? Er war attraktiv, und man fühlte sich bei ihm ... Sie suchte nach einem passenden Wort. Aufgehoben. Ja. Geborgen. Sie erinnerte sich, wie er sie gestern zum Lift geführt hatte, und ein leichtes Kribbeln lief durch ihren Körper. Sie rückte den Filter gerade. Wäre es nicht logisch? Wenn er Tini in diese Situation gebracht hatte? Vielleicht nicht direkt, aber wenn er involviert gewesen war, dann sollte er ihr jetzt auch gefälligst helfen.

Das Wasser gurgelte langsam durch die Maschine, bahnte sich einen Weg durch das Kaffeepulver und tropfte gleichmäßig in die Kanne.

»Sara?«

Tinis Stimme kam von weit weg. Sie schob ihre Gedanken beiseite und drehte sich um. »Ja?«

»Michael hat gefragt, ob du Zucker hast.«

»Entschuldigung. Ja. Natürlich.« Auf Zehenspitzen nahm sie die Zuckerdose aus dem Schrank und stellte sie vor Seitz. »Trinken Sie Ihren Kaffee mit Milch?«

»Ihr siezt euch nicht wirklich, oder?« Tini brach auf einmal in Lachen aus. »Wie absurd. Darf ich vorstellen: Michael, das ist Sara, meine Schwester, Sara, das ist Michael, einer meiner besten Freunde.«

Michael blickte Sara an. Er wirkte verlegen.

»Gerne mit Milch.« Er lächelte und fügte hinzu: »Sara.« Dann zog er einen kleinen Notizblock aus der Lederjacke, die hinter ihm über der Lehne hing, und blätterte in dem Block.

»Gestern Abend kam einer von der Kripo und hat Ronnie und mich befragt.« Sara versuchte, sich das Gespräch in allen Details ins Gedächtnis zu holen. »Bei Mama war der auch schon. Er wollte alles über eure Ehe wissen, ob Paul dich geschlagen hat, ob du ein Verhältnis hast und lauter so Zeug. Und wie du als Kind warst, und ob du dich mit Botanik auskennst. Und wie lange du schon in der Frauengruppe bist.«

»Und?« Tini schaute sie gebannt an. »Was hast du gesagt?«

»Die Wahrheit. Dass ich bis gestern der festen Überzeugung gewesen bin, dass ihr eine Traumehe führt und keine Ahnung hatte, dass du überhaupt zu einer Frauengruppe gehörst. Und dass du dein Leben lang Menschen geholfen hast und es völlig undenkbar ist, dass du Paul getötet haben könntest.«

»Hieß der Beamte König?«, fragte Michael. »Etwa fünfzig, groß, kräftig gebaut. Mit Geheimratsecken und einer abgetragenen Lederjacke, wie ein Fernsehkommissar.«

Sara schüttelte den Kopf und ging zur Anrichte. »Nein, das war ein ganz junger, schlanker Typ mit Jeans und Daunenweste und so einer trendigen Wollmütze.« Sie kam mit einer Visitenkarte zurück. »Behringer. Franz Behringer hieß der. Der hat jedes Wort mitgeschrieben. Zum Schluss wollte er wissen, wo wir Sonntagabend waren. Ronnie hat sich total aufgeregt, aber der Typ meinte, er müsse allen Zeugen routinemäßig diese Frage stellen.«

»Und?«

»Wir waren zu Hause und haben Tatort geschaut. Wie meistens am Sonntagabend.«

Michael machte sich Notizen. »Hat er dich aufs Revier bestellt, um deine Aussage zu protokollieren?«

»Nein. Er hat gesagt, das wäre es fürs erste. Ich fand das schon seltsam. Ich meine, er hat nicht einmal gefragt, ob Paul Feinde hatte oder ob wir uns vorstellen könnten, wer von Pauls Tod profitieren könnte. Es ging nur um Tini. Irgendwie habe ich nicht das Gefühl, dass sie alle Möglichkeiten durchgehen. Die haben sich total auf Tini eingeschossen.«

»Das kann sein.« Er wandte sich an Tini. »Lass uns noch mal den Sonntagabend durchgehen. Du bist um halb acht aus dem Haus und zur Weihnachtsfeier. Um halb zwölf hast du mit zwei Kolleginnen die Kneipe verlassen und bist dann allein mit der U-Bahn nach Hause gefahren. Dort bist du kurz vor zwölf angekommen. Du bist gleich ins Wohnzimmer, weil du gedacht hast, dass Paul schon schläft. Dann hast du noch ferngesehen und bist dabei eingeschlafen. Um halb neun hat dich Saras Anruf geweckt. Nach eurem Telefonat bist du ins Schlafzimmer und hast Paul gefunden. Ist das so korrekt?«

Sara setzte sich neben Tini und schenkte Kaffee ein.

»Ja.«

»Du hast Paul weder ein Curry bestellt noch geholt, du hast ihm kein Gift ins Essen gemischt, du hast nichts Auffälliges bemerkt, als du von der Feier zurückkamst«, fuhr Michael fort.

Tini nickte.

»Hast du gewusst, dass Paul ein Curry bestellen würde?«

»Ja, er hat sich immer eins bestellt, wenn ich nicht da war. Er liebt indisches Essen.«

»Hatte er ein Stammlokal?«

»Er liebte indisches Essen, nicht liebt. Liebte«, korrigierte sich Tini. »Das habe ich ihm nicht gewünscht.«

Sie schlug die Hände vors Gesicht und schüttelte ihren Kopf. Sara legte ihren Arm um sie und drückte sie.

»Danke. Es geht wieder.« Tini holte tief Atem.

»Weißt du, ob er einen Stamm-Inder hatte?«, wiederholte Michael seine Frage ruhig und sachlich.

»Nein. Hier gibt's vier oder fünf, die kostenlos ausliefern.«

»Weißt du, bei wem er an diesem Abend das Curry bestellt hatte?«

»Nein, aber in der Küche lag ein Flyer. Irgendein Sonderangebot.«

»Weißt du noch, von wem?«

Tini zog ihre Augenbrauen zusammen. »Nein, es hat mich auch nicht interessiert, mir ist nur das große *50% auf Ihre erste Bestellung* aufgefallen. Ich weiß noch, ich hab gedacht, der ruiniert sich, bevor er richtig angefangen hat.«

»An den Namen kannst du dich nicht erinnern?«

»Eben nicht!«, rief Tini aus. »Das hat die Polizei auch gefragt. Es war ein gelber Zettel, so DIN-A-4, im Dreierfalz. Take-away-Speisekarte eben und vorne ganz groß das Angebot drauf.«

»Der muss doch noch da sein.« Michael schaute von seinen Notizen auf. »Den hat er doch für die Bestellung gebraucht.«

»Ja eben. Die Polizei hat danach gesucht, aber nichts gefunden. Nirgendwo. Nicht mal im Hausmüll. Einfach weg.« Sie stützte den Kopf in beide Hände. Sara hörte in der Stille Michaels Stift über das Papier kratzen. Mit einem Ruck richtete Tini sich auf. Sara glaubte, in ihren Augen eine vage Hoffnung schimmern zu sehen.

»Ob er den Flyer abgeben musste? Um den Rabatt zu bekommen? Wie bei Rabattmarken?«

»Hätte der Bote dann nicht eine neue Speisekarte dagelassen? Er will seinen neuen Kunden doch behalten, da nimmt er ihm wohl kaum die Speisekarte weg.« Michael kritzelte einen Vermerk auf den Block.

»Ja stimmt. Das macht keinen Sinn.« Tini starrte auf ihre Hände.

Sara hatte bisher schweigend zugehört. »Der Bote könnte es vergessen haben.«

Michael nahm einen Schluck Kaffee und lächelte Sara aufmunternd zu. »Also stellt sich immer noch die Frage, warum, wie und wer Paul das Gift ins Essen gemischt hat.«

»Ich weiß es nicht«, flüsterte Tini.

»Dann denk nochmal nach.« Michael streckte seine Hand aus und schob Tinis Kinn sanft nach oben, bis sie ihn ansah. »Dreh jeden Stein in Pauls Leben um. Such nach Motiven. Wer könnte ein Interesse an seinem Tod gehabt haben? Wir müssen versuchen, einen Anhaltspunkt zu finden. Du hast vor kurzem in einem Forum geschrieben, dass du ihn umbringen möchtest. Die Staatsanwaltschaft findet das heraus, und die werden das gegen dich verwenden.«

»Ich hab deine Einträge gelesen.« Sara fixierte Tini. »Warum hast du mir nichts erzählt? Ich hätte dir vielleicht helfen können.«

»Ach, Sara, hätte … Genau das wollte ich damals nicht. Für mich war es viel einfacher, die Probleme einer anonymen Zuhörerschaft zu schildern. Die wissen nicht, wer ich bin und ich weiß nicht, wer die sind. Und trotzdem haben wir alle einen gemeinsamen Nenner und sind deshalb interessiert. Abgesehen davon, ich kann doch nicht mein Leben lang immer wieder unter deine Glasglocke kriechen.«

Glasglocke? Sara schluckte. Ronnie hatte das gesagt. *Du hättest sie unter deine Glasglocke gepackt* oder so ähnlich. War sie wirklich so einengend in ihrer Liebe?

»Außerdem steckst du selbst in einer Ehekrise.«

Der trotzige Unterton, der bei Tinis letztem Satz mitschwang, holte Sara aus ihren Gedanken.

»Das ist doch keine Krise!«

»Ach?« Tini verschränkte die Arme vor der Brust

Sara sah aus den Augenwinkeln, wie Michael den Schlagabtausch zwischen Tini und ihr verfolgte.

»Nein. Und außerdem will ich jetzt nicht über Ronnie und mich diskutieren.«

Michael hob die Hand und winkte wie ein Schiedsrichter. »Gut. Ich denke, Sara weiß am besten, wie es um ihre Ehe steht. Und du, Tini, hast derzeit eindeutig gravierendere Probleme, auf die wir uns konzentrieren sollten.«

17

Es ist kurz nach Mitternacht, als Leo endlich nach Hause kommt. Ich höre, wie er sich ungeschickt am Schloss zu schaffen macht, und stelle mich schlafend. Wie üblich reißt er gleich die Schlafzimmertür auf und tritt gegen das Bett.

»Hey, was ist mit meinem Bad?«

Ich stehe auf. Hellwach. Er verschwindet ins Wohnzimmer und gießt sich seinen Whisky ein. Ich gehe ins Bad und drehe den Wasserhahn auf. Lausche. Gleich wird der Nachbar mit dem Besen an die Wand klopfen, damit ich das Wasser abstelle, das laut durch die alten Rohre rauscht. Leo wird als Antwort mit dem Fuß aufstampfen und ich morgen früh den bösen Blick ernten. Ich zähle langsam bis zwanzig, fünfundzwanzig, da: der Besenstiel. Ich zähle wieder. Fünf, zehn, zwanzig? Kein Stampfen? Ich drehe den Wasserhahn zu, ziehe den Stöpsel und schleiche den Flur entlang. Am Wohnzimmer bleibe ich stehen und spähe durch die halbgeöffnete Tür. Ich halte den Atem an. Er liegt regungslos auf dem Sofa. Die Füße berühren den Boden, der Oberkörper ist im rechten Winkel zur Seite gerutscht. Das Glas liegt umgekippt neben seiner Hand, der Whisky tropft von dem billigen Lederimitat der Couch. Ich nähere mich auf Zehenspitzen, berühre ihn an der Schulter, jederzeit darauf gefasst, dass er ein Spiel mit mir treibt und nur so tut, als schliefe er. Doch er bleibt regungslos.

Schnell gehe ich zum Schrank und hole das vorbereitete Paketklebeband und die Schnur heraus. Ich zögere. Wo soll ich anfangen? Fieberhaft überlege ich. Ich habe noch nie jemanden gefesselt. Ich habe keine Ahnung, wo ich beginnen soll. Schließlich entscheide ich mich für die Hände. Falls er aufwacht, habe ich so die besten Chancen, mich in Sicherheit zu bringen. Ich verschränke seine Hände hinter dem Rücken und umwickele sie mehrmals mit der Schnur, mache einen dreifachen Knoten, umwickele sie noch zweimal und mache diesmal vier Knoten. Dann wiederhole ich die Prozedur mit den Füßen und Oberschenkeln. Ich überprüfe, dass Hände und Beine so fest verschnürt sind, dass er sich nicht durch heftige Bewegungen befreien kann. Zum Schluss nehme ich das Paketband, reiße eine großzügige Bahn ab und klebe sie auf seinen Mund. Ich schwitze. Wie schnell die Tabletten gewirkt haben. Damit habe ich nicht gerechnet. Ich beuge mich über ihn, schiebe meine Arme von hinten unter seine Achseln und ziehe ihn mit einem Ruck hoch.

Ich zucke vor Schmerz zusammen, presse die Lippen aufeinander, als ich ihn ins Badezimmer schleife. Dort hieve ich ihn mit meiner letzten Kraft in die Badewanne und schubse den schlaffen Körper in eine seitliche Stellung, um die Fuß- und Handfesseln so miteinander zu verknoten, dass er bewegungsunfähig bleibt. Dann drehe ich ihn auf den Rücken, die Beine nach hinten abgewinkelt.

Meine Handgelenke schmerzen. Mehrere der noch frischen, schmalen Narben haben sich an Leos grobem Leinenhemd aufgerieben und bluten.

Ich blicke in den Spiegel, sehe, dass mein Kopf vor Anstrengung hochrot ist. Schnell verlasse ich das Badezimmer und hole die Jumbotüte Paprika-Kartoffelchips.

Je länger ich auf dem Toilettendeckel sitze und Leo betrachte, desto nervöser werde ich. Dabei weiß ich genau, was ich als Nächstes zu tun habe. Es macht mir Angst.

Schließlich kommt er zu sich. Sofort drehe ich den Hahn auf. Das Wasser ist eiskalt.

»Gut geschlafen, Leo?«, frage ich und muss mich räuspern. Heimlich versuche ich, das Zittern meiner Hände unter Kontrolle zu bringen. In meiner Fantasie habe ich alles schon tausendmal durchgespielt, es hat sich immer so einfach angefühlt. Meine Stimme sollte zuckersüß klingen, ich sollte mich an dem Entsetzen in seinen Augen weiden. Doch es ist alles anders. Meine Stimme klingt nicht zuckersüß, sie versagt. In seinem Blick sehe ich nicht Entsetzen, sondern Wut. Er versucht, sich von seinen Fesseln zu befreien, er versteht nicht, was passiert. Ich weiß, was ich jetzt hören würde, wenn er nicht das Paketklebeband vor dem Mund hätte. Was soll das? Was machst du da? Warte, wenn ich hier rauskomme, ich mach dich fertig, du fette Sau!, würde er brüllen und ich vor Angst schlottern. Aber er kann mich nicht anschreien oder sich befreien, obwohl seine Bewegungen immer unkoordinierter und wütender werden. Schließlich gibt er auf und starrt mich an.

Ich beobachte, wie die Wut in seinen Augen der Erkenntnis weicht, dass er mir ausgeliefert ist. Ob er sich gerade seine Chancen ausrechnet? Ich stelle mir vor, was er denkt. Würde ich ihn wirklich umbringen? Nein, ich doch nicht, ich wäre dazu nicht fähig, bei mir selbst habe ich es ja auch nicht geschafft. Zweimal. Was hat er damals gesagt? Selbst dazu sei ich zu blöd. Wahrscheinlich rechnet er damit, dass ich in spätestens fünf Minuten zusammenbrechen, ihn befreien und um Verzeihung bitten werde. Ist da nicht schon ein triumphierendes Glitzern in seinen Augen? Oh nein! Heute nicht. Du wirst nicht gewinnen, nicht dieses Mal. Ich stehe auf und gehe mit festem Schritt zur Badewanne.

»Wasser recht so, mein Schatz?« Diesmal versagt meine

Stimme nicht, sie klingt zuckersüß. Ich hebe den kleinen tragbaren Fernseher hoch, der auf einem Stuhl neben der Wanne steht, und halte ihn über die Wanne. »Wie einfach es jetzt wäre, ihn fallen zu lassen.«

Seine Augen treten wild hervor. Er schüttelt den Kopf, bäumt sich auf.

»Keine Angst, Schatz! Dann wäre ja der Fernseher kaputt, das wäre doch jammerschade, nicht?« Ich stelle den Fernseher wieder an seinen Platz und schalte mein Lieblingsprogramm ein.

Astrokanal.

Er hasst Astrokanal.

Die Moderatorin legt Tarotkarten vor sich aus. Die siebte Karte steht für den Tod. Sie schaut erschrocken aus dem Fernseher, direkt in seine Richtung.

»Ich spüre, dass du dich in Gefahr begeben hast. Aber es ist nicht zu spät. Ich kann dir helfen, ruf mich an. Ruf an. Noch kannst du es abwenden«, sagt die Moderatorin besorgt.

Das Wasser erreicht seine Brust. Er bewegt sich kaum noch. Ob er aufgegeben hat? Oder ist seine Körpertemperatur so stark gesunken, dass er bewegungsunfähig ist?

»0190 555 333. Ruf mich an. Das ist deine Chance.« Die eindringliche Stimme der Moderatorin tönt aus dem Gerät. Geduldig rückt sie die Karten gerade, während die kostenpflichtige Telefonnummer auf gelbem Untergrund eingeblendet wird.

»Du hast doch Recht gehabt.« Ich imitiere seine Stimme. »Die reden nur Schwachsinn.«

Ich schalte den Fernseher aus.

»Dir kann niemand mehr helfen«, flüstere ich.

Leos Kinn wird vom Wasser umspielt. Ob er versuchen

wird, sich zu recken, um so lange wie möglich Mund und Nase über Wasser zu halten? Wie lange es wohl dauern wird, bis er ganz versinkt? Ich öffne die Tüte mit den Chips.

Letzter Akt.

Langsam beiße ich in einen Chip, höre das krachende Knacken der hauchdünnen Scheibe. Das soll das Letzte sein, was er auf dieser Welt sieht: seine fette Frau, die genüsslich ihrer Lieblingsbeschäftigung nachgeht, während er langsam in seiner heiligen Badewanne ertrinkt. Ich lange gleich wieder in die Tüte. Seine Augen jagen panisch von links nach rechts, dann blickt er flehend zu mir. Er versucht sich zu recken, um den Kopf über Wasser zu halten. Doch wie sehr er sich auch bemüht, mehr als ein paar Zentimeter kann er den Kopf nicht nach oben schieben. Das Wasser erreicht seine Nase.

Schließlich ist diese unter Wasser.

Ich erhebe mich, drehe den Hahn zu und wende mich zum Gehen. Es reicht. Ich habe es getan. Wie Christina. Mir meine Würde zurückgeholt. Rache genommen. Sie wird auf immer in meiner Erinnerung verankert sein. Seinen Todeskampf möchte ich nicht miterleben. Ohne einen letzten Blick auf ihn zu werfen, verlasse ich das Bad.

Lydia las den letzten Abschnitt wieder und wieder. *Ich habe es getan. Wie Christina. Mir meine Würde zurückgeholt. Rache genommen.* Sie griff zum Telefon und wählte Kathis Nummer. Das Freizeichen tutete endlos. Sie stand auf, trat zum Fenster. War es möglich, dass …? Nein. Sie sah Kathi vor sich, wie sie ihren massigen Körper hin und her schaukelte, während sie den anderen zuhörte, errötete, sobald eine Frage an sie gerichtet wurde, nur flüsternd antwortete, immer den Blick auf Christina gerichtet, als müsste sie die

Antwort von ihren Lippen ablesen. Auf der anderen Straßenseite stand ein Mann in der dunklen Hofeinfahrt und rauchte. Lydia beobachtete, wie die Glut bei jedem Zug hell aufleuchtete. Automatisch drückte sie sich an den Rand des Fensters, so dass sie von außen nicht sichtbar war. Kathi würde sich nie gegen Leo wehren. Kathis Worte tanzten vor ihren Augen: *Ich habe es getan. Wie Christina.* Lydia schauderte. Vielleicht meinte sie damit, dass sie endlich ihre Wut in Worte gefasst hat? So wie die anderen. Eine harmlose Übung.

In dem Mietshaus gegenüber brannte Licht. Obwohl Lydia die Bewohner nicht kannte, empfand sie die hellen Fenster in der heruntergekommenen Fassade als tröstlich. Schließlich legte sie auf und setzte sich wieder an ihren Computer. Sie war sich nicht sicher, was sie tun sollte. Den Eintrag löschen? Verstieß sie damit nicht gegen ihre eigenen Regeln? Zu Kathi fahren? Sich davon überzeugen, dass sie auf dem Sofa saß und fernsah, während sie unkontrolliert Chips hinunterschlang und das Telefon ignorierte, fest davon überzeugt, mit ihrem Eintrag Christina den Rücken zu stärken? Kapierte sie nicht, dass sie Christina damit mehr schadete als half? Kurz entschlossen klickte sie auf *Eintrag löschen.*

Donnerstag, 11. Dezember

18

Viele Opfer können lange Zeit keine Wut auf die Täter empfinden, da sie die Schuld auf sich beziehen. Sara unterstrich den Satz doppelt und las weiter. *Dieses Schuldgefühl ist zumeist schambesetzt und macht es schwierig, über das Erlebte zu sprechen.* Ob Tini ihr deshalb nichts erzählt hatte? Weil sie sich schuldig gefühlt und sich geschämt hatte? Aber warum hatte sie es dann Michael erzählt? Und dem Forum? *Erschwerend kommt dazu, dass Männer nach einem erfolgten Gewaltakt Reue empfinden und die Frau in der Folgezeit besonders liebevoll behandeln – bis zum nächsten Ausbruch der Gewalt. In diesem als Gewaltspirale bekannten Wechselspiel werden mit der Zeit die Phasen der Ruhe immer kürzer, die Gewaltakte immer heftiger. Da häusliche Gewalt oft ein Ausdruck der Hilflosigkeit des Mannes ist, mit (Konflikt-) Situationen umzugehen, bzw. die einzige von ihm erlernte Form, Macht und Kontrolle auszuüben, können nur die wenigsten Männer diesen Teufelskreis durchbrechen. Das bedeutet, dass die Frau …*

Es läutete. Sie blickte auf die Uhr und seufzte. Zwanzig nach zwölf. Zu früh für Jonas. Es läutete wieder. Mit einem kräftigen Stoß schubste sie den Drehstuhl vom Schreibtisch weg und lief zur Tür. Sie drückte auf die Gegensprechanlage. »Ja?«

»Hallo Sara, kann ich kurz raufkommen?«

»Natürlich.«

Sie drückte den Türöffner. Dann lief sie zum Spiegel.

Schnell legte sie Lippenstift auf und kämmte sich mit drei Bürstenstrichen über die Haare, bevor sie sich in den Türrahmen stellte und wartete. Sie spürte, wie sie immer nervöser wurde. Endlich erreichte Michael den letzten Treppenabsatz und kam auf sie zu. Sein Gesichtsausdruck war ernst.

»Entschuldige, dass ich dich so überfalle.«

»Kein Problem«, unterbrach sie ihn hastig. »Hat gestern noch alles geklappt? Mama hat mich am Abend angerufen und mir erzählt, dass du Tini noch stundenlang bei dem ganzen Behördenkram geholfen hast.« *Solange, dass sie keine Zeit mehr gefunden hat, mich zurückzurufen.*

»Ist gerade alles ein bisschen viel für sie.« Michael kratzte sich am Kopf und stand unschlüssig in der Tür. »Soll ich hier stehenbleiben oder bittest du mich herein?«

»Oh … entschuldige.« Verlegen ließ sie ihn eintreten und schloss die Tür.

»Tja«, begann er und verstummte.

»Tja was?«

»Wir haben ein Problem.«

»Problem? Was für ein Problem?«

»Christina ist wieder in Untersuchungshaft.«

»Was?« Sie starrte ihn entsetzt an.

»Sie hat uns gestern leider ein wichtiges Detail verschwiegen.«

»Was denn?«

»Es gibt einen Zusammenhang zwischen dem Familiendrama von gestern Abend und dem Mord an Paul.«

»Welches Familiendrama?« Sie war völlig verwirrt. »Ich verstehe gar nichts mehr.«

»Können wir mal kurz ins Internet?«

»Ja. Natürlich. Komm mit.« Sara führte ihn in ihr Arbeitszimmer und bot ihm einen Stuhl an.

»Ist das eine Kletterwand?« Anstatt sich zu setzen, stellte sich Michael vor die Wand mit den Klettergriffen und berührte die bunten Plastikausbuchtungen.

»Ja. Zum Bouldern.«

Er zog sich an einem der Griffe in die Höhe. »So was habe ich noch nie in einer Wohnung gesehen. Kletterst du schon lange?«

»Ewig. Ich hab das mal richtig professionell betrieben, aber mit Jonas geht das nicht.« Sie gab dem Magnesiumsack einen Stoß. »Da ist man zu viel unterwegs ... Jetzt gebe ich am Wochenende Kletterkurse in Thalkirchen und leite hin und wieder Klettertouren für den Alpenverein oder mach mal bei einem Showklettern mit.«

Sie setzte sich auf ihren Drehstuhl und gab der Maus einen kleinen Ruck, um den Bildschirmschoner zu deaktivieren. Michael löste sich von der Wand und setzte sich.

»Geh auf die Seite von der *Süddeutschen Zeitung*.« Er hatte sich zurückgelehnt und ließ seinen Blick über die anderen Wände schweifen. »Und du kletterst *hier*, in deinem Arbeitszimmer?«

»Ja. Sonst käme ich nicht genug zum Üben. Jedes Mal zu einem der Kletterzentren zu fahren, ist zu aufwendig.«

»Etwas verrückt ist das schon, oder?«

»Warum? Was ist daran anders, als sich ein Laufband ins Wohnzimmer zu stellen oder eine Putting-Green-Matte auf dem Boden auszurollen? Nur dass es beim Klettern viel wichtiger ist, in Übung zu sein, weil es einfach gefährlicher ist. Es gibt wenige Sportarten, bei denen du so oft an deine eigenen Grenzen gebracht wirst, körperlich und mental.« Sara wartete, bis sich die Seite aufgebaut hatte. Aus den Augenwinkeln konnte sie sehen, dass seine Aufmerksamkeit auf das große Portraitfoto von Tini gerichtet war.

»Bist du mit Tini… Ich meine, bist du mehr als, also, du weißt schon, was ich meine.« Ihr wurde heiß. Sie konnte ihn doch nicht fragen, ob er mit Tini etwas hatte. Zweifelte sie dadurch nicht seine Integrität als Anwalt an? Seine Beweggründe, warum er Tini so intensiv unterstützte? Schlimmer noch, würde er sich nicht sofort verdächtig machen, wenn er es zugab?

»Du meinst, ob ich Tinis geheimnisvoller Liebhaber bin?« Er grinste. »Da muss ich dich leider enttäuschen.«

Sie spürte, wie ihr die Röte ins Gesicht stieg, und drehte sich schnell zum Bildschirm. »Und jetzt?«

»Klick auf *München und Region.*«

Sofort erschien eine Schlagzeile: *Familiendrama in Pasing.* Sara öffnete den Artikel und las:

Gestern Nacht ereignete sich ein weiteres Familiendrama mit tödlichem Ausgang. Nach Aussage der geständigen Täterin ertränkte sie ihren Mann als Rache für jahrelange Demütigungen in der Badewanne. Dies ist in dieser Woche bereits der zweite Mord an einem mutmaßlich gewalttätigen Ehemann im Münchner Stadtgebiet. Die Kriminalpolizei prüft derzeit, ob eine Verbindung zu dem Mord in Schwabing vom letzten Sonntag besteht.

Sara schloss die Seite und wandte sich Michael zu. »Aber was hat das mit Tini zu tun?«

»Sie soll die Frau dazu angestiftet haben, ihren Mann umzubringen.«

»Was?«

»Sie hat die Tat gestanden und Christina schwer belastet. Sie behauptet, Christina hätte als Erste den Mut gehabt, ihre Folterkammerfantasie in die Tat umzusetzen.«

Sara schwirrte der Kopf. Folterkammer? Anstiftung zum

Mord? Was kam als Nächstes? »Ich verstehe den Zusammenhang nicht. Was hat Tini mit dieser Frau zu tun?«

»Christina und Kathi Gerlach waren in einer Selbsthilfegruppe. Dort hat die Gruppenleiterin, eine Valeska Liebig, die Mitglieder aufgefordert, ihrem Hass auf die dominanten Partner ein Gesicht zu geben und in Form einer Fantasie aufzuschreiben. Das wurde in der Gruppe *Folterkammer* genannt.«

»So was hab ich ja noch nie gehört!«

»Ich auch nicht«, stimmte Michael ihr zu, »aber sie soll damit recht erfolgreich gewesen sein. Es hat Frauen geholfen, sich aus gewalttätigen Beziehungen zu lösen.«

»Wie denn?«

»Soweit ich es verstanden habe, behauptet Frau Liebig, die Verbalisierung einer Rachefantasie gebe dem Opfer ein Stück Selbstsicherheit zurück.«

»Aber was hat das mit dem Mord an Paul zu tun?«

Er seufzte und legte seine Hand auf die Maus. »Darf ich?«

Sara nickte und beobachtete, wie er www.frauenwehr.de eintippte. Die Forumsseite, auf der sie vorgestern Tinis Einträge gelesen hatte, erschien.

»Den öffentlich zugänglichen Bereich vom Frauenwehr-Forum kennst du schon.« Er zog einen Zettel aus seiner Innentasche. »Soweit ich Frau Liebig verstanden habe, hat sie Frauen, die ihrer Meinung nach für eine Veränderung bereit waren, persönlich in den geschützten Mitgliederbereich eingeladen. Christina auch. Dazu musste sie ihre Kontaktdaten offenlegen. Sprich, kein Zugang für anonyme Teilnehmer.«

Er tippte die Logindaten von dem Zettel ab.

»Ist das nicht ungewöhnlich?« Sie sah Michael fragend

an. »Das ist doch der Punkt bei diesen Foren. Also, dass man anonym bleibt, oder?«

»Meistens ja. Frau Liebig will die Frauen dazu bringen, sich als Gewaltopfer zu outen und betrachtet den Mitgliederbereich als Übungsplatz. Sprich, hier können sich die Frauen in einem geschützten Raum aussprechen, aber nur unter ihrer eigenen Identität.« Er drehte sich zu Sara. »Ich weiß nicht, ob das wirklich etwas bringt, aber Frau Liebig scheint da ziemlich überzeugt. Sie duldet keine Ausnahmen.«

In dem nichtöffentlichen Bereich war die Menüführung ähnlich aufgebaut wie in dem öffentlichen. Man konnte unter mehreren Themenbereichen wählen. Eine Themenüberschrift hieß *Folterkammer.* Michael klickte sie an, und eine neue Seite mit mehreren Rubriken erschien, auf der er die Rubrik *Christina* auswählte. »Du musst Christinas Eintrag in der Folterkammer lesen. Das ist so gut wie ein Mordgeständnis. Nur dass sie dies etwa drei Wochen *vor* Pauls Tod geschrieben hat.«

»Was?« Sara hielt sich entsetzt die Hand vor den Mund. »Das glaube ich nicht!«

»Lies.« Michael deutete auf den Eintrag, der auf dem Bildschirm erschien.

Das grelle Rot des Fruchtmantels schreit mir seine Warnung ins Gesicht. Doch ich sehe nur die winzigen Samen und das neue, bessere Leben, das sie mir versprechen.
Immer wieder drücke ich meine Fingernägel in das weiche Fleisch der Eibenfrüchte, pule die dunkelbraunen Samen heraus und lege sie auf ein Holzbrettchen. Die Hüllen werfe ich in den Abfall, wo sie sich mit den noch feuchten Kartoffelschalen vermischen. Das Häufchen Samen zerstoße ich mit dem

Mörser aus Stein, bis nur noch ein Pulver übrig ist, das auf der klebrigen Kuppe meines Zeigefingers einen schmutzigen Film hinterlässt.

»Und das hat wirklich Tini geschrieben?« Sara starrte noch immer fassungslos auf den Forumseintrag und blieb wie gebannt an einem Satz hängen: *Ohne auf seine Antwort zu warten, nehme ich das Brettchen und ein Messer, gebe das tödliche Pulver hinzu und rühre es langsam in seine Lieblingsspeise ein …*

Das sollte ihre Schwester geschrieben haben? Das war's. Der letzte Vorhang für Tini. Sara spürte, wie sich ihr Magen zusammenkrampfte. Tinis Worte dröhnten in ihren Ohren: *Wenn die mich einsperren, das pack ich nicht.*

»Leider ja.« Michael nahm die Maus und scrollte an den Anfang des Eintrags. An der linken Seite prangte ihr Name: *Christina*.

»Aber warum hat sie uns das gestern nicht erzählt?«

»Vielleicht war es ihr peinlich. Oder sie wollte sich nicht belasten und hat gehofft, es würde unentdeckt bleiben.« Er schloss Tinis Eintrag.

»Aber so etwas muss sie *uns* doch erzählen«, rief Sara verzweifelt. Gestern hätte Tini Gelegenheit gehabt, ihnen reinen Wein einzuschenken. Michael hatte sie wieder und wieder gefragt, ob ihr noch etwas einfiele, irgendwas, egal wie unwichtig es ihr erscheinen möge. Wenn sie ihnen das verschwiegen hatte, was lauerte dann noch im Verborgenen? Sara fühlte sich plötzlich müde und leer. »Und was machen wir jetzt?«

»Kämpfen. Was sonst? Christina ist unschuldig.« Er nahm einen gefalteten Papierlöwen in die Hand und betrachtete ihn von allen Seiten.

»Aber die Polizei denkt doch, dass sie es getan hat, sonst wäre sie nicht in Haft, oder?«

»Klar. Die Kriminalpolizei freut sich sehr über diesen Eintrag.«

»Wie kannst du nur so gelassen sein?«, stieß sie hervor. Eine Welle der Wut überrollte sie und ließ ihren Ton aggressiv werden, aber sie hätte nicht sagen können, worüber sie sich mehr ärgerte: den erneuten Vertrauensbruch von Tini oder Michaels Gelassenheit. »Das bringt Tini in Teufels Küche!«

Michael stellte den Papierlöwen vorsichtig neben die Tastatur und berührte sie sanft an der Schulter. Sofort übertrug sich seine Ruhe auf Sara, und sie spürte, wie die Berührung sie gleichzeitig besänftigte und elektrisierte.

»Ich will Christina helfen, genau wie du«, sagte er leise.

»Entschuldige.«

Er zog seine Hand zurück. »Jedenfalls wissen wir jetzt, dass Christina definitiv mit dem Mord nichts zu tun hat. Dass eine Frau ihren Mann tötet, kommt vor. Wer weiß, wie verzweifelt Christina wirklich war. Aber so? Niemals.«

Es entstand eine Stille. Sara stützte den Ellenbogen auf die Schreibtischplatte und senkte die Stirn in ihre Hand. Sie schloss die Augen. Das konnte alles nicht wahr sein. Gestern war sie überzeugt gewesen, alle Geheimnisse erfahren zu haben, doch heute öffneten sich völlig neue Abgründe. Folterkammer? Rachefantasien? Anstiftung zum Mord? Wo war die Schwester geblieben, die sie ein Leben lang gekannt hatte? War sie immer noch von Tinis Unschuld überzeugt? Sie wusste es nicht. Irgendwann in den letzten drei Tagen hatte sich leiser Zweifel eingeschlichen, der immer lauter wurde und ihren Glauben an Tini in Frage stellte. Sie spürte Michaels Blick und sah auf. »Wie kannst du so sicher sein?«

Michael runzelte die Stirn. »Weil Christina dazu zu intelligent ist. Wenn ich plane, jemanden umzubringen, dann doch so, dass der Verdacht nicht auf mich fällt. Also würde ich keinen Mord begehen, den ich zuvor im Internet ausführlich beschrieben habe.«

Seine Schlussfolgerung klang logisch. Tini war nicht dumm. Wenn überhaupt, wäre sie nur in extremem Jähzorn fähig gewesen, einen Menschen zu töten. Aber ein Giftmord im Affekt? Noch dazu mit Eibenfrüchten? Unsinn! Nur, was war mit dieser Kathi? Die hatte ihre Folterkammerfantasie wahr gemacht.

»Und wenn Tini ein Zeichen setzen wollte?«

»Dann hätte sie sich zu der Tat bekannt.« Er hob eine Giraffe aus grünem Papier hoch. »Ist Origami ein Ausgleich zum Klettern?«

»Was?« Sara blickte ihn irritiert an. »Nein, das ist Beschäftigungstherapie für meine Hände, seit ich das Rauchen aufgehört habe. Und jetzt? Was machen wir jetzt?«

Michael stellte die Giraffe zurück und sah sie eindringlich an. »Wir müssen herausfinden, wer von ihrer Giftfantasie gewusst hat und wem Paul in letzter Zeit auf die Füße gestiegen ist. Und – wir müssen an sie glauben.«

Sara senkte den Blick. Sie erinnerte sich, wie er gestern Tini befragt hatte. Auf den Punkt genau, detailbewusst, analytisch und immer voller Vertrauen. Sie war dem Frage-und-Antwort-Spiel fast zwei Stunden lang gefolgt und hatte dabei intensiv seine Gesichtszüge studiert, magisch angezogen von der Wärme und Sicherheit, die er ausstrahlte.

»Ist Paul denn wirklich so umgebracht worden? Mit Eibengift? Ich wusste nicht, dass das tödlich ist«, sagte sie schließlich.

»Er ist auf jeden Fall an einer Alkaloidvergiftung gestorben, mit neunundneunzigprozentiger Wahrscheinlichkeit durch ein Eibengift. Deine Frage ist allerdings berechtigt, denn tatsächlich gibt es nur wenige Todesfälle. Das liegt wohl daran, dass der rote Fruchtmantel ungiftig ist. Damit das Gift wirkt, muss der Samen sehr stark zerkaut oder pulverisiert werden.«

Sofort fiel Sara der Satz aus dem Eintrag ein: *Das Häufchen Samen zerstoße ich mit dem Mörser aus Stein, bis nur noch ein Pulver übrig ist…* Tini hatte gewusst, wie man das Gift verabreichen musste. Wieder spürte sie das nagende Gefühl des Zweifels. Und wenn Tini keinen anderen Ausweg mehr gesehen hatte? Oder vielleicht hatten sich die Frauenwehr-Mitglieder gegenseitig hochgeschaukelt?

»Hast du einen Plan?«, fragte sie schnell, um ihre Gedanken nicht zu Ende führen zu müssen.

»Würdest du mit dieser Selbsthilfegruppe Kontakt aufnehmen? Neben dem Forum gibt es hier auch eine lokale Gesprächsgruppe.« Er zwinkerte ihr zu. »Da tust du dich als Frau leichter.«

Er legte ihr einen Zettel mit einer Telefonnummer hin. »Die Nummer von Valeska Liebig. Sie erwartet deinen Anruf.«

Er kritzelte etwas auf den Zettel.

»Christinas Logindaten bei frauenwehr.de. Da kannst du dich schon mal einlesen.« Er zog einen USB-Stick aus der Tasche, steckte ihn ein und übernahm die Maus. Er ging zur Folterkammer zurück, wählte die Option *Beiträge in Druckformat anzeigen* und speicherte die Druckdaten als PDF–Datei. Erst auf ihrer Festplatte und dann auf seinem Stick. Er entfernte den Stick, wedelte damit vor ihren Augen und lächelte sie an. »Ich gehe davon aus, dass die Polizei diesen Bereich des Forums sehr bald dichtmacht. Aber das wird uns jetzt nicht mehr aufhalten.«

Freitag, 12. Dezember

19

Die Kneipe war fast leer. Lydia blickte sich prüfend um. Zwei junge Türken saßen an der Bar vor ihren Espressotassen und diskutierten lautstark. Am Fenster aß der langhaarige Besitzer des Tattoo-Studios eine Suppe, im hinteren Teil der Kneipe beugten sich ein Mann und eine Frau geschäftig über mehrere Kataloge. Zielstrebig ging Lydia zu dem Garderobenständer, zog ihren grünen Parka aus und hängte ihn auf. Dann steuerte sie einen Tisch in der Nähe der Bar an, setzte sich mit Blick zur Tür auf einen der Holzstühle und platzierte ihren schwarzen Rucksack auf dem Stuhl neben sich.

Um diese Zeit war Lydia am liebsten hier. Die Gäste vom Mittag waren bereits gegangen, und für die abendlichen Kneipenbesucher war es noch zu früh. Sie rückte den Stuhl etwas zurück und ließ die gemütliche Atmosphäre des Gastraums kurz auf sich wirken. Sie liebte den abgetretenen Parkettboden und die alten Holztische mit dem um diese Zeit großzügig ausgebreiteten Weihnachtsdekor und die getäfelte Wand mit den bunten Bildern. Wenn sie die Augen so zusammenkniff, dass die Sicht ein wenig verschwamm, und mit der linken Hand den Blickwinkel einschränkte, sah es fast so aus wie im Klosterwirt in Fürstenfeldbruck. Ob sie dort noch jemand vermisste? Ob sie dort jemand erkennen würde, wenn sie heute mit ihren falschen Locken, der Brille und den grünen Kontaktlinsen hereinspazierte?

Die Tür öffnete sich. Lydias Muskeln spannten sich an. Sie versteckte ihr Gesicht hinter der Speisekarte. Ein Typ marschierte an ihr vorbei und verschwand in der Toilette. Sie atmete auf.

Dann bestellte sie grünen Tee mit frischer Zitrone.

Würde sie je einen Schlussstrich unter ihre Vergangenheit setzen können? Einfach in einer Kneipe sitzen, ohne hochzuschrecken, wenn ein Mann den Raum betrat? Sie stellte sich vor, wie sie die kratzende Perücke und die lästige Brille mit den ungeschliffenen Gläsern in die Mülltonne stopfte, bis sie unter dem normalen Hausmüll für immer begraben waren. Wie sie die farbigen Kontaktlinsen mit einem Schwall Wasser in die Kanalisation spülte, anstatt sie panisch aus dem Waschbecken zu fischen. Doch sie wusste, dass das ein Wunschtraum war. Wie sollte sie mit der Vergangenheit abschließen, wenn sie immer wieder von ihr eingeholt wurde?

Die Tür öffnete sich, und eine junge Frau in schwarzem Minirock und grau-schwarz karierter Strumpfhose trat ein. Sie blickte sich aufmerksam um und zeigte dann fragend auf Lydia. Automatisch winkte Lydia sie an ihren Tisch. Das musste Christinas Schwester sein, dachte sie erstaunt. Unglaublich, wie verschieden die beiden aussahen. Die dunkelhaarige, schlanke Frau war größer, vielleicht einen Meter siebzig, und nicht so zerbrechlich wie Christina. Ihr von großen, dunklen Augen dominiertes Gesicht strahlte eine schwer zu beschreibende Attraktivität aus, die mit Christinas zarten Zügen nicht zu vergleichen war. Als dieser Seitz sie angerufen und gebeten hatte, Christinas Schwester einen Einblick in die Gruppe zu geben, hatte Lydia nur zögerlich zugestimmt. Sie wollte nicht noch mehr Aufmerksamkeit auf sich lenken. Aber er hatte sie so lange bedrängt, bis sie schließlich zustimmen musste, wusste sie doch, dass er es gut meinte. Er hätte Christina sogar Geld gegeben, damit sie sich scheiden lassen konnte.

Diese verdammte Folterkammer! Wie hatte sie nur auf so eine idiotische Idee kommen können?

»Hallo!«, begrüßte die Frau sie mit klarer, freundlicher Stimme. »Ich bin Sara Neuberg, Christinas Schwester. Sind Sie Frau Liebig?«

»Valeska.« Lächelnd reichte sie Sara die Hand.

»Das ist ein schöner Name. *Valeska.*«

Lydia nickte. Ihr Lächeln verschwand. Ein schöner Name? Ja, mag sein, aber deshalb hatte sie ihn nicht ausgewählt. Sondern weil er eine Bedeutung hatte. Weil er das ausdrückte, was sie heute war – was sie war, wenn sie ihre Perücke aufsetzte und sich zu einer anderen machte: *Valeska, die Starke*. Sie zupfte an ihrem grünen Wollkäppi und strich die darunter hervorquellenden rotblonden Locken zurück. »Die Sache mit Christina tut mir sehr leid. Ich hoffe, dass ich dir irgendwie helfen kann.«

»Kannst du mir einfach von Tini erzählen? Ich meine ... so wie du sie kennst.«

»Naja, ich weiß nicht viel über sie. Sicher nicht so viel wie du.« Lydia machte eine kurze Pause und trank einen Schluck Tee. »Ich weiß, dass sie sehr verzweifelt war.«

»Wegen Paul?«

»Auch. Aber eigentlich, weil sie davon überzeugt war, versagt zu haben.«

»Versagt? Paul war doch der Schläger!«

»Klar.« Lydia lächelte. Sie rückte die Brille auf der Nase zurecht. »Aber sie dachte, sie müsse es besser im Griff haben, weil sie beruflich damit schon so oft Berührung hatte. Das ist natürlich Unsinn.«

»Hat ihr die Gruppe denn geholfen?« Sara stellte ihre Handtasche auf den Knien ab, kramte ein Notizbuch und einen Stift hervor und blickte sie erwartungsvoll an.

»Ich glaube ja. Sowohl das Forum als auch unsere lokale Gesprächsgruppe. Wir haben auf jeden Fall von ihr profitiert. Du kennst sie ja. Sehr reflektiert, sehr kritisch in der Betrachtung der eigenen Rolle innerhalb des Gewaltgefüges. Wenn sie sprach, also, das hatte immer Hand und Fuß.« Lydia nahm die Brille ab und massierte die Druckstellen an der Nasenwurzel. »Sie hatte großen Einfluss in der Gruppe.«

Leiser fügte sie hinzu: »Vielleicht zu viel. Zumindest für Kathi. Für sie war deine Schwester ein Vorbild.«

»Moment. Tini ist für den Mord dieser Frau nicht verantwortlich.«

»Natürlich nicht. Ich versuche nur, Zusammenhänge herzustellen. Du kennst Kathi nicht.« Lydia rutschte mit ihrem Stuhl näher an Sara heran. »Kathi kam nach ihrem zweiten missglückten Selbstmordversuch zu uns. Sie hatte sich die Pulsadern aufgeschnitten. Aber das war eher ein Hilfeschrei, wie so oft. Bei versuchtem Selbstmord überweist einen der behandelnde Arzt automatisch in die Psychiatrie. Von dort wurde sie zum Psychotherapeuten geschickt, und der hat ihr nahegelegt, sich auch mit anderen Gewaltopfern zu treffen, um die Therapie zu unterstützen. So kam sie zu uns. Sehr dick, sehr unglücklich und völlig verschüchtert. Christina hat Kathi Mut gemacht, sie ermuntert, offen über ihre Erlebnisse zu sprechen. Sie hatte einfach einen besseren Draht zu ihr als ich.« Lydia zuckte mit den Schultern und fuhr fort. »Kathi war zuletzt völlig fixiert auf Christina. Wie ein treues Hündchen.«

»Und Tini?«

»Vielleicht hat es ihr ja gutgetan. Kathi hat deine Schwester kopiert. Es war mit allem so, Outings, Rollenspiel, egal was. Mir war das recht.«

»Warum?«

»Ich gebe immer kleine Hausaufgaben auf, Kathi war unfähig, das auch nur einmal umzusetzen.«

»Hausaufgaben?« Saras Stift raste über das Papier.

»Ja, Mutproben.« Lydia hatte Saras fragenden Blick erwartet. »Ich will damit Verhaltensänderungen herbeiführen. Wenn du immer darauf achtest, unauffällig im Hintergrund zu verschwinden, musst du erst wieder lernen, sichtbar zu werden. Da reichen kleine Aktionen, wie sich beim Bäcker vordrängeln oder so.«

»Ist das nicht eher ungewöhnlich? Aber passt auch irgendwie. Ich meine, Frauen zu Mordfantasien anzuregen, klingt auch nicht gerade nach Schulbuchpsychologie.«

Das stimmt, dachte Lydia, aber manchmal reichte die Schulbuchpsychologie nicht, um jemanden zu retten. »Hast du schon mal etwas von Katharsis gehört?«

»Klar, ein griechischer Begriff. Steht für die Hypothese, dass das Ausleben von verdrängten Emotionen und inneren Konflikten zu einer Reduktion dieser Gefühle und Konflikte führt.«

»Ganz genau. Und das versuche ich mit den Rachefantasien in der Folterkammer zu bewirken. Stell dir eine Explosion in einem Bunker vor.«

»Es gibt zwei Tote«, bemerkte Sara.

Lydia spürte, wie ihr heiß wurde. Warum hatte sie nur die blöde Folterkammer angesprochen? »Ja, trotzdem. Eine von meinen Frauen, Petra, hat zum Beispiel durch das Aufschreiben ihrer Fantasie sichtbar profitiert. Das war wie ... wie ein Schutzschild. Kurz nachdem sie das aufgeschrieben hatte, gewann sie allmählich an Selbstsicherheit. Wenn er gemein war, hat sie sich in diese Fantasievorstellung geflüchtet, dort war sie die Überlegene. Dadurch hat er langsam an Macht über sie verloren – nach über zwanzig Jahren! Das ist der erste Schritt in die Unabhängigkeit. Du musst verstehen, die meisten Frauen aus der Gruppe sind in sich gefangen, die sind so ohne Selbstvertrauen, dass sie nicht wagen, etwas zu verändern, die hören doch jeden Tag, wie wertlos sie sind und dass sie froh sein sollen, dass man sie erträgt.«

Lydia hatte Mühe, ihre Stimme zu kontrollieren. Irgendwann musste sie lernen, ihre Emotionen bei diesem Thema im Griff zu behalten.

»Aber das war dann ein Schritt zu viel, oder?«

»Ein Schritt zu viel?« Lydia zuckte mit den Schultern. »Ganz ehrlich, ich glaube, wenn Christina Paul nicht umgebracht hätte, wäre nichts passiert. Für Kathi hat Christina den Weg gewiesen.«

»Du machst Tini also doch verantwortlich…«, sagte Sara. Sie hatte aufgehört zu schreiben. »Ich glaube nicht, dass Tini ihren Mann getötet hat.«

Lydia senkte die Augen und spielte stumm mit ihrer Brille. Sie erinnerte sich daran, wie Christina über ihre Schwester gesprochen hatte. Dieses Treffen war die beste Bestätigung, wie nahe sich die Schwestern standen. Sie konnte sich vorstellen, wie schrecklich Sara zumute sein musste, und es tat ihr leid, aber darauf durfte sie jetzt keine Rücksicht nehmen. Zum Glück erschien in diesem Moment die Bedienung. Sara bestellte ein Mineralwasser. Dann klopfte sie mit ihrem Stift auf die halbbeschriebene Seite und hinterließ dabei unzählige blaue Pünktchen.

»Sie wollte im Januar aus der gemeinsamen Wohnung ausziehen«, nahm Sara das Gespräch schließlich wieder auf. »Ihn verlassen, nicht töten.«

»Ich weiß. Sie hatte bereits die Scheidungspapiere vorbereiten lassen. Ich bin mir fast sicher, sie wollte ihm die noch vor Weihnachten geben.«

»Scheidungspapiere?« Sie klang plötzlich aufgeregt, wie wenn sie neue Hoffnung geschöpft hätte. »Würdest du das bei der Polizei bestätigen?«

»Ich ... ich denke, es wäre besser, wenn das von ihrem Anwalt kommt. Wenn die Polizei in der Gruppe nachfragt, erfährt sie auch, wie ... wie abgrundtief Christinas Hass auf Paul war. Vor allem seit der Sache mit den Schulden.«

»Die Schulden! Sie hatte kein Geld für die Scheidung.« Mit enttäuschter Miene nahm Sara einen Schluck Wasser.

»Doch, das mit dem Geld war geklärt, jemand wollte es ihr leihen.« Sara stellte ihr Mineralwasser so heftig auf dem Tisch ab, dass es überschwappte. »Was? Jemand wollte ihr das Geld leihen? Sie hatte sechstausend Euro Schulden und brauchte Geld für die Scheidung. Das kostet locker nochmal ein- bis zweitausend, und für die neue Wohnung war eine Kaution fällig. Das wären ja zwischen sieben- und zehntausend Euro! Wer würde ihr denn so viel Geld leihen?«

Lydia presste die Lippen aufeinander und fluchte innerlich. Sie hatte Christina fest versprochen, niemandem von Seitz' großzügigem Angebot zu erzählen. Niemandem.

»Keine Ahnung.« Sie spürte, wie sie rot wurde, und sprach schnell weiter. »Der Witz ist, die Lebensversicherung würde alles abdecken, aber die bezahlt natürlich nicht, wenn sie wegen Mordes verurteilt wird.«

»Lebensversicherung?« Sara starrte sie an.

»Wusstest du das nicht? Eine hohe Summe.«

»Nein, das wusste ich nicht«, sagte Sara mit Nachdruck.

»So eine, wo man das Geld auch bekommt, wenn man nicht stirbt. Ich kenn mich da nicht aus. Dein Mann hat ihm den Tipp gegeben. Der hat das wohl auch. Überhaupt ... Tini hat oft von deinem Mann gesprochen. Also, von euren Problemen.«

In einem Hustenanfall, der sie knallrot anlaufen ließ, spuckte Sara Mineralwasser über den Tisch. Lydia wartete, bis sie sich beruhigt hatte.

»Alles klar?«, fragte Lydia.

Sara räusperte sich kräftig.

»Von Ronnie?« Ihre Stimme war nur ein Krächzen.

»Ja.« Lydia war froh, von Christina ablenken zu können. »Offenbar kompensiert er seinen Minderwertigkeitskomplex dadurch, dass er dich lächerlich macht.«

Sara richtete sich auf. Sie setzte zum Reden an und verstummte gleich wieder. Lydia beobachtete, wie sie mit sich kämpfte. Schließlich ließ Sara den Stift los und seufzte.

»So würde ich das nicht sehen«, sagte sie zögerlich.

»Gut. Beantworte mir diese Frage: Wann hast du dich das letzte Mal über deinen Mann geärgert?«

»Weiß ich nicht, aber darüber will ich jetzt auch nicht sprechen.«

»Solltest du aber. Christina hat viel zu lange gewartet.«

Lydia sah, wie es in Sara arbeitete. Ärgerte sie sich über Christinas Indiskretion, oder wägte sie gerade ab, ob sie sich ihr anvertrauen sollte?

»In jeder Partnerschaft gibt es Meinungsverschiedenheiten, oder?« Sara verschränkte ihre Arme vor der Brust. »Daraus muss man nicht gleich ein Drama machen.«

Lydia musste lächeln. Welch klassische Abwehrreaktion, klarer hätte Sara gar nicht zustimmen können.

»Ja. Sie hat einmal ein Beispiel von dir gebracht. Warte … Ronnie hat dich in der Schule bloßgestellt. Ich glaube, er hat dich öffentlich mit Pippi Langstrumpf verglichen, weil du eine Ringelstrumpfhose anhattest oder so was.«

Sara starrte auf ihr Notizbuch und schwieg. Eine Zornesfalte zeichnete sich auf ihrer Stirn ab.

»Wir haben diese Geschichte in der Gruppe analysiert, als externes Fallbeispiel. Warum stellt er dich vor den anderen Eltern bloß, was bezweckt er damit? Vor allem, was passiert dabei mit dir?« Lydia spürte Saras Verärgerung, die wie eine Wand zwischen ihnen stand. »Keine Angst, das war alles anonym. Es ging nur darum, verständlich zu machen, dass Gewalt nicht immer physischer Natur sein muss.«

Sara blieb stumm, die Arme vor der Brust, den Blick starr auf das leere Mineralwasserglas gerichtet. Wie hübsch sie ist, dachte Lydia, sie wirkt so natürlich und sympathisch. Selbst jetzt in ihrer Abwehrhaltung. Sie konnte sich gut vorstellen, was Christina gemeint hatte, als sie sagte, man könne sich dem Charme ihrer Schwester nicht entziehen.

»Ich will dich nicht verärgern, aber du solltest dir Hilfe holen. Meiner Meinung nach habt ihr echte Probleme. Oft reichen ein, zwei Sitzungen, um diese zu lösen, bevor sie eskalieren.« Sie zog Saras Notizbuch zu sich und kritzelte eine Adresse hinein. »Dr. Rosen ist eine hervorragende Therapeutin. Ich weiß, dass Christina dort am Dienstag einen Termin gehabt hätte, alleine oder mit Paul, um die Scheidung zu begleiten. Vielleicht ist der Termin noch frei. Ich rufe für dich an, dann klappt das bestimmt.«

Sara nahm das Notizbuch und verstaute es schweigend in ihrer Tasche.

»Weißt du was, komm doch heute Abend in die Frauenwehr-Gruppensitzung«, schlug Lydia spontan vor. »Dann erfährst du auch mehr über Christina. Hör dir einfach an, was die anderen Frauen zu sagen haben, vielleicht hilft es.«

»Danke, das Angebot nehme ich gerne an.«

»Schön«, lächelte Lydia und war sich sicher, dass auch Sara sich der Gruppendynamik nicht würde entziehen können.

20

KulturLaden stand auf dem in Plastik eingeschweißten A-4-Karton, der an der schweren Eisentür hing. Nach kurzem Zögern trat Sara ein und blieb im Eingang stehen. Sie zupfte unsicher an ihrem karierten Minirock. Vielleicht hatte Ronnie doch Recht. Sie wagte sich auf ungesichertes Terrain, allein und ohne die Gefahren zu kennen. Beim Klettern würde sie über so viel Leichtsinn den Kopf schütteln. Aber ihre Schwester einfach fallenlassen – nein, das würde sie auch nicht tun. Seufzend machte sie einen Schritt in den Vorraum. Ein Getränkekühlschrank surrte gleichmäßig. Daneben stapelten sich Kisten mit Leergut und übereinandergestellte Stühle. Aus einem Halter an der Wand quoll ein Durcheinander an Postkarten und Programmheften. Sie entnahm ein Programmheft, auf dem in grünen Buchstaben *KulturLaden – Dezember* stand. Dann ging sie auf eine Tür zu, die offen stand.

Sie hörte Stimmen. Nur Frauenstimmen. Vermutlich die Selbsthilfegruppe.

Sollte sie einfach reingehen? Aber wie sich vorstellen? Hallo, ich bin Sara und wollte wissen, ob ihr meine Schwester für eine Mörderin haltet? Nein, es war besser, wenn Valeska sie vorstellte und der Gruppe erklärte, warum sie hier war.

Unschlüssig ließ sie die Augen über die Poster schweifen, die jeden Zentimeter freier Wand im Eingangsbereich bedeckten. Ihr Blick blieb an einem Poster hängen, das einen von Gitterstäben halb verdeckten Frauenkopf mit Sonnenbrille, schwarzen Haaren und blauen Lippen zeigte. *Gangstergirls* las sie. *Nichts ist so süß wie das Verbrechen, solange man nicht selbst das Opfer ist. Ein Dokumentarfilm über das Frauengefängnis Schwarzau von Tina Leisch.* Wie passend, dachte Sara, und hier bin ich, um mehr über meine Schwester zu erfahren, derzeit wohnhaft im Frauengefängnis Eichstätt.

»Sara!« Valeskas Stimme riss sie aus ihren Gedanken. Sie stand in der Tür, sah sie auffordernd an. »Warum kommst du nicht rein?«

Valeska kam auf sie zu. Das grüne Wollkäppi vom Nachmittag hatte sie gegen eine schwarze Baskenmütze getauscht, die, passend zur schwarz gerahmten Brille, die rotblonden Locken betonte und mit dem dunklen Kapuzenshirt harmonierte.

»Ich wollte mich nicht einfach so in die Gruppe drängen.«

»Wir beißen nicht.« Valeska lachte, nahm sie bei der Hand und führte sie in den Raum. Von dem Veranstaltungssaal gingen zwei Türen ab. Durch die eine war eine kleine Kochnische und der Durchgang zur Toilette zu sehen, an der anderen hing ein Schild mit der Aufschrift *Büro*. Die Tür stand halb offen, das Dunkel dahinter war erleuchtet vom bläulichen Licht eines laufenden Computers.

»Die Räumlichkeiten sind von der Stadt gesponsert«, erklärte Valeska. »Für stadtteilbezogene Kleinkunst, Singkreise, alles Mögliche. Ich habe den Raum jeden Dienstag. Von sechs bis halb neun für Frauenwehr, aber es können auch Nichtmitglieder kommen, die Termine stehen im Monatsprogramm.«

Sie deutete auf das Papier in Saras Hand.

»Aber heute ist Freitag.«

»Wir haben ausnahmsweise gewechselt.« Flüsternd fügte Valeska hinzu: »Ach ja, du solltest lieber nicht erwähnen, dass du Christinas Schwester bist. Einige hier sind verunsichert und misstrauisch, nach allem, was passiert ist. Sag einfach, du hast von uns im Programm gelesen.«

Sara schluckte. Auf so was war sie nicht vorbereitet. Doch für Einwände war es zu spät. Sie waren inzwischen bei dem Kreis in der Mitte des Saales angekommen, und Valeska signalisierte Sara, sich neben sie zu setzen. Die Diskussion der anderen Frauen verstummte, sie verteilten sich auf den freien Stühlen.

»Guten Abend«, begrüßte Valeska die Runde. »Das ist Sara. Sie möchte sich heute unsere Gruppe ansehen.«

»Hallo.« Sie knautschte das Programmheft zusammen und rutschte nervös auf ihrem Stuhl hin und her.

»Ich stell dir mal die anderen vor, Sara.« Valeska zeigte auf eine etwa fünfzigjährige Frau mit unordentlichen blonden Haaren. Ihr linker Arm war geschient, die Haut unter ihrem rechten Auge dunkellila, über der Augenbraue klebte ein Pflaster, in ihrem Mundwinkel qualmte eine Zigarette. »Das ist Marie. Wir haben ihr heute erlaubt, hier zu rauchen. Wenn dich das stört …«

Sara winkte ab. »Im Gegenteil. Ich könnte jetzt selbst eine vertragen.«

Ehe sie sich versah, hielt Marie ihr schon das Päckchen einer Billigmarke hin.

»Nimm schon«, bellte sie. »Oder sind dir die nicht gut genug?«

»Doch, doch. Die kenne ich. Die sind super.« Sara zog eine Zigarette aus der Schachtel. Schon flammte Maries Feuerzeug vor ihr auf und sengte ihr fast die Haare an. Heiß und schwer kratzte der Rauch in ihrer Lunge. Sie musste husten. »Puh, ganz schön ... stark.«

»Du bist doch nicht etwa so 'ne Marlboro-Light-Tussi? Kann ich nämlich gar nicht ab.«

»Nee, die passen. Wirklich.«

Marie grinste. Valeska zeigte nun auf eine Frau im Hosenanzug mit aschblondem Dutt. »Das ist Petra. Sie ist von allen hier am längsten dabei. Stimmt's? Vor drei Monaten hat sie den Durchbruch geschafft und sich nach, warte ... siebenundzwanzig Jahren Ehe von ihrem Mann getrennt. Sie ist einen unglaublichen Weg gegangen. Wir alle sind sehr stolz auf sie und freuen uns, dass sie trotzdem weiterhin kommt, uns Mut macht und uns an ihren neuen Erfahrungen teilhaben lässt.«

Petras Gesicht zeigte keine Regung, nur die Hände, die auf der Bügelfalte ihres Hosenanzugs lagen, zuckten leicht.

»Suphie kennst du vielleicht aus dem türkischen Gemüsemarkt am Eck. Der gehört ihrem Mann.« Valeska warf der hübschen Schwarzhaarigen ein Lächeln zu. »Leider denkt er, dass auch Suphie ihm gehört und er mit ihr beliebig umspringen kann. Dass Suphie überhaupt kommen und wenigstens hier sie selbst sein darf, ist nur einem Gerichtsbeschluss zu verdanken. Das war eine der Auflagen nach Suphies letztem Krankenhausaufenthalt.«

Suphie warf ihre langen Haare über den Tschador, der wie ein Schal auf ihren Schultern lag, und grinste. Weiter ging es mit einer unnatürlich bleichen Frau in einem vornehmen Kostüm. Da sie gebeugt und krumm dasaß und die Arme über dem Bauch verschränkt hatte, spannte die Jacke an den Schultern. »Das ist Anja. Sie begleitet uns erst seit ein paar Wochen, aber sie hat in der Zeit unglaubliche Fortschritte gemacht.« Valeska neigte sich Anja zu. »Ist mit dir alles in Ordnung? Du sitzt so krumm da.«

Anja lächelte verlegen und wechselte die Position. Valeska deutete auf eine kräftige Frau, die ins Leere starrte. »Das ist Ingrid. Sie kam mit Kathi in die Gruppe, über Dr. Rosen, auch nach einem Selbstmordversuch. Derzeit sind ihre Kinder bei Pflegefamilien untergebracht, und wir arbeiten ganz fest daran, dass sie bald wieder zurückdürfen. Nicht wahr, Ingrid?«

Valeskas Stimme war ganz sanft, doch Ingrid reagierte nicht. »Und dann haben wir noch Maren, unser Nesthäkchen.«

Maren, ein rothaariges Mädchen im Ethnolook, nahm eine Hand von ihrer überdimensionierten Stofftasche und winkte Sara zaghaft zu.

»Heute liegt der Fokus auf Maren«, fuhr Valeska fort. »Das heißt, wir befassen uns heute vorwiegend mit ihren Ängsten und Zweifeln und überlegen uns gemeinsam, wie wir sie stärken können.«

Valeska ließ ihren Blick abschließend über die Runde wandern und nickte zufrieden.

»Und, was bringt dich hierher?« Marie zündete sich eine neue Zigarette an und blies den Rauch in Kringeln in die Luft.

Sara wurde heiß. Was sollte sie sagen? »Ich… ich wollte mal reinschnuppern.«

»Reinschnuppern. Soso.«

»Ich hab von der Gruppe gelesen…« Sie wedelte mit dem zerknickten Programmheft.

»Wir haben hier Regeln«, unterbrach Marie sie ungeduldig. »Wenn du das Programm wirklich gelesen hast, solltest du das wissen.«

Sara schaute hilfesuchend zu Valeska, die ihr aufmunternd zunickte. »Marie hat Recht. In der Gruppe muss sich jeder öffnen. Auch du. Wenn du das nicht möchtest, musst du jetzt leider gehen.«

Sara spürte, wie die Röte ihr in den Kopf schoss. *Sich öffnen? Davon war nie die Rede gewesen!* Ihre Füße krallten sich in die Sohlen ihrer Stiefel, und sie sah, wie sich die Konturen ihrer Zehen durch das weiche Leder drückten. Fieberhaft überlegte sie, wie sie darauf reagieren sollte. Sie konnte diese Chance, etwas über die Folterkammer zu erfahren, nicht sausen lassen – schließlich ging es um Tini. Sie *musste* das Vertrauen der anderen gewinnen.

Marie beugte sich nach vorne, die Zigarette lose zwischen den Lippen und fixierte Sara.

»Nur nicht so schüchtern. Wir beißen schon nicht.«

»Mensch Marie, hör auf. Lass Sara doch erst warmwerden mit uns. Ist ja auch nicht so leicht, sich vor Fremden zu öffnen.« Suphie schüttelte den Kopf, sichtlich verärgert über Maries fordernde Art. Sie wandte sich zu Sara. »Marie meint es nicht so. Mir hat es bei dem ersten Treffen geholfen, dass Valeska Fragen gestellt hat.«

»Nicht nötig, ich bin nur etwas nervös«, sagte Sara sofort. Bloß keine Fragen. »Ronnie, also mein Mann… Also Ronnie und ich, wir… wir streiten sehr viel.«

Aus den Augenwinkeln sah sie, wie Marie die Stirn runzelte.

»Ronnie lässt kein gutes Haar an mir.« Ihre Stimme wurde fester. »Egal, was ich tue. Ich versuche, es zu ignorieren, aber das gelingt nicht immer, dann fühl ich mich total verunsichert. So als wäre ich völlig unfähig. Ja, und wenn ich mich dagegen wehre, haben wir sofort einen Riesenkrach.«

»Kannst du uns ein Beispiel geben?« Valeskas Stimme war zugleich sanft und bestimmt, und ihre Frage war mehr als eine Bitte.

Sie musste nicht lange nachdenken und erzählte, was passiert war, als sie vor einer Stunde die Wohnung verlassen hatte. Eine Szene, schon zigmal erlebt: Er musterte sie von oben bis unten, fragte, als sei es ein Scherz: »So willst du aus dem Haus gehen?« Schon war sie unsicher. Die Stiefel, der kurze Rock. »Bisschen nuttig«, sagte er, »findest du nicht? Aber ich bin ja der, der keinen Geschmack hat. Klar.« Beim Erzählen kochte der Zorn wieder in ihr hoch. Sie registrierte die Blicke der Frauen, wie sie von ihren flachen Stiefeln über die schokoladenfarbene Strumpfhose zu ihrem braunen Minirock mit Schottenkaro hochwanderten und dann auf ihrem beigen Wollpullover verweilten.

»Du hast dich aber nicht umgezogen«, sagte Petra.

»Bloß, weil ich keine Zeit mehr hatte.«

Maren hob ermunternd den Daumen. »Lass dir nichts einreden. Du siehst echt klasse aus in dem Outfit.«

Suphie tippte sich mit dem Zeigefinger an die Stirn. »Er will dir nur den Spaß verderben. Dich verunsichern. Verstehst du? So kontrolliert er dich. Deine Gedanken, deine Gefühle.«

Ja, dachte Sara. So fühlt es sich an. »Ich glaube gar nicht mal, dass er das bewusst macht. Also, dass er mich bewusst verunsichern will …«

»Wir hatten mal so was Ähnliches.« Suphie schaute sich im Kreis um. »Erinnert ihr euch noch, als wir uns Situationen ausdenken sollten? Das Szenario von Christina mit der Strumpfhose und Pippi Langstrumpf. Das war doch unsere Schlussfolgerung, oder?«

Christina? Strumpfhose? Pippi Langstrumpf? Sara spürte einen heißen Knoten in ihrem Bauch, dessen Hitze in ihren ganzen Körper ausstrahlte. Das war ihre Geschichte. Christina hatte sie benutzt, ohne ihr Wissen. Wie kam sie dazu?

Sie wollte nicht hören, wie diese fremden Frauen sich über ihre Geschichte unterhielten.

»Also, das mit den Stiefeln war jetzt nur ein Beispiel«, warf sie rasch ein, nur um irgendwas zu sagen. »So was in der Art passiert natürlich öfters. Ich ... ich finde es immer besonders schlimm, wenn unser Sohn dabei in die Schusslinie gerät. Wenn er zum Beispiel vor Jonas sagt, ich sei eine schlechte Mutter, die nicht kochen kann. Oder eine Verrückte, der ihr Hobby wichtiger ist als ihr Kind.«

Mist, dachte sie. Das hatte sie eigentlich nicht erzählen wollen.

Sie presste die Lippen fest aufeinander, lehnte sich zurück und schaute in die Runde. In den Augen der Frauen lag kein Mitleid, sondern Mitgefühl. Jede von ihnen wusste, wovon sie sprach, jede hatte etwas in der Art erlebt, die meisten sicherlich viel Schlimmeres. Selbst Maries Miene war jetzt versöhnlich. Trotzdem fühlte Sara sich unwohl. Sie war nicht wegen Ronnie hier, sondern wegen Tini. Und sie war nicht ehrlich zu den Frauen, die so viel Interesse und Anteil an ihr zeigten.

»Vielen Dank, Sara«, sagte Valeska. »Möchtest du dein Problem mit uns besprechen?«

Sara schüttelte den Kopf. »Darf ich einfach zuhören?«

Erwartungsvolle Stille kehrte ein.

»Haben sie es wirklich getan?«, brach Suphie das gespannte Schweigen. »So wie in der Folterkammer?«

Valeska nickte. »Kathi hat ein Geständnis abgelegt und was Christina angeht –«

»Dass Christina den Mumm hat, okay, aber Kathi?« Maren schüttelte ungläubig den Kopf. Diese Bemerkung traf Sara wie ein Stromschlag. Sie hoffte, dass die anderen ihr die Aufregung nicht anmerkten.

»Darf ich fragen, um was es geht?«, fragte sie so beiläufig wie möglich und wich Valeskas Blick aus.

»Oh. Natürlich. Du kannst das ja nicht wissen.« Suphie sah Sara ernst an. »Du hast sicher von den Familientragödien gehört.«

Sara nickte.

»Die Frauen der Opfer gehören beide zu uns. Und sie haben beide die Folterkammer benutzt.«

»Folterkammer? Was ist das?«

»Nur so eine Rubrik in unserem Forum. Wenn wir richtig sauer sind auf unsere Männer, weil sie wieder besonders fies waren, dann … na ja, schreiben wir so Zeugs, wie wir es ihnen gerne heimzahlen würden.«

»Und diese Kathi und …« Sara hörte, wie belegt ihre eigene Stimme klang, und räusperte sich mehrmals, »… diese Christina?«

»Die haben beide ihre Männer umgebracht.«

»Woher weißt du das?« Sara fixierte Suphie, als könnte sie dadurch den Fluss der Informationen besser steuern.

»Von Valeska.« Suphie machte eine schwungvolle Bewegung mit der Hand, so als kündige sie Valeska als Showeinlage in einem Kabarett an. »Und die hat es von der Polizei selbst. Stimmt doch, oder?«

Valeska reagierte nicht.

»Wir haben natürlich nicht alle irgendwelche Mordfantasien eingestellt, aber nett liest sich keiner der Einträge … Was glaubst du, was bei mir los ist, wenn die Polizei meinem Mann erzählt, was ich im Forum über ihn schreibe?« Suphie fuhr in Zeitlupe mit den ausgestreckten Fingern an ihrem Hals entlang. »Krkks. Fertig. Aus. Kurzer Prozess.«

»Das wird nicht passieren«, warf Valeska ein. »Die Polizei hat mir Diskretion zugesagt. Und die Folterkammer ist längst geschlossen.«

»Ist mir nicht entgangen«, fiel Marie ein. »Ich wollte gerade nachlesen, was ich mit meinem Typen anstellen soll, da war's futsch.«

»Darüber kann ich echt nicht lachen, Marie«, sagte Valeska scharf. »Zwei von uns sitzen im Gefängnis. Und ich bin vielleicht wegen Anstiftung zum Mord dran. Und übrigens: Zwei Menschen sind tot.«

»Um die war's nicht schade.« Es war das erste Mal, dass Ingrid etwas sagte. Es war mehr ein Murmeln. Den Blick fest auf den Boden geheftet, knetete sie ihre Tasche wie ein Stück Hefeteig.

»Diese Entscheidung liegt nicht bei uns.« Valeska hatte plötzlich eine Schärfe in der Stimme, die Sara aufhorchen ließ.

»Jetzt mach dich mal locker«, konterte Marie sofort. »Außerdem: Wessen Idee war das denn? Folterkammer und Rachefantasien und all so'n Scheiß. Da wären wir doch nie drauf gekommen.«

»So ein Unfug! Ihr solltet vom Turm in die Tiefe schauen, nicht springen.«

»Das ist einfacher gesagt als getan«, sagte Petra emotionslos. »Du predigst uns, dass wir uns nichts gefallen lassen sollen, du schickst uns los, um die absurdesten Mutproben zu bestehen, damit wir uns befreien. Und wir sind dir dafür sehr dankbar. Aber ich denke, es ist nur natürlich, dass der Hund, dem man einen Knochen hinlegt, diesen irgendwann nicht mehr nur anschaut, sondern auffrisst.«

Knisternde Spannung lag in der Luft. Alle schwiegen betroffen. Keine traute sich, Petras Worten zu widersprechen, aber es bestärkte sie auch niemand.

»Haben Christine und Kathi die Morde denn wirklich begangen? Ich meine, woher wisst ihr das?«

Valeskas Antwort kam wie ein Pistolenschuss. »Kathi hat gestanden.«

»Christina«, verbesserte Maren Sara.

»Was?«

»Sie heißt Christina.«

»Ach so. Christina.« Sara hoffte, dass der absichtliche Fehler sie unverdächtiger machte, falls eine der Frauen dachte, sie nehme zu stark Anteil an dieser Diskussion, die sie offiziell nichts anging.

»Ich habe nie gesagt: Lasst uns mal gemeinschaftlich eure Männer um die Ecke bringen«, sagte Valeska, noch immer aufgebracht.

»Schaden täte es aber nicht«, murmelte Ingrid.

»Das ist doch … Wollt ihr allen Ernstes behaupten, ich würde euch zum Mord anstiften?« Valeska schaute mit großen, ungläubigen Augen in die Runde, von einer zur Nächsten, doch keine erwiderte den Blick. Bis auf Marie.

»Sagt doch keiner.« Maries Stimme hatte einen versöhnlichen Klang. »Ist aber schon komisch, dass dich das so auf die Palme bringt. Wo du doch sonst immer so cool bist.«

Sara spürte wachsendes Unbehagen. Sie ignorierte die Gefahr, durch ihr Beharren Verdacht zu erregen, und fragte: »Okay, Kathi hat gestanden. Aber diese Christina … Warum glaubt ihr, dass sie schuldig ist?« Sie registrierte die argwöhnischen Blicke von Marie und Petra und fügte schnell hinzu: »Geht mich zwar nichts an, aber es interessiert mich halt.«

Wieder breitete sich Schweigen aus. Marie rutschte mit gerunzelter Stirn auf ihrem Stuhl hin und her, Suphie legte den Kopf schief, Ingrid starrte auf den Boden, und Maren hielt einen Zeigefinger vor den Mund, während sie das Kinn mit Daumen und Mittelfinger stützte.

»Vor Kathis Geständnis habe ich noch an Christinas Unschuld geglaubt.« Petra sah nachdenklich aus. »Ich dachte, so blöd ist Christina nicht, ihren Mann analog zu ihrer Fantasie zu töten, aber jetzt… Wenn Kathi es getan hat, warum nicht auch Christina? Seit der Geschichte mit dem Geld war sie richtig besessen davon, Paul endlich loszuwerden.«

»Naja«, sagte Suphie schließlich, »vielleicht tun wir Chrisi wirklich Unrecht.«

»Blödsinn!« Marie spuckte das Wort fast aus. »Christina war's, basta. Sie hat's genauso gemacht, wie sie's beschrieben hat in ihrer Fantasie: vergiftet mit Eibensamen. Wer kommt schon auf so was. Und niemand kannte die Fantasie, außer uns. Oder war's eine von euch?«

»Jetzt lass mal gut sein, Marie«, sagte Valeska. Sara fragte sich, ob Marie in Tinis Fußstapfen treten wollte. Sie war enttäuscht. Sie hatte sich mehr Solidarität erwartet. Wie hätte Tini wohl reagiert, wenn nicht sie, sondern Marie im Gefängnis gesessen hätte? Statt Marie zu verurteilen, hätte sie sich überlegt, wie sie ihr helfen könnte. Vielleicht konnte man das nicht von Marie erwarten, aber doch von Valeska – wenn sie nicht genauso an Christinas Unschuld zweifelte wie die anderen.

»Mir hat die Folterkammer geholfen«, sagte Suphie in die entstandene Stille hinein und fixierte Petra dabei. »Ich hatte nie vor, das zu tun, was ich geschrieben habe, aber mir ging es danach viel besser.«

Valeska blickte sie dankbar an.

»Mir auch. Ich finde das echt unfair von euch, jetzt auf Valeska rumzuhacken. Voll scheiße ist das.« Rote Flecken leuchteten in Marens kindlichem Gesicht.

»Danke, Maren«, sagte Valeska. »Für alle nochmal klipp und klar: Folterkammerfantasien sind und bleiben Fantasien, und das habe ich immer betont. Wenn irgendeine unter euch das anders verstanden hat und denkt, das sei die richtige Methode, um einen Mann loszuwerden, dann stopp. Die einzig zulässige Methode ist, ihn zu verlassen.«

»Nicht immer.«

Alle Köpfe drehten sich zu Anja, die sich als Einzige bislang nicht an der Diskussion beteiligt hatte.

»Meiner hat mein Leben erst zerstört, nachdem ich ihn verlassen hatte. So kann's auch gehen.«

Sara betrachtete die gepflegte Frau, die sich in ihrem eleganten Kostüm deutlich von den anderen abhob.

»Ich hab's dir schon mal gesagt«, entgegnete Valeska, »du hast Beweise gegen ihn, geh vor Gericht, verlange Schadensersatz.«

Anja lächelte gequält. Sara hatte den Eindruck, dass ihr blasses Gesicht noch eine Nuance weißer geworden war.

»Wie denn? Ich kann ihm ja nichts nachweisen. Der große Heiner Grossmann hat sich perfekt abgesichert.«

»Was sagt dein Anwalt?«

»Wir haben zu wenig in der Hand. Würde mich nicht wundern, wenn er mit Heiner unter einer Decke steckt. Männer halten doch immer zusammen.« Sie stand auf und hielt sich mit schmerzverzerrtem Gesicht an der Stuhllehne fest. »Manchmal muss man sich wehren… mit allen Konsequenzen.«

»Aber doch nicht so!«, platzte Sara heraus. »Wenn ihr alle so denkt, ist es kein Wunder, dass ihr annehmt, dass Ti… dass diese Christina ihren Mann getötet hat.«

Sie verstummte und spürte die Blicke der Frauen auf sich. *Das hast du ja toll gemacht. Wie unauffällig.*

»Warum regst du dich so auf?« Petra musterte sie kühl. »Du kennst Christina doch gar nicht. Oder?«

Sara spürte, wie sie rot wurde. Sollte sie ihre Tarnung aufgeben? Sie ballte ihre nassgeschwitzten Hände zu Fäusten. »Mich stört an eurer Diskussion nur, dass ihr jemanden verurteilt, ohne einen Beweis zu haben.«

»Nein, Sara, das tun wir nicht.« Valeska hob beschwichtigend ihre Hände. »Wir würden Christina nie verurteilen. Nicht mal, wenn sie ihren Mann umgebracht hätte. Dafür verstehen wir sie zu gut.«

Nein, das tut ihr nicht! Ihr versteht gar nichts! Sara hätte es am liebsten laut herausgeschrien. »Aber …«

Marie unterbrach sie unwirsch. »Christina braucht dich nicht als –«

»Das reicht, Marie.« Valeska streckte den Arm aus und zeigte Marie ihre aufgestellte Handfläche, die Finger zur Decke gerichtet. Es war die gleiche Handbewegung, die Petra zuvor benutzt hatte, die typische Bewegung eines Schülerlotsen, um Autos zu stoppen. Dann wandte sie sich an Maren und fragte freundlich: »Bist du so weit?«

21

»Ist hier noch Platz?«

Sara sah von ihrem Notizbuch auf und bemerkte, dass sich die Kneipe in der letzten Viertelstunde gefüllt hatte. Sie deutete auf den Platz neben sich. »Der ist besetzt, die anderen sind frei.«

Zwei Frauen und ein Mann setzten sich zu ihr an den Tisch und begannen sofort ein Gespräch. Sie hörte kurz zu und konzentrierte sich dann wieder auf ihre Notizen. Teilte die Seite in zwei Spalten auf. Über die eine schrieb sie *Ja*, über die andere *Nein*. Dann fügte sie die Namen Maren, Suphie, Marie, Anja in die Spalte *Nein* und Valeska, Petra, Ingrid in die Spalte *Ja*.

Sie ließ ihre Gedanken wieder zu Frauenwehr wandern. Was hatte Suphie eben gesagt? Ronnie versuche, sie zu kontrollieren? Tat er das wirklich? Behauptete nicht Ronnie immer, dass sie der Kontrollfreak sei? Sie rief sich die Szene vom frühen Abend in Erinnerung. *Nuttig*… So eine idiotische Aussage. Er war doch nur eifersüchtig, weil sie mal wieder ohne ihn unterwegs war. Aber warum dann die blöden Kommentare vor Jonas? Welche Beweggründe hatte er dafür?

Sie bemerkte, dass sie am Stift kaute und legte ihn neben ihr Notizbuch.

Oder wollte sie nicht wahrhaben, dass er sie zu kontrollieren versuchte? War es nicht einfacher, es nicht wahrhaben zu wollen? So wie es für eine Maren einfacher war, bei ihrem prügelnden Freund zu bleiben? Als ob man Marens

Situation mit ihrer vergleichen könnte. Lächerlich. Sie schüttelte über sich selbst den Kopf. Und warum saß sie dann hier und wartete auf Michael, um ihm von ihrem Besuch bei Frauenwehr zu berichten, anstatt Ronnie davon zu erzählen? Was sagte das über ihre Ehe aus? Über ihre Beziehung zu Ronnie, der zu Hause saß und dachte, sie sei auf der Weihnachtsfeier ihrer Klettergruppe.

»Du warst wirklich in einer Frauenwehrsitzung?« Michael runzelte die Stirn. »Gleich heute? Ich hätte davor gern ein paar Sicherheitsmaßnahmen mit dir durchgesprochen. Vergiss nicht, jemand hat Paul getötet und läuft hier draußen herum. Und dieser Jemand kannte Christinas Fantasie.«

Sara schluckte. Hatte Pauls Mörder vorhin mit im Kreis gesessen? Es lief ihr kalt den Rücken hinunter. »Die Mitglieder kennen mich nur als Sara, die wissen nicht, dass ich Tinis Schwester bin. Die glauben alle, dass es Tini war.«

Bedächtig schwenkte Michael seinen Wein, so dass die Schlieren sich auf dem Glas abzeichneten, roch daran und stellte ihn wieder ab. »Hast du trotzdem irgendwas erfahren, was uns einen Hinweis auf eine Spur geben könnte?«

»Nicht wirklich. Aber ich habe eine Liste gemacht, wie ich die einzelnen Frauen einschätze.« Sie schob ihr offenes Notizbuch über den Tisch und deutete auf die Spalten. »Die Frauen in der *Nein*-Spalte halte ich nicht für fähig, jemanden zu töten. Den anderen würde ich es zutrauen.«

Michael las sich die Spalten durch und schaute sie fragend an. »Du traust Valeska Liebig einen Mord zu?«

»Ja … Nein … Jein. Das ist wirklich nur ein flüchtiger, erster Eindruck. Nenn es Bauchgefühl, wenn du magst. Aber wenn jemand von denen, die heute da waren, etwas damit zu tun hätte, dann eher die in der Spalte *Ja*.«

»Und das begründest du wie?«

»Rein subjektiv, irgendwo muss ich ja ansetzen. Petra ist völlig emotionslos, die erinnert mich an die böse Aufseherin im Waisenhaus, weißt du, die, die nie den Mundwinkel zu einem Lächeln verzieht. Und bei Ingrid kocht es meines Erachtens so heftig, dass bald etwas passieren muss. Die ist wie ein Vulkan, der jederzeit ausbrechen kann. Aber Ingrid steht für Affekt. Da knallt es irgendwann, und dann hat ihr Mann die Pfanne über dem Kopf oder die Axt im Kreuz. Also, das könnte ich mir eben vorstellen. Aber damit scheidet sie aus.« Sara nahm den Stift und strich Ingrid von der Liste. »Petra dagegen, die könnte etwas lange Geplantes durchführen. Eiskalt. Und Valeska ... die manipuliert die anderen. Sie behauptet, sie will Selbstvertrauen vermitteln, und bringt Menschen dazu, Dinge zu tun, die sie von alleine nicht machen oder wollen würden.«

Sie zog einen Kreis um Valeska. »Und sie ist intelligent, und sie hat die Folterkammer erfunden. Wenn ich von den Leuten heute auf einen möglichen Täter tippen sollte, dann wäre Valeska Nummer eins und Petra Nummer zwei.«

Sara legte den Stift weg.

»Valeska hat gesagt, dass Tini Paul die Scheidungspapiere noch vor Weihnachten geben wollte. Wusstest du das?«

»Ich bin ihr Anwalt.«

Sara fasste sich mit der Hand an die Stirn. »Natürlich! Weißt du auch, dass Paul eine Lebensversicherung abgeschlossen hatte?«

»Zweihundertfünfzigtausend Euro bei Todesfall vor dem fünfundsechzigsten Lebensjahr, ansonsten eine ganz normale Kapitalausschüttung zum Ende der Laufzeit mit Fünfundsechzig. Die läuft schon seit Jahren.«

»Woher wusstest du das mit der Lebensversicherung?«

»Das ist einer der ersten Punkte, die ich als Anwalt bei einem Mordverdacht unter Ehepartnern abkläre.«

»Wusstest du auch, dass ihr jemand Geld leihen wollte? Mindestens siebentausend Euro, vielleicht sogar zehntausend.«

Michael starrte schweigend auf sein Weinglas.

»Ich frage mich schon die ganze Zeit, wer das gewesen sein könnte«, fuhr Sara fort. »Überleg mal, das ist eine Menge Geld. Das leihe ich doch nicht jemandem einfach so.«

»Ich sehe keinen Zusammenhang zwischen dem Geld und dem Mord.«

»Doch!«, platzte Sara heraus. »Wenn er ihr Liebhaber war! Der hätte ein Motiv gehabt!«

»Liebhaber? Wie interessant! Jetzt weiß ich endlich, wieso der Herr Anwalt keine Zeit mehr für seine Musikerfreunde hat.« Der dröhnende Bariton gehörte einem etwa vierzigjährigen Mann mit Glatze und Ziegenbart, der jetzt beide Hände auf Michaels Schultern stützte.

»René.« Michael seufzte ergeben und hob mit einem Schulterzucken entschuldigend die Hände. »Setz dich – das heißt, wenn Sara nichts dagegen hat, wir sind gewissermaßen geschäftlich hier.«

»Nein, natürlich nicht.« Sara rutschte und machte René Platz. Etwas zu schnell schlug sie ihr Notizbuch zu und verstaute es in ihrer Tasche unter dem Tisch, den Kopf gesenkt, um die Enttäuschung über die Störung zu verbergen. Schließlich richtete sie sich auf und lächelte René an. »Hast du genug Platz?«

Ob er Tinis Typ wäre? Vielleicht von seinem unkomplizierten Auftreten her, aber der Ziegenbart? Wie ihr Liebhaber wohl aussah? Sie ließ den Blick durch die überfüllte Kneipe wandern und erkannte, dass sie keine Ahnung hatte.

22

Er stellte die fragile Porzellanfigur zurück in die Vitrine und nahm die nächste heraus. Eine Schäferin mit Kind und Schaf, das Pendant zu dem Schäfer mit Hirtenstab und Hund, den er gerade vom Staub befreit hatte. *Schlaf, Kindlein, schlaf, der Vater hüt' die Schaf…* Vorsichtig fuhr er mit dem Mikrofasertuch über die feine Zeichnung des Schaffells und summte die Melodie des alten Kinderliedes vor sich hin.

Nie hast du mir ein Schlaflied gesungen.

Nie.

Oder eine Gute-Nacht-Geschichte erzählt. Oder mich in den Arm genommen. Oder mir ein nettes Wort geschenkt. Ich war ein Kind.

Dein Kind. Dein einziges Kind.

Dein Sohn.

Er wischte über den freien Platz neben dem Hirten und platzierte die Schäferin neben ihrem Mann.

Ich hätte meinen Sohn jeden Abend in den Schlaf gewiegt. Ihm ein Lied gesungen. Aber er hätte keine bessere Mutter gehabt als ich.

Er widmete sich dem nächsten Regal des Vitrinenschrankes und nahm ein graviertes Sektglas heraus. Er zeichnete mit dem Tuch die geschwungene Schrift nach. *Lydia.*

Plötzlich überkam ihn eine Welle des Hasses. Er schloss seine Faust um das Glas und drückte so fest zu, dass es in seiner Hand zerbrach. Eine Scherbe schnitt in sein Fleisch, ein dünnes Rinnsal Blut lief seinen Arm entlang. *Ich habe dich auf Händen getragen. Alles für dich getan. Mich geändert. Neu angefangen. Und du? Du konntest es gar nicht abwarten, mich zu hintergehen, zu verhöhnen mit deinen sogenannten Freunden, dachtest, sie wären etwas Besseres. Besser als ich.*

Du hast mir keine Wahl gelassen. Das weißt du genau.

23

Lydia nahm die Perücke ab und stülpte die roten Locken über den Styroporkopf mit dem aufgemalten Schmollmund. Sie kratzte sich die Stelle über dem Ohr, die immer besonders unter der falschen Haarpracht juckte, und schraubte das Aufbewahrungsgefäß für ihre Kontaktlinsen auf. Vorsichtig nahm sie die Linse von ihrer rechten Pupille und ließ sie in die Flüssigkeit gleiten. Aus dem Spiegel starrte sie ein blasses Gesicht mit einem grünen und einem braunen Auge an.

Sie nahm nun die zweite Linse heraus und zwinkerte mehrmals. Dann benetzte sie ihr Gesicht, trocknete sich ab, ohne das Handtuch von seinem Halter zu nehmen, und betrachtete ihr Spiegelbild. Ihr wahres Spiegelbild. Ihre kurzen, fast schwarzen Haare brauchten dringend einen Schnitt, und ihr sonst so frischer Teint war unnatürlich bleich. Mit den Zeigefingern zog sie die zwei Falten nach, die sich auf beiden Seiten vom Mundwinkel zur Nase hochzogen, und fuhr dann über die dunklen Augenringe, die sich unter den braunen Augen abzeichneten. Es waren ihre Augen, die im Spiegel müde blinzelten, doch es war Valeskas Blick, mit dem sie ihr Gesicht kritisch musterte. Zum ersten Mal wurde ihr bewusst, wie sehr Valeska bereits von ihr Besitz ergriffen hatte. War das so schlimm? Wenn sie immer so mutig und entschlossen und empathisch sein könnte? Brauchte sie dazu wirklich eine rote Haarmähne und einen Namen, der Stärke signalisierte?

Gedankenverloren zog sie ihre Kleidung aus und stellte sich unter die Dusche. Wenn sich nur alles so einfach mit warmem Wasser abwaschen ließe, dachte sie und schloss die Augen, um die einzelnen Tropfen auf ihrer Haut besser zu spüren. Prickelnd, warm und wohltuend. Als schließlich das Wasser abkühlte, drehte sie schnell den Hahn zu. Sie musste nicht kalt duschen, um zu beweisen, dass sie keine Memme war. Dazu musste man nur ihren geschundenen Körper ansehen. Mit dem linken Zeigefinger fuhr sie über die kleinen runden Brandnarben, die sich in einem klaren Schriftzug über ihren Oberschenkel zogen. Sie konnte das Wort deutlich erkennen: *Luder.*

Ihr Blick blieb am L hängen. Hätte sie es verhindern können? Rechtzeitig das Inferno verlassen? Sie umkreiste die Narben mit ihrem Finger. Hätte sie die Veränderung in seinem Verhalten wahrgenommen, wenn sie nicht so sehr mit sich selbst beschäftigt, sich seiner Liebe nicht so sicher gewesen wäre? Heute ja. Heute würde sie die Nuancen in seiner Stimme erkennen, die Eifersucht, die Verletzung. Sie würde sein Kindheitstrauma nicht als romantische Herausforderung begreifen, sondern als das, was es wirklich war: ein Pulverfass, das jederzeit explodieren konnte, ein Handicap, das ihn daran hinderte, Zwischentöne zu erkennen und normale Beziehungen zu führen. Aber damals? Sie hatte sich gefallen in ihrer Rolle als Retterin. Sie, die Überlegene. Wie naiv sie gewesen war. Ihr Finger wanderte zu dem obersten Brandmal zurück. Damit hatte er die Brandstrafen angefangen. Sie versuchte, sich an den Auslöser für die Erziehungsmaßnahme, wie er es genannt hatte, zu erinnern. Die vergessene Bügelfalte in seiner Leinenhose? Nein, da hatte er ihr das Bügeleisen an den Kopf gehauen, damit sie es sich merkte. Sie hatte es sich gemerkt. Sie bohrte ihren Finger in die unterste Narbe. Die Fingerkuppe passte genau in das runde Brandmal. Es war am Tag danach gewesen, wahrscheinlich hatte sie von dem Schlag mit dem schweren Eisen eine Gehirnerschütterung gehabt.

»Was ist das für ein Saufraß?«

Mit hochrotem Kopf steht er vor ihr und lässt den Teller vor ihren Füßen auf den Boden krachen. Das Porzellan zerspringt in tausend Stücke. Das Putengeschnetzelte und die matschigen Kartoffeln spritzen nach allen Seiten und hinterlassen überall gelbliche und braune Spuren. Sie fängt an zu zittern.

»Ich … Es tut mir leid. Ich bin eingeschlafen. Da ist es … Es ist verbrannt. Mir … Es geht mir nicht gut.«

Er steht vor ihr. Zündet sich eine Zigarette an. »Ach?«

Ein hässliches Lächeln breitet sich auf seinen Zügen aus. Ihr Zittern wird stärker. Sie kennt dieses Lächeln.

»Es tut mir leid. Ich hab das Verbrannte weggeschnitten, ich hab versucht … «

»Ich hasse verbranntes Fleisch«, sagt er und stößt sie hart zu Boden. Sie fällt in die Essensreste, spürt, wie Porzellanscherben sich in ihren Arm bohren. Er hockt sich neben sie. Mit einer Hand drückt er ihre Kehle zu. Mit der anderen Hand presst er die glühende Zigarette auf ihren Oberschenkel. »Sklaven werden gebrandmarkt. Damit sie wissen, wer sie sind.«

Mit tupfenden Bewegungen trocknete sie sich die Beine ab. Wenn sie tupfte, wurden die Narben nicht rot. Dann nahm sie den blau-grün karierten Schlafanzug von der Heizung und schlüpfte hinein. Das Gefühl des warmen Nikkistoffs auf ihrem nackten Körper erinnerte sie an ihre Kindheit, an die heiß ersehnten Ferien bei der Großmutter, die sie einmal im Jahr verwöhnte und sie nach dem Tod des Großvaters sogar in ihrem Bett hatte schlafen lassen. Wie gerne würde sie jetzt zur Großmutter in das breite, weiche Bett mit dem dicken, immer frisch aufgeschüttelten Daunenplumeau kriechen.

Seufzend putzte sie mit dem Handtuch die Tropfen von den Kacheln. Wassertropfen hinterließen Kalkflecken, und wie *er* diese entfernte, würde sie auch nie vergessen. Bei dem Gedanken daran, wie er damals brutal ihren Kopf gepackt und mit ihren Haaren den Kalkentferner von der Wand gewischt hatte, brannten ihr noch immer die Augen. Wie lernfähig sie doch war. Nie wieder hatte sie versäumt, das Bad vor dem Verlassen von Wasserspuren zu befreien.

Sie hielt mitten in der kreisförmigen Bewegung inne, nahm den Duschkopf, drehte den Hahn auf und spritzte die hellgrauen Kacheln ab. Dann beobachtete sie, wie die Wassertropfen langsam in die Wanne rannen, und stellte sich vor, wie sie später die unvermeidlichen Kalkspuren auf der Wand hinterlassen würden.

Sonntag, 14. Dezember

24

Und wenn Tinis Lover Paul aus dem Weg geräumt hat? Sara stellte sich vor ihre Kletterwand, richtete den Fokus auf die Route und prägte sie sich ein. Der Sprung im zweiten Drittel war Wahnsinn. Sie fasste nacheinander mit beiden Händen in den Magnesiumsack und stieg ein. Ihre rechte Hand umschloss den ersten schwarzen Hartgummi. Langsam platzierte sie einen Fuß auf einem winzigen Vorsprung, brachte ihren Oberkörper in maximale Streckung und quetschte drei Finger in ein Fingerloch. Dann stieß sie sich mit dem zweiten Fuß von der Wand ab und schwang beide Beine mit einer kräftigen Bewegung der Hüfte in die Horizontale. Der rechte Fuß fand auf einem weiteren daumengroßen Hartgummigriff Halt, den linken presste sie gegen die glatte Wand.

Was, wenn Tini davon weiß und versucht, ihn zu decken? Sie zuckte zusammen. Sofort spürte sie den Verlust der Spannung. Ihr Fuß rutschte ab, während Adrenalin durch ihren Körper schoss. Sie presste die Zähne zusammen und sicherte ihre Position.

Konzentrier dich!

Sie holte tief Luft und bewegte ihre Beine langsam nach oben zurück. Ihre Bauchmuskeln brannten. Endlich ertastete ihr Fuß die Wölbung, sie verlagerte ihr Gewicht auf den wiedereroberten Haltepunkt. Mit der rechten Hand hakte sie sich in die Spalte links über ihrem Kopf ein und zog sich nach oben, wechselte dann mit den Füßen die Halteposition. Sie atmete ruhig und fixierte das nächste Ziel in der Wand. Es war unmöglich, diesen Punkt ohne einen Jump zu erreichen. Aber aus dieser Position schaffte sie keinen Absprung.

Sie verstärkte den Fersendruck, löste die Finger der rechten Hand und brachte sie in Warteposition neben die linke, als der durchdringende Ton der Türglocke sie aufschreckte. Ronnie musste seinen Schlüssel vergessen haben.

»Jonas! Mach Papa auf!« Sie hörte die flinken Schritte ihres Sohnes und das Öffnen und Schließen der Tür. *Jetzt!* Blitzschnell zog sie die Linke aus dem Schlitz und verankerte die Rechte darin, während sie die linke Hand nach dem nächsten Haltepunkt ausstreckte. Dann löste sie ihren Griff, um ihren Oberkörper die letzten Zentimeter zum nächsten Ankerpunkt zu schieben. Ihr Fuß schnellte zum nächsten Vorsprung, verpasste ihn, und sie sackte nach unten. Automatisch schlossen sich ihre Hände um die bunten Hartgummigriffe in ihrer Reichweite, dann suchte sie mit den Füßen nach Halt.

»Mama! Du schummelst! Du bist auf Gelb! Und auf Blau!«

»Schummeln?« Michaels Stimme traf Sara wie ein Schlag. »Für mich sieht das ziemlich gut aus.«

Sie riss ihren Kopf herum. Tatsächlich. Michael stand neben Jonas in ihrem Arbeitszimmer.

»Das ist doch pipisch«, antwortete Jonas abschätzig. »Alle Farben nehmen, das kann jeder.«

»Pipisch?« Michael grinste. »Ich kann das nicht.«

Jonas musterte ihn kurz. »Doch. Ganz sicher. Aber nur die schwarzen, das kann nur meine Mami.«

Dann drehte er sich um und hüpfte zurück ins Wohnzimmer, aus dem jetzt die Erkennungsmelodie einer Kinderserie klang. Sara sprang auf die Matte am Fußboden, zog mit einem Ruck die engen Schuhe von den Füßen, löste den Magnesiumsack und wischte ihre weißen Finger an der schwarzen Sporthose ab, bevor sie Michael die Hand reichte.

»Hast du Zeit für einen Kaffee?«

»Immer«, antwortete sie und hoffte, dass sie nicht so zerzaust aussah, wie sie sich fühlte.

Sara stellte zwei Tassen Cappuccino auf den Küchentisch und setzte sich zu Michael. Obwohl er seit der Begrüßung noch kein Wort gesprochen hatte, spürte sie, wie sehr er darauf brannte, ihr etwas zu erzählen. »Bringst du Neuigkeiten von Tini?«

Ohne den Blick von ihm abzuwenden, schob sie die Zuckerdose neben seine Tasse.

»Danke.« Michael lächelte sie an. »Nicht direkt. Aber Neuigkeiten, die einen unangemeldeten Besuch am Sonntagmorgen rechtfertigen.« Er löffelte Zucker in seinen Kaffee. »Es geht um einen Anwaltskollegen von mir.«

»Einen Kollegen von dir?«

»Er ist tot. Ermordet. Die Todesursache ist noch unklar.«

»Was?« Entsetzt hielt sich Sara die Hand vor den Mund und starrte ihn an. Das Bild von Brad Pitt als Joe Black, der Todesengel, schoss ihr durch den Kopf. Wer war dieser Mann, der sie über seine Tasse hinweg anlächelte, während er ihr eine Hiobsbotschaft nach der anderen überbrachte? »Tot?«

»Ja.« Michael nickte.

»Aber was hat das mit Tini zu tun?« Sara brach abrupt ab. Plötzlich verstand sie. »Die Ehefrau ist bei Frauenwehr Mitglied.«

Michael nickte wieder.

»Die Folterkammer…«, begann sie und verstummte.

»Ja. Etwas abgeändert, aber die Vorlage ist eindeutig.«

Sara sackte in sich zusammen. »Jetzt haben wir keine Chance mehr.«

Sie spürte Michaels Hand auf ihrem Arm. Mit sanftem Druck bewegte er sie dazu, ihren Kopf zu heben.

»Sara…« Er beugte sich zu ihr. »Hör zu. Die Sache ist furchtbar, aber sie hilft uns.«

»Wie denn? Wenn zwei Frauen ihren Mann getötet haben, wieso sollte der Staatsanwalt Tini dann was anderes glauben?«

»Weil der Tote Heiner Grossmann ist.«

Das bleiche Gesicht von Anja Grossmann blitzte vor Saras Augen auf. Die verzweifelte Anja? Die Frau, die sich in einem letzten Kraftakt einen Anwalt genommen hatte, und jetzt in ihrer Hoffnungslosigkeit resignierte. Auch sie eine Mörderin?

»Und? Wie soll uns das helfen?« Sara schaute ihn fragend an. »Ich hab Anja am Freitag kennengelernt. Sie war völlig am Ende. So wie ich es verstanden habe, hat ihr Mann sie erst nach der Trennung fertiggemacht. Wenn du mich fragst, war sie zu allem bereit, um ihren Ex loszuwerden.«

»Sie waren bereits fast ein Jahr getrennt.«

»Kanntest du ihn gut?«

»Wir waren mal Kollegen.«

»Es ging ihr schlecht.« Sie erinnerte sich an den gequälten Ausdruck in Anjas Gesicht. »Sie saß ganz schief auf ihrem Stuhl. Und dann ist sie plötzlich gegangen. Mitten in der Sitzung.«

»Sie hatte eine Blinddarmentzündung und ist noch in der gleichen Nacht operiert worden.« Michael klatschte in die

Hände. »Verstehst du? Sie kann es nicht gewesen sein. Das ist der Beweis, dass jemand anders die Hände im Spiel hat!«

»Hmm …« Sara versuchte, ihre Gedanken zu ordnen. Bilder von der Gruppensitzung, von Anja und Valeska, von Paul und Tini schwirrten vor ihren Augen herum und vermischten sich zu einem abstrakten Puzzle. Drei Tote in einer Woche. Sie stand auf und füllte ein Glas mit Leitungswasser. Ohne abzusetzen leerte sie es und stellte es auf der Spüle ab. Dann setzte sie sich wieder zu Michael. »Du meinst …«

»Genau. Wenn eines der Opfer nicht von seiner Frau getötet wurde, warum dann nicht auch ein zweites? Das ist ein Ansatz, den ich zu einer Verteidigungsstrategie ausbauen kann.« Michael nahm Saras Hände und blickte sie direkt an. »Jetzt haben wir eine echte Chance.«

»Eine echte Chance auf was?« Ronnie stand in der Küchentür, die Hände zu Fäusten geballt.

25

Leise summte Sara das Kyrie mit, während sie sich in die nächste Seite vertiefte. Der abgrundtiefe Hass, der die meisten Folterkammerfantasien durchtränkte, erschreckte sie. Manche waren wenigstens ausgefallen, aber die meisten einfach nur schrecklich. Marie träumte davon, schwere Jungs anzuheuern und ihren Mann zu Brei schlagen zu lassen. Jeden Hieb, jeden Tritt, jeden Knochenbruch, den er ihr zugefügt hatte, sollte er doppelt zurückbekommen. Eine Gewaltorgie, detailliert beschrieben, und das unter Missachtung jeglicher Grammatikregeln. Sara legte Maries Geschichte auf den Stapel, der sich auf dem Couchtisch gebildet hatte. Wenn Michael wirklich Recht hatte, und Anja im Krankenhaus gelegen hatte, als Heiner starb, dann konnte der Täter nur aus dem Forum kommen, oder er musste es zumindest kennen. Sie blätterte durch den Packen Papier in ihrer Hand und suchte nach den Einträgen von Petra und Valeska. Petras Eintrag fand sie sofort und zog ihn heraus. Von Valeska gab es nichts. Sie ging die Ausdrucke noch einmal durch, doch Valeska tauchte nur als Kommentatorin auf. Interessant, dachte sie und konzentrierte sich mit steigendem Grauen auf Petras Fantasie.

»Arbeitest du?«

Sara blickte überrascht auf. Wieder einmal war sie so in Gedanken gewesen, dass sie Ronnie nicht bemerkt hatte. »Das sind Foreneinträge von der Gruppe, in der Tini gewesen ist.«

»Die kollektive Jammergruppe …«

Sara schluckte die Bemerkung, die ihr auf der Zunge brannte, hinunter.

»Es sind Mordfantasien.« Sie deutete auf die Ausdrucke am Tisch. »Wenn du die liest, hoffst du, dass sie es beim Jammern belassen.«

»Mordfantasien?« Er schüttelte den Kopf. »Du liest am Sonntagnachmittag Mordfantasien und hörst dabei ein Requiem? Meinst du nicht, du übertreibst etwas in deinem Bemühen, dich in Christina hineinzuversetzen?«

Er trat an den Tisch und nahm mehrere Blätter. »Sind das die Geschichten, wegen denen Christina wieder in Haft ist?«

»Gewissermaßen.«

»Warum hast du mir nichts davon erzählt?«, fragte Ronnie und überflog die Seiten. Es war Maries Beitrag.

»Du hast selbst gesagt, du willst nichts damit zu tun haben.«

»Ich habe gesagt, ich will nicht, dass du dich einmischst. Du hast mich vor dem Anwalt wie einen Idioten dastehen lassen – ich wusste nicht mal, dass Christina wieder in Haft ist.«

»Ich wollte dir am Donnerstag von Tini erzählen, erinnerst du dich? Aber du hast blockiert, weil du wegen dem Showklettern am Samstag so sauer warst.« Sara beobachtete ihn. Falls die Erwähnung der Kletterveranstaltung, auf der sie gestern für einen Kollegen kurzfristig eingesprungen war, seinen Ärger wieder entfachte, so ließ er sich nichts anmerken. Er würde niemals verstehen, was das Klettern für sie bedeutete, dass sie sich am lebendigsten fühlte, wenn sie im Fels hing und nicht nur schier unüberwindbare Hindernisse, sondern auch ihre eigenen Ängste bezwang. Sie hatte Peter von Tini erzählt, als sie sich für ihren gemeinsamen

Auftritt vorbereiteten, so wie sie Peter seit Jahren an fast allen wichtigen Ereignissen in ihrem Leben teilhaben ließ, wenn sie zusammen trainierten. Auch er hatte sie gewarnt, dass sie sich auf unbekanntes Terrain begab, dessen Gefahren sie nicht einschätzen konnte, aber er hatte ihr auch spontan seine Hilfe angeboten.

Ronnies Augen wanderten über Maries letzte Seite. »Wenn die ihre Fantasie so konsequent durchsetzt wie ihre Rechtschreibfehler, dann Gnade dem armen Kerl.«

Er legte die Blätter auf den Stapel zurück und ging zu der quer durch das Wohnzimmer gespannten Schnur, an der der Adventskalender hing. An Wäscheklammern baumelten vierundzwanzig kleine Jutesäckchen. Er nahm die Nummer vierzehn herunter und sah hinein.

»Was hältst du denn von der Sache?«

Ronnie trat einen Schritt zurück und rieb sich die Nase. »Fatal. Wie kann deine Schwester nur so bescheuert sein. Eine Mordfantasie öffentlich auszubreiten.«

»Das Forum ist nicht öffentlich. Wenn du da nichts Privates schreiben kannst, was soll dann das Ganze?«

»Internet ist öffentlich. Das weiß jedes Kind.«

»Ok, denk, was du willst, die Sache ist eh gelaufen. Wichtig ist, dass wir jetzt endlich eine Spur haben.«

»Das dürfte dir wenig bringen.«

»Warum denn? Ich durchsuche gerade die Gruppenbeiträge nach Hinweisen.« Sara deutete auf den Stapel Papier. »Und dann ist da noch dieser Typ, der ihr das Geld geben wollte, vielleicht hatte sie eine Affäre.«

»Was macht eigentlich ein Anwalt am Sonntag bei uns in der Küche? Christina ist doch nicht in der Todeszelle.«

»Er ist eben engagiert.«

»Das ist er bestimmt.« Ronnie verzog sein Gesicht zu

einem Grinsen. »Fragt sich nur, für was er sich wirklich engagiert …«

Sara strich mit den Fingern über den letzten Knick und stellte einen Papierfrosch auf den Tisch. Hoffentlich fing er jetzt nicht wieder an, sich über Michaels unangemeldeten Besuch auszulassen. »Er ist mit Tini befreundet.«

»Ah. Da kommen wir der Sache doch näher.« Ronnie machte einen Schritt auf Sara zu, hob seinen Arm und bewegte die Hand, als versuche er, ein Glöckchen zu läuten. »Kling Glöckchen klingeling. Hast du mal darüber nachgedacht, ob *er* der ominöse Liebhaber ist?«

»Glaub ich nicht.«

»Und wieso nicht?«

»Ich hab ihn gefragt.«

»Und er hat es verneint. Was hast du erwartet? Soll er sich als geiler Bock outen, der von Pauls Tod profitiert? Glaub mir, da läuft was, ich hab ein Gespür für so was.« Er tippte sich an die Nase und strich dann den Nasenrücken entlang. »Du wirst schon sehen.«

Sara hatte keine Lust, weiter über Seitz zu diskutieren. Sollte Ronnie doch denken, was er wollte. Sie klopfte neben sich aufs Sofa. »Setz dich. Ich lese dir die Fantasie von Anja Grossmann vor, der Frau des letzten Opfers.«

Mit einem zweifelnden Gesichtsausdruck blieb Ronnie neben dem Sofa stehen. »Ich höre.«

»Wie gesagt, die ist von Anja. Sie ist von ihrem Mann anonym so lange verfolgt und bedroht worden, bis sie psychisch krank wurde. Ich glaube, sie bekam eine Angstneurose, auf jeden Fall war sie völlig am Ende und verlor ihren Job und ihre Freunde. Erst seit sie weiß, dass der Stalker ihr Mann war, geht sie wieder unter Menschen.« Sie räusperte sich und fing an zu lesen:

Eines Abends werde ich bei ihm läuten. Er wird aufmachen, in seinen abgetragenen Joggingklamotten, die er abends immer gegen seinen schicken Anzug tauscht. Er wird mich geringschätzig ansehen, mich eintreten lassen und zurück ins Wohnzimmer gehen, um sich wieder aufs Sofa zu fläzen. Was hat er von mir schon zu befürchten?

Ich werde ihm ins Wohnzimmer folgen und an das Sofa herantreten.

»Heiner«, werde ich sagen, »weißt du noch, wie komisch das war, als ich wegen meiner Angstneurose monatelang krankgeschrieben war und meinen Job verloren habe? Du hast dich so amüsiert, dass du Tränen gelacht hast.«

Aus den Augenwinkeln bemerkte Sara, wie Ronnie die Stirn runzelte. Las sie wieder zu schnell? Sie senkte das Papier und sah ihn an.

»Was schaust du so?«

»Das bislang einzig Gruselige ist dein Genuschel.«

»Dann les ich halt nicht.« Sara beugte sich nach vorne, um die Papiere auf den Stapel zu legen.

»Ach komm, du bist doch sonst nicht so empfindlich. Das war ein Witz, lies weiter.«

Sie fuhr fort, etwas langsamer, und achtete darauf, dass sie keine Silbe verschluckte.

Und dann werde ich die Schachtel öffnen und die schwarze Mamba herauslassen. Zu ihm, auf sein geliebtes Sofa. Die giftigste Schlange der Welt für den Mann mit der schlimmsten Schlangenphobie der Welt. Gelähmt vor Angst wird er sein, die Schlange anstarren, unfähig sich zu rühren.

Ronnie stieß ein kurzes Lachen aus. »Eine Mamba? Das ist doch lächerlich!«

»Warum denn?«

»Erstens klingt das wie aus einem billigen James Bond.« Er hielt sich seine zur Pistole geformte Hand vors Gesicht und blies eine imaginäre Rauchfahne vom angedeuteten Pistolenlauf. »Und zweitens ist die schwarze Mamba nicht die giftigste Schlange der Welt.«

»Aber sie ist die größte Giftschlange und die aggressivste. Und ihr Biss ist tödlich. Wenn ein Taipan dich erwischt, bist du auch nicht töter als bei einer Mamba. Tot ist tot.«

»Töter?« Ronnie schüttelte den Kopf und steckte die Handpistole in sein imaginäres Halfter. »Egal, lies weiter.«

»Eben. Tot kannst du nicht steigern, nicht mal grammatikalisch.«

Ob Heiner Grossmann wirklich so getötet wurde? Durch den Biss einer Mamba? Sara spürte, wie sich bei dem Gedanken an den starren Blick und die blitzschnelle Angriffsbewegung einer Giftviper ihre Nackenhaare aufstellten. Sie hasste Schlangen.

Gelähmt vor Angst wird er sein, die Schlange anstarren, unfähig, sich zu rühren

Das könnte seine Rettung sein, denn je weniger er sich bewegt, desto besser sind seine Chancen zu überleben.

»Ich habe schon lange keine Tränen mehr gelacht«, werde ich sagen, »da hab ich mir gedacht, wenn eine Angstneurose bei einem anderen so lustig ist, vielleicht sollte ich das mal bei dir ausprobieren, vielleicht bringt es mich ja wieder zum Lachen.«

Und dann werde ich ihn allein lassen mit der Mamba, und er wird für das, was er mir angetan hat, büßen. Ich glaube nicht, dass ich lachen werde, aber ich werde mich besser fühlen.

»Das ist ja widerlich«, sagte Ronnie angeekelt. »Wurde er tatsächlich so umgebracht?«

»Weiß ich nicht, aber so was in der Art muss es gewesen sein. Das muss ich noch herausfinden.«

»Die sind doch alle krank im Hirn. Besonders die Gruppenleiterin. Was ist das denn für eine? Eine geisteskranke, pathologische Männerhasserin? Wer sonst kommt auf die Idee, labile Frauen dazu anzustacheln, Foltergeschichten zu schreiben?«

»Du tust ihr Unrecht. Sie hat mir das ganz logisch erklärt. Sie wollte dadurch eine Katharsis –«

»Katharsis! Lass mich lachen! Du glaubst auch jeden Mist, wenn er in ein pompöses Fremdwort gehüllt wird. Es würde mich nicht wundern, wenn sie diejenige ist, die die Männer abschlachtet und den Frauen ihre Morde anhängt. Wahrscheinlich hatte sie selbst eine schlechte Erfahrung gemacht und rächt sich jetzt auf ihre perfide Art.«

»Das ist Unsinn. Sie setzt sich für diese Frauen ein. Sie hilft ihnen. Sie würde ihnen nie schaden. Sie … sie bemuttert sie.«

»Darf ich fragen, woher du deinen klaren Einblick in die Psyche dieser Frau nimmst?«, fragte Ronnie mit vor Sarkasmus triefender Stimme. »Wohlgemerkt, einer Frau, die du noch nie in deinem Leben getroffen hast?«

Sara biss sich auf die Unterlippe. Wie würde Ronnie wohl reagieren, wenn sie ihm von dem Treffen vor zwei Tagen erzählte? Sie nahm den Papierstapel mit beiden Händen und klopfte die untere Kante auf den Tisch, bis jedes Blatt exakt auf dem anderen lag. Dann verstaute sie die Blätter in einer Dokumentenmappe und verschloss sie umständlich mit einem ausgeleierten Gummiband. »Ich … ich habe ihre Foreneinträge verfolgt. Außerdem habe ich lange mit ihr telefoniert. Das reicht doch für einen ersten Eindruck, oder?«

Er beugte sich zu Sara und nahm ihr Handgelenk. »Nochmal. Ich will nicht, dass du damit etwas zu tun hast. Es geht nicht nur um dich, sondern auch um Jonas und mich. Ich will nicht, dass du uns in dieses Milieu hineinziehst.«

Mit einer schnellen Bewegung befreite sie ihr Handgelenk und stand auf. »Es geht weder um mich noch um Jonas oder dich. Es geht um Tini.«

Bevor er etwas erwidern konnte, schnitt sie ihm das Wort ab. »Meine Schwester braucht meine Hilfe. Das lasse ich mir nicht ausreden.«

26

Die Nachmittagssonne erwärmte die Winterluft, und immer mehr Schlittschuhläufer zogen ihre dicken Jacken aus und flitzten im Pullover über das Eis. Sara legte Jonas' Daunenanorak zu dem Kleiderhaufen auf der Parkbank und beobachtete, wie ihr Sohn voller Ehrgeiz dem winzigen Puk nachstürmte, den Eishockeyschläger fest in beiden Händen. Er würde sie die nächste halbe Stunde nicht vermissen, dessen war sie sich sicher. Sie warf noch einen Blick auf ihn, dann wandte sie sich ab und schlenderte den Kanal entlang Richtung Nymphenburger Schloss.

Wenn Michael seine Verteidigung neu aufbaute, musste er unbedingt darlegen, dass Tini nur wegen ihres Eintrags in der Folterkammer verdächtig war. Er musste Anja als Beispiel nehmen, Anja, die ohne die Operation sofort verhaftet worden und damit das nächste Opfer eines Justizirrtums geworden wäre. Diese Argumentation musste einfach einen berechtigten Zweifel streuen. Sie klammerte sich daran wie ein abgestürzter Bergsteiger an sein Seil. Ein dünnes, brüchiges Seil. Sie war sich dessen bewusst. Warum sollte jemand Heiner Grossmann *und* Paul töten? Was für ein Motiv könnte dahinterstecken? Ein Rächer misshandelter Frauen, der diese dann für seine Taten büßen ließ? Wohl kaum. Von weitem sah sie Michael lächelnd auf sie zukommen. Augenblicklich schlug ihr Herz schneller.

An der Brücke stellten sie sich ans Geländer und blickten auf das bunte Gewimmel. Vor fast einer Woche hatte sie an derselben Stelle gestanden. Nachdem sie von Pauls Tod erfahren hatte. Was seitdem alles passiert war. Ihre Welt hatte sich verändert. »Hast du etwas von Tini gehört? Geht es ihr gut? Sie ist jetzt schon seit vier Tagen in Untersuchungshaft, ich weiß nicht, wie lange sie das aushält!«

»Sie ist taffer, als du denkst.«

»Wann kann ich sie besuchen?«

Michael sah sie an. »Ich habe bereits Besuchsanträge für dich und deine Mutter gestellt. Ich gehe davon aus, dass ihr kommende Woche zu ihr könnt.« Er konzentrierte sich wieder auf die wogende Masse der Eisläufer.

»Ich hab nochmal über die Sache mit dem Geld nachgedacht.«

Michael schwieg.

»Ich frage mich schon die ganze Zeit, wer das gewesen sein könnte«, fuhr sie fort. »Ich meine, so viel Geld? Das ist der Hammer! Da muss doch ein Liebesverhältnis bestanden haben. Meinst du nicht?«

Sara beobachtete Michael von der Seite. Sein unbeteiligter Blick auf die Menschenmenge am Kanal irritierte sie. Hörte er ihr eigentlich zu? Schon komisch, sie sprach ihn jetzt zum zweiten Mal auf ihre wahrscheinlich heißeste Spur an, und er reagierte einfach nicht. »Überleg mal. Tini war in ihrer Ehe so unglücklich, dass sie Paul am liebsten unter der Erde gesehen hätte. Was spricht denn dagegen, dass sie ein Verhältnis hatte? Sie hat Paul schon einmal betrogen. Der neue Mann in ihrem Leben gibt ihr genug Rückendeckung, dass sie endlich den Schritt wagen kann, du weißt schon, Scheidung und so. Dann macht Paul ihr einen Strich durch die Rechnung und verzockt alles. Sie ist total verzweifelt, wendet sich an ihren Liebsten, der möchte ja auch, dass sie endlich frei ist und erklärt sich bereit, ihr das Geld zu geben. Und dann kommt ihm die Idee, Paul umzubringen. Vielleicht denkt er ja, dass Paul sie sonst nie in Ruhe lassen würde, oder … naja, egal. Auf jeden Fall könnte Tini ihm von der Folterkammer erzählt haben, vielleicht hatte er sogar ihre Logindaten. Aber dann wird Tini verhaftet. Dabei hatte er Paul extra vergiftet, als sie auf der Weihnachtsfeier war, also eigentlich ein Alibi hatte. Vielleicht hofft er, dass sie freigesprochen wird. Und sie sagt nichts, um ihn zu schützen.«

Sara sprach vor Aufregung immer schneller. Das war definitiv eine plausible Spur. Die einzige, die sie bislang hatten. Wieder beobachtete sie ihn. Er wirkte in sich gekehrt, hatte die Ellenbogen auf der Brüstung aufgestützt und seine Hände ineinandergefaltet. Es fehlte nur der Rosenkranz, und man wäre überzeugt gewesen, dass er still betete. Es konnte nur einen Grund geben, dass er auf ihre Theorie nicht reagierte: Er wollte nicht, dass sie die Spur weiterverfolgte, weil Ronnies Verdacht stimmte: *Er* war Tinis Liebhaber. Unwillkürlich rückte sie von ihm ab. Ihr war plötzlich unerträglich heiß. Sie öffnete den Lammfellmantel und zog ihre lila Mütze vom Kopf. Michael wandte seinen Blick vom Kanal ab und sah sie an. Es war ein langer, intensiver Blick, ein Blick, der durch sie hindurch, nein, in sie hinein sah und unter dem Sara sich nackt und unwohl fühlte. Ob er wusste, was sie dachte? Dass sie ihn …

»Ich glaube, du verrennst dich da in etwas.«

»Ach?«

»Wenn der vermeintliche Liebhaber und Spender Christina so sehr liebt, dass er für sie tötet, warum dann so, dass der Verdacht mehr oder weniger auf sie fallen *muss*? Alibi hin oder her. Wenn er die Folterkammer kennt, dann weiß er genau, dass die Polizei früher oder später darauf stoßen wird. Warum erschlägt er ihn nicht einfach? Paul war Alkoholiker. Er hätte nachts in die Wohnung schleichen, ihn im Schlaf erschlagen und das Ganze wie Raubmord aussehen lassen können. Bei ein bis zwei Promille wäre das sicher einfacher gewesen als diese Giftnummer.«

Natürlich! Wie dumm sie doch war! Michael hatte Recht, ihre Theorie war nicht schlüssig.

»Bist du jetzt enttäuscht?«

»Nein.« Im Gegenteil! Sie versuchte, ihre Erleichterung zu verbergen, und fragte schnell: »Hast du eine andere Idee?«

»Es muss mit dem Forum zusammenhängen. Der Mörder kennt die Folterkammer *und* die Frauen. Er weiß, wer was geschrieben hat, und er weiß, wo Anja und Christina wohnen. Also muss er entweder im Forum Zugang zu den Mitgliedsdaten haben oder … «

»Oder er ist ihnen in der Gesprächsrunde begegnet und hat es dort ausgekundschaftet.« Sara lehnte sich seitlich an das Geländer. »Sollten wir dann nicht eher von einer Mörderin sprechen?«

»Auf keinen Fall. Damit schränken wir unseren Blickwinkel ein.«

»Und das Motiv?«

»Rache? Ein Ablenkungsmanöver?« Michael zupfte einen Wollfussel von ihrem Mantel. »Ein Psychopath?«

»Ablenkungsmanöver? Du glaubst, jemand möchte mit einem Mord von einem anderen ablenken?«

»Warum nicht? Bringst du nur deinen Partner um, bist du verdächtig. Gibt es aber eine Serie … Was passiert dann?« Bevor sie seine Frage beantworten konnte, sprach er weiter.

»Dann bist du entlastet. Die Chance davonzukommen erhöht sich. Vorausgesetzt, dir passieren keine Fehler.«

»Glaubst du, Anjas Alibi war einer?«, fragte Sara aufgeregt. Sobald der Mörder einen Fehler machte, war es nur noch eine Frage der Zeit, bis er gefasst wurde, irgendwo hatte sie das mal gelesen.

»Könnte sein.« Michael verzog keine Miene. »Es könnte aber auch sein, dass er auf eine Serie hinweisen möchte. Denn jetzt wird der nächste Mord in einem anderen Licht betrachtet.«

»Oh Mann! Wenn das stimmt, das wäre … also, das wäre der Hammer. Dann wären Paul und Heiner erst der Anfang.« Sie schauderte. Paul als Kollateralschaden eines aufwendigen Mordplans? Unfassbar. Hatte Ronnie doch Recht, wenn er sie davon abhalten wollte, sich einzumischen?

Michael nickte bedächtig. »Wie gesagt, das ist nur *ein* mögliches Szenario. Wir werden uns die anderen auch ansehen.«

»Also, ehrlich gesagt, das Szenario ist doch erst mal egal«, unterbrach ihn Sara, »wichtig ist das Forum, es muss eine Verbindung dazu geben.«

»Absolut.« Michael lächelte sie zustimmend an.

»Wir müssen den Mörder irgendwie verunsichern … schocken! Weißt du, was ich meine? Wir müssen es wenigstens versuchen, die Polizei glaubt uns diese Theorie ohnehin nicht ohne Indizien. Wir können ihnen doch etwas unter die Arme greifen, oder?«

»Lass uns das mit dem Ablenkungsmanöver ins Forum stellen. Das ist ein Anfang. Und wir provozieren auf jeden Fall eine Reaktion.« Seine Miene wurde wieder ernst, als er fortfuhr. »Du kannst dich auf die letzte Gruppensession beziehen. Dadurch hast du eine viel bessere Chance, ernst genommen zu werden, als wenn die Polizei dort plötzlich unter einem Pseudonym auftritt. Es kennt dich doch keiner, hast du gesagt. Ich meine, deinen Nachnamen und deine Adresse.«

Er sah sie prüfend an. Sara glaubte, einen Anflug von Sorge in seinem Blick erkennen zu können. »Wie lautet deine Mailadresse?«

»sara.neuberg@email.de«

»Schlecht. Ich richte dir eine neutrale E-Mail-Adresse ein. Was hältst du von sarah123@email.de? Du bleibst anonym, und wir haben beide Zugriff auf Benachrichtigungen oder private Mails, die uns ein Mitglied schickt. Ich mach das, sobald ich zu Hause bin.«

»Meinst du, Valeska gewährt mir einfach so Zutritt zu dem Mitgliederbereich?«

»Ich hoffe es. Aber ich bin mir fast sicher, dass sich Frau Liebig für das, was gerade hier passiert, mitverantwortlich fühlt. Allein deshalb muss sie uns unterstützen.«

»Super.« Sie konnte ihre Aufregung kaum verbergen. Endlich hatte sie eine Möglichkeit, aktiv zu Tinis Rettung beizutragen. Sie blickte auf ihre Uhr. »Ich muss zurück zu Jonas, bevor er mich vermisst.«

27

Im Treppenhaus hörte sie Ronnie. Sara verstand nicht, was er sagte, aber sie konnte ihn klar von einer hellen Frauenstimme unterscheiden.

Schon wieder unerwarteter Besuch? Valeska? Mit Neuigkeiten aus dem Forum? Hoffentlich erzählte sie Ronnie nichts von Freitag. Sie beschleunigte ihren Schritt. Fing an zu laufen. Mit jeder Stufe wurden die Stimmen deutlicher und die in ihr aufsteigende Übelkeit stärker. Atemlos erreichte sie den dritten Stock.

Eine attraktive blonde Frau in einem eleganten Wintermantel stand mit Ronnie im Treppenhaus. An ihrer Hand hielt sie einen kleinen, dick vermummten Jungen etwa in Jonas' Alter.

»... natürlich geht das in Ordnung, Sara macht das gern.« Ronnie winkte sie zu sich. »Nicht wahr, Sara?«

»Was denn? Hallo, ich bin Sara.« Keuchend streckte sie der Frau die Hand entgegen.

»Eleonor.« Die Frau schüttelte ihre Hand. »Ich bin eine Kollegin von Ihrem Mann.«

Ronnie wandte sich ihr zu.

»Die Tagesmutter ihres Sohnes ist krank. Ich habe ihr angeboten, dass Ben nach der Schule mit zu uns kommt.« Er tätschelte dem Jungen den Kopf. »Ich habe morgen eine wichtige OP, da brauche ich Eleonor.«

Sara schluckte. Sie war morgen bei *Nova*. Er wusste das. »Hast du vergessen, dass ... «

»Außer du hast etwas Wichtigeres vor«, unterbrach Ronnie sie betont freundlich.

»Morgen ist mein –«

»Vielleicht einen Friseurtermin?« Ronnie lachte gekünstelt. »Oder bist du wieder auf Mörderjagd mit diesem Anwalt?«

Und jetzt? Sollte sie vor seiner Kollegin einen Streit anfangen? Sie wusste genau, wie das enden würde. Sie lächelte Eleonor an. »Natürlich kann Ben zu uns kommen. Ich nehme ihn nach der Schule mit.«

Sara deckte den Kaffeetisch im Wohnzimmer, als Ronnie sich im Türrahmen aufbaute.

»Wie kannst du mich nur so blamieren?« Jegliche Freundlichkeit war aus seiner Stimme verschwunden.

»Du hättest mich vorher fragen können, ob ich Zeit habe.«

Er zog die Brauen hoch. »Was kannst du schon Wichtiges vorhaben?«

»Verdammt, Ronnie!« Sie knallte die Kuchengabeln auf den Tisch. »Ich fang morgen bei *Nova* an! Das weißt du.«

Er verdrehte die Augen. »*Nova* ... Oh Gott. Kein Wunder, dass ich das verdrängt habe.«

Kopfschüttelnd überging sie die abfällige Bemerkung. »Trotzdem könntest du mich fragen, bevor du jemandem meine Zeit anbietest.«

»Zeit!« Er spie ihr das Wort vor die Füße. »Für jeden Dreck hast du Zeit. Aber wenn ich mal was will ... Du glaubst gar nicht, wie mich das ankotzt!«

»Ich habe deiner Kollegin zugesagt.«

Er verschränkte die Arme vor der Brust und trat näher zu ihr. »Gnädig herabgelassen hast du dich! Morgen bin ich das Gespött der Abteilung.«

»Blödsinn.« Sie warf einen kurzen Blick auf den Tisch. »Zucker fehlt noch.«

»Sag du mir nicht, was Blödsinn ist! Morgen weiß jeder, wie sich meine Frau ziert.«

Sara versuchte, die aufsteigende Wut zu kontrollieren, und betonte jedes Wort sorgfältig: »Zufälligerweise hätte ich morgen arbeiten müssen. Stattdessen spiele ich jetzt den Babysitter.«

»Arbeiten *müssen*?« Höhnisch lachend klatschte er sich auf den Oberschenkel, als hätte sie einen besonders gelungenen Scherz gemacht. Dann verzog er seinen Mund zu einem verächtlichen Grinsen. »Du hast doch keine Ahnung, was es heißt, arbeiten zu müssen.«

Sie erwiderte nichts. Mit Tränen in den Augen wandte sie sich wortlos ab, ließ den halbgedeckten Tisch stehen, und ging an ihm vorbei in ihr Arbeitszimmer. Mit einem lauten Knall schlug sie die Tür hinter sich zu und drehte den Schlüssel im Schloss um.

So ein … Wenn er meint, dass ich so nutzlos bin, dann soll er doch abhauen. Jetzt reicht's. Weg hier! Einfach weg! Weg! Weg! Weg!

»Sara?« Am zaghaften Klopfen erkannte sie, dass Ronnie seinen Auftritt bereute. »Tut mir leid, ich war … nervös. Du weißt schon, wegen Eleonor, und die OP morgen. Du weißt doch, wie ich vor so großen OPs oft bin.«

Hau ab!

»Komm schon, Sara.« Seine Finger trommelten sanft gegen die Tür. »Manchmal bin ich einfach ein Arsch. Ich mach's wieder gut.«

Manchmal?

»Komm, lass uns Advent feiern. Für Jonas. Die Plätzchen sehen toll aus.«

Sie fuhr den Computer hoch.

Advent feiern? Jetzt? Glückliche Familie spielen?

Nein.

Seine Schritte entfernten sich, machten bei Jonas' Zimmer halt. Und wenn sie ihn verließ? Mit Jonas ein neues Leben begann? Was passierte dann? Wovon sollte sie die Wohnung und den Fußballclub und den Klavierunterricht bezahlen? Sie müsste aus Neuhausen wegziehen, ihrem Lieblingsviertel mit den vielen kleinen Läden, Kneipen und Altbauten, mit der Nähe zu Kanal, Schloss und Innenstadt und dem besonderen Flair, einer Mischung aus Münchener Tradition und Freidenkertum, das sich die Vermieter teuer bezahlen ließen. Jonas müsste die Schule wechseln, wahrscheinlich auch seinen Sportverein, je nachdem, wo sie sich eine Wohnung leisten konnten.

Was willst du eigentlich? Einen Mann, der dich schlägt? Hartz IV?

War sie undankbar?

Sie hämmerte auf ihre Tastatur ein. In ihrer Mailbox war eine neue Nachricht. Von sarah123@email.de. Ihr Puls beschleunigte sich. Mit einem Klick öffnete sie die Mail.

Liebe Sara,

du kannst diese Mail-Adresse für das Forum nutzen. Das Passwort ist »christina11«. Für das Frauenwehr-Forum habe ich das gleiche Passwort verwendet, zusammen mit der neuen Mail-Adresse als Login. Frau Liebig hat erst gezögert, aber dann hat sie zugesagt, uns gleich freizuschalten. Aber bitte sei vorsichtig! Gib nichts preis, worüber man an deine Adresse gelangen könnte! Entschuldige, wenn das jetzt nach väterlicher Ermahnung klingt, aber ein Serienmord ist kein Spaß. Sobald wir eine Reaktion bekommen, schalten wir die Polizei ein – die wissen

genau, was dann zu tun ist, und wir sollten sie ohnehin bald informieren. Wir agieren nur als Lockvogel aus sicherer Entfernung – nicht mehr, nicht weniger.
Lass uns morgen telefonieren.
Liebe Grüße
Michael

Es geht los!

Sie rief das Frauenwehr-Forum auf und loggte sich ein. Sofort sah sie, dass der Mord an Heiner schon die Runde gemacht hatte. Gebannt scrollte sie durch die Einträge.

Dann klickte sie entschlossen auf *Beitrag schreiben*.

Hi,
ihr habt echt spannende Überlegungen zu dem letzten Mord aufgestellt. Zumal in der Gruppenstunde am Freitag die meisten überzeugt waren, dass Kathi **und** Christina ihre Männer selbst getötet haben. Jetzt stellt sich mir die Frage, ob nicht bei Christina auch ein Fremder seine Hand im Spiel hatte – denn wenn das bei Anja so war, warum dann nicht auch bei Christina?
Ich hätte sogar eine Theorie: Stellt euch vor, **eine von uns** möchte ihren Typen um die Ecke bringen und inszeniert diese Morde als Tarnung für den Mord am eigenen Mann …
Wie viele müssten dann wohl noch daran glauben? Zwei? Drei? Sie hätte wahrscheinlich nicht mal ein schlechtes Gewissen, wahrscheinlich glaubt sie, sie tut uns einen Gefallen damit … eine Wohltäterin, sozusagen.
Selbst wenn meine Theorie nicht stimmt, der Täter kennt die Folterkammer – sollte uns das nicht zu denken geben?
Sara

Sie las ihren Beitrag durch, setzte den Cursor hinter das Wort *sozusagen* und fügte einen Absatz ein.

> Heute ist in der SZ das Interview mit der Exfrau des Heckenschützen in den USA. Sie behauptet, sein Ziel war, sie umzubringen, die irrsinnige Mordserie ein Ablenkungsmanöver. Hätte man ihn nicht erwischt, wäre sie für die Polizei einfach ein weiteres sinnloses Opfer eines Verrückten gewesen.

Das müsste reichen. Mit der Hand auf der Maus verharrte sie über dem Button *Abschicken* und las sich den Beitrag ein drittes Mal durch. Etwas in ihr ließ sie zögern. Wusste sie, was sie tat? Brachte sie sich und ihre Familie in Gefahr?

Nein. Niemand wusste, wie sie hieß, wo sie wohnte, dass sie Tini kannte. Nur Valeska, aber die würde sie nicht verraten. Wo sollte die Gefahr lauern, solange sie vorsichtig agierte? Das war doch nur die typische Schwarzmalerei von Ronnie, um sie davon abzuhalten, etwas zu tun, was nicht er selbst vorgeschlagen und für gut befunden hatte. Außerdem hatte sie gar keine andere Wahl. Sie konnte nicht tatenlos bleiben, während Tini in Haft saß und ihre ganze Hoffnung in Michael und sie setzte.

Der Zeigefinger drückte die linke Maustaste wie von selbst. Sie beobachtete, wie die Meldung *Beitrag abgeschickt* erschien.

Erstaunt stellte sie fest, dass ihr Herz raste, als hätte sie am Ende der Kletterroute bemerkt, dass sie ungesichert im rutschigen Fels hing.

28

Auf dem Weg zur Küche fuhr er mit dem Finger über den Türrahmen. Nichts. Kein Staubkörnchen. Kein Fett. Kein Dreck.

Ja, keimfrei leben, das habe ich bei dir gelernt, Mutter.

Bei dem Gedanken an seine Mutter presste er seine Fingerkuppen in das empfindliche Narbengewebe, das sich über seinen gesamten Oberkörper zog. Schmerz durchzuckte ihn. Langsam verringerte er den Druck seiner Finger und genoss das Gefühl der Erleichterung, als das Klopfen und Ziehen in seiner geschundenen Haut nachließ.

Und Angst. Vor deinen Schlägen. Deinem Hass. Meinem Hass. Das hast du mir beigebracht. Putzen. Ducken. Hassen.

Er trocknete die Pfanne ab und verstaute sie in der Schublade, unter dem Wassertopf, den Henkel nach links gerichtet.

Sonst nichts. Nichts!

Er ließ das Handtuch durch die Luft schnellen, als wolle er seinem Gegenüber einen Peitschenhieb versetzen, und fuhr dann damit über die Arbeitsfläche, polierte Wasserhahn und Spüle, bis der Edelstahl glänzte, und hängte es zum Schluss sorgsam über die Stuhllehne.

Zurück im Wohnzimmer setzte er sich an den Esstisch gleich neben der Küchentür, von dem aus er einen guten Blick auf den großen Flachbildfernseher hatte. Er fuhr seinen Computer hoch. Sobald er mit dem Internet verbunden war, rief er seine Favoritenliste auf. Dutzende Foren und Chatrooms waren aufgelistet, akribisch verwaltet in einem System aus Ordnern und Unterordnern. Er öffnete den Ordner *Blackwidow*, klickte auf einen der dort aufgelisteten Links, überprüfte die Anwesenheitsliste und schloss ihn wieder. Er wiederholte die Prozedur mehrmals, bis er schließlich den gesuchten Namen las. Zufrieden zündete er sich eine Zigarette an.

29

Langsam kippelte Lydia mit dem Stuhl nach hinten, bis er nur noch auf zwei Beinen balancierte und sie sich am Tisch festhalten musste, um das Gleichgewicht zu halten. Was Sara sich nur dabei gedacht hat? War ihr nicht klar, dass sie die Mitglieder mit dieser an den Haaren herbeigezogenen Theorie gegen sich aufbrachte? Sie verlagerte ihr Gewicht nach vorne, und die Stuhlbeine landeten mit einem dumpfen Knall auf dem Küchenboden. Es war doch ein Fehler gewesen, Sara und den Seitz als Mitglieder freizuschalten. Solche Aktionen lenkten nur Aufmerksamkeit auf das Forum. Wenn die Polizei mitlas, war der nächste Besuch von diesem Bullen, diesem Behringer, nur eine Frage der Zeit.

Sie klickte Saras Beitrag weg und richtete ihre Aufmerksamkeit wieder auf den Chat. Die Diskussion im Chatroom nahm immer absurdere Züge an. War sie heute nur von Verrückten umgeben? Ihre Finger flogen über die Tastatur.

Blackwidow: Das soll ich dir glauben?
Hering: Ich schwör's, das klappt! Ehrenwort.
Charly ist jetzt online.

Lydia hielt die Luft an. Sie spürte, wie die Panik in ihr aufstieg, langsam von ihr Besitz ergriff, sie am ganzen Körper zittern ließ. Sie griff nach der Papiertüte neben der Obstschale und hielt sie sich an den Mund. Langsam atmete sie in die Tüte, während sie weiterlas.

Violettinchen: Hallo Charly, immer noch auf der Suche?

Hering: Hallo Charly, wen suchst'n?

Charly: Meine Frau. Schwarze Haare. Stupsnase, Leberfleck am linken Ohr.

Violettinchen: He, Charly, hör auf! Du kannst keinen Steckbrief hier reinstellen.

Hering: Wie bist'n du drauf? Das ist kein Kopfgeldjägertreff, sondern ein anonymer Chat. Anonym, klar? Uns interessiert nicht, wie jemand aussieht oder heißt. Verpiss dich.

Charly: 27 Jahre, knapp 1,70 groß, etwa 70 Kilo,

Hering: Zieh Leine. Ich geh. Violettinchen? Blacki?

Hering ist jetzt offline. Violettinchen ist jetzt offline.

Lydias Gedanken irrten im Kreis. Was hatte er vor? Niemand war so blöd, eine echte Person in einem anonymen Chatroom zu suchen. Er musste einen anderen Plan verfolgen. Wollte er sie verunsichern? Ihr zeigen, dass er sie gefunden hatte, genau wusste, wer sich hinter dem Pseudonym Blackwidow versteckte? Aber wozu? Selbst wenn er sie irgendwie im Chat erkannt hatte, was brachte es ihm? Sie musste nur diesen Chatroom meiden. War das seine Strategie? Sie im virtuellen Raum zu jagen, bis sie sich nirgendwo mehr sicher fühlte? Oder wollte er sie aus der Reserve locken, damit sie sich verriet, ihm einen Anhaltspunkt gab, wo sie sich versteckte?

»Nein!«, schleuderte sie dem Bildschirm entgegen, sie nahm die Tüte vom Mund, zerknüllte sie mit beiden Händen und warf sie von sich. Sie würde ihm diese Macht über sie nicht geben. Nie wieder. Nie würde er sie finden, nie würde er sie hier vermuten, nur wenige Kilometer von Fürstenfeldbruck, von seiner Wohnung, von ihrer persönlichen Hölle entfernt.

Blackwidow: verpiss dich, charly
Charly: Warum sollte ich?
Blackwidow: scheißkerle wie du sind hier unerwünscht
Charly: Sagt wer?
Blackwidow: ich
Charly: Wer ist ich?
Blackwidow: hau ab
Charly: Ich habe dich gefunden.
Blackwidow: einen scheiß hast du
Charly: Vielleicht stehe ich schon vor deiner Wohnung? Uh! Wie du heute Nacht wohl schlafen wirst?
Blackwidow: ah ja? Wozu dann der zirkus hier?
Charly: Wer weiß? Vielleicht, um dir zu zeigen, dass du dich nicht verstecken kannst? Ich sehe dich, immer, überall …
Blackwidow: verpiss dich, sonst mach ich dich fertig
Charly: So wie damals?
Blackwidow: nein, diesmal wirst du nicht wieder aufstehen
Charly: Wirklich? Da wäre ich mir nicht sicher. Du hattest deine Chance. Träum süß, Lydia, oder soll ich Valeska sagen?
Charly ist jetzt offline.

Lydia starrte auf seinen letzten Satz. *Träum süß, Lydia, oder soll ich Valeska sagen?* Er kannte ihren neuen Namen. Was wusste er noch? Wie sie aussah? Wo sie wohnte? Sie spürte das Brausen in ihrem Kopf, hörte ihr abgehacktes Atmen. Wie blind tastete sie nach der Tüte, erinnerte sich, dass sie sie weggeworfen hatte. Sie zwang sich aufzustehen, doch kaum hatte sie zwei Schritte zum Fenster gemacht, versagten ihr die Beine, und sie sank, ihrem Körper machtlos ausgeliefert, zu Boden.

30

Bingo.

Er inhalierte tief.

Du bist schon wieder in meine Falle getappt.

Jetzt hatte er sie genau dort, wo er sie haben wollte. Die Zigarette in seiner Hand war heruntergebrannt. Er drückte sie aus. Was sie wohl gerade tat?

Brichst du zusammen? Hyperventilierst mit deinem starren Blick? Rennst du zur Haustür und kontrollierst panisch die Schlösser?

Oder packst du schon deine Reisetasche?

Erinnerst du dich noch, was passierte, als du das letzte Mal deine Reisetasche gepackt hattest?

Ja, ich bin sicher, du erinnerst dich. Ich bin sicher, du wirst es nie vergessen.

So wie ich deinen Blick damals nie vergessen werde.

So blickt ein verwundetes Tier, das in der Falle sitzt und spürt, dass es verloren ist.

Spürst du es schon?

Das Unvermeidliche? Egal, hinter wie vielen Perücken und Pseudonymen du dich versteckst, dein Schicksal wird dich immer finden.

Hast du vergessen, dass ich dein Schicksal bin?

Er zündete sich eine neue Zigarette an und lehnte sich zurück.

Du hast keine Chance mehr.

Das weißt du.

Er lachte in sich hinein. Genauso hatte er es sich vorgestellt.

Die Treibjagd hat begonnen. Das Luder rennt. Aber egal, wohin es rennt, es kann nicht mehr entkommen.

Montag, 15. Dezember

31

Der schwarze Flügel vor den Türen zur Dachterrasse fiel Sara als Erstes ins Auge. Neben dem Instrument führte eine Wendeltreppe nach oben, dahinter hingen vier Bilder, silbern gerahmte Radierungen in zarten Farben. Ihre Aufmerksamkeit galt jedoch den zwei gerahmten Fotos auf dem glänzenden Instrument. Auf einem war Michael Arm in Arm mit einer auffallend schönen Frau zu sehen, das andere zeigte ihn mit einem älteren Herrn. Verstohlen betrachtete Sara das Foto von Michael und der Blondine. Wie schön sie war, trotz der Narbe am Kinn. Seine Freundin? Neben der Küchentür stand ein länglicher Esstisch. Ihm gegenüber erstreckte sich ein weißes Ecksofa. Die Helligkeit und der moderne Schnitt der großzügigen Dachwohnung überraschten Sara. Sie hatte sich Michaels Adresse heute Morgen mit Verwunderung notiert und festgestellt, dass er nur wenige Minuten vom KulturLaden entfernt im Bahnhofsviertel wohnte. Noch immer verband sie die Schwanthalerstraße mit heruntergekommenen Mietshäusern, grauen Innenhöfen, schmuddeligen Kneipen und zahlreichen Dönerbuden. Erstaunt hatte sie auf dem Weg festgestellt, wie sehr sich auch diese Straße in den letzten Jahren verändert hatte, freundlicher geworden war, ohne ihren multikulturellen Charakter zu verlieren. Der Altbau, in dem Michael wohnte, war in sonnigem Gelb gestrichen und mit einem neuen Aufzug ausgestattet. Schon letzten Freitag, als sie sich nach der Gruppensitzung von Frauenwehr mit Michael in der Kneipe beim KulturLaden getroffen hatte, war ihr aufgefallen, wie liebevoll manche der Fassaden saniert worden waren, wie viele neue Bars und Restaurants in dem ehemaligen Scherbenviertel eröffnet hatten. Natürlich gab es auch zahlreiche Fassaden, die nicht nur wegen der Graffitis einen neuen Anstrich verdient hätten, aber gerade dieser Gegensatz machte den eigentümlichen Charme des Viertels aus. Mit einer Bäckertüte in der Hand folgte sie Michael in die Küche.

»Brezel gegen Kaffee?«

»Guter Tausch.« Michael nahm ihr die Tüte ab. »Darauf hab ich schon seit sechs einen Jiper. Seitdem sitze ich nämlich über den Forumsbeiträgen.« Er deutete auf mehrere niedrige Stapel Papier auf dem Küchentisch. »Du hast da ganz schön eingeheizt. Die Frage ist nur, ob es uns was bringt.«

Sara trat an den Tisch, fuhr mit der Hand über die Papierstapel und begann schließlich, die obersten Seiten zu lesen. »Du hast die Beiträge geordnet?«

»Ja, nach Brauchbarkeit. Die meisten sind völlig wertlos.«

Sie hörte, wie er eine Schublade aufzog, mit Töpfen hantierte und schließlich den Wasserhahn aufdrehte. »Meine Kaffeemaschine ist kaputt. Trinkst du türkischen Kaffee?«

Ohne die Augen von dem Text zu lösen, nickte sie. »Mit viel Milch, bitte.«

Michael schob einen Stuhl hinter sie und drückte sie sanft darauf. Bei seiner Berührung schoss ihr das Blut in den Kopf. »Setz dich.«

Während er Tassen, Teller und Butter auf den Tisch stellte, überflog sie den ersten Stapel der Ausdrucke.

»Autsch. *Psychopathische Zicke … hirnkrank … total*

gestört …« Sara räusperte sich. »Hör dir mal das an: *Was erdreistet sich diese psychopathische Zicke? Wer ist diese hirnkranke Sara überhaupt? Ein total gestörter Neuzugang, der ausgerechnet nach drei unnatürlichen Todesfällen zu uns stößt und uns schwupdiwups unter Generalverdacht stellt? Wenn sie uns für so gefährlich hält, sollte sie besser auf sich aufpassen … oder lieber auf ihren Mann … Wenn ich die Mörderin wäre, würde ich ihr das Maul stopfen …«* Sie merkte, wie sich ihr die Nackenhaare aufstellten. »Versucht die, mich zu diskreditieren, oder will sie mir Angst machen?«

Michael sah sie besorgt an.

»Wahrscheinlich beides. Das ist nicht der einzige Beitrag in dem … äh … Tonfall.« Er nahm die Seiten, die er gelb markiert hatte, und reichte sie Sara. »Angriff ist die beste Verteidigung. Wenn du als unglaubwürdig disqualifiziert wirst, entkräftet das deine Theorie. Ich würde als Täter so vorgehen.«

Michael setzte sich neben sie und rückte seinen Stuhl eng an ihren. Als er sich nach vorne beugte, um die erste Seite anzuheben, streifte seine Schulter die ihre und blieb daran hängen. Angestrengt versuchte sie, sich auf den Text zu konzentrieren, aber sie musste einzelne Sätze immer wieder neu lesen.

Plötzlich läutete es.

Sara sah auf. Michael warf einen Blick auf seine Uhr. Er schien überrascht zu sein.

»Viertel vor neun? Das ist selbst für die Post zu früh.« Mit einem Ruck schob er den Stuhl zurück und ging zur Wohnungstür. Sie hörte, wie er die Gegensprechanlage bediente. »Ja?«

Nach einer kurzen Pause sprach er wieder. »Kommen Sie hoch. Hinterhof, vierter Stock.«

Michael erschien in der Küchentür. Zwischen seinen Augen hatte sich eine steile Falte gebildet. »Kriminalpolizei. Was wollen die denn?«

»Kripo? Glaubst du... Noch einer?« Ihre Stimme war brüchig.

Michael zuckte mit den Schultern und ging wieder zur Wohnungstür.

Sara sah ihm nach. Unschlüssig stand sie auf, schlich um den Tisch herum und lehnte sich an den Türrahmen. Gespannt lauschte sie den Stimmen aus dem Wohnzimmer. Sie vernahm jedes Wort laut und deutlich. Durch die Türöffnung beobachtete sie Michael, der mit dem Rücken zu ihr stand, und die unangemeldeten Besucher. Zwei Männer. Der Ältere trug eine Lederjacke und hatte ausgeprägte Geheimratsecken. Das musste Hauptkommissar König sein, von dem Michael erzählt hatte. Der andere, deutlich jünger als sein Kollege, trug eine ärmellose Weste über einem Wollpullover und hielt einen Block in der Hand. Sara erkannte ihn sofort wieder. Franz Behringer, der junge Kripobeamte, der sie vor knapp einer Woche über Tini ausgefragt und dabei akribisch alles notiert hatte. Er stand mit gezücktem Stift neben dem Älteren und musterte Michael, während Hauptkommissar König sprach.

»Herr Seitz, hat Frau Christina Denk am Mittwoch, den 15. Oktober bei Ihnen übernachtet?«

Saras Atem stockte.

»Ja. Das kommt hin. Ich hatte am 16. Oktober einen Gerichtstermin, den ich wegen ihr versäumt habe.«

Christina hatte hier übernachtet? Vorletzten Monat? Behringer kritzelte etwas auf seinen Block. Sie wagte nicht zu atmen.

»Können Sie sich daran erinnern, warum Sie nicht rechtzeitig im Gericht erschienen sind?« König stellte seine Frage so beiläufig, als würde er sich nach dem Wetter erkundigen.

»Natürlich.« Michaels Antwort kam wie aus der Pistole geschossen. »Ich kann mich erinnern, und Sie wissen es auch, sonst wären Sie nicht hier. Was soll das?«

»Ich würde es gerne von Ihnen hören.« Das joviale Lächeln auf Königs Gesicht war undurchdringlich. Michael stand stocksteif.

»Er, also Paul, stand plötzlich da. Er hat... randaliert. Wie verrückt hat er auf Christina eingeschlagen. Ich bin dazwischen, und wir haben uns geprügelt. Die Nachbarn haben die Polizei geholt, und ich habe Anzeige erstattet.«

Behringer schrieb hastig mit. Zum ersten Mal richtete er das Wort an Michael. »Warum hat Herr Denk seine Frau angegriffen – hier, in Ihrer Wohnung?«

»Er hat sie beschuldigt, ein Verhältnis mit mir zu haben.«

Sara rang nach Luft.

»Und, haben Sie ein Verhältnis mit Frau Denk?«, bohrte König nach.

»Nein.« Die Schärfe in Michaels Stimme war neu. Keine Spur mehr von Sanftheit und Wärme. Sara versuchte, ihre Gedanken zu ordnen, konnte jedoch das Karussell in ihrem Kopf nicht stoppen. *Tini. Übernachtet. Warum? Paul. Prügelei. Geliebte. Keine Geliebte?* Mühsam folgte sie der sonoren Stimme des Hauptkommissars.

»Frau Denk behauptet, Sie wollten ihre Schulden begleichen. Über sechstausend Euro.«

Die Stille, die folgte, war ohrenbetäubend. Er! Dann stimmte es also doch. Er, der ominöse Geliebte! Du verrennst dich da in etwas, hatte er gesagt, als sie ihre Liebhabertheorie vor ihm ausgebreitet hatte. Nein, sie hatte sich nicht verrannt, im Gegenteil, sie war in die richtige Richtung gelaufen. Und er hatte sie mühelos auf eine falsche Fährte gelenkt. Weil sie ihm vertraut hatte. Sie sah Michael und Tini vor sich, wie sie nach seiner Hand griff, sich daran festhielt, wie er zärtlich eine Strähne aus ihrem Gesicht strich.

»Frau Denk und ich sind befreundet.«

Wie überzeugend er klang.

»Sind Sie mit all Ihren Freunden so großzügig? Kommen Sie, verkaufen Sie uns nicht für blöd. Sie waren ein Paar!«

Michael und Christina. Selbst Ronnie hatte es gesehen!

»Nein. Das eine hat mit dem anderen nichts zu tun. Ich habe Paul in Aktion erlebt. Er hat sie geschlagen. Gedemütigt. Was hätten Sie denn getan? Weggeschaut?« Er wischte hektisch mit den Händen über seine Jeans. »Am nächsten Tag habe ich Christina vor dem Jugendamt abgefangen und sie gebeten, sich von mir helfen zu lassen.«

König kratzte sich am Kopf. Er sah nachdenklich aus. »Warum hat Frau Denk bei Ihnen übernachtet, wenn Sie kein Verhältnis mit ihr hatten?«

Sara neigte sich zur Tür, strengte sich an, jede Silbe seiner Antwort zu verstehen.

»Sie brauchte jemand zum Reden. Nachdem sie das mit dem Geld herausgefunden hatte. Sie war verzweifelt.« Michael stockte. »Wir hatten uns länger nicht gesehen. An jenem Mittwoch habe ich sie angerufen, wegen einer Bekannten. Ich wollte eine Empfehlung. Eine Therapeutin für meine Bekannte. Sie hat mir Dr. Rosen empfohlen. Bei der Gelegenheit haben wir uns spontan verabredet. Ich wusste nicht, wie schrecklich sich ihre Ehe entwickelt hatte. Ich habe eine Flasche Wein geöffnet, und sie fing an zu erzählen. Irgendwann war es vier Uhr morgens und sie ist geblieben. Hier unten, auf dem Sofa.«

Er deutete auf die Wendeltreppe. »Mein Schlafzimmer ist oben.«

König nickte zustimmend, dann fragte er: »Herr Seitz, wo waren Sie am Sonntag, dem 7. Dezember zwischen 19 und 22 Uhr?«

Sara krallte sich am Küchentisch fest.

»Keine Ahnung. Wahrscheinlich zu Hause, wie meistens sonntagabends.« Michael erhob seine Stimme. »Jetzt machen Sie aber einen Punkt. Sie verdächtigen mich nicht ernsthaft des Mordes an Paul Denk, oder? Das ist ja lächerlich!«

»Ist es das, Herr Seitz?« Herr König trat einen Schritt auf ihn zu. Richtete seinen Zeigefinger auf ihn. »Hatten Sie nicht vielmehr ein starkes Motiv?«

»Ach ja? Welches denn bitte?«

»Liebe. Hass.« König zählte die Motive an seinen Fingern auf. »Herr Denk stand zwischen Ihnen und der Frau, die Sie lieben. Jetzt waren Sie sogar Zeuge seiner Gewalttätigkeiten geworden. Das allein sind schon starke Motive.«

»Sie haben noch eins? Jetzt bin ich aber gespannt«, sagte Michael mit unverhohlenem Spott.

Der nächste Finger. »Zweihundertfünfzigtausend Euro, die Frau Denk nach dem Tod ihres Mannes zufallen. Wir gehen davon aus, dass Sie das Verbrechen gemeinsam mit Frau Denk begangen haben.«

Michael prustete los. Doch er wurde schnell wieder ernst. »Das ist doch …«

»Sie selbst haben mich darauf gebracht.« Königs Stimme war schneidend und kalt. »Sie … und diese Frau Neuberg. Das haben Sie doch gemeinsam ausgeheckt, diese Serienmörderfantasie.«

Bei der Nennung ihres Namens zog sie den Kopf ein. Michael schwieg.

»Ja, da staunen Sie, was? Gar nicht so blöd, wie er aussieht, der alte König.« Der Hauptkommissar strich sich mit der Hand übers Kinn. »Hat meine Leute keine Stunde gekostet, Sie und diese Neuberg über Ihre IP-Adressen zu finden.«

Stille.

»Und?« Endlich schien Michael seine Sprache wiedergefunden zu haben. »Was soll das beweisen?«

König lächelte, und Sara lief ein Schauer über den Rücken.

»Gegenfrage. Was bezwecken Sie mit Ihrer Aktion?« Bevor Michael antworten konnte, sprach er weiter: »Nehmen wir einmal an, Sie möchten von Frau Denk ablenken.«

»Sie war im Gefängnis, als Herr Grossmann starb«, warf Michael ein.

König winkte ab. »Um von Frau Denk abzulenken, stellen Sie im Forum Ihre Theorie ein und legen somit eine falsche Fährte, der wir folgen müssen. Dann töten Sie Herrn Grossmann und waschen damit Ihre Geliebte von jedem Verdacht rein. Wer kommt schon darauf, dass Sie, der integre Anwalt, der Mörder sind?«

Michael lachte gekünstelt.

»Nur die Rolle von Frau Neuberg ist mir noch nicht ganz klar…«, fuhr König unbeirrt fort.

»Sie verrennen sich da in etwas.« Michael hatte jetzt die Hände in die Hüften gestemmt. Sie verrennen sich da in etwas… War das sein Standardsatz, wenn ihm die Argumente ausgingen?

»Halten Sie mich wirklich für so blöd? Den Mann meiner Geliebten so umzubringen, dass der Verdacht auf sie fallen muss?«

»Sie geben also zu, dass Frau Denk Ihre Geliebte ist?«

»Nein, verdammt! Sie behaupten das! Aber wenn es so wäre, wie Sie behaupten, und ich sie und ihr Geld gewollt hätte, würde ich dann so handeln, dass sie unter Mordverdacht gerät und die Lebensversicherung die Prämie einbehält? Das ist doch blödsinnig!«

»Nicht unbedingt.« König machte eine bedeutungsschwangere Pause.

»Jetzt sagen Sie's schon!«

»Sie hatten mit Herrn Grossmann noch eine Rechnung offen. Das verbindet Sie mit beiden Opfern. Wie finden Sie das? Auch blödsinnig?« König grinste triumphierend, als er die Wirkung seiner Worte von Michaels Gesicht ablas. »Nun, Herr Seitz. Sie sagen gar nichts?«

Stille.

»Herr Seitz, wo waren Sie am Freitag zwischen acht und elf Uhr abends?«

Stille.

»Ich war … «

Sara trat ins Wohnzimmer. Nach kurzem Zögern bewegte sie sich zielstrebig auf die Beamten zu. »Wir waren zusammen in einer Kneipe.«

König schaute sie verwirrt an. »Und Sie sind?«

»Sara Neuberg«, sagte Franz Behringer, bevor Sara antworten konnte. »Frau Denks Schwester, ich habe sie und ihren Mann letzten Dienstag besucht.«

König betrachtete sie mit unverhohlenem Interesse. »Sie haben den ganzen Abend mit Herrn Seitz verbracht?«

»Wir –«

»Nein, hat sie nicht.« Michael schnitt ihr das Wort ab. »Wir haben uns gegen halb zehn getroffen und sind bis zirka halb zwölf geblieben. Dann habe ich Frau Neuberg in ein Taxi gesetzt.«

König musterte Sara interessiert. Wägte er in diesem Moment ab, ob auch sie in Pauls Mord verwickelt war? »Und das war schon länger geplant?«

»Nein, Frau Neuberg hat mich Freitagabend spontan angerufen, nachdem sie bei dem Gruppentreffen des Frauenwehr-Forums war. Es ging um Frau Denk.«

König wandte sich an Sara. »Wann haben Sie Herrn Seitz angerufen?«

»Gegen neun.«

»War er bei sich zu Hause, als Sie anriefen?«

»Ja ... sicher. Ich denke schon.« Fieberhaft versuchte sie, sich an die Geräuschkulisse des Gesprächs zu erinnern. Es gelang ihr nicht.

»Haben Sie ihn auf dem Festnetz angerufen oder auf dem Handy?« Der ungeduldige Tonfall des Kommissars riss sie aus ihren Gedanken.

»Ich hab nur die Handynummer.«

König nickte, als habe er diese Information erwartet. »Danke.«

Dann wandte er sich an Michael. »Herr Seitz, ich muss Sie bitten, mich aufs Kommissariat zu begleiten. Gehen wir.«

32

Die Frau, die sie müde aus dem Spiegel anstarrte, hatte mit der nach außen so starken Valeska, die sie gestern noch gewesen war, nichts mehr gemein. Das schwarze Haar stand nach allen Seiten ab, die Augen waren geschwollen und hatten dunkle Ringe. Mit beiden Händen schüttete Lydia sich Wasser ins Gesicht und trocknete es mit den billigen Papiertüchern ab. Sie fuhr mit den Händen durch ihre struwwelige Frisur, legte Lippenstift auf und öffnete die Tür zur Gaststube. Wieder überprüfte sie den Raum.

Er war noch immer fast leer. Nur zwei junge Mütter saßen mit ihren Kindern auf dem Schoß an einem Fenstertisch und tranken Tee.

An der Theke bestellte Lydia einen doppelten Espresso. Sie musste klar denken. Wie würde er agieren? Was könnte sein nächster Schritt sein? Mechanisch rührte sie zwei Löffel Zucker in ihren Espresso. So hatte er seinen auch getrunken. Sie ließ bei dem Gedanken den Löffel los, als würde er brennen.

Wie hat es nur so weit kommen können? Dabei habe ich ihn so geliebt. Seine Ruhe. Seine Verletztheit. Das war es, was mich so angezogen hat, diese verwundete Seele, die nach Liebe schrie und jede freundliche Geste gierig in sich aufsog. Wie stark und überlegen ich mich gefühlt habe, wie naiv ich die langsame Veränderung seines Verhaltens ignoriert habe.

Auch er hat mich geliebt. Auf seine Weise, anfangs hin-

gebungsvoll, später, nach der Hochzeit immer besitzergreifender. Nur zu ihm sollte ich gehören, er und ich gegen den Rest der Welt. Ein Kind wollte er, einen Sohn. Freunde hatten kein Platz mehr in unserer Beziehung, selbst Kollegen und oberflächliche Bekanntschaften sah er bereits als Bedrohung seiner Position. Und ich habe ihn ausgelacht und getan, was ich wollte. Oh Gott, ist das lange her. Fast sieben Jahre. Wie dumm und einfältig ich gewesen bin, damals, mit knapp zwanzig. Ich hätte studieren können, mir eine Zukunft aufbauen, anstatt den nächstbesten Bürojob anzunehmen. Aber das war nicht interessant. Feiern, trinken, Spaß haben. Ja, das hat gezählt. Sonst nichts.

Als er nicht mehr mit mir um die Häuser zog, fing er an, mir nachzuspionieren. Melanie hat ihn dabei ertappt. Und ich? Ich fand es lustig, ja, ich habe mich sogar geschmeichelt gefühlt, bin blind auf den Abgrund zugerannt, immer schneller, je näher ich ihm kam. Bis die Katastrophe nicht mehr zu stoppen war …

Ich bin mit Sven unterwegs, es ist lustig, wie immer. Ich habe vorsorglich nicht Bescheid gesagt, um zu verhindern, dass er uns nachschleicht, nur eine Nachricht auf den Anrufbeantworter gesprochen, eine lausige Lüge auf einem geduldigen Band. Doch dann öffne ich die Wohnungstür, und er sitzt da. Auf einem Küchenstuhl. Im Gang. Den Blick starr auf mich gerichtet.

»Wo warst du?« Es ist fast ein Flüstern, und doch trifft mich jedes Wort wie ein Peitschenhieb.

»Mit Maria um die Häuser.« Hastig ziehe ich meinen Mantel aus und hänge ihn an die Garderobe. Ich ahne nicht, was kommen wird. Noch bin ich aufgedreht von der Discomusik.

»Maria? Sie war zu Hause.« Er sitzt stocksteif auf dem

alten Stuhl, seine Lippen bewegt er kaum beim Sprechen, nur seine Finger, er drückt sie nach innen, bis die Gelenke knacken.

»Ja ... äh ... sie ist früher heim. Ihr ... ihr ging es nicht so gut.«

»Maria war den ganzen Abend zu Hause. Sie hatte Gäste.« Seine Stimme ist gefährlich leise. Mir läuft kalter Schweiß den Rücken hinunter. Hat er mich mit Sven gesehen?

»Ach, die Maria meinst du!« Panisch suche ich nach einer Ausrede. Zögere zu lange. »Mit der bin ich nicht mehr so dicke. Nein, ich war mit Maria aus dem Schreibbüro unterwegs.«

»Martha. Eva. Andrea.« Er kommt einen Schritt auf mich zu. »Die Tippsen heißen Martha, Eva und Andrea.« Jetzt steht er genau vor mir. Ich spüre seinen warmen Atem, und zum ersten Mal sehe ich die Kälte in seinen blauen Augen. Ich habe Angst. Aber sie ist nicht groß genug. Ich weiß noch nicht, wie groß sie sein muss, um mein Leben zu retten.

»Ich meinte Martha, bin ja auch zu blöd.« Ich kichere nervös, bin froh, dass er mir eine Hintertür geöffnet hat. Es wird gutgehen.

»Die Martha, die seit drei Wochen im Krankenhaus liegt?«

Ich bemerke das Flackern in seinen Augen, doch es ist bereits zu spät. Sein Kopf schießt nach vorne. Ich spüre einen dumpfen Schmerz. Den Geschmack von Blut auf meinen Lippen.

»Au! Bist du bescheuert? Meine Nase! Du hast meine Nase gebrochen!« Blut tropft auf den Fliesenboden.

»Nur die Nase?«Er zieht seine Faust durch. Trifft mein Jochbein. Benommen taumle ich nach hinten, greife wahllos nach den Mänteln und Jacken in der Garderobe. Halte

mich fest. Er folgt mir. Ich sehe die Faust wieder auf mich zukommen. Ducke mich. Sie kracht gegen die scharfe Kante der Holzgarderobe.

»Verdammte Scheiße!«, brüllt er. »Scheiße! Scheiße!«

Er hält seine rechte Hand in der linken, drückt sie gegen seinen Bauch. Krümmt sich. Stöhnt.

Ich beobachte ihn. Nehme alles wie in Zeitlupe wahr. Bin wie erstarrt.

Plötzlich richtet er sich auf, sein Gesicht kalkweiß, hassverzerrt. »Du hast meinen Finger gebrochen, du Scheißluder. Ich bring dich um!«

Mit voller Wucht stürzt er sich auf mich. Rammt mir sein Knie in den Magen. Ich sacke zusammen, reiße die Mäntel und Jacken mit mir, falle auf den Boden. Versuche mühsam, mich wieder aufzurichten. Ich weiß, ich muss hochkommen. Wegrennen. Ich bin kaum auf den Knien, da stößt er mir seinen Absatz ins Gesicht. Die Wucht des Schlages reißt meinen Kopf nach links. Ich verliere mein Gleichgewicht. Falle wieder zu Boden. Bleibe liegen. Rolle mich ein, die Arme schützend vors Gesicht, doch sein harter Schuh trifft mich überall. Wie von Sinnen tritt er auf mich ein.

Er schlägt mich tot.

Unter dem Stakkato seiner Schläge ist mein einziger Gedanke:

Er schlägt mich tot.

Irgendwann hört er auf. Ich weiß nicht, ist es nach dreißig Sekunden oder dreißig Minuten?

Mein Leben ist vorbei.

Als ich wieder aufwache, liege ich noch immer zusammengerollt im Gang. Mir ist kalt. Ich kann mich nicht rühren. Nicht sprechen. Mir ist schlecht. Ich schließe die Augen.

Plötzlich der Schlag gegen mein Schienbein. Wie ein Stromstoß jagt der Schmerz durch meinen Körper. Ich bin hellwach, sehe, wie er sich über mich beugt.

»Du hattest Glück, Luder.« Er sperrt die Tür auf und zieht sie hinter sich zu. Ich höre, wie sich der Schlüssel dreht.

Langsam richte ich mich auf. Schleppe mich ins Badezimmer, atme flach, denn jeder Atemzug verursacht ein schreckliches Stechen. Ich traue mich nicht, in den Spiegel zu schauen. Ich streife meine Kleider ab, steige in die Badewanne und drehe den Wasserhahn auf. In der wohligen Wärme spüre ich, wie meine Lebensgeister zurückkommen. Dann untersuche ich mich. Blaue Flecken, Prellungen, mit den Fingern ertaste ich den Bruch meiner Nase, im glänzenden Chrom der Brause spiegelt sich eine Platzwunde über der rechten Augenbraue.

Im Schlafzimmer stehe ich am Fenster und blicke auf die Autos, die sich vor dem Haus stauen. Dieses Schwein.

Ich packe meine Reisetasche. Gehe zur Tür.

Abgeschlossen.

Suche meinen Schlüssel.

Vergeblich.

Greife zum Telefon.

Das Kabel ist weg.

Renne zur Garderobe, ignoriere das Stechen in meiner Brust, durchwühle panisch meine Handtasche.

Handy.

Geldbeutel.

Schlüssel.

Personalausweis.

Alles weg.

Ich hämmere gegen die Tür. Schreie aus Leibeskräften. Breche zusammen.

Endlich höre ich Schritte im Treppenhaus. Mit der Faust schlage ich gegen die Tür und rufe um Hilfe. Die Schritte nähern sich, bleiben stehen. Der Schlüssel dreht sich im Schloss. Die Tür öffnet sich. Er steht da. Legt den Zeigefinger an den Mund und lässt ihn dann von rechts nach links über seine Kehle fahren. Entsetzt weiche ich zurück, stolpere über meine Reisetasche. Er reißt sie an sich und öffnet sie. Sein Blick ist voller Hass. Plötzlich erinnere ich mich an die Bemerkungen über seine Mutter, den abgrundtiefen Hass in seinen Augen, wenn er von ihr spricht, die Wut, die Unversöhnlichkeit, und ich weiß, ich bin verloren.

»Du willst weg?« Er stößt mich mit zusammengepressten Lippen hart zu Boden. »Du wirst diese Wohnung nie wieder verlassen!«

Heißer Espresso tropfte auf ihr Bein. Lydia bemerkte, wie die Tasse in ihrer Hand zitterte. Schnell stellte sie sie ab. Niemals würde sie diesen Alptraum wieder zulassen. Niemals! Sie hatte alles riskiert, um sich daraus zu befreien. Sie würde auch jetzt vor nichts zurückschrecken.

Was wusste er wirklich? Woher kannte er ihre neue Identität? War er ihr gestern gefolgt? Nein, sie hatte den Taxifahrer kreuz und quer durch München geschickt, bis er anfing, unbequeme Fragen zu stellen, und sie ihm schließlich die Adresse nannte: die Schrebergartensiedlung am Hirschgarten, wo sich die unscheinbare Gartenlaube befand, die sie mit Anina für die Bewohnerinnen des Frauenhauses auf Vordermann gebracht hatte. Sie hätte auch ins Frauenhaus flüchten können, die Gartenlaube war viel zu kalt in dieser Jahreszeit, aber sie wollte niemanden sehen, nicht erzählen müssen, was passiert war. Sie musste in Ruhe darüber nachdenken, was sie als Nächstes tun sollte. Wieder ihre Identität ändern? Wegziehen aus München, ans andere

Ende von Deutschland? Ins Ausland? Auf jeden Fall in der Masse einer Großstadt untertauchen. Zumindest würde sie diesmal nicht dieselben Fehler machen, wenn sie sich neue Papiere besorgte. Sie hatte inzwischen oft genug welche für andere Frauen besorgt. Es würde ihr gesamtes Erspartes aufbrauchen, wenn es überhaupt reichte. Aber sie würde darauf achten, dass sie damit eine legale Existenz aufbauen konnte, eine mit Krankenversicherung und Sozialversicherungsnummer, mit der sie einen offiziellen Job wie den in Berlin annehmen konnte und nicht auf Schwarzarbeit angewiesen war, mit der sie sich zu Dumpinglöhnen ihren Lebensunterhalt verdienen musste.

Lydia legte drei Euro auf die Theke, zog die Kapuze über ihren Kopf, nahm ihren Rucksack und verließ die Bar. Vor ihrem Haus blieb sie stehen und blickte angestrengt zu ihrem Fenster hoch.

War da ein Schatten?

Unsinn, du siehst Gespenster. Sie gab sich einen Ruck. Er arbeitet um diese Zeit im Lager. *Du bist sicher. Geh rein, hol deine Sachen und verschwinde.*

Sie überquerte im Laufschritt die Straße und stieß die schwere, hölzerne Haustür auf. Angelehnt, wie immer. Damit die Lieferanten zur Küche konnten, ohne läuten zu müssen. Jeder konnte ein und aus gehen. Jeder. Auch *er*.

Lydia zögerte kurz, trat dann in das Halbdunkel des Altbauflurs ein, der selbst am Tag finster war. Die wohlbekannten Küchendüfte schlugen ihr bereits auf Höhe der Briefkästen entgegen, dabei war es erst kurz nach elf. Sie lief die Treppe hoch, wartete wie immer an der letzten Stufe, um das Licht neu anzuschalten, und schlich auf Zehenspitzen den fensterlosen Gang entlang. Vor ihrer Tür verharrte sie, lauschte auf Geräusche aus ihrer Wohnung. Sie legte ihr

Ohr an das Holz, aber sie konnte nur das Hämmern ihres eigenen Herzens hören.

Reiß dich zusammen. Es ist Montag, elf Uhr morgens. Er arbeitet.

Automatisch fuhr sie mit ihrem Finger an der Kante zwischen Tür und Türrahmen entlang.

Der Seidenfaden.

Er war weg.

Ihr Herz setzte aus. Nur eine Sekunde. Lange genug, um das Brausen in ihrem Kopf wie eine haushohe Welle über ihr zusammenschlagen zu lassen. Sie spürte, wie ihre Kehle sich zuzog, nach Luft lechzte.

Nicht jetzt!

Tüte!

Schnell!

Sie riss eine Papiertüte aus ihrer Manteltasche und hielt sie sich vor Mund und Nase.

Atme!

Ganz ruhig.

Ruhig atmen.

Ein.

Aus.

Ein.

Aus.

Langsam regulierte sich ihre Atmung. Das Brausen in ihrem Kopf beruhigte sich.

Denk nach.

Du bist gestern überstürzt aus der Wohnung gerannt.

Hast du den Seidenfaden eingeklemmt?

Ich glaub schon.

Denk nach! Bist du sicher? Du warst in Panik.

Ich kann mich nicht erinnern.

Denk nach.

Ich weiß es nicht mehr!

Das Licht erlosch. Der Flur lag in völliger Dunkelheit. Sie tastete nach dem Lichtschalter.

Jemand riss die Tür auf.

»Da bist du ja endlich …«

33

Wie benommen saß Sara vor ihrem Computer. Irgendwie war sie nach Hause gekommen, hatte Stiefel und Mantel ausgezogen und sich sofort in ihr Arbeitszimmer verkrochen. Mechanisch faltete sie ein grünes Papier, während sie auf den Bildschirm starrte. Drei Nachrichten erschienen in ihrem Postfach. Sie las eine nach der anderen, ohne den Inhalt wahrzunehmen.

Michael war der Geldgeber.

Er war verdächtig.

Tini hatte ein Verhältnis mit ihm.

Sie erinnerte sich, wie sie Tini in ihr Vertrauen gezogen, ihr alles erzählt hatte. Ihre lächerlichen Auseinandersetzungen mit Ronnie. Wie nichtig mussten sie Tini vorgekommen sein. Was für eine Farce. Sara zerknüllte den halbfertigen Papiervogel und presste ihn mit der flachen Hand auf die Tastatur. Wie blöd war sie eigentlich?

Sie sprang auf, zog ihre Sportsachen an und verließ mit einem Türknallen die Wohnung. Sie lief zum Kanal, am Wasser entlang zum Schloss und durch den verschneiten Park. Langsam spürte sie, wie ihr Zorn verflog. Dann hatte Michael ihrer Schwester eben das Geld angeboten. Na und? Das machte ihn nicht gleich zum Täter, im Gegenteil, die Geste sprach für ihn. Ein verlässlicher Freund. Gut, vielleicht hatte ihre Schwester sogar ein Verhältnis mit ihm gehabt. Warum nicht? Wenn sie ihr das nicht erzählen wollte, dann war das ihr gutes Recht.

Aber hatte er Sara nicht angelogen? Sie hatte ihn explizit gefragt. Und zweimal direkt auf die Geschichte mit dem Geld angesprochen. Sie rief sich die Szenen ins Gedächtnis zurück, sein Schweigen, seine zögerliche Antwort. Hatte er geschwiegen, um Tini zu schützen?

An der Amalienburg hielt sie an, stellte sich auf den Platz zwischen dem Lustschlösschen und dem kleinen See und dehnte sich. Wie idyllisch der zugefrorene See wirkte. Sie sog den Anblick ein, zusammen mit der klaren Winterluft, und spürte, wie ihr Kopf frei wurde. Dann lief sie zurück zum Schloss. Dort erhöhte sie ihr Tempo, sie rannte schneller und schneller, bis sie die Brücke am Grünwaldpark erreichte. Laut keuchend blieb sie stehen, beugte sich nach vorn und ließ die Arme nach unten baumeln. Dann legte sie die letzten dreihundert Meter im lockeren Laufschritt zurück und überlegte, was sie Ben und Jonas kochen sollte.

Sie stellte den Herd auf niedrige Flamme, um das Gulasch langsam vor sich hin köcheln zu lassen, und rief ihre Mutter an.

»Reiser.«

»Hi Mama, ich bin's. Kannst du nachher auf die Kinder aufpassen? So ab halb zwei.«

»Warum denn? Wo willst du denn hin? Ich dachte, du hast den Arbeitsbeginn bei *Nova* auf nächste Woche verschoben?«

Sara überlegte kurz. Sollte sie ihrer Mutter von dem Treffen mit Michael und dem gemeinsamen Plan erzählen?

»Ein Krankenbesuch.«

»Oh. Und der ist so wichtig, dass du ihn unbedingt heute Nachmittag erledigen musst, wenn du ein Gastkind zu Besuch hast?«

Sara seufzte. »Ja. Es geht um Tini.«

»Wie? Sara! Kannst du bitte Klartext mit mir reden?«

Sie hörte, wie ihre Mutter eine Zigarette anzündete, das Schnappen des Feuerzeugs, den ersten Zug. Einem plötzlichen Impuls folgend, holte sie die angebrochene Zigarettenschachtel aus ihrer Handtasche. »Ich will die Ex vom letzten Opfer besuchen. Ich glaube, dass der Mörder ihres Mannes auch Paul getötet hat.«

»Solltest du das nicht der Polizei überlassen?«

Wenn es nach denen geht, werden Michael und Tini eingesperrt, und der Fall ist erledigt. Sara stellte sich ans offene Fenster und zündete sich eine Zigarette an.

»Die Frau liegt im Krankenhaus. Es ist wichtig.« Wie gut dieses Gift immer noch schmeckte!

»Wenn du meinst … Ich soll die Buben nehmen? Gibt das nicht Ärger mit Ronnie?«

Natürlich. Riesenärger. Wenn du es ihm sagst. »Das ist mein Problem.«

»Naja, ich möchte nicht der Auslöser für einen Streit sein.«

»Mama! Es reicht schon, wenn Ronnie mich blockiert! Da musst du nicht auch noch –«

»Ist ja gut! War nicht so gemeint. Was bist du so empfindlich?«

Sara nahm zwei tiefe Züge und drückte die Zigarette auf dem Fenstersims aus.

»Rauchst du? Sara?«

»Sorry«, seufzte sie und setzte sich wieder an ihren Computer. »Ich bin wirklich durch den Wind. Ach … genau. Kannst du dann noch Jonas morgen um fünf zum Fußball fahren? Abholen kann ich ihn selbst.«

»Bist du wieder wegen Tini unterwegs?«

»Nein, Ronnie und ich gehen zur Eheberatung.«

»Selbstverständlich mache ich das, ich muss nur um sieben ins Theater, aber …« Ihre Mutter brach ab. Sara wusste, was sie fragen wollte.

»Ich war's, Mama, ich hab den Termin bei der Eheberatung vorgeschlagen.«

»Das freut mich. Ich denke schon länger, dass so etwas für euch gut wäre, aber du weißt ja, ich will mich nicht einmischen.«

»Ich weiß. Bis nachher, Mama.«

Sie legte auf und loggte sich nach einem kritischen Blick auf ihre Uhr in das Forum ein. Perplex verfolgte sie die entstandene Diskussion. Las, dass der Mann eines Forumsmitgliedes durch die Morde das Forum zerschlagen und den Frauen zeigen wolle, dass echte Männer für Taten, nicht Worte stehen. Mehrere Schreiberinnen spekulierten mit steigender Panik darüber, wer der Mann sein könnte.

Kopfschüttelnd scrollte Sara weiter nach oben. Das war doch kein Motiv für einen Serienmord.

15. Dezember, 08:53 von Ursi

Hi Leute,

Wir unterstützen uns seit Monaten und teils seit Jahren in diesem Forum gegenseitig. Jetzt werden wir nicht nur des Mordes verdächtigt, sondern auch des gegenseitigen Verrats. Wie kommt diese Sara dazu? Wer ist sie eigentlich? Woher kennt sie uns? Ich sehe keinen weiteren Eintrag von ihr. Ist das nicht äußerst seltsam? Hat sie etwas mit den Ereignissen zu tun und versucht jetzt, eine falsche Fährte zu legen? Gerade In Anbetracht dessen, was Carla schreibt:

»Wenn sie uns für so gefährlich hält, sollte sie besser auf sich aufpassen. Wenn ich die Mörderin wäre, würde ich ihr zeitnah das Maul stopfen … «

Nur wenn sie selbst verwickelt ist, hat sie nichts zu befürchten. Denkt da mal drüber nach. Ich finde, Valeska sollte Saras Eintrag löschen und ihren Zugang zu diesem Forum sperren. Ich werde eine neue Rubrik öffnen zu diesem Thema und bitte alle, die diese Sara aus dem Forum entfernt haben möchten, dort ihr Votum abzugeben.
Ursi

Sara pfiff leise durch die Zähne. Was war das denn? Eine Kampfansage? Wollte diese Ursi sie einschüchtern, so wie Carla am Vorabend? Der war sie offensichtlich mächtig auf die Zehen gestiegen. Gut, dass niemand wusste, wer sie war. Dennoch spürte sie ein unangenehmes Kribbeln im Magen, ein Anzeichen, dass sie sich in einer Situation nicht mehr sicher fühlte, ein Signal, dem sie am Berg immer vertraute.

Der nächste Kommentar stammte von Marie. Vor dem Ende des ersten Satzes wusste Sara bereits, dass sie in Schwierigkeiten war.

15. Dezember, 09:22 von Marie
Hallo Ursi,
ich glaub ich kenn die Sara, sie war lezten Freitag bei uns in der Gruppnstunde.
Die war voll komisch. Is mir gleich aufgefalln. Von sich erzälen wollt sie nichts, aber die ganze Zeit Fragen gestellt hat sie. Vorallem über die Morde, und über die Christina. Dabei kennt sie sie gar nicht. Aber hat echt komisch gefragt, so warum wir denken, das Christina das getan hat und lauter so Zeugs. Das hat sie interessiert, aber als wir was über sie wissn wolltn hat sie sich voll gezirt und dann wollt sie auch nicht darüber sprechen. Also echt ich hab mich gewundert, wir kommen ja alle

zur Gruppe, um zu reden und ich frag mich jetzt ob sie nicht die Christina kennt und bei uns spionieren wollte.
Grüße
Marie

Sara erinnerte sich an Maries tiefe Stimme, an ihr provokatives Auftreten in der Gruppensitzung. So blöd und plump sie mit ihrem aggressiven Gehabe wirkte, ihre Schlussfolgerung war richtig. Ein Volltreffer. Sie hatte sie exponiert. Mit ein bisschen Ehrgeiz konnte jetzt jeder ihre Identität herausfinden, man musste nur in Christinas Umfeld herumstochern und würde sofort über eine Sara stolpern. Eine ohne h. Als ob ein Extrabuchstabe sie schützen könnte. Warum hatte sie sich keinen anderen Namen ausgedacht? Sarah123, das war doch lächerlich nahe an ihrem echten Namen dran. Warum hatte Michael keinen falschen Namen vorgeschlagen? Wirklich nur, damit sie sich als *Sara* auf die Gruppensitzung beziehen konnte und eher ernst genommen wurde? Oder war sie eine Marionette in einem ausgeklügelten Plan, von dem sie nur so viel kannte, wie nötig war, um die ihr zugedachte Rolle spielen zu können? Das Kribbeln in ihrem Magen hatte zugenommen, war mittlerweile ein Krampf geworden. Am Berg würde sie spätestens jetzt umdrehen.

34

Lydia rannte laut schreiend den Flur entlang.

Er! In ihrer Wohnung!

»Valeska!«

Die Stimme war zu hoch.

»Valeska! Was ist denn? Warte doch!«

Maren? Lydia stoppte, drehte den Kopf. Das war Maren! Nicht er! Maren! Sie brauchte Licht. Licht! Der nächste Schalter leuchtete nur wenige Meter entfernt an der Wand. Sie machte einen Schritt, doch ihre Beine versagten. Eben noch war sie gerannt wie eine Gazelle, jetzt zitterte sie am ganzen Körper, unfähig, sich zu bewegen. Sie stützte sich an der Wand ab und streckte den Arm aus. Mit dem Klick kam das Licht zurück. Da stand sie. Tatsächlich – Maren. Neben dem Lichtschalter. Ihr Gesicht ein filigranes Fragezeichen, ihre Haltung seltsam gekrümmt, ähnelte sie einer alten Frau, der die Last des Lebens über die Jahre das Kreuz gebeugt hatte. Humpelnd kam sie näher. Lydia spürte, wie sich die Eisenkralle, die eben noch ihre Brust zusammengequetscht hatte, langsam löste.

»Valeska, was ist denn? Warum rennst du vor mir weg?«

»Ich … ich hatte nicht mit dir gerechnet.« Schwer atmend hielt sie die Hand an ihr Herz gepresst, spürte das heftige Pochen, das sich nur langsam beruhigte.

»Aber du hast mir doch selbst den Schlüssel gegeben, für Notfälle.«

Maren verstummte, musterte sie.

»Wie siehst du denn aus? Was ist mit deinen Haaren?«

Lydia nahm die Kapuze ab und fuhr sich durch die kurzen Haare, registrierte die Skepsis in Marens Augen. »Gefällt es dir?«

Marens Mundwinkel zuckten. Endlich hob sie die Hand und stupste Lydia an.

»Du bist drauf, echt krass.«

Lydia legte den Arm um Marens Schulter.

»He«, sagte sie und hörte ihrer eigenen Stimme die ehrliche Freude an. »Schön, dich zu sehen.«

Langsamer, als ihr lieb war, gingen sie zurück in die Wohnung. Mit Besorgnis beobachtete sie, wie viel Mühe Maren die wenigen Schritte zur Tür bereiteten.

»War er das?«

Maren ignorierte ihre Frage und setzte sich an den Küchentisch. Er war aufgeräumt, Papiere ordentlich auf einem Stapel, der Laptop offen, eine fast leere Tasse Tee daneben. »Ich soll mich wie zu Hause fühlen, hast du gesagt.«

»Das hast du gut gemacht.« Lydia stellte Wasser auf. »Seit wann bist du hier?«

»Seit gestern Abend. Ich habe Sturm geläutet, und dann habe ich mich selbst hineingelassen.«

»Gut gemacht.« Sie kramte in dem Hängeschrank nach der Kiste mit den Tees. »Grün, Ayurvedisch oder Hagebutte?«

»Grün.« Maren kippte ihre Tasse um fünfundvierzig Grad. Die Flüssigkeit, die den Boden bedeckte, hatte eine bräunliche Farbe. Sie trank den letzten Schluck. »Ich hab mir eine halbe Orange hineingepresst. Wegen der Vitamine.«

Lydia nahm eine Orange aus der Obst- und Gemüseschale, halbierte sie und presste je eine Hälfte in die leeren Tassen.

»Ich bring dich ins Frauenhaus. Da bist du sicher.«

»Hier doch auch, oder nicht?« Maren schaute sie ängstlich an. Jetzt nahm Lydia die Verfärbung an ihrer linken Wange wahr.

»Er hat dich geschlagen.«

Maren senkte den Kopf.

»Auch in den Bauch?«

Schweigen.

Lydia seufzte. »Mensch, Mädchen. Warum willst du ihn schützen?«

Sie zog die Schultern hoch. Wie ein Igel, der sich einrollt, dachte Lydia. Nur hat sie keine Stacheln, die sie aufstellen kann, um sich zu wehren. Sie umfasste Marens Schultern. »He, es wird alles gut. Wir schaffen das. Okay?«

Sie drückte ihr einen Kuss auf das rote Haar. »Als Erstes gehen wir zum Arzt.«

»Mir geht's gut.«

»Du weißt, was der Arzt gesagt hat. Wenn die Milz reißt, ist die Hölle los. So schnell kann ich kein Vaterunser beten, wie du –«

»Mir geht's gut«, murmelte Maren, »ich würd' schon spüren, wenn da was kaputt wäre.«

»Nein, Schätzchen, das würdest du erst, wenn es zu spät wäre. Du humpelst. Das kommt nicht vom Bein.« Lydia drehte sich zur Arbeitsfläche, um den Tee aufzugießen. Mit den dampfenden Getränken setzte sie sich zu Maren. »Wir gehen zum Arzt. Keine Diskussion.«

»Ich mag die neugierigen Fragen nicht.«

»Das müssen Ärzte bei bestimmten Verletzungen. Und das ist auch gut so.« Von der heißen Tasse strömte Wärme in ihre Hände und von dort durch ihren Körper. Plötzlich bemerkte Lydia, wie sehr die letzten vierundzwanzig Stunden sie mitgenommen hatten. Ihre kleine Schutzwelt war zusammengebrochen, implodiert wie ein professionell gesprengter Wolkenkratzer, der unter einer riesigen Staubwolke in sich zusammenfiel. Und jetzt kam die Kälte. Verdrängte die Wärme des Tees. Die Kälte, die sie von innen nach außen gefrieren ließ.

»Dann wollen die, dass ich ihn anzeige«, sagte Maren.

»Das solltest du auch.«

»Du weißt, dass ich das nicht kann.«

»Nicht willst.«

»Nicht kann«, beharrte Maren. »Sonst ist alles vorbei.«

»Es ist alles vorbei. Eure Beziehung war vorbei, als er das erste Mal die Hand gegen dich erhoben hat.«

»Das ist nicht wahr. Er ... er beruhigt sich wieder. Immer. Er liebt mich doch.«

»Nein, Maren. Wer schlägt, liebt nicht. Sieh es ein! Solange du noch lebst!« Lydia erschrak über die Schärfe in ihrem Tonfall. Weicher fügte sie hinzu: »Weißt du, dass in den letzten zwölf Monaten in Deutschland vierzigtausend Frauen in Frauenhäuser geflüchtet sind? Allein in Nordrhein-Westfalen sind sechsundvierzig Frauen von ihrem Partner getötet worden. In Berlin wurden dieses Jahr vierzehntausendneunhundert Fälle häuslicher Gewalt angezeigt. Weißt du was? Die Hälfte der Anzeigen wird widerrufen. Die Hälfte! Und es sind immer die Gleichen, die in der Ambulanz landen. Und irgendwann in der Leichenhalle. Aber davor behaupten fast alle, dass *er* sie liebt. Du bist nicht allein! Aber nur du allein kannst die Entscheidung treffen, es zu beenden.«

Lydia nahm die rechte Hand von der dampfenden Tasse und legte sie auf Marens Arm. Sachte rüttelte sie daran. »Es ist dein Leben. Maren! Dein einziges!«

Tränen liefen über Marens Gesicht.

»*Er* ist mein Leben«, flüsterte sie. »Ich hab keine Ausbildung, keinen Job, keine Familie, keine Freunde.«

»Und das wird auch so bleiben, solange du mit ihm zusammen bist. Er steht zwischen dir und dem richtigen Leben.« Lydia streichelte ihren Unterarm. »Alles, was dich stark macht, schwächt ihn.«

»Ich bin nichts.« Maren schluchzte leise in ihre Tasse hinein.

»He, du bist Maren! Ein Engel, der sich für andere einsetzt. Der Menschen so nimmt, wie sie sind. Du hast ein Herz aus Gold.«

»Aber danach fragt keiner! Bei allen Jobgesprächen wollen die nur meinen Schulabschluss sehen. Sorry. Fehlanzeige.«

»Du bist neunzehn! Das kannst du nachholen. Mensch, es gibt Förderprogramme, speziell für Mädchen wie dich. Ich kann dir helfen. Wenn du dir helfen lässt. Dann kannst du das alles haben – Ausbildung, Freunde, Job.« Sie zwinkerte ihr zu. »He, eine Freundin hast du schon, oder glaubst du, ich gebe Hinz und Kunz meinen Schlüssel?«

Maren hob den Kopf und blickte sie dankbar an. Geräuschvoll zog sie ihre Nase hoch und wischte ihre Tränen am Ärmel ab. »Meinst du wirklich, ich schaff das?«

Lydia lächelte sie an. »Aber klar!«

»Und du bist meine Freundin?«

»Auf immer und ewig …« Sie griff nach ihrer Tasse. »Auf die Freundschaft! Auf die Zukunft!«

Maren schniefte und ließ ihre Tasse gegen Lydias klirren. Der Anflug eines Lächelns stahl sich auf ihr tränenfeuchtes Gesicht und war gleich wieder weg. »Ach ja, noch was. Hätte ich fast vergessen.«

»Was denn?«

»Gestern Abend kam ein Freund von dir vorbei.«

Lydia erstarrte. Sie hatte keinen Freund. Außer Maren und Christina wusste niemand, wo sie wohnte.

»Er war sehr enttäuscht, dass du nicht da warst… Aber er hat etwas für dich abgegeben.«

Maren stand auf und humpelte in den Wohnraum. Zurück kam sie mit einem brauen DIN-A4-Umschlag, den sie vor Lydia auf den Küchentisch legte. Er war nicht beschriftet. Lydia starrte ihn nur an. Regungslos.

»Willst du gar nicht wissen, was drin ist?«

Mit zitternden Händen nahm Lydia den Umschlag und drehte ihn von links nach rechts, von oben nach unten, schüttelte ihn, hielt ihn gegen das viel zu schwache Licht der Deckenlampe und roch schließlich daran.

»Jetzt mach halt auf!«

Umständlich öffnete sie den Umschlag und zog den Inhalt heraus. Ein Foto. Ein Paar. Er etwa einen Kopf größer als sie, in einem dunklen Anzug, mit kurzen blonden Haaren, blauen Augen, gepflegtem Schnauzbart und einem unsicheren Lächeln. Sie in einem hellen Sommerkleid mit aufgestickten Blumen, schwarzhaarig, mit vollen roten Lippen, dunklen, strahlenden Augen und einem Blumenstrauß mit hellroten Rosen. Im unteren Drittel des Bildes hatte jemand mit rotem Marker über die Körper gekritzelt.

»In guten und in bösen Tagen,
die Treue vor Gott geschworen,
bis der TOD uns scheidet.«

Lydia ließ das Foto sinken. Ihr war schlecht. Er war hier gewesen. In ihrer Wohnung.

»Du bist verheiratet? Wie hübsch du bist!« Maren betrachtete das Foto neugierig. Dann begann sie zu verstehen.

Und erschrak. »Er hat dich geschlagen. Du… du hast ihn verlassen.«

Lydia zerriss das Foto. Packte den Umschlag und warf ihn fort. Etwas fiel heraus. Maren hob es auf und legte es auf den Tisch: ein goldener Ring.

»Da ist was eingraviert. *Lydia, 12.02.*«

Sie sah hoch und suchte ihren Blick. »Du heißt Lydia?«

Der Raum drehte sich. Immer schneller. Und schneller.

Meine Hände zittern.

Er kommt in die Küche. Seine Augen ein Abgrund.

Wo ist sein Messer?

Noch zwei Schritte.

Ich reiße den Topf vom Herd.

Das siedende Fett auf seinem Hemd.

Der Blick. Das Entsetzen. Der Schrei.

Er bricht zusammen. Sinkt auf die Knie. Brüllt.

Reißt sich das Hemd vom Leib.

Die Haut. Blutrote Blasen.

»Du siehst voll scheiße aus«, sagte Maren, »was ist los? Ist dir schlecht?«

Lydia sprang auf und stürzte an ihr vorbei zur Toilette. Sie übergab sich. Zuerst der Kaffee, dann die Galle, schließlich nur noch Spucke, doch das Würgen wollte nicht aufhören.

Endlich hatte sich ihr Magen beruhigt, und sie saß erschöpft auf dem Boden des winzigen Badezimmers. Die weißen Kacheln verschoben sich vor ihren Augen und bildeten mit den dunklen Fugen ein abstraktes Muster, das immer in Bewegung war. Sie kniff die Augen zusammen und fokussierte das Waschbecken. Die Kacheln gaben ihren kunstvollen Tanz auf und blieben still an einem Ort. Sie hörte, wie

Maren in der Küche Wasser kochte und mit Tassen hantierte. Kurz darauf kam sie ins Badezimmer und kniete sich neben Lydia. Sie stellte eine Tasse mit dampfendem Tee vor ihr ab und reichte ihr einen kalten Waschlappen.

»Hier, nimm, das tut dir gut«, sagte sie und strich Lydia das Haar aus der Stirn.

»Danke.« Lydia fuhr sich mit dem Lappen über das Gesicht und spülte den Mund mit Wasser aus. »Geht schon wieder.«

»War es so schlimm?«

Sie zog wortlos den Ärmel ihres Sweatshirts nach oben und zeigte Maren ihre kleinen runden Brandnarben. »Schlimmer.«

»Du hast ihn verlassen?«

»Ja.«

»Was will er von dir?«

»Mich. Er ist ein Psychopath. Ich war… gefangen. Es war ein Alptraum. Die Zigaretten… Das war seine Lieblingsstrafe. Ich hab mir Rachefantasien ausgedacht. Jeden Tag hab ich mich daran festgehalten. Jeden Tag. Und dann hab ich eine davon wahrgemacht.« Lydia fuchtelte mit den Armen, als wolle sie eine Wespe verscheuchen.

Maren starrte sie an. »Du hast deine Fantasie in die Tat umgesetzt?«

»Ja.«

»Du hast gesagt, wir sollen nur schauen, nicht springen.«

Etwas in Marens Stimme ließ Lydia aufhorchen. Sie nahm sich zusammen. »Glaub mir, wenn du springen musst, um dein Leben zu retten, ist es gut, wenn du weißt, wie man springt.«

»Selbst wenn du einen Menschen umbringst?«

Lydia vernahm den feinen Unterton, eine Nuance nur,

aber genug, um die Richtigkeit ihres Tuns infrage zu stellen. »Ich habe ihn nicht umgebracht. Aber ich hätte ihn getötet. Wenn es nötig gewesen wäre, um mich zu retten. Er hätte es verdient.«

Maren schloss den Toilettendeckel und setzte sich darauf. »Du hast gesagt, es ist nicht unsere Entscheidung, ob jemand leben darf.«

»Dazu stehe ich auch.« Lydia vergrub ihr Gesicht im Waschlappen. Er war warm und weich, roch nach Waschpulver und Trockner, wie bei ihrer Großmutter. »Lass dich nit unterkriegen, Dern«, hatte die Großmutter immer gesagt und ihr einen warmen Strudel hingestellt, damit sie kräftig würde und sich wehren könne. Sie warf den Lappen ins Waschbecken und schaute Maren in die Augen. »Aber es ist deine Entscheidung zu sagen, dass du ein Recht zu leben hast. Und wenn es dir jemand nehmen will, ist es dein Recht, es zu verteidigen.«

»Du hast gesagt, dann sollen wir unseren Partner verlassen.«

»Stimmt. Aber wenn er dich einsperrt und in seiner Abwesenheit ankettet wie einen Hofhund, damit du zwar kochen, aber nicht zum Fenster kannst, geht das nicht.«

»Du hättest die Polizei holen können.«

»Ohne Telefon?«

Maren schauderte. Ihr Entsetzen über Lydias Schicksal, ihr Mitgefühl, ihr Drang zu helfen, all das spiegelte sich in dem zarten Gesicht.

»Aber jetzt! Jetzt kannst du. Du musst zur Polizei!«, rief sie aufgeregt.

»Ich kann nicht.«

»Du willst nicht. Du hast selbst gesagt, man muss nur wollen.«

»Nein, ich kann nicht. Ich … Es ist wegen … Ich *kann* nicht zur Polizei.« Lydia stieß die letzten Worte mit solcher Heftigkeit hervor, dass Maren sich erschrocken auf dem Toilettendeckel aufrichtete.

»Valeska! Hast du Ärger mit den Bullen?«

Lydia sagte nichts.

»So schlimm?«

»Schlimmer.«

»Was willst du dann tun?« Wieder dieser Anflug von Panik in Marens Stimme, der Lydias feine Antennen in Alarmbereitschaft versetzte. Sie stand auf. Ihre Knie knacksten, ihre Pobacken fühlten sich kalt und plattgedrückt an.

»Ich werde wieder untertauchen. Erst mal ins Frauenhaus. Dann ein neuer Name, neue Haarfarbe, vielleicht blond zur Abwechslung? Alternativ könnte ich hierbleiben und mich von ihm töten lassen. Was meinst du? Was würdest du mir raten?«

»Geh ins Frauenhaus.«

»Gute Wahl.«

»Nimmst du mich mit?«

Lydia streckte Maren ihre Hand hin. »Nichts lieber als das.«

35

Er wartete, bis die Rücklichter des Kleinwagens um die Ecke verschwanden, dann huschte er aus seinem Versteck hervor, überquerte die Straße und begab sich wieder auf seinen alten Platz in der Einfahrt gegenüber von Lydias Wohnung. Fast eine halbe Stunde hatte er verloren, weil dieser Affe die Polizei holen wollte, wenn er nicht verschwände.

Er legte die rechte Hand über die linke und drückte gegen die Gelenke. Die kleine Rothaarige von gestern Abend musste noch da sein. Und solange sie da war, bestand Hoffnung, dass Lydia auch auftauchen würde.

Er musste nur Geduld haben. Nicht von seinem Ziel ablassen. Seine Wut nähren wie ein Feuer, dessen Flamme ewig lodern würde.

Nichts einfacher als das, Mutter, ich muss nur an dich denken und es brennt lichterloh. Wäre ich ein Hund gewesen, vielleicht hätte der Tierschutzverein mich gerettet – aber ich war nur ein Kind. Es war nicht meine Schuld, was dir passiert ist, du hättest mich abtreiben können, oder weggeben, du hattest eine Wahl. Ich nicht. Ich war dir ausgeliefert.

Er verstärkte den Druck der rechten Hand, bis er endlich das Knacken der Gelenke hörte. Die Haustür gegenüber öffnete sich. Er zog seine Mütze tiefer ins Gesicht und beobachtete, wie ein junges Paar lachend auf die Straße trat.

Seine Augen fixierten wieder das Fenster im ersten Stock.

Er sah einen Schatten, schließlich tauchte ein Gesicht am Fenster auf.

Lydia!

Er musste seinen Plan ändern, früher zuschlagen. Und bis dahin würde er sie nicht mehr aus den Augen lassen.

36

Sara hasste Krankenhäuser. Allein der Gedanke an den Geruch – Putzmittel und verkochtes Kantinenessen – reichte, um bei ihr Brechreiz hervorzurufen. Sie warf das lange Ende des Schals um ihren Hals und zog die Wolle über die Nase, bevor sie eintrat. Auf der Treppe nahm sie je zwei Stufen auf einmal. Plötzlich hörte sie Geschrei. Dann Türenschlagen. Erschrocken rannte sie die letzten Stufen nach oben und sah eine Frau den Gang entlangstürmen. Ganz in Schwarz gekleidet, lange blonde Haare, das Gesicht eines Engels, fluchte sie lautstark, während sie auf den Liftknopf einschlug. Saras Herzschlag setzte aus. Sie erkannte sie sofort. Die markante Narbe war unverwechselbar. Das Foto auf dem Klavier, die Schöne in Michaels Arm. Was machte *sie* hier? Die Fahrstuhltür schloss sich mit einem leisen Klingeln. Sara ließ ihren Blick über den Flur wandern. Wen Michaels Schöne wohl besucht hatte?

In Gedanken klopfte sie an Zimmer 208.

»Hau ab!«

Sie wich zurück. *Hau ab?* Sie musste sich verhört haben. Entschlossen drückte Sara die Klinke hinunter, öffnete die Tür und betrat das Zimmer. Ein kurzer Gang führte zu einem Bett, von dem sie nur das Fußende sehen konnte.

»Hau ab, hab ich gesagt! Nichts kriegst du von mir!«

Sara schloss die Tür. Dann nahm sie den Schal herunter und ging zum Bett. In Anjas Gesicht leuchteten unregelmäßige rote Flecken, die sich von den Nasenflügeln fächerförmig über die Wangen ausbreiteten. Sie reckte den Kopf so hoch aus dem Kissen, dass die Halsmuskeln links und rechts hervortraten.

»Hallo Anja.« Sie hielt ihr einen Blumenstrauß hin. »Ich bin Sara aus der letzten Gruppensitzung, erinnerst du dich?«

Anjas Kopf sank in das breite Kissen zurück, ihre Muskeln entspannten sich. Sie nickte fast unmerklich.

»Geht's dir wieder besser? Ich hab gehört, du bist knapp an einem Blinddarmdurchbruch vorbeigeschlittert.« Sara legte die Blumen auf den Nachttisch, neben Wasserkrug und Glas. »Soll ich eine Vase holen?«

»Hast du diese Schlampe gesehen?« Auf Anjas bleichem Gesicht leuchteten die roten Flecken. »Diese Schlampe!«

»Die Blonde mit dem schwarzen Hosenanzug?«

Anja nickte. Ihre Augen spiegelten die Wut, die in ihrer Stimme vibrierte, wieder. »Dass die sich traut!«

»Wer ist das?«

»Sylvia Renner.« Jede Silbe zog die Mundwinkel tiefer und entstellte Anjas sonst so hübschen Mund.

»Aha.«

»Heiners Geliebte. Mir meinen Mann ausgespannt hat die. Die blöde Schnepfe.« Anja klingelte nach der Schwester.

Sylvia Renner musste die offene Rechnung sein, von der der Kommissar gesprochen hatte! Grossmann hatte Michael die Freundin ausgespannt!

»Was wollte sie denn?«

»Geld!« Die roten Flecken auf Anjas Wangen wurden dunkler. »Von Heiners Konto! Aber nie kriegt die das. Vor dem Gesetz bin *ich* Heiners Frau.«

»Kennst du Michael Seitz?«

Anja blickte sie überrascht an.

»Natürlich kenne ich Michael. Heiners Kollege. Exkollege. Er hat gekündigt, nachdem er den Heiner mit dieser Schnepfe erwischt hat.« Unvermittelt löste sie ihre Fäuste und strich über die glatte Bettdecke. »Michael ist in Ordnung. Warum?«

»Er ist der Anwalt meiner Schwester. Christina. Du weißt schon, aus der Gruppe.« Sara beobachtete die Veränderung in Anjas Zügen. Erst Verständislosigkeit, dann langsames Begreifen.

»Dann warst du wegen Christina in der Gruppenstunde. Jetzt verstehe ich …«

»Ich wollte meiner Schwester helfen.« Sara zog den Mantel aus und legte ihn über den Arm. »Tini hat das nicht getan. Genauso wenig wie du. Sie hat nur kein Alibi. Und jetzt beschuldigen die Michael, deinen Mann getötet zu haben.«

»Blödsinn! Warum sollte Michael das tun? Vor zehn Monaten vielleicht. Aber doch nicht heute. Darüber ist er hinweg.«

»Glaubst du?« Sara dachte an das Foto auf Michaels Klavier. »Wie lange waren sie denn zusammen?«

»Fast zehn Jahre.« Anja zog die Stirn in Falten und legte einen Finger an ihre Oberlippe. »Vielleicht sogar länger. Ich bin mir sicher, sie wollten heiraten.«

Zehn Jahre! Ronnie und sie kannten sich nicht mal so lange … »Und dann war von heute auf morgen Schluss?«

»Nein.« Ein bitteres Lachen folgte. »Zurückgekrochen zu uns sind sie, Sylvia und Heiner. Ein Ausrutscher, hat er gesagt, kommt nie wieder vor, hat er gesagt. Und dann … Angebandelt haben sie wieder. Das war hart, gerade für Michael. Aber er ist darüber weg. Nicht so wie ich. Aus meiner Wohnung geholt hat er mich, im Oktober, und zu dieser Dr. Rosen geschickt. So einer ist er. Kein Mörder.«

Dr. Rosen! Was hatte Michael noch gesagt, warum er Tini

kontaktiert hatte? *Eine Empfehlung … Eine Therapeutin für meine Bekannte … Dr. Rosen empfohlen …* Dann war Anja die Bekannte. Wieder ein Puzzlesteinchen mehr. Michael hatte die Wahrheit gesagt! Anja kannte ihn und hielt ihn für unschuldig. »Kannst du dir vorstellen, wer Heiner und Paul, also Tinis Mann, töten wollte?«

»Heiner *und* Paul?« Anja runzelte die Stirn. »Heiner und Paul? Blödsinn. Was soll das denn? Die kannten sich doch gar nicht.«

Sie langte mit beiden Händen in die Halterung über ihrem Kopf und zog sich mühsam ein Stück nach oben. »Heiner hat sich immer in alles hineingesteigert, bis zum Extrem. Deshalb hat er mich so fertiggemacht. Weil *ich* ihn verlassen hab, als ich's gemerkt hab. Dass sie wieder anbandeln. Und dass er mich betrogen hat? Nicht gezählt hat das. Wenn er dich auf dem Kieker hatte, war's vorbei.«

Sara horchte auf.

»Prüf mal, ob Paul sein Klient war. Vielleicht kannten die sich doch und haben jemanden zusammen abgezockt oder so.«

Ein gutes Motiv für einen Doppelmord, dachte Sara, aber wie passt die Folterkammer in die Gleichung? Hatte ein Mitglied ausgerechnet mit den Männern von zwei anderen Mitgliedern einen Rechtsstreit gehabt? Wohl kaum.

Sara versuchte, ihre Enttäuschung zu verbergen. »Weißt du denn, wie er gestorben ist?«

»Atemstillstand durch Neurotoxin.«

»Neurotoxin? Das passt zur schwarzen Mamba aus deinem Eintrag. Möglicherweise hat der Mörder wirklich deine Fantasie umgesetzt. Wenn kein Antiserum gespritzt wird, kann der Atemstillstand relativ schnell eintreten. Ihr Gift ist ja ein Neurotoxin. Wie bist du auf die Mamba gekommen?«

Sara kramte in ihrer Handtasche nach ihrem Notizbuch und einem Kugelschreiber. Sie notierte *Heiner – Neurotoxin* auf eine leere Seite und schaute Anja erwartungsvoll an.

»Zufall. Heiner hat diese Schlangenphobie, und als ich im Internet *Giftschlange* eingegeben habe, stand da was über die schwarze Mamba. Soll ja die giftigste Schlange Afrikas sein.«

»Vor allem extrem aggressiv. In Deutschland ist die Haltung in manchen Bundesländern sogar illegal. Hier in Bayern darf man, halt mit all den Auflagen, und du musst sie nach dem Artenschutzgesetz registrieren. Eigentlich müsste es für die Polizei ein Kinderspiel sein, den Halter zu finden.« Rasch kritzelte sie *Register prüfen, Peter anrufen* in ihr Büchlein.

Anja sah sie überrascht an. »Du kennst dich mit Schlangen aus?«

»Nicht wirklich.« Sara winkte ab. »Ich hab letztens für den *Tierfreund* einen Artikel über Giftschlangen geschrieben, da ist was hängengeblieben.«

»Naja, es war ja nur eine Fantasie. Es war nicht wichtig, ob ich eine schwarze Mamba halten kann. Ich hatte doch nie vor, den Blödsinn in die Tat umzusetzen. Ich hab das nur in der Folterkammer geschrieben, weil Frau Dr. Rosen mich zu der Gruppe geschickt hat und alle da so was aufgeschrieben haben.«

Die Tür wurde geöffnet, und resolute Schritte näherten sich dem Bett. Eine Krankenschwester griff mit grimmiger Miene nach der Schwesternklingel und löschte den Ruf.

»Sie haben geklingelt?«

Anja deutete auf die Blumen. »Hätten Sie bitte eine Vase?«

Die Krankenschwester nahm die Blumen und wandte sich an Sara.

»Sehen Sie nicht, dass Frau Grossmann schon ganz rot

und fleckig im Gesicht ist? Sie braucht Ruhe!« Mit der freien Hand tippte sie Sara auf die Schulter und machte eine deutliche Kopfbewegung Richtung Tür. »Sie gehen jetzt besser.«

»Noch fünf Minuten?« Sara setzte ihren Hundeblick auf. Sie musste unbedingt noch mehr über die Gruppe und Heiner erfahren.

»Sehe ich so aus, als würde ich mit Ihnen handeln?« Die Schwester zeigte mit dem Zeigefinger auf Anja. »Frau Grossmann ist meine Patientin.«

Der Daumen wies zur Tür. »Sie sind hier nicht im Café. War das deutlich genug?«

»Es ist doch immer wieder ein Vergnügen, auf so freundliche Menschen zu treffen«, sagte Sara sarkastisch und packte Notizbuch und Stift in die Tasche. Dann zog sie ihren Mantel an.

»Danke für deine Offenheit. Du hast mir wirklich geholfen.« Sie nahm Anjas schlaffe Hand und drückte sie. Zum ersten Mal seit sie den Raum betreten hatte, lächelte Anja.

»Grüß Michael von mir.«

37

Sara konnte in dem Mienenspiel ihrer Mutter wie in einem Bilderbuch lesen. *Ich weiß nicht, was du damit bezweckst,* sagte ihr Blick, als sie das Notizbuch über den Küchentisch zu ihr zurückschob. Sie schloss die Augen. Ein Gefühl der Beklemmung schnürte ihr die Brust ein, wie ein Korsett, dessen Bänder mit aller Kraft zusammengezogen wurden. *Was, wenn ich es nicht schaffe?* Der Gedanke, dass sie dieser Aufgabe nicht gewachsen war, dass ihre Schwester Jahre im Gefängnis verbringen könnte, unschuldig weggesperrt, drückte Sara nieder. Sie verspürte Angst. Angst vor der Verantwortung. Angst zu versagen. Angst, ihre engste Vertraute zu verlieren.

»Schläfst du?«

»Ich sammle Motive«, sagte sie müde und öffnete die Augen. Sie nahm einen Stift, malte einen ausladenden Kreis unter ihre Motiv- und Täterlisten und schrieb ein Wort hinein.

»Folterkammer?« Ihre Mutter entzifferte das Wort und schüttelte verständnislos den Kopf.

»Der Teil des Forums, in dem Tini den Mord an Paul beschrieben hat, du weißt schon.«

Die Mutter schüttelte wieder den Kopf, diesmal mit einem Ausdruck von Missbilligung im Gesicht. »So haben die das genannt? Wie barbarisch. Dass Tini bei so was mitgemacht hat… Ich versteh das nicht!«

Sara setzte die Namen Paul und Heiner unter den Kreis

und verband sie damit. Dann kringelte sie ihre Liste der Verdächtigen ein und zog einen Strich von dort zu dem Wort Folterkammer.

»Die Todesfälle von Heiner und Paul müssen mit der Folterkammer zu tun haben. Darauf baut unsere Verteidigung auf. Wenn Michaels Theorie stimmt, könnten beide Morde ein Ablenkungsmanöver sein.«

»Das ist ja furchtbar!«, entfuhr es ihrer Mutter.

»Wenn es ein Psychopath war«, Sara wanderte mit ihrem Stift zu dem Wort *Psycho* auf der Motivliste und unterstrich es, »wird es kein spezielles Motiv für die Morde geben. Vielleicht steht der Mörder auf Gift und hat deshalb die beiden ausgewählt. In jedem der beiden Fälle gibt es aber eine Verbindung zur Folterkammer.«

»Eine Giftmischerin! Natürlich! Die Frau ist dem Mann im Zweikampf unterlegen und wählt Gift. Das würde gut zur Klientel des Forums passen. Da sind doch nur Frauen, oder?« Ihre Mutter griff nach dem Notizbuch und hielt es sich dicht vor die Augen.

»Das wissen wir nicht«, antwortete Sara. »In den Mitgliederbereich vom Frauenwehr-Forum kommt man zwar nur auf persönliche Einladung von Valeska, und man muss unter seinem echten Vornamen schreiben, aber wer weiß schon, wer wirklich dahintersteckt. Im virtuellen Raum ist alles möglich. Du bist die, für die du dich ausgibst.«

Die Mutter sah sie verwirrt an. Sara seufzte. »Okay. Ein Beispiel: Ein Mann meldet sich in irgendeinem Hilfeforum oder Chat als Heidi an und lässt 'ne gute Story ab. So richtig heftig auf die Tränendrüse à la »ich kann nicht mehr« und so. Wenn Valeska diese Heidi dann zu Frauenwehr einlädt, ist er drin. Tini hat ja auch erst im öffentlichen Teil unter dem Pseudonym Esperanza geschrieben und ist dort von Valeska zum nichtöffentlichen Bereich von Frauenwehr eingeladen worden.«

»Warum um Himmels willen sollte sich ein Mann als Heidi ausgeben wollen?«

»Zum Beispiel, weil er von Frauenwehr gehört hat und weiß, dass er in den nichtöffentlichen Bereich nur als Frau kommt. Oder weil es ihm einen Kick gibt, sich in dem Leid dieser Frauen zu suhlen. Oder … «

»Schon gut! Ich habe verstanden. Wir können also Männer nicht ausschließen, aber wenn das mit der Mamba stimmt, dann muss der Mörder mit einer Giftschlange umgehen können. *Das* kann man nicht vortäuschen.« Ihre Mutter studierte das Schema eingehend. Plötzlich hob sie den Kopf und schaute Sara über den Rand des Notizbuchs hinweg an. »Michael Seitz? Ist das nicht Tinis Anwalt?«

Sara nickte, doch es fühlte sich falsch an. »Ja. Das ist er.«

»Das meinst du aber nicht ernst, oder? Warum ist er auf der Liste der Verdächtigen?«

Sara nahm ihrer Mutter das Notizbuch aus der Hand und legte es wieder zwischen ihnen auf den Tisch. Mit einem X markierte sie das Wort *Rache*. Ja, warum war er auf der Liste? Weil dieser König ihn für verdächtig hielt und er das Forum kannte? Oder weil er sich mit Paul geprügelt und mit Heiner eine offene Rechnung ausstehen hatte? Oder weil die Polizei glaubte, dass er ein Verhältnis mit Tini gehabt hatte? Eine Menge Anschuldigungen, die zwar nicht erwiesen waren, aber dennoch einen Zweifel mitsamt seinem schalen Nachgeschmack hinterließen. Sie dachte an das Foto von ihm und seiner Freundin, dieser Sylvia, und an Anjas Aussage, dass er über die Geschichte hinweg sei. Stellte man sich dann wirklich so ein Foto aufs Klavier? Das Kribbeln kehrte in ihren Magen zurück. Könnte diese Sylvia in die Sache verwickelt sein? Was, wenn Sylvia zu Michael zurückwollte, und Tini ihr im Weg stand? Wäre die Mordserie nicht eine geniale Methode, die Nebenbuhlerin auszuschalten? Niemand würde auf sie kommen. Wie auch, wer denkt schon um so viele Ecken? Aber was wäre dann mit Heiner? Warum hätte sie ihn umbringen sollen? War er dahintergekommen? Und sie musste deswegen schnell handeln? Und woher kannte sie die Folterkammer und… Was für ein ausgemachter Blödsinn, Frau Neuberg! Diese Story würde dir nicht einmal die Bildzeitung abkaufen.

Blödsinn, der niemandem half. Sie setzte sich auf und rollte den Kugelschreiber zwischen ihren Händen hin und her.

Ihre Mutter sah sie an. »Du verdächtigst wirklich Tinis Anwalt?«

»Nein!« Die Antwort kam schnell und bestimmt.

»Warum ist er dann auf der Liste?«

»Weil… weil er kein Alibi hat. Ich sammle Fakten, Mama. Objektiv.«

»Aha.« Ihre Mutter sah sie mit ihrem nachsichtigen Blick an. »Müsste dann Tini nicht auch auf der Liste stehen?«

»Natürlich. Objektiv. Aber sie war es nicht. Das wissen wir.« Was machte er dann auf der Liste? Wenn Tini unschuldig war, entfiel sein Motiv als Mittäter. Sara strich seinen Namen durch. Erst mit einer dünnen Linie, dann kritzelte sie so lange über den Namen, bis er nicht mehr zu erkennen war.

»Das mit dem Alibi, weißt du?«

»Er war zu Hause, allein.« Sie schlug das Notizbuch zu.

»In einem Mehrfamilienhaus?«

»Oh Mann, Mama!« Sara schlug sich mit der flachen Hand gegen die Stirn. »Du bist super!«

Sie sprang von ihrem Stuhl auf, lief in den Flur und kam mit Stiefel, Mantel und Mütze bekleidet wieder zurück. »Ich muss kurz weg, kannst du den Jungs ein paar Brötchen schmieren?«

»Und wenn Ronnie heimkommt?«

»Dann lässt du dir eine Ausrede einfallen.«

»Wo gehst du denn hin?«

Sara küsste ihre Mutter auf die Wange. »Das sage ich dir nicht, dann musst du nicht lügen.«

Beim dritten Versuch schaffte sie es endlich, den Audi in die enge Parklücke zu manövrieren. Sie lief die Schwanthalerstraße entlang, an dem türkischen Supermarkt und mehreren Kneipen vorbei, bis zur Hausnummer 119a. Wie schon am Morgen war die Haustür nur angelehnt. Sie trat ein und stieg die knarzenden Stufen hoch.

Vor Michaels Wohnung überlegte sie kurz, dann klopfte sie mehrmals, bevor sie zur Wohnungstür gegenüber ging und dort läutete. Es dauerte nicht lange, bis die Tür geöffnet wurde. Eine dunkelblonde, etwas dickliche Frau um die fünfzig in Stoffhose und einer Bluse mit orangenen Blumenranken stand in der halb geöffneten Tür und blickte Sara misstrauisch an.

»Grüß Gott, ich bin Sara Neuberg, eine Freundin von Michael Seitz.«

Der Blick der Frau wurde etwas freundlicher.

»Tut mir leid, wenn ich mit der Tür ins Haus falle, aber Michael verteidigt meine Schwester in einem Mordprozess und wird jetzt selbst verdächtigt. Das lässt mir keine Ruhe. Wissen Sie, er ist nämlich nicht nur unser Anwalt, er ist auch ein Freund der Familie, und wir können uns nicht vorstellen, dass er etwas damit zu tun hat. Und wenn er jetzt in Untersuchungshaft muss, wer verteidigt dann meine Schwester?« Sara stockte kurz und beobachtete das Gesicht der Frau. Das Misstrauen war besorgtem Verständnis gewichen. »Michael behauptet, dass er zu den Tatzeiten zu Hause war – allerdings allein. Ich glaube ihm, aber es wäre gut, wenn ich eine Bestätigung der Aussage hätte. Wenn ich Ihnen die Zeiten sage, könnten Sie mir dann sagen, ob Sie ihn zu dem Zeitpunkt in seiner Wohnung gehört haben?«

»Das Gleiche bin ich heute schon von der Polizei gefragt worden. Reicht das nicht?«

»Das wusste ich nicht.« Sara lächelte die Frau entschuldigend an. »Ich habe mir einfach Sorgen gemacht und wollte …«

»Keine Angst, ich habe beide Alibis bestätigen können. Wissen Sie, die Wohnungen hier sind nämlich nicht nur recht hellhörig, ich sehe auch, wenn Michael die Wendeltreppe in seiner Wohnung hoch- und runtergeht. Das wirft immer einen Schatten. Am Freitag war ich zu Hause und habe mein Rätsel gemacht, und ich weiß noch, dass ich zu meinem Toni gesagt habe, dass der Michael andauernd hoch- und runterläuft. Hoch und runter. Bis er dann gegangen ist.«

Sara nickte. Heute früh hatte sie durch Michaels Terrassentüren gesehen, wie das Licht in der Nachbarwohnung erloschen war. Sie hatte sich nichts dabei gedacht.

Wie gut, dass diese Frau so aufmerksam war.

Ein junges Kätzchen umschmeichelte die Füße der Nachbarin. Sie hob das Kätzchen vor ihr Gesicht und küsste es auf die Nasenspitze. Sofort streckte das Tier die Krallen aus und schlug mit seiner Tatze nach ihr. »Na na, du Raubkatze! Das hat sie letzte Woche beim Michael auch gemacht. Einen Riesenkratzer im Gesicht hat der gehabt.«

Das Bild von Michael neben ihr im Auto kam Sara in den Sinn. Als er sie nach ihrem vergeblichen Besuch bei Tini nach Hause gebracht hatte. Wie sie sich über sein unrasiertes Gesicht gewundert und überlegt hatte, ob er mit den Bartstoppeln die frische Kratzwunde auf der Wange verstecken wollte.

»Und am Sonntag, am zweiten Advent?«

Die Nachbarin zögerte, dann gab sie sich einen Ruck. »Da war er auch da. Das weiß ich noch ganz genau, wegen dem Klavierspieler im Tatort. Da habe ich am Anfang nicht gewusst, spielt der jetzt oder der Michael … Kennen Sie das, wenn einer komponiert? Spielt fünf Minuten, dann Pause, dann drei Töne, dann Pause und so weiter, und immer das Gleiche. Das ging den ganzen Abend …«

Dienstag, 16. Dezember

38

Die Einparkhilfe piepste immer hektischer, dann langanhaltend und durchdringend. Sara legte den Rückwärtsgang ein und stieß mit dem Auto ein letztes Mal zurück. Das musste reichen. Auch wenn sie viel zu weit weg vom Gehweg stand. Sie stieg aus, rannte zum Parkscheinautomaten, zog ein Ticket und legte es ins Auto. Im Laufschritt zeigte sie mit dem Schlüssel über die Schulter und verriegelte den Audi. Zwei Minuten nach drei. Und sie war mindestens zweihundert Meter von der Praxis entfernt. Hoffentlich wartete Ronnie. Er sah ohnehin keinen Sinn in diesem Termin bei Dr. Rosen und hatte nur zugestimmt, um sie nach ihrem Streit am Sonntag aus ihrem Arbeitszimmer zu locken. Und sie? Sah sie einen Sinn darin? Glaubte sie wirklich, dass diese Psychologin ihre Eheprobleme lösen konnte? Wollte sie überhaupt ihre Ehe wieder ins Lot bringen? Als sie den Termin vereinbart hatte, war sie vor allem neugierig auf Dr. Rosen gewesen, doch jetzt begriff sie, dass sie wirklich Probleme hatten. Obwohl Ronnie wochenlang wunderbar sein konnte, gab es immer wieder Phasen, in denen sie ihm nichts recht machen konnte, er sie am laufenden Band bloßstellte oder verbal angriff. Phasen, in denen sie sich von ihm zurückzog. Zwischen Ronnie und ihr klaffte inzwischen ein Abgrund, der kaum mehr zu überbrücken war, und der zuließ, dass sie sich von Michael angezogen fühlte, von ihm träumte, Ronnie mit ihm verglich, sich wünschte, Ronnie wäre mehr wie er. Sie beschleunigte ihren Laufschritt, rannte schließlich so schnell sie konnte. Die Haare flogen ihr wild ums Gesicht, ihre Handtasche hielt sie an die rechte Seite gepresst, der Schal flatterte in der linken Hand. Schon von weitem sah sie Ronnie. Er stand steif vor dem Eingang und schüttelte den Kopf, als sie auf ihn zukam.

»Hallo«, keuchte sie atemlos und küsste ihn auf die Wange.

Er strich ihr eine Haarsträhne aus dem Gesicht. »Du bist verschwitzt.«

»Entschuldige!« Sie rang nach Atem, beugte sich nach vorn und stützte sich mit den Händen auf ihren Oberschenkeln ab. »Da war nirgendwo ein Parkplatz!«

»Wir sind in Schwabing. Was hast du erwartet? Komm, lass uns reingehen.« Er drückte zweimal nacheinander den Klingelknopf von Dr. Rosens Praxis, wartete auf den Summton und stieß mit beiden Händen die Tür auf. Als Sara an ihm vorbei ins Foyer huschte, schnupperte er an ihren Haaren.

»Rauchst du wieder?« Seine Stimme klang so beiläufig, als bitte er sie um den Salzstreuer.

»Ich? Wie kommst du denn *darauf*?«

Er verlangsamte seinen Schritt. »Durch die Kippen auf dem Fenstersims deines Arbeitszimmers. Zum Beispiel.«

»Oh.« Sie biss sich auf die Unterlippe und spürte, wie sie errötete. »Das war ein Ausrutscher.«

»Bei Suchtpatienten gibt es keine Ausrutscher. Nur Rückfälle.« Er blieb auf dem zweiten Treppenabsatz stehen. »Woher hattest du die Zigaretten überhaupt?«

»Gekauft, letzten Montag, als ich von Mama heimgefahren bin.«

»Also hast du wieder angefangen. Mensch! Sara! Kannst

du dich nicht einmal an eine Abmachung halten?« Die Enttäuschung über ihren Rückfall stand ihm deutlich ins Gesicht geschrieben.

»Tut mir leid.« Schuldbewusst zog sie eine Zigarettenschachtel aus ihrer Manteltasche und gab sie ihm. »Hier. Ich war einfach so geschockt wegen Tini.«

Er öffnete die Schachtel und zählte nach. »Sieben Stück! Jeden Tag eine, Zug für Zug zurück in die Sucht.«

Mit beiden Händen zerknüllte er die Schachtel, bis sie nur noch bröselige Tabakreste enthielt, und gab sie ihr zurück. Schweigend gingen sie die letzten Stufen hoch.

»Na gut, hoffen wir, dass es wirklich nur ein Ausrutscher war.« Mit der linken Hand rückte er seinen Krawattenknoten gerade, bevor er die Praxis betrat. Gemeinsam gingen sie einen breiten Gang entlang, an dessen hohen Wänden Bilder im Stil von Mark Rothko hingen. Neben der Anmeldung stand eine große schlanke Frau Mitte vierzig, die sie freundlich anlächelte.

»Guten Tag, Sie müssen Sara und Ronald Neuberg sein.« Dr. Rosen schüttelte Saras Hand, dann Ronnies. Sie führte sie in einen großen Raum. Sara bemerkte zuerst die gemütliche Sitzecke, die einen seltsamen Kontrast zu dem fast leeren, überdimensionierten Schreibtisch bildete, auf dem eine moderne Bronzestatue, ein stilisiertes Liebespaar, stand. Ob das ein Symbol sein sollte für die Paare, die hierherkamen und sich ihr anvertrauten, um wieder zu dem Liebespaar zu werden, das sie einst gewesen waren?

»Setzen Sie sich«, forderte Dr. Rosen sie auf und deutete auf zwei einladende, dunkelbraune Ledersessel. Ihre Stimme hatte etwas Beruhigendes. »Ich spreche bei einer Paartherapie die Ehepartner gerne mit dem Vornamen an, ist das für Sie in Ordnung?«

Sara und Ronnie nickten zustimmend.

Dr. Rosen lächelte. »Was kann ich für Sie tun?« Die Hände locker in ihrem Schoß gefaltet, schaute sie abwechselnd von einem zum anderen.

»Ronald?« Dr. Rosen sprach Ronnie schließlich direkt an. »Wissen Sie, warum Sara diesen Termin für Sie beide ausgemacht hat?«

»Nun, meine Frau reagiert in letzter Zeit mir gegenüber sehr gereizt, egal, was ich sage. Unangemessen gereizt, wie ich meine.« Er warf Sara einen Seitenblick zu. »Ich bin hier, weil ich meine Frau liebe und sie diesen Termin für wichtig hält.«

»Sara?« Dr. Rosen wandte sich Sara zu. »Sehen Sie das auch so?«

»Naja, ich finde meine Reaktion meistens nicht unangemessen.« Sie versuchte, den aufsteigenden Ärger zu unterdrücken, doch es gelang ihr nicht. Typisch Ronnie. Der liebende Ehemann, der sich so bemühte, alles richtig zu machen, aber an den unberechenbaren Launen seiner Frau scheiterte. Sie glättete die Stirnfalte, die sich zwischen ihren Augen gebildet hatte, und fuhr fort. »Überhaupt, was wäre denn eine angemessene Reaktion, wenn Ronnie sagt, ich sähe nuttig aus? Oder vor seiner Mutter behauptet, ich würde nur Tiefkühlkost auftischen?«

Sie sah, wie er sich angespannt aufrichtete. Solche Ausrutscher wollte er lieber nicht vor Dritten wiederholt haben, würde es doch sein Image als Super-Ehemann ankratzen.

Er lächelte sie nachsichtig an, als sei sie ein kleines Kind, das beim Ausfragen die falsche Antwort gegeben hatte. »Schatz, das war ein Scherz, du weißt das. Müssen wir diese alten Geschichten aufwärmen?«

»In gewisser Weise ja«, antwortete Dr. Rosen, »wenn es

ein Beispiel für Ihre Fehlkommunikation ist. Sie sagen A, Sara versteht B. Sie müssen lernen, das zu erkennen. Nehmen wir das Tiefkühlkostbeispiel. Was ist genau passiert?«

Er betrachtete seine Fingernägel und atmete tief durch. »Ich habe mir den offenbar unverzeihlichen Scherz erlaubt, dass Sara unter gesunder Ernährung versteht, Fertiggerichte mit Petersilie zu verzieren. Das war's. Bin ich jetzt ein Psychopath?«

Sara hörte, wie seine Stimme langsam ungehalten wurde.

»Nein, Ronald.« Dr. Rosen suchte seinen Blickkontakt. Anscheinend wollte sie ihn besänftigen. »Aber offensichtlich fand Sara das nicht witzig. Im Gegenteil, es hat sie so getroffen, dass sie es heute als Beispiel erwähnt.«

Sie wandte sich an Sara. »Sara, können Sie mir sagen, warum Sie das verletzt hat?«

»Weil ich dastand wie ein Idiot. Ausgerechnet vor seiner Mutter, die mag mich eh nicht.« Sara verzog das Gesicht.

»Warum bitten Sie Ronald in so einer Situation nicht, solche Kommentare zu unterlassen?«

»Was soll ich denn sagen? Stimmt gar nicht? Oder aufzählen, was ich wirklich koche? Wir sind doch nicht im Kindergarten.« Sie suchte seinen Blick. Dann fügte sie leiser hinzu: »Ich habe mir immer gewünscht, dass du von alleine drauf kommst... Wann begreifst du endlich, dass echte Partner sich nicht bloßstellen. Partner sollten sich stützen. Sich helfen. Füreinander da sein, wenn der eine den anderen braucht. Und zwar ohne wenn und aber. Wir sind keine Partner. Nicht in diesem Sinne.«

Ronnie schluckte, sein Blick war undurchdringlich, doch Sara wusste genau, dass sie ihn mit ihrer Aussage tief getroffen hatte. Was waren sie dann, wenn sie keine Partner waren? Eine Zweckgemeinschaft? Das Überbleibsel einer heftigen Romanze? Eltern, die wegen des gemeinsamen Kindes ein Leben lang nebeneinanderherlebten? Sara war sich sicher, dass er sich gerade dasselbe fragte.

»Ich möchte gerne wissen, warum Sie, Ronald, vor Ihrer Mutter den Scherz gemacht haben.«

»Was weiß denn ich? Planen Sie ihre Scherze? Wir unterhalten uns, dann kommt mir ein witziger Spruch in den Sinn, zumindest denke ich, er sei witzig. Falsch gedacht! Die nächsten Tage bekomme ich die kalte Schulter gezeigt.« Er rieb sich den Nasenrücken und hielt dann Daumen und Zeigefinger an die Nasenwurzel gepresst.

»Ich denke, dass Sie so einen Scherz durchaus bewusst einsetzen, Ronald. Es geht dabei um Rollenverteilung und Macht.« Dr. Rosens Blick heftete sich auf sein Gesicht. »Versuchen Sie, in die Situation wieder einzusteigen. Was fühlen Sie?«

Er setzte sich kerzengerade hin.

»Unterstellen Sie mir, dass ich Sara absichtlich verletze? Um meine Rolle zu stärken? Ausgerechnet bei meiner Mutter?« Er schüttelte seinen Zeigefinger in ihre Richtung. »Ich bin nicht gewillt, mir das sagen zu lassen. Sollte nicht vielmehr Sara darüber nachdenken, warum sie banale Bemerkungen so überbewertet?«

Er warf Sara einen durchdringenden Blick zu. Sie sank in ihrem Sessel zusammen. Das war es. Jetzt war er im Angriffsmodus und nicht mehr offen für ein Gespräch.

»Wenn wir schon hier sind«, fuhr er fort, »sollten wir uns vielleicht mal darüber unterhalten, warum sie sich nicht an Abmachungen hält. Oder warum sie trotz meiner Bitten weiterhin nach dem Mörder ihres Schwagers sucht und es ihr völlig egal ist, ob sie unsere Familie dadurch in Gefahr bringt.«

Er lehnte sich nach vorne und fixierte Dr. Rosen.

»Ich dachte, Christina wurde deswegen verhaftet?«

»Ja eben!«, rief er ungehalten. »Die Polizei führt eine Mordermittlung durch, und meine Frau fühlt sich berufen, auf eigene Faust loszuziehen. Als ob die Polizei nicht wüsste, was sie tut!«

»Das habe ich nie behauptet!« Sara richtete sich in ihrem Sessel auf. »Ich befürchte nur, dass sie sich auf Tini eingeschossen haben und deshalb andere Möglichkeiten außer Acht lassen.«

»Siehst du, du sprichst der Polizei schon wieder ihre Befähigung ab, den Fall korrekt zu lösen. Du weißt ja nicht mal, welche anderen Spuren sie noch verfolgen!«

»Doch, das weiß ich schon, sie verdächtigen Michael.« Sie verschränkte die Arme vor der Brust.

»Wer ist Michael?« Dr. Rosen hatte den Wortwechsel mit großer Aufmerksamkeit verfolgt. Um ihren Mund erschien plötzlich ein angespannter Zug.

»Der Anwalt meiner Schwägerin, Michael Seitz«, sagte Ronnie knapp. »Darf man fragen, woher du diese privilegierte Information nimmst?«

»Von der Polizei.« Sie vermied seinen Blick. *Bitte frag jetzt nicht, wann mir die Polizei diese Information gegeben hat.*

»Warum sollte die Polizei ausgerechnet dir so eine Auskunft geben?«

»Sehen Sie!« Sara schlug mit beiden Händen auf die Lehnen. »Das meinte ich! Allein die Fragestellung! Offensichtlich bin ich nicht wichtig genug für so eine Information. Das ist so typisch! Wieso nicht ausgerechnet mir? Schließlich bin ich Tinis Schwester!«

»Das ist ein interessanter Punkt.« Dr. Rosen sank in den

Sessel zurück und ließ die Hände schlaff in den Schoß sinken. »Sie hätten sie auch fragen können: ›*Wann* oder *warum* hat die Polizei dir diese Information gegeben.‹ Aber die Formulierung ›sollte‹ und ›ausgerechnet dir‹ beinhaltet eine klare Wertung. Damit drücken Sie aus, dass Sie Sara nicht zutrauen, der Polizei als Ansprechpartnerin zu genügen. Es könnte doch sein, dass die Polizei Sara darüber informiert, damit sie sich nach einem unbelasteten Verteidiger für ihre Schwester umsehen kann. Das würde mir zumindest spontan dazu einfallen. Was sagen Sie dazu?«

Dr. Rosen lächelte ihn aufmunternd an.

»Gegenfrage. Was sagen Sie dazu, dass Sara meint, jeden Ermittlungsschritt der Polizei als falsch darstellen zu müssen? Zuerst wird die Schwester zu Unrecht verdächtigt, jetzt der Anwalt. Saras Behauptung, die Polizei irre sich, das ist doch nichts als eine Vermutung. Und das, obwohl sie in den letzten Tagen immer wieder feststellen musste, dass Christina sie nach Strich und Faden belogen hat.«

»Das stimmt doch gar nicht!« Wie konnte er die Dinge nur immer so verdrehen. »Sie hat mir Dinge verheimlicht, und mich nicht belogen.«

»Ach, hör doch auf mit der Haarspalterei.« Er verscheuchte eine imaginäre Fliege. »Fakt ist, dass du dich der Wahrheit verweigerst.«

Dr. Rosen machte eine beschwichtigende Geste. »Nun, Sara, Ronalds Frage, warum Sie die Ermittlungsergebnisse der Polizei anzweifeln, ist durchaus berechtigt. Aus seiner Sicht wirkt ihr Verhalten irrational und verstärkt seine Frustration über Ihre unerwünschte Einmischung. Können Sie Ronald mit rationalen Gründen davon überzeugen, warum Sie glauben, dass die Polizei sich irrt?«

Ronnie zollte Dr. Rosen einen anerkennenden Blick, offenbar hoffte er, in ihr einen Bündnispartner gefunden zu haben. Er lehnte sich zurück.

»Ich weiß, dass Michael, also Herr Seitz, nichts mit den Morden zu tun haben kann, weil seine Nachbarn ihm sein Alibi bestätigen.«

»Und das weißt du auch von der Polizei?«, fragte Ronnie, ohne den Spott in seiner Stimme zu unterdrücken. Wieder beugte sich Dr. Rosen vor und verfolgte aufmerksam das Zwiegespräch. Für eine Sekunde schoss Sara der Gedanke durch den Kopf, dass der Mordfall sie mehr interessierte als ihre Eheprobleme.

»Nein, natürlich nicht! Das weiß ich von seiner Nachbarin.« Sara biss sich auf die Lippe. Wenn er nachfragte, war es ganz vorbei.

»Und wie kommt die Nachbarin von Herrn Seitz dazu, dich anzurufen?«

Sara atmete tief ein. Jetzt musste sie Farbe bekennen. »Ich hab sie besucht. Gestern Nachmittag.«

»Du hast was? Warst du dort etwa mit Jonas und Ben?« Ronnies Gesicht spiegelte eine Mischung aus Erstaunen und Wut.

»Nein, natürlich nicht. Sie waren mit Mama bei uns zu Hause.«

»Ich fasse es nicht. Wenn wir heute nicht hierhergekommen wären, hätte ich nie davon erfahren. Stimmt's? Nein, warte, meine Kollegin hätte es mir wahrscheinlich erzählt. Weil sie sich vielleicht darüber gewundert hat, dass eine wildfremde Frau auf ihr Kind aufpasst. Ich verlasse mich auf dich, und sobald ich mich umdrehe, machst du, was du willst.« Sara sah, wie er um seine Beherrschung rang.

»Warum hätte ich es dir auch sagen sollen? Wir hätten uns nur gestritten!« Sie hörte den Trotz in ihrer Stimme und wusste, es war der falsche Tonfall, wenn sie die Situation noch irgendwie retten wollte.

»Ja! Und zwar zu Recht! Es ist inakzeptabel, dass du dich nicht an Abmachungen hältst!«

Sie starrten sich gegenseitig an. Sie fröstelte. War es wirklich schon so weit mit ihnen gekommen, dass sie nicht mal im Beisein einer Mediatorin eine vernünftige Unterhaltung führen konnten?

»Darf ich mich hier einklinken?« Die freundliche Stimme von Dr. Rosen schob sich dazwischen. Er verlor seine mühsam aufrechterhaltene Beherrschung.

»Nein, das dürfen Sie nicht!« Seinem Brüllen begegnete Dr. Rosen mit einem eisigen Blick. Er mäßigte seinen Tonfall und presste die nächsten Worte heraus. »Da ist doch Hopfen und Malz verloren! Dass dieser … dieser Vertrauensmissbrauch unsere Ehe zerstört, muss ich mir nicht für neunzig Euro die Stunde bestätigen lassen.«

Er stand auf und ging zur Tür, ohne Sara eines weiteren Blickes zu würdigen. Dort drehte er sich noch einmal um und sagte, mehr an Dr. Rosen gerichtet, als an Sara: »Meine Geduld ist am Ende. Und unsere Ehe auch. Was das bedeutet, muss ich wohl nicht näher erläutern.«

39

Lydia notierte sich die Telefonnummer und schloss die Internetseite. Zögernd griff sie zum Hörer und wählte. Beim zweiten Freizeichen legte sie schnell auf. War sie wirklich dazu bereit? Wenn sie jetzt davonrannte, würde sie dann nicht ihr ganzes Leben auf der Flucht sein? Er würde nie aufgeben, das war inzwischen klar.

»Oh nein, so schnell gebe ich nicht klein bei. Du weißt nicht, wen du jetzt als Gegner hast.« Sie ballte die Fäuste. Sie würde kämpfen. Ihn vernichten. Eine andere Lösung gab es nicht. ER oder SIE.

Sie stand auf und öffnete die Tür zum Veranstaltungsraum, in dem alle Lichter brannten. Nach einem prüfenden Blick durch den Saal vergewisserte sie sich, dass die Eingangstür geschlossen war, und blieb dann in der Bürotür stehen. Angestrengt lauschte sie den leisen Geräuschen. Aus der Kochnische drang kaum vernehmbar das Surren des Kühlschranks, während das gleichmäßige Ticken der riesigen Wanduhr im Veranstaltungssaal die Stille verstärkte.

Lydia fixierte die Bürotür mit einem Buch und setzte sich wieder an den Schreibtisch. Sie blätterte durch ihre Notizen und versuchte, sich zu konzentrieren. Doch es gelang ihr nicht. Immer wieder hob sie den Kopf, starrte in den hell erleuchteten Saal und horchte. Schließlich erhob sie sich, ging zu ihrem Parka und zog eine Gaspistole aus der Jackentasche. Die Pistole in der Hand, setzte sie sich wieder auf ihren Stuhl und legte sie vorsichtig neben ihr Notizbuch. Sie zückte ihren Kugelschreiber, schrieb *Dr. Rosens Liste* über die Seite und teilte sie in zwei Spalten. Eine Spalte titulierte sie mit Pro, die andere mit Contra. Nach kurzem Überlegen schrieb sie in die Pro-Spalte: mehr Sicherheit, Neuanfang, legal Arbeiten (nie wieder Dumpingjobs), Krankenversicherung, coole Stadt… Sie hielt inne, dann strich sie Neuanfang wieder durch. Was sollte daran gut sein? Dass sie ihre Gruppe aufgeben, wieder bei null anfangen, sich neu behaupten musste? Sie kritzelte Neuanfang unter Contra, als das Klingeln des Telefons sie aufschreckte.

Sie hob ab. »KulturLaden, hallo?«

»Jutta Herberg, Frauenhaus Berlin. Ich habe Ihre Nummer auf meiner Anruferliste. Haben Sie versucht, uns zu erreichen?«

Lydia verzog ihr Gesicht, als hätte sie Schmerzen. Mist. Und jetzt? »Ah. Ja. Ich hab es vorhin mal versucht, aber…«

»Kann ich Ihnen helfen?« Die Frauenstimme wirkte gleichzeitig bestimmt und beruhigend.

Lydia zögerte. »Ich… ich habe wegen der Stelle angerufen. Valeska Liebig hat mich empfohlen. Für die Stelle, die sie abgesagt hatte, sie müssten Ihre Mail bekommen haben.«

Am anderen Ende entstand eine Pause. Lydia schloss ihre Augen und schüttelte still den Kopf über sich selbst. Warum war sie so zögerlich? Das war ihre Chance, diesem Leben in permanenter Angst zu entkommen, der Angst vor ihm, vor den Behörden, vor Entdeckung, vor dem Verlust ihres schlecht bezahlten Jobs, vor einem Krankenhausaufenthalt, den sie nie würde bezahlen können… Sie würde offiziell in einem Frauenhaus arbeiten und damit ihren Lebensunterhalt verdienen. Und nebenbei noch immer ehrenamtlich Gruppen wie Frauenwehr leiten.

»Sie hat meinen Lebenslauf mitgeschickt. Valeska Liebig und ich haben einen sehr ähnlichen Werdegang, wir …«

Lydia hörte das Rascheln von Papier, dann die freundliche Stimme. »Frau Schneider? Andrea Schneider?«

Lydia verzog bei der Nennung des Namens wieder ihr Gesicht. »Ja. Genau. Das bin ich.«

»Schön, dass Sie sich melden!« Die Frau klang ehrlich erfreut. »Wir würden Sie gerne kennenlernen. Wann könnten Sie denn zu einem Vorstellungsgespräch zu uns kommen?«

Lydia blätterte zwei Seiten zurück und überflog ihre To-do-Liste. Wenn Sie sich morgen und Donnerstag ranhielt, könnte sie Donnerstagabend den Nachtzug nehmen. »Gegen Ende der Woche, ginge Freitag bei Ihnen?«

40

Von wegen, wenn du deine Ehe retten willst, solltest du zu Dr. Rosen gehen … Im Geiste ahmte Sara Valeskas Stimme nach, legte heftig den ersten Gang ein und ließ die Kupplung zu schnell kommen. Mit einem Satz sprang der Audi nach vorne und kam dem Auto vor ihm gefährlich nahe.

Aber vielleicht war das gut so. Endlich hatte sie ausgesprochen, was ihr seit Jahren auf der Seele lastete. Sie waren keine Partner. Sie waren einfach nur verheiratet. Auf dem Papier. Genaugenommen war ihre Ehe ein Witz. Sie konnte an einer Hand abzählen, wie oft sie in den letzten Jahren Sex gehabt hatten. Und das lag nicht nur an ihr. Sie musste sich selbst gegenüber endlich ehrlich sein. Ronnie hatte sich nicht geändert. Er war die ganzen Jahre der Gleiche geblieben, er würde sich nie ändern, wie sein fulminanter Abgang heute wieder bewiesen hatte. Ronnie konnte nichts dafür, dass sie eine Wunschvorstellung auf ihn projiziert, dass sie ihn kaum gekannt hatte, als sie mit Jonas schwanger geworden war. Wenn der Besuch bei Dr. Rosen heute etwas gebracht hatte, dann die Erkenntnis, dass ihre Ehe am Ende war – lange bevor Ronnie das heute ausgesprochen hatte.

Und trotzdem war ihr immer noch schlecht. Seine Worte hatten sie wie ein Faustschlag in den Magen getroffen.

Die Ampel schaltete auf Gelb. Sara drückte auf das Gaspedal und drängelte sich als letztes Auto über die Kreuzung. Sie dachte an den Ratschlag von Dr. Rosen, keine emotional aufgeladene Entscheidung zu fällen, sondern eine Liste zu erstellen. Ganz in Ruhe sollte sie alles aufschreiben, was an ihrer Ehe positiv und was negativ war, um dann zu sehen, in welche Richtung sich die Waage neigte. Aber die Waage war längst gekippt.

Die Autos vor ihr bewegten sich im Schneckentempo. Sie wechselte die Spur und bog in die nächste Seitenstraße ein, um sich durch die kleinen Straßen des Westends zum Möbelhaus an der Theresienhöhe vorzukämpfen. Hoffentlich war die Fußballbettwäsche aus der Werbung nicht ausverkauft. Wie seltsam, normalerweise hatte sie so gut wie nie etwas im Westend zu tun, ihr Leben spielte sich im Dreieck Neuhausen–Schwabing–Innenstadt ab, aber jetzt steuerte sie schon zum dritten Mal in fünf Tagen dieses Viertel an, und es gefiel ihr immer besser. Vielleicht sollte sie das als Zeichen nehmen und sich hier nach einer bezahlbaren Wohnung umsehen. Ein Piepen läutete die Siebzehn-Uhr-Nachrichten ein. Sie hörte nur mit halbem Ohr hin. Plötzlich wurde sie aufmerksam und drehte die Lautstärke auf.

... beschäftigt derzeit ein weiterer mysteriöser Mordfall in Schwabing die Polizei. Bei dem Opfer handelt es sich um den bekannten Strafverteidiger Heiner Grossmann. Die Polizei geht von einem durch einen Rechtsstreit motivierten Racheakt aus und sucht nach einer Zeugin, die zur Tatzeit in der Nähe des Tatorts gesehen wurde. Die mittelgroße Frau trug einen dunklen Kapuzenpullover, einen grünen Parka, Jeans und einen schwarzen Rucksack mit hellem Nike-Schriftzug. Sachdienliche Hinweise werden von jeder Polizeidienststelle entgegengenommen. Zum Wetter ....

Sara stellte das Radio leise. *Durch einen Rechtsstreit motivierter Racheakt?* Die Polizei ermittelte nicht mehr bei Frauenwehr? Warum verknüpfte sie diesen Mord nicht mit dem von Paul? Das würde ihre ganze Verteidigungsstrategie zerstören! Hastig wühlte sie auf dem Beifahrersitz in ihrer Tasche, bis sie das Handy ertastete. Sie legte es in den Schoß und fummelte in der Manteltasche nach Michaels Visitenkarte. Mit einem Auge auf den Verkehr tippte sie seine Nummer ein und klemmte das Handy zwischen Ohr und Schulter. Auf das langgezogene Freizeichen meldete sich der Anrufbeantworter.

»Michael, Sara hier, ich hab gerade Nachrichten gehört, die sagen, Heiners Mord war ein Racheakt… Wegen einem Rechtsstreit! Ich dachte, das war wie in der Folterkammer? Kannst du mich anrufen? Dringend? Die Polizei hat noch –«

Auf den Knall folgte Stille.

Das Airbag presste Sara in den Sitz. Dann entwich die Luft pfeifend aus dem Ballon, bis sich nur noch eine schlaffe Plastikhaut aus dem Lenkrad stülpte und leblos nach unten hing. *Bitte nicht. Nicht der Audi. Ronnies neuer Audi.* Benommen saß Sara auf ihrem Sitz und starrte auf den zerbeulten Corsa, den sie mit voller Wucht gerammt hatte.

41

Der Souterrainraum roch modrig. Er riss die Verpackung des Raumerfrischers auf und steckte ihn in die Steckdose. Sofort strömte ihm ein süßlicher Duft nach Tannennadeln in die Nase. Sein Blick huschte durch den Raum, über die fünf Zentimeter dicken Schallschutzmatten mit ihren grauen Ausbuchtungen, die alle Wände bedeckten. Über die mit Alufolie verklebten Schallschutzfenster und den grauen Teppichboden, auf dem eine neue Matratze mit mehreren Decken und Kissen lag, über den Klapptisch, auf dem sich ordentlich zusammengeheftete Computerausdrucke stapelten, und über den tragbaren Fernseher mit integriertem DVD-Spieler, auf dem er immer wieder die gleichen Filme abspielte. Zuletzt blieb sein Blick an der durch Gipswände abgetrennten Toilette hängen, an deren Tür ein Poster mit einem Frauenkopf klebte. Über der Profilaufnahme stand in großen roten Druckbuchstaben *Lydia Luder Schwartz*.

Er schloss die Augen. Er war ihr so nah, er konnte sie fast riechen. Er stellte sich ihren weichen Körper vor.

»Heute«, flüsterte er. Dann stand er auf und verließ sein geheimes Reich neben dem KulturLaden.

Im Hof drückte er sich in die Nische zwischen den zwei Mehrfamilienhäusern aus den fünfziger Jahren, die ihn vor den neugierigen Blicken der Bewohner schützte.

Im KulturLaden waren alle Lichter an.

Du hast Angst, nicht wahr? Du weißt, dass ich dich holen komme.

Er lächelte in sich hinein und schaute auf seine Uhr. Zwei Minuten nach sechs. Noch eine Zigarettenlänge. Er zündete sich eine an.

Um zehn nach sechs hast du mich verlassen. Um zehn nach sechs hol ich dich nach Hause zurück.

42

Der Mann vom ADAC händigte Sara die Quittung über den Audi aus, prüfte ein letztes Mal, ob das Auto sicher auf dem Hänger vertäut war, und fuhr los. Wie in Trance blickte sie dem in der Dunkelheit grell orange blinkenden Fahrzeug nach, doch es war nicht die Angst vor Ronnies Reaktion, die sie steif in der Kälte verharren ließ, sondern die Verzweiflung ihres Unfallgegners, die ihr in den Knochen steckte und sie lähmte. Sie hörte immer noch seine Stimme: *Das ist ein Totalschaden! Wissen Sie, was ich dafür von der Versicherung kriege? Dreihundert Euro. Vielleicht dreihundertfünfzig. Wenn ich Glück habe, genug für ein gebrauchtes Fahrrad. Wie soll ich jetzt als Kurier arbeiten? Zu Fuß?*

Zum Glück hatte sie seine Karte. Sie würde ihm helfen, einen Ersatzwagen zu bekommen, selbst wenn sie die Differenz aus ihrer eigenen Tasche bezahlen müsste. Siedend heiß fiel ihr ein, dass sie kein Geld hatte, zumindest keine tausend Euro, zumindest nicht jetzt. Vielleicht nächsten Monat, wenn sie ihr erstes Gehalt von *Nova* bekam, aber das benötigte sie jetzt für Jonas und sich selbst. Sara seufzte. Wollte sie dem Mann helfen, musste sie Ronnie um Unterstützung bitten.

Sie überlegte, was sie mit der knappen Stunde anfangen sollte, bis sie Jonas vom Fußballverein abholen musste. Zum Geschenke-Einkaufen hatte sie keine Lust mehr, und um nach Hause zu fahren, war die Zeit zu knapp. Unschlüssig setzte sie sich in Bewegung. Vor dem Schaufenster des türkischen Supermarkts blieb sie stehen. Das musste der Supermarkt sein, der Suphies Mann gehörte. Plötzlich wusste sie, was sie mit ihrer Zeit anfangen sollte.

Sie wurde immer schneller, fast schon im Laufschritt bog sie in die nächste Straße ein und steuerte auf den Kultur-Laden zu. Soweit sie sich erinnern konnte, war Valeska ab sechs dort, um die Gruppensitzung vorzubereiten. Vielleicht konnte sie Sara mit Grossmanns Mord weiterhelfen. Und wenn nicht, dann konnte sie ihr wenigstens einen Rat geben, was Ronnie betraf.

Rechts neben dem Tattooladen lief sie in die Einfahrt. Eine Mischung aus Küchendüften und Moder lag in der Luft, das schwache Licht, das aus den wenigen beleuchteten Fenstern schien, verbreitete eine gespenstische Atmosphäre. Als Sara den Hinterhof erreichte, hatte sie den Eindruck, dass in einer Nische auf der anderen Seite ein roter Punkt im schwarzen Nichts aufglomm. Wie ein Zombie, der sich nachts mit rot glühenden Augen auf sein Opfer stürzte, dachte sie. Fast panisch rannte sie die letzten Schritte zur Tür und riss sie auf. *Du Schisser*! Doch sie konnte das bedrohliche Gefühl, das sie eben beschlichen hatte, nicht abschütteln. Irgendetwas stimmte nicht. Sie wollte nach Valeska rufen, aber mehr als ein heiseres Krächzen brachte sie nicht heraus.

Sie trat in den hell erleuchteten Veranstaltungssaal. Die Tür des Büros stand sperrangelweit offen, der Bildschirm leuchtete bläulich, aber es war niemand da. Auch die Küchennische war leer.

»Hallo?«, rief sie. »Valeska? Ist hier jemand?«

Sie blieb kurz im Übergang von der Kochnische zum Saal stehen und überlegte, ob sie wieder gehen sollte. Überall brannte Licht.

Plötzlich knackte es hinter ihr. Sie drehte sich um und erstarrte.

43

Lydia ließ das Messer sinken.

»Sara! Hast du mich erschreckt! Was machst du hier? Die Stunde fängt erst um sieben an.« Angestrengt versuchte sie, ihren rasenden Puls wieder unter Kontrolle zu bringen. *Reiß dich zusammen! Wie kannst du nur so blöd sein! Paranoid! Als ob ER nach dir rufen würde… Du fängst an, Fehler zu machen. Vergiss nicht, Fehler können tödlich sein.*

Sie bemerkte, wie Sara mit weit aufgerissenen Augen vom Messer in der einen, zur Perücke in der anderen Hand blickte. Mit einer geschickten Bewegung schloss Lydia das Klappmesser und ließ es in einer Seitentasche ihrer Cargohose verschwinden.

»Was ist mit deinem Auge? Und die Perücke?«, stammelte Sara. »Was soll das?«

Lydia fasste sich an ihr Auge und erinnerte sich, dass sie erst eine der grünen Linsen eingesetzt hatte. »Oh… So sehe ich ziemlich blöd aus. Warte. Einen Augenblick.«

Sie verschwand hinter der Tür mit der Aufschrift WC, setzte mit geübten Fingern die zweite Linse ein, zog die Perücke auf und eilte zurück zu Sara, die noch immer regungslos in der Kochnische stand.

»Besser so?«

»Was soll das?« Sara sah aus, als hätte sie ein Gespenst vor sich. »Warum verkleidest du dich? Wer bist du wirklich?«

»Valeska natürlich, wer sonst.« Sie warf eine Strähne des

rotblonden Kunsthaars über die Schulter und versuchte, einen unbeschwerten Gesichtsausdruck aufzusetzen. »Vergiss einfach, was du eben gesehen hast. Es ist nicht wichtig. Nicht für dich.«

Sie zog die schwarz gerahmte Brille aus einer der vielen Hosentaschen und ging voraus zum Büro. Dort bot sie Sara den bequemen Sessel zwischen Schreibtisch und Tür an. Lydia setzte sich an die andere Seite des Schreibtischs und tippte etwas in den Computer. »*Die Seite kann nicht angezeigt werden* … Nicht verfügbar? Das gibt's doch nicht.«

»Warum?«, fragte Sara wieder. »Wozu die Verkleidung? Was soll das, Valeska?«

Lydia hämmerte auf ihre Tastatur ein. »So eine Sch… Die haben das Forum komplett dichtgemacht! Solche Idioten! Als ob das etwas bringen würde.«

Wutentbrannt versetzte sie der Tastatur einen Stoß. »Erst die Folterkammer, jetzt das Forum … Ich möchte wissen, was die sich davon versprechen.«

»Warum, Valeska?« Sara ließ sie nicht aus den Augen. »Was für ein Spiel spielst du?«

»Spiel? Du glaubst, das ist ein Spiel?« Lydias Lachen klang bitter. Zu bitter für eine Valeska. Valeska war nicht bitter, sie war stark.

»Was dann? Du hast die Regeln für die Gruppe aufgestellt. Alle müssen sich entblößen, ihre Wunden zeigen. Sogar ich, obwohl ich gar nicht Teil der Gruppe bin. Wo ist deine Folterkammerfantasie? Ich hab sie gesucht. Warum verlangst du von den anderen einen Seelenstriptease, wenn du nicht mal bereit bist, dein wahres Aussehen mit ihnen zu teilen?«

Lydia starrte Sara an. Einzelne Strähnen hatten sich aus Saras Zopf gelöst und hingen ihr in die Augen. Ruhig fuhr sie mit der rechten Hand über ihre Stirn und strich sich die Strähnen aus dem Gesicht. Sie sah sie unverwandt an, als wollte sie einen Blick durch ihre Fassade werfen und ihre geheimsten Gedanken freilegen. Lydia dachte an Marens Reaktion am Vormittag, an ihre Verunsicherung, als sie die Wahrheit über sie erfahren und realisiert hatte, dass sie auch nur eine von ihnen war: misshandelt, verängstigt und auf der Flucht. Und dennoch hatte Maren zum Schluss noch größeres Vertrauen in sie gehabt als je zuvor, sich von ihr zum Arzt bringen und ihre Verletzungen dokumentieren lassen, in ein Gespräch mit der Sozialarbeiterin eingewilligt und fest versprochen, ihn dieses Mal anzuzeigen. Sie seufzte tief. Dann riss sie sich die Perücke vom Kopf und warf sie in hohem Bogen hinter sich. Sie landete an der Wand und fiel auf den Boden.

»Okay. Was soll's. Schluss damit. Die rote Kriegerin existiert nicht mehr, seit *er* sie enttarnt hat.«

»Er?«

»Mein Mann.« *Mein Mann*, wie das klang. Und doch war es die Wahrheit. Noch immer waren sie Mann und Frau, *bis dass der Tod euch scheidet*…

»Möchtest du darüber sprechen?« Der angespannte Zug um Saras Mund löste sich in ein weiches Lächeln auf, schüchtern und aufmunternd zugleich, als wüsste sie, dass sie sich auf schwieriges Terrain begab.

»Nein.« Lydia nahm die Brille ab und knallte sie auf den Tisch.

»Okay. Dann lass mich wenigstens ein paar Fragen stellen. Du bist also auf der Flucht. Warum gehst du nicht zur Polizei? Das rätst du den anderen.«

Lydia schob Zentimeter für Zentimeter den Ärmel ihres Pullovers nach oben und entblößte eine Anzahl kleiner, runder Brandnarben, die zwei ineinander verschlungene Ringe darstellten.

»Ein Geschenk zum zweiten Hochzeitstag«, presste sie hervor. Sie sah, wie Sara zurückzuckte und den Blick schnell von den Narben abwandte.

»Bist du deshalb so überzeugt, dass Tini Paul vergiftet hat? Weil du deinen Mann am liebsten tot sehen würdest?«

»Nein.« Sie schob den Ärmel über ihren Unterarm und versteckte die Narben unter dem weichen Flies des schwarzen Sweatshirts. *Ja, sie würde ihn am liebsten tot sehen.* Sie verschränkte die Finger und legte sie vor sich auf den Tisch. »Aber ich weiß, wie sehr man jemanden hassen kann. Ich weiß, wie Verzweiflung und Angst einen verändern. Es heißt nicht umsonst Verzweiflungstat, wenn eine Frau ihre Kinder mit in den Tod nimmt, um sie vor dem eigenen Vater zu schützen.«

Ihre Fingerknöchel traten weiß hervor, die Kuppen färbten sich dunkelrot und fingen an zu kribbeln, so fest presste sie ihre Hände zusammen.

»Ich habe im Frauenhaus eine Mutter von drei Kindern kennengelernt. Anina. Sie hat mir beigebracht, mein Leben in die Hand zu nehmen. Verantwortung zu übernehmen. Sie hat mit mir die erste Selbsthilfegruppe gegründet. Dann hat er sie erwischt. Alle vier. Anina, Neni, Lucca und Nora. Auf offener Straße hingerichtet. Seitdem bin ich getrieben, ich kann nicht anders ... Ich muss so viele Frauen wie möglich retten.« Lydias Stimme brach. *Anina. Ich habe dich nicht vergessen. Ich würde alles tun, um dich in unsere Welt zurückzuholen.*

»Was wirst du jetzt machen?«, flüsterte Sara. Zaghaft berührte sie Lydias ineinander verkrampfte Finger.

»Untertauchen. Ich bin nur hier, um mich zu verabschieden.« Sie hielt kurz inne, löste die Finger und wischte sich eine Träne aus den Augenwinkeln. »Die Gruppe ist meine Familie.«

»Er macht dir so viel Angst?«

Angst? Todesangst. Nein, schlimmer. Der Tod wäre barmherzig. Sie sah seine Augen, ungläubig, voll Entsetzen, sein Gesicht vom Schmerz zu einer Fratze verzerrt, das von siedendem Fett getränkte Hemd in seinen Körper gebrannt. Er würde sie nicht töten, nicht einmal, wenn sie ihn darum anflehen würde …

44

Sara schluckte. Schauer liefen ihr über den Rücken. Was war das für ein Mensch?

Wie grausam musste er sein, um Valeska so viel Angst einzujagen?

Was war das für ein Geräusch?

Sie setzte sich auf und lauschte.

Schon wieder.

Schleichen.

Sie legte ihren Finger an den Mund und bedeutete Valeska, still zu sein. Angestrengt lauschte sie.

Schleichen.

War jemand im Veranstaltungsraum? War er im Veranstaltungsraum? Die Tür stand für jeden offen. Vielleicht war er Valeska hierher gefolgt. Riss jetzt die Tür zum Büro auf. Brachte sie beide bestialisch um. Vor ihren Augen sah sie die Schlagzeile: *Mysteriöser Doppelmord im KulturLaden.* Sie zitterte.

»Was hast du?«, fragte Valeska.

»Hörst du das nicht?«

»Nein. Was denn?« Trotzdem wurde Valeskas Gesicht eine Nuance blasser, als sie den Kopf schief legte und so konzentriert auf die geschlossene Bürotür starrte, als könne sie durch sie hindurchsehen.

Stille.

»Nein, da ist nichts«, sagte Valeska mit einem Blick auf ihre Uhr, »wir werden schon paranoid. In einer Dreiviertelstunde kommen die anderen, wir haben genug Zeit für eine Tasse Tee, möchtest du eine?«

»Wie spät ist es denn?« Sara atmete erleichtert auf.

»Viertel nach sechs.«

»Das wird knapp. Ich muss in zehn Minuten los. Kann ich von hier ein Taxi rufen?«

»Ach, du bleibst gar nicht zur Gruppenstunde?« Valeska warf ihr einen prüfenden Blick zu. »Wegen Marie? Das ist nicht nötig. *Ich* hatte dir geraten, dich in der Stunde nicht als Christinas Schwester vorzustellen. Ich klär das für dich.«

»Nein, ich muss Jonas vom Fußball abholen. Um Viertel vor sieben.« *Und dann meinem zukünftigen Exmann erklären, warum wir mit dem Taxi kommen.*

»Schade. Heute wird es sicher sehr spannend.« Valeska wuschelte sich durch ihr kurzes Haar und grinste. »Ein echtes Coming-out.«

Doch Sara merkte deutlich, dass sie cooler tat, als sie wirklich war. Das leichte Zittern der Mundwinkel, die angespannte Körperhaltung, die fahrigen Handbewegungen: alles Zeichen, dass sie sich nicht wohlfühlte bei dem Gedanken an die Reaktion der anderen, an die mögliche Ablehnung, die sie erfahren könnte. »Warum ziehst du das nicht mit Perücke durch? Wenn es eh deine letzte Stunde ist?«

»Weil die Valeska, die du kennengelernt hast, nutzlos geworden ist. Er hat sie enttarnt. Sie war mein persönliches Sicherheitssystem. Mein Bodyguard, wenn du so willst.«

»Hängst du nicht an ihr?«, fragte Sara.

Valeska schaute sie an, fragend. »An einer Perücke und einer Brille?«

»Du hast Recht. Ich ziehe die Frage zurück.«

Valeska lächelte sie an. »Wenn du nicht zur Gruppenstunde gekommen bist, warum dann?«

»Oh ... genau. Ich wollte dich fragen, ob du mir was über Heiner Grossmann sagen kannst. Und ich war bei Dr. Rosen. Mit Ronnie. Das wollte ich dir erzählen.«

»Stimmt! Der Termin war ja heute! Wie war's?« Interessiert beugte Valeska sich nach vorne.

»Eine Katastrophe!« Sara machte eine wegwerfende Bewegung. »Ronnie ist stinksauer aus der Sitzung gestürmt und hat unsere Ehe für endgültig gescheitert erklärt.«

»Oh. Wie geht's dir damit?«

Sara spürte, wie ihr die Tränen in die Augen stiegen. »Ich weiß es nicht. Seit ich bei euch in der Gruppe war, fallen mir immer mehr blöde Szenen ein. Wie wenn ein Ventil geöffnet wurde und es jetzt unkontrolliert heraussprudelt. Ich muss das total verdrängt haben. Vielleicht, weil er nur manchmal so fies ist ...«

Valeska nickte verständnisvoll. »Kannst du mir denn ein Beispiel geben?«

»Er sagt zu Jonas oft doofe Dinge über mich, so wie, ich sei eine schlechte Mutter ... Oder eine Alkoholikerin, die ihr Kind vernachlässigt. Als Jonas noch kleiner war, hat er so einen Scheißspruch mal im Kindergarten wiederholt. Der wusste ja gar nicht, was er da sagt, und dann ...«

Ihre Stimme war dünner und dünner geworden, sie räusperte sich und hätte heulen können, vor Wut und Traurigkeit, noch heute, nach so vielen Jahren: »Ein paar Tage später klingelt es, zwei adrette Menschen stehen vor der Tür und sagen: Jugendamt. Wir kommen wegen gewisser Vorfälle. *Vorfälle!* Das ist doch ... ich hab mich so ... das kann ich gar nicht beschreiben, wie ich mich gefühlt hab. Und Ronnie? Was glaubst du, was der dazu gesagt hat? Echt unfassbar. Das musste ja so kommen. Dass wir wegen dir das Jugendamt im Haus haben. Wegen mir!«

»Hast du denn ein Alkoholproblem?«

Sara schüttelte den Kopf. »Nicht mehr als jeder, der mit Freunden mal am Abend ein Glas Wein trinkt.«

»Ist es dann nicht die beste Lösung, wenn ihr euch trennt?«

Schweigend nahm Sara ein grünes Blatt aus dem quadratischen Papierspender auf dem Schreibtisch und begann, es zu falten. Diagonal durch die Mitte, dann zurück, dann diagonal die andere Seite.

»Du bist darin sehr geschickt.« Valeska deutete auf die Papierfigur, die in Sekundenschnelle zwischen ihren Fingern entstand. Sara zerknüllte den Papiervogel. Das Bauchziehen kam zurück.

»Ich bin nicht so stark wie du«, sagte sie leise. »Ich weiß nicht, ob ich als alleinerziehende Mutter zurechtkommen würde. Das macht mir Angst.«

»Natürlich kommst du allein zurecht. Warum solltest du es nicht schaffen?«

Sara zuckte mit den Schultern. Die kaputte Papierfigur in ihrer Hand zitterte.

»Irgendwann ist nichts mehr von dir übrig«, sagte Valeska eindringlich.

»Ich komme mir vor wie jemand, der eine Tür aufgemacht hat, hinter der ein Alptraum wartet«, stöhnte Sara.

»Wer hinter verschlossene Türen blickt, sollte keine Angst vor Alpträumen haben.« Valeska stand auf. »Ich mache jetzt Tee. Die Telefonliste mit dem Taxistand hängt am Monitor. Am besten rufst du den an der Theresienhöhe an.«

Mit energischen Schritten verließ sie das Büro. Sara ging um den Schreibtisch herum, nahm das Telefon und wählte die dritte Nummer der Telefonliste. Aus dem Hörer ertönte langgezogenes Tuten. Wenigstens ist nicht belegt, dachte

Sara und sah vor ihrem inneren Auge das weiße Blinklicht der Taxirufsäule sternförmig leuchten, als plötzlich ein Schrei durch das Gebäude gellte.

45

Adrenalin schoss durch ihre Adern. Das Telefon wie eine Waffe umklammert, stand Sara reglos hinter dem Schreibtisch und starrte auf die angelehnte Tür. Ihr Körper war wie gelähmt, gefangen in der Angst vor dem Ungewissen, das auf sie lauerte. Ihr Gehirn jedoch raste. Wer hatte geschrien? Valeska? Was war passiert?

Angestrengt lauschte sie.

Dann schlich sie auf Zehenspitzen durch das Büro, schob die Tür einen Spalt auf und scannte den Raum mit dem geschulten Blick einer Mutter, die es gewohnt ist, auf Spielplätzen nach ihrem Kind zu suchen. Er war leer. Ihr Herz klopfte bis zum Hals, als sie die Tür weiter öffnete und in den hell erleuchteten Saal trat.

Jetzt vernahm sie heftige Atemgeräusche. Sie klangen abgehackt und keuchend. Valeska brauchte sie. Ohne weiter nachzudenken, rannte sie zur Kochnische.

»Valeska!« Valeska lehnte leblos an der Wand, als wäre sie an ihr entlang heruntergerutscht, mit glasigem Blick, den Mund wie zu einem Kuss geformt, die Hände seltsam verkrampft neben den Oberschenkeln, die Beine leicht gespreizt. Mit einem Satz war Sara bei ihr und kniete sich neben sie. »Was ist passiert?«

Saras Angst war wie weggeblasen. Sie spulte ihr antrainiertes Programm als Bergführerin ab, legte das Telefon neben sich, kontrollierte den Puls und suchte Valeskas Körper nach Zeichen einer Verletzung ab. »Kannst du mich hören? Hast du Asthma? Falls ja, gib mir ein Zeichen – nick mit dem Kopf oder beweg dein Bein oder deinen Arm.«

Keine Reaktion. Nur kurzes, stoßartiges Keuchen. War da ein Pfeifen?

»Okay. Versuch, deinen Mund leicht zu schließen. Ganz locker. Und dann musst du gegen deine Lippen atmen, so dass sich deine Backen aufblähen. Schau, so etwa.« Sie machte den Mund zu und atmete langsam dagegen, fühlte, wie ihre Backen sich nach außen wölbten. »Es ist ganz einfach.«

Valeskas Lippen blieben geschürzt.

»Okay. Ich hole deinen Inhalator. Er ist sicher in deinem Rucksack. Oder warte …« Sie tastete Valeskas Hosentaschen ab. Dann rannte sie zurück ins Büro, riss den Reißverschluss von Valeskas Rucksack auf, durchwühlte den Inhalt und schüttete schließlich alles auf den Schreibtisch. Ein angebrochenes Twix, ein Pfefferspray, einen Handschuh, einen Block, einen Schlüsselbund, einen Krimi, noch ein Buch, eine Flasche Coke Zero, eine Rechnung, mehrere Kugelschreiber, Kaugummis, lose Zettel.

Sara lief zum Garderobenhaken und prüfte hektisch den Inhalt des grünen Parkas: Geldbeutel, Handy, eine zusammengeknüllte Papiertüte. Mit leeren Händen rannte sie zu Valeska zurück, hoffte, dass ihr Zustand sich inzwischen verbessert hatte. Doch er war unverändert. Sie streichelte ihr sanft übers Haar.

»Ich kann keinen Inhalator finden. Ich rufe jetzt den Notarzt.« Sie wählte 112. Sofort meldete sich eine freundliche Frauenstimme.

Wenig später wandte Sara sich wieder Valeska zu. Die Atmung war ruhiger, sie schien ohnmächtig zu sein. Sie setzte sich neben sie und fühlte erneut nach ihrem Puls. »Gleich kommt der Notarzt, es wird alles gut, keine Angst.«

Sie schaute in Valeskas regloses Gesicht und fragte sich, wen sie mit ihren Worten wohl beruhigen wollte – Valeska oder sich selbst?

Sara blickte auf ihre Uhr. Zwanzig vor sieben. Jonas! Der Schreck fuhr ihr wie ein Blitz in die Glieder. In fünf Minuten musste sie ihn abholen! Sie griff nach dem Telefon und wählte die Nummer ihrer Mutter.

Bitte, geh ran!

Das Freizeichen ertönte mit provozierender Gleichmäßigkeit.

Mama! Wo bist du? Hektisch tippte sie die Handynummer ihrer Mutter, vertippte sich, fing von vorne an. Nach dem fünften Tuten hörte sie ein Knacken, dann das typische Rauschen der billigen Freisprechanlage. »Hallo? Hallo?«

»Mama! Wo bist du?« Sie schrie fast ins Telefon.

»Auf dem Weg ins Theater. Das weißt du doch!«

»Du musst Jonas abholen, vom Fußball. Bitte, der steht in fünf Minuten am Parkplatz!«

»Sara!« Ihre Mutter klang verärgert.

»Da laufen lauter komische Typen rum. Bitte Mama.« Sie hörte die Angst in ihrer eigenen Stimme. Bei dem Gedanken an den Parkplatz, auf dem Jonas wartete, krampfte sich ihr Magen zusammen. An der Seite des Parkplatzes lagen die verlassenen Containerhöfe. Immer hatte sie das Gefühl, als stünde jemand in den Büschen und gierte nur auf die Gelegenheit, dass ein Kind allein im Dunkeln wartete. Sie hörte ihre Mutter seufzen. Dann das Ticken des Blinkers.

»Na gut. Bin schon unterwegs.«

»Kannst du ihn mit zu dir nehmen? Ich hole ihn später ab.«

»Vielleicht nehme ich ihn mit ins Theater.« Sie klang noch immer verärgert. »Ich melde mich.«

Dann legte sie auf.

»Danke Mama«, flüsterte Sara dem Besetztzeichen zu und legte das Telefon ab. Sie lehnte sich neben Valeska an die Wand und versuchte, das Zittern ihrer Hände wieder unter Kontrolle zu bringen.

Plötzlich stockte ihr Atem.

Wie gebannt starrte sie auf das Frauenprofil an der Toilettentür. Ein auf Posterformat vergrößertes Schwarz-Weiß-Foto von Valeska. Die schwarzen Haare länger, zu einem Pferdeschwanz gebunden, der Gesichtsausdruck ernst, fast traurig. Darüber stand in großen roten Buchstaben *Lydia LUDER Schwartz*. Lydia? Sara blickte auf Valeska, dann auf das Foto, schüttelte den Kopf. Vorhin hatte es dort noch nicht gehangen. Es wäre ihr aufgefallen. Dann traf sie die Erkenntnis mit der Heftigkeit eines Stromschlags.

»Oh Gott! Er hat das aufgehängt! Während wir uns unterhalten haben, nicht wahr? Valeska! Wir können nicht hier bleiben! Wir müssen weg! Vielleicht ist er noch da.«

Sie schüttelte Valeska, jetzt gepackt von Panik. Sie spürte, wie die Angst ihr den Rücken hinaufkroch und sich die feinen Nackenhaare aufstellten.

»Valeska!«, schrie sie. »Valeska! Du musst aufstehen, wir müssen weg! Wach auf!«

Sie zerrte an der schlaffen Hand, schob ihre Arme unter Valeskas Achseln und versuchte, sie hochzuhieven, aber der leblose Körper war viel zu schwer für sie. Verzweifelt schlug sie Valeska ins Gesicht. Erst leicht, dann fester. »Valeska! Wach auf!«

Hatte sie sich bewegt? Oder war es nur ihr Schlag gewesen? Wurde die Atmung ruhiger?

Das Heulen der Krankenwagensirene. Endlich!

»Der Notarzt! Ich hole Hilfe!« Sie ließ Valeska los und rannte in die kalte Nacht, durch die dunkle Einfahrt hinaus auf die Straße, wo das Blaulicht des Rettungswagens in der Dunkelheit wie ein gespenstisches Farbenspiel wirkte. Schon im Laufen rief sie: »Hier! Hallo! Hierher!«

Ein Arzt kam ihr entgegen, und gemeinsam eilten sie die Einfahrt entlang, in den KulturLaden, nach hinten zur Kochnische.

»Wo ist die Patientin?«, rief der Arzt atemlos. Er sah sich um. Sara drängte sich an ihm vorbei in die schmale Nische. Mit offenem Mund starrte sie auf die Stelle, an der Valeska eben noch an der Wand gelehnt hatte.

»Sie … Sie war eben noch hier.« Mit einer Armbewegung beschrieb sie den Ort, an dem Valeska gesessen hatte. »Das gibt's doch nicht!«

»Einen Rettungswagen umsonst zu rufen, das ist teuer.« Der Arzt klang ärgerlich. »Wo ist die Patientin?«

»Ich weiß es nicht!« Den Tränen nahe lief sie zur Toilette. Nichts. Wo war sie? Hatte er sie geholt? »Sie war eben noch hier. Total weggetreten. Dann bin ich raus, als ich die Sirene gehört hab. Da lag sie hier.«

Sie lief ins Büro.

»Ihre Sachen sind noch da«, sagte sie tonlos zu dem Arzt, der ihr gefolgt war. »Ich … ich verstehe das nicht.«

Plötzlich war ihr schlecht. Es schien, als sei alle Luft in dem kleinen Zimmer aufgebraucht. Der Raum fing an, sich zu drehen. Starke Männerarme setzten sie sanft auf den Stuhl. Eine ferne Stimme gab ihr Befehle.

»Tief atmen. Ein und aus. Ja, so ist es gut. Ein, aus, ein, aus.«

Sie fühlte Finger an ihrem Handgelenk. Langsam löste

sich der Nebel auf, und sie sah, wie zwei blaue Augen sie besorgt betrachteten, während eine geübte Hand ihren Puls nahm.

»Na, wieder bei uns?«, fragte der Arzt eine Nuance freundlicher und ließ ihren Arm los.

»Danke, geht schon.« Sara wollte aufstehen, doch er drückte sie in den Bürosessel zurück.

»Sachte, sachte, junge Frau«, sagte er. »Geben Sie Ihrem Kreislauf die Chance, langsam wieder auf Touren zu kommen. Dabei nehme ich Ihre Personalien auf. Ich muss den Einsatz melden.«

»So was ist mir noch nie passiert«, murmelte Sara verlegen. Er musste sie für völlig hysterisch halten. Sie versuchte, ihre Gedanken zu ordnen. Wo war Valeska? Sie konnte sich doch nicht in Luft aufgelöst haben.

»Kommt vor. Zu viel Aufregung, nicht genug gegessen, oder zu wenig Schlaf. Da spielt der Kreislauf manchmal verrückt.« Er deutete auf die Flasche Coke Zero. »Ist das Ihre? Ein Schluck täte Ihnen jetzt gut.«

Sie nahm die Flasche und trank einen kräftigen Schluck. Die prickelnde Flüssigkeit rann ihre Kehle hinunter und brachte langsam ihre Lebensgeister zurück.

»Also, dann fangen wir an. Name und Adresse bitte.«

»Sara Neuberg, Volkartstraße 21c, 80634 München.«

Der Arzt schaute verblüfft auf.

»Neuberg? Kennen Sie Ronnie Neuberg?«

»Ronnie ist mein Mann.«

»Na, dann regle ich das mit Ronnie.« Er zwinkerte ihr zu. »Und Sie passen das nächste Mal besser auf Ihre Patientin auf.«

Schon beim Reden packte er seinen Block weg und reichte ihr die Hand.

»Danke.« Völlig überrumpelt sah sie ihm nach, wie er das Büro verließ und behutsam die Tür hinter sich schloss, als brauche sie besonders viel Ruhe. Das hatte ihr gerade noch gefehlt. Wenn Ronnie davon erfuhr! Und dann noch der Audi. Aber sie konnte ja nicht sagen, bitte verraten Sie nichts, mein Mann darf nicht wissen, dass ich hier bin. Bei dem Gedanken an Ronnie stöhnte sie auf. Sie blieb noch ein paar Minuten sitzen, dann stemmte sie sich aus dem Stuhl hoch und begann, Valeskas auf dem Tisch verstreute Sachen sorgfältig in den Rucksack zu packen. Sollte sie die Polizei rufen? Und dann? Valeska als vermisst melden? Oder als entführt? Oder Valeskas Mann als Einbrecher anzeigen? Nein, die Polizei würde sie gar nicht ernst nehmen können, Valeska war erwachsen und noch keine halbe Stunde verschwunden, es gab keine Anzeichen von einem Kampf, die auf eine Entführung hinweisen könnten, und es war auch weder etwas gestohlen noch eingebrochen worden – die Tür stand allen Besuchern offen.

Und wenn er zurückkam?

Die Tür war noch immer offen. Sara spürte, wie die Angst ihre Haare aufstellte, und warf Valeskas Dinge wahllos in den Rucksack.

Eine Tür fiel ins Schloss.

Der Rucksack glitt ihr aus der Hand und landete mit einem Knall auf dem Boden. Ihr Herz krampfte sich zusammen. Mit angehaltenem Atem verfolgte sie die schweren Männerschritte, die sich näherten, dann vor der Bürotür stoppten. Entsetzt sah sie, wie die Türklinke sich langsam nach unten bewegte.

46

Sie beobachtete, wie die Tür sich langsam öffnete und ein kräftiger Mann den kleinen Raum betrat. Mit einem Schrei schnellte sie nach vorne, Valeskas Pfefferspray im Anschlag. Noch bevor sie die Düse betätigen konnte, schlug der Mann ihren Arm nach rechts weg und warf sich mit seinem ganzen Körpergewicht auf sie. Eine zischende Wolke entwich dem Spray, dann fiel die Dose mit einem Keckern auf den Boden und kullerte davon.

»Au! Lassen Sie mich los!«

Jetzt erkannte Sara Hauptkommissar König. Ihn hatte sie hier nicht erwartet. Sie spürte, wie eine Welle der Erleichterung sie durchflutete.

»Sind Sie völlig übergeschnappt?« Er ließ sie los und trat einen Schritt zurück.

»Ich dachte, sie wären … Tut mir leid, ich … ich …« Sie strich eine Haarsträhne aus ihrem Gesicht und hoffte, dass er ihre Nervosität nicht bemerkte.

»Wer dachten Sie denn, dass ich bin?« Sie sah das Misstrauen in seinen Augen und verwünschte ihre alberne Überreaktion. Wie sonst sollte er reagieren, wenn er unvermittelt mit Pfefferspray angegriffen wurde.

»Ich … ich weiß nicht. Nicht Sie. Ich bin froh, dass Sie … also, dass Sie es sind, also dass Sie gekommen sind und nicht er.«

»Und wer ist er?« König unterbrach ihr Gestammel mit einer ungeduldigen Geste. »Hat *er* auch einen Namen?«

»Ich dachte, Sie sind Valeskas Mann.« Sie schauderte.

»Valeska Liebig, nehme ich an. Ist sie hier?«

»Nein. Sie ist verschwunden. Sie war eben noch hier«, Sara schnippte mit den Fingern und ihre Stimme war plötzlich belegt, »und dann war sie weg.«

»Plötzlich war sie weg. Soso.« Er betrachtete sie zweifelnd. »Für wie blöd halten Sie mich eigentlich?«

»Ich ... Wieso?« Sie spürte, wie er sie beobachtete, wurde sich plötzlich bewusst, dass ihre Augen die Tür fixierten, ihre Arme in Abwehrhaltung vor ihrer Brust verschränkt waren, ihre Hände zittrig die Oberarme auf und ab fuhren. Sie lockerte ihre Haltung und zwang sich, die Tür zu ignorieren.

»Zum Beispiel, weil Sie mir gestern früh eine Lüge aufgetischt haben.«

Sara glaubte, sich verhört zu haben. *Eine Lüge?*

»Haben Sie das nicht gelernt? Lügen haben kurze Beine. Jedes Kind weiß das. Ich komme gerade von Ihnen zu Hause.« Er machte eine kurze Pause.

Er hatte mit Ronnie gesprochen? Was um Himmels willen musste er ihm erzählt haben, dass König glaubte, sie habe gelogen?

»Ihr Mann behauptet, dass Sie am Freitag bei der Weihnachtsfeier von Ihrem Kletterclub waren. Den ganzen Abend.« Er holte den Notizblock seines Kollegen hervor und blätterte darin herum. »Lassen Sie mich sehen. Sie sagten, Sie seien erst bei Frauenwehr und dann mit Herrn Seitz zusammen gewesen. Solche Diskrepanzen finde ich immer sehr aufschlussreich. Wie heißt es noch? Wer einmal lügt, dem glaubt man nicht.«

»Bei mir zu Hause? Sie haben mit Ronnie gesprochen?« Sie brachte kaum mehr als ein Flüstern zustande.

»Ihr Mann war eben in dem Glauben, Sie würden Ihren Sohn vom Fußball abholen.« Er blickte sich suchend um. »Ich sehe ihn nirgends.«

»Was haben Sie ihm erzählt?« Ihre Finger krallten sich in die Wolle des Pullovers. Sie hörte, wie die Eingangstür geöffnet wurde und mehrere Frauen ins Gespräch vertieft in den Veranstaltungssaal gingen. Jemand klopfte an die geöffnete Tür.

Petras Kopf erschien im Türrahmen. Als sie Sara und König sah, runzelte sie die Stirn. »Sara? Ist Valeska nicht da?«

»Nein, Petra. Sie ist nicht da.«

König ging zur Tür, zeigte seinen Ausweis. »Würden Sie bitte einen Moment draußen warten. Ich habe noch mit Frau Neuberg zu tun.«

Er schloss die Tür mit Nachdruck, so dass Valeskas Parka am Türhaken hin und her schwenkte. Er schlenderte zu ihr zurück, als wolle er seine Antwort bewusst verzögern. »Nun, ich habe Ihrem Mann die Wahrheit gesagt. Was sonst. Dass ich Sie bei Herrn Seitz getroffen habe und dass Sie ihm ein Alibi für Freitagabend gegeben haben. Er schien sehr überrascht zu sein.«

Er hatte Ronnie von ihr und Michael erzählt? Was bildete er sich ein? Konnte er sich nicht denken, dass ein Ehemann so etwas in den falschen Hals bekam? Ihr Magen krampfte sich zusammen. Wie sollte sie Ronnie das erklären? »Warum haben Sie meinen Mann da mit hineingezogen?«

»Hineingezogen?« Er lächelte wissend. »In was hineingezogen, Frau Neuberg?«

»In diese ganze Sache, er will damit nichts zu tun haben. Er denkt, es ist zu gefährlich, auf eigene Faust zu ermitteln. Deshalb habe ich ihn ja angelogen!«

»Ermitteln? Sie?« Er lachte auf und wurde sofort wieder

bitterernst. »Wenn überhaupt, behindern Sie meine Ermittlungen.«

»Behindern?«

»Mehr noch, Sie machen sich höchst verdächtig. Ich gehe noch weiter, Sie sind höchst verdächtig, mit Ihrer Schwester und Herrn Seitz unter einer Decke zu stecken. Ich kann es jetzt noch nicht beweisen, aber schon sehr bald. Das verspreche ich Ihnen.«

»Ich?« Sie schrie auf und schlug die Hand vor den Mund. Dann schüttelte sie den Kopf und schaute ihn entgeistert an.

»Frau Neuberg, wie weit würden Sie gehen, um ihre Schwester zu retten? Nur um Ihr Gedächtnis aufzufrischen. Sie hätten ein Motiv, Sie kannten die Folterkammer, Sie haben im Forum eine Theorie in Umlauf gesetzt, die Ihre Schwester entlasten würde. Ach, und da war dann noch der interessante Artikel über Giftschlangen, den Sie geschrieben haben. Können Sie mit einer schwarzen Mamba umgehen?«

»Natürlich nicht!«

»Und Herr Seitz?«

»Woher soll ich das wissen, ich kenne ihn doch kaum.«

»Ach. So wirkte das nicht auf mich.« Er blätterte demonstrativ in dem Notizblock.

»Das ist genau Ihr Problem.« Sie schrie ihn an. »Sie sind so verbohrt, Sie sehen doch nur, was Sie sehen wollen! Für Sie steht doch längst fest, dass Tini ihren Mann umgebracht hat und jetzt biegen Sie sich Ihre Beweise hin, wie es Ihnen gerade passt.« Sie nahm ein Stück Papier vom Schreibtisch und kritzelte etwas darauf. »Hier, Name und Adresse der Kneipe, in der ich am Freitag mit Herrn Seitz war. Die Bedienung wird sich erinnern, sie kennt Herrn Seitz. Und Valeska und sechs Gruppenmitglieder können meine Anwesenheit hier bezeugen.«

Sie drückte ihm den Zettel in die Hand. »Sie können mir nichts anhängen. *Gar nichts.*«

Für einen kurzen Augenblick erstarb sein siegessicheres Lächeln. Mit ihrer Reaktion schien er nicht gerechnet zu haben.

»Immer die Ruhe bewahren. Wir wollen doch mal klarstellen, dass ich hier niemandem etwas anhänge. Ihnen nicht und Ihrer Schwester nicht.«

In seiner Stimme schwang eine Schärfe mit, die sie zusammenzucken ließ. »Genau deshalb bin ich nämlich hier. Um mit Frau Liebigs Hilfe Ihr Alibi zu überprüfen. Wissen Sie, wo Frau Liebig sich gerade aufhält?«

»Nein!«, rief sie, noch immer aufgebracht. »Das hab ich doch schon gesagt! Sie ist weg! Sie hat dieses Poster von sich an der Klotür gesehen, wurde ohnmächtig und ist dann weg.«

»Das ist eine etwas ungewöhnliche Geschichte, finden Sie nicht?«

»Dann kommen Sie mit.« Sie stampfte an ihm vorbei aus dem Büro. »Kommen Sie!«

Er folgte ihr durch den Saal, begleitet von den neugierigen Blicken der Gruppe. Mit Sicherheit hatten sie jedes Wort von ihrem wütenden Geschrei gehört.

»Hier!« Sie zeigte auf das Poster an der Tür. Seine Mundwinkel sackten nach unten. Er fixierte sie mit Argusaugen. »Was hat Lydia Schwartz mit Valeska Liebig zu tun?«

»Ich weiß nicht, wer Lydia Schwartz ist, aber das«, sie deutete auf das Foto, »ist Valeska.«

König hatte es plötzlich eilig. Er zog eine Visitenkarte aus seiner Innentasche. »Ich erwarte Sie morgen um siebzehn Uhr in meinem Büro. Bringen Sie Personalausweis und Reisepass mit. Bis auf weiteres dürfen Sie München nicht verlassen.«

Im Gehen drehte er sich noch einmal um. »Falls Sie Frau Liebig treffen, rufen Sie mich sofort an – in Ihrem eigenen Interesse.« Noch bevor er die Tür erreicht hatte, zog er sein Handy aus der Tasche und wählte eine Nummer.

Sara blickte ihm verwundert nach. Warum hatte Valeskas Bild bei ihm diese Veränderung bewirkt? Hatte es etwas mit dem Namen zu tun? Lydia Schwartz? Sie trat näher an das Poster heran. Plötzlich hörte sie hinter sich entschlossene Schritte.

47

Er trat seine Zigarette aus und drückte sich an die Wand. Der Mann, der eben aus dem KulturLaden kam, wirkte erregt. Er hielt sein Handy ans Ohr. Was hatte diese Sara ihm erzählt? Was wusste sie? Hatte Lydia …

»Mensch, Franz, ich habe gerade mit der Neuberg gesprochen, du die hängt da mit drin. Das habe ich im Urin.«

Ein Bulle.

Der Bulle tippte sich an den Kopf. »Die lügt, wenn sie den Mund aufmacht. Und einen grünen Parka hat sie auch, der hing an der Tür. Ich sag dir, wie's war: Die Neuberg hat Schmiere gestanden, für den Fall, dass Grossmanns Freundin zu früh heimgekommen wäre, und Seitz hat die Mamba abgeliefert. Jede Wette. Die stecken beide mit der Denk unter einer Decke.«

So, Sara Neuberg heißt du also, wie interessant. Davon gibt es sicher nicht sehr viele in München. Wie freundlich von dem Bullen, mir deinen Namen auf dem Silbertablett zu präsentieren.

»Du, Franz, hör mal, erinnerst du dich an den Fall Schwartz?«

Schwartz? Er zuckte zusammen. Hielt die Luft an.

»Ganz genau! Lydia Schwartz. Die Frau, die erst ihren Liebhaber erstochen hat. Warte, Sören hieß der, nein, Sven, Sven Hagen. Und dann auf ihren Mann los ist. Warte, Öl … Ja. Sie hat ihn mit Öl übergossen, heißem Frittieröl. Ich erinnere mich an die Bilder. Der ganze Oberkörper und ein Oberschenkel. Sah aus wie rohes Fleisch. Das arme Schwein.«

Der Bulle lauschte kurz, dann lachte er.

»Stell dir vor, ich habe eine Spur. Die ist so heiß, die brennt noch.«

48

»Was wollte der Bulle von dir?«

Sara beobachtete mit Unbehagen, wie Petra mit energischen Schritten auf sie zukam, dicht gefolgt von Ingrid, Suphie und Marie. Ausgerechnet Marie. Sara schluckte.

»Er wollte mit Valeska sprechen.«

»Ach ja?« Petras Blick war skeptisch. Sie sah sich suchend um. »Wo ist sie überhaupt? Sie müsste doch hier sein.«

»War sie auch. Aber dann hatte sie diese Asthma-Attacke. Ich konnte den Inhalator nicht finden, da habe ich den Notarzt geholt, und als ich wiederkam, war sie weg. Wie in Luft aufgelöst.«

»Asthma?« Petra runzelte die Stirn. »Valeska hat kein Asthma.«

»Du warst nicht dabei!« Saras Ton war aggressiv. Der Arzt hatte ihr nicht geglaubt, König auch nicht und jetzt schließlich Petra. »Hier hat sie an der Wand gelehnt, total weggetreten. Sie hat nach Luft geschnappt und … und die Hände waren total verkrampft.«

Sara atmete tief ein und sammelte sich. Ein Streit mit Petra war das Letzte, was sie jetzt brauchte.

»Dann hat sie hyperventiliert.« Petras Antwort kam ohne Zögern. »Irgendetwas muss sie völlig aus der Bahn geworfen haben.«

»Hyperventiliert? Davon wird man doch nicht ohnmächtig!« Sara überlegte fieberhaft, was sie darüber wusste. Konnte sie sich so getäuscht haben?

»Im Gegenteil! Bei einer heftigen Attacke braucht es nicht mal eine Minute, um den CO_2-Gehalt im Blut völlig absacken zu lassen. Erst die Ohnmacht reguliert das wieder, dann kommt man von alleine zu sich. Aber das wissen die wenigsten. Hatte sie denn ihre Papiertüte nicht? Sie hat immer eine Tüte in…« Petra brach abrupt ab und starrte auf das Poster. Dann fuhr sie Sara an. »Hast du das aufgehängt?«

Sara schüttelte den Kopf. »Natürlich nicht!«

»Das ist doch Valeska!« Suphie trat näher an das Bild, fuhr mit dem Finger die Konturen des Profils nach, vorsichtig und zart. »Mit dunklen Haaren.«

Marie zündete sich eine Zigarette an. Ihre Hand zitterte, als sie mit dem Feuerzeug auf das Poster deutete. »Lydia Luder Schwartz?«

Langsam, jede Silbe mit ihrer heiseren Stimme betonend, las sie die Zeile laut vor. »Was soll das?«

»Das weiß ich nicht!« Das Misstrauen der Frauen hüllte sie wie dunkle Nebelschwaden ein. »Ich glaube, das war ihr Mann. Sie hatte Angst vor ihm.«

»Nicht Valeska.« Marie nickte dem Poster zu. »Die hat keine Angst. Vor niemandem.«

Sie stand jetzt direkt vor Sara. Mit zu Schlitzen verengten Augen blies sie ihr den Rauch ins Gesicht. »Das ist doch wieder so ein Trick von dir.«

Kalter Schweiß lief Sara den Rücken hinunter. »Ich… ich… Meine Schwester…«

»Ey, Mann, krass! Kommt mal her!« Suphie winkte sie aufgeregt heran. »Seht ihr den Leberfleck am Ohr? Da ist dieser Irre im Chat, der sucht seine Frau. Schwarze Haare, Leberfleck am Ohr, Ende zwanzig, wie Valeska hier auf dem Foto.«

Sie nahm Saras Arm. »Was hat sie zu dir gesagt?«

»Im Chat?«, fragte Sara aufgeregt. »Weißt du, wie der heißt?«

»Charly. Also, sein Pseudo halt.«

Sara zog die Stirn kraus. Hatte Valeska einen Namen erwähnt?

»Kruzifixhergottsakranochamal, so ein Dreck.« Ingrid entfernte sich von der Gruppe und setzte sich auf einen der zum Kreis zusammengestellten Stühle, wobei sie Flüche vor sich hinmurmelte und hektisch wippte. Petra schob sich an Suphie vorbei und verschwand wortlos in der Toilette.

»Ich weiß wirklich nicht, was passiert ist!« Sara hob abwehrend die Hände.

»Vielleicht ist sie davongelaufen, nachdem sie das Bild gesehen hat«, folgerte Suphie.

»Wenn davon überhaupt was wahr ist, dann hat ihr Mann, also dieser Charly, also wenn es diesen Charly gibt, der hat sie dann entführt.« Marie drückte die Zigarette in ihrem kleinen Taschenaschenbecher aus. »Valeska läuft nicht weg.«

»Aber wie?« Sara hatte das Gefühl, dass sie sich im Kreis drehte. »Ich hätte sie doch sehen müssen!«

»Durch das Vorderhaus.« Petra kam zurück. In der Hand hielt sie eine rote Schnur, an der ein Schlüssel baumelte. »Durch die Toilette kommt man direkt in den Hausflur.« Sie ließ den Schlüssel hin und her baumeln. »Der war in der Tür, jemand hat sie aufgesperrt.«

Das betretene Schweigen wurde plötzlich durch das Zufallen der schweren Eingangstür unterbrochen. Wie auf Kommando eilten sie in den Vorraum.

»Valeska?« Marie rief laut ihren Namen. Die Hoffnung hing für einen Moment wie ein zarter Lichtstreif im Raum.

Selbst Ingrid schien ihn zu bemerken, denn sie erhob sich von ihrem Stuhl und kam herangeschlurft. Eine vermummte Frau kam auf sie zu. Als sie die Gruppe erreicht hatte, nahm sie den schwarzen Schal von ihrem Gesicht. Sara erkannte die Frau, die jetzt schüchtern in die Runde lächelte. Sie hatte sie interviewt, allein, weil Tini nicht wie verabredet erschienen war, an dem Tag, als alles begonnen hatte.

»Ich spät. Habe warten auf Christina, aber nicht kommt. Letzte Woche nicht kommt auch.« Edina lächelte schüchtern in die Runde, bis sie Sara bemerkte. Sofort erstarb das Lächeln. Sie machte einen Schritt auf sie zu. »Wo Christina? Was los mit deine Schwester?«

Sara spürte die Augen der anderen auf sich. Stechend. Fragend. Argwöhnisch.

»Schwester?« Es war Petra, die als Erste sprach.

»Ihr nicht wissen das?« Edina warf Sara einen unsicheren Blick zu. »Warum du machen Geheimnis? Wegen Arbeit für Zeitung?«

»Christinas Schwester?«, fragte Suphie erstaunt. »Warum hast du das nicht gleich gesagt?«

Marie baute sich vor Sara auf. »Zeitung? Ein Schmierfink?«

Sie bohrte einen Finger unsanft in ihre Schulter. »So ist das also! Horchst uns aus! Verbreitest Lügen im Forum …«

Sie stupste Sara erneut an. »Was kriegst du für deine Schmierereien?«

»Marie, es reicht.« Petra streckte ihren Arm vor, die Hand aufgerichtet.

»Ich hab noch nicht mal angefangen!« Wieder schnellte Maries Arm nach vorne, schubste Sara, diesmal heftiger.

»Ich habe gesagt, es reicht!« Petra trat zwischen sie. Sie wandte sich an Sara, ohne eine Spur Freundlichkeit, das Gesicht eine steinerne Maske. »Ich denke, du solltest jetzt gehen. Ich entziehe dir das Vertrauen der Gruppe.«

Sara nickte. Sie fühlte sich leer, im Zeitraffer lief die letzte Stunde an ihr vorbei, der Unfall, Valeskas Verschwinden, die Angst um Jonas, Königs Verdächtigungen, das geballte Misstrauen der Frauen. Sie hatte es verbockt. Sie hatte das gemacht, was Ronnie ihr prophezeit hatte: Sie hatte die Situation verschlimmert.

»Es tut mir leid, ich wollte euer Vertrauen nicht missbrauchen.«

Sie löste sich aus der Gruppe und ging schwerfällig zum Büro zurück. Hinter sich hörte sie die Frauen hitzig diskutieren. Immer wieder schnappte sie ihren und Tinis Namen auf, auch Valeskas, doch den Sinn der Worte konnte sie nicht erfassen. An der Türschwelle zum Büro läutete ihr Handy. Sie rannte zu ihrem Mantel und riss es aus der Tasche.

»Valeska?«

»Sara, was geht hier vor?« Ronnies Stimme überschlug sich fast. »Du rufst umsonst den Rettungswagen? Weißt du, wie peinlich das für mich ist? Ganz zu schweigen davon, dass die Polizei dich sucht. Und was hattest du bei dem Seitz in der Wohnung zu suchen? Und wo zum Teufel steckst du?«

49

»Sara? Ich habe dich etwas gefragt.«

»Ich bin ... Ich bin bei der Frauengruppe.«

»Bei den Verrückten? Das bist du nicht, oder?«

Im Saal erklang lautes Stühlerücken. Sara hielt das Handy in die Richtung.

»Du bist wirklich dort. Ich fasse es nicht ... Ausgerechnet! Nach deinem peinlichen Auftritt bei der Psychotante fällt dir nichts Besseres ein, als ausgerechnet dorthin zu gehen?«

Sara seufzte innerlich. Wenn das Gespräch so anfing, hatte es eigentlich keinen Sinn, es überhaupt fortzuführen. Egal, was sie sagen würde, es würde nur eskalieren.

»Sag bloß, du hast in deiner grenzenlosen Unverantwortlichkeit Jonas dorthin mitgenommen?«

»Der ist bei Mama, also reg dich ab, ja?«

»Und was ist das überhaupt für eine Geschichte? Du rufst die Rettung? Spinnst du?«

Sie hörte, wie er etwas auf den Tisch schüttete. Viele, kleine Gegenstände. Leerte er gerade ihre Handtasche aus? »Valeska hat hyperventiliert und war dann plötzlich weg. Ich dachte –«

»Deswegen rufst du einen Krankenwagen? Als Arztfrau? Bist du nicht mehr ganz dicht?«

»Ich dachte, sie hätte eine Asthma-Attacke.«

Anstatt einer Antwort ertönte ein schabendes Geräusch, dann ein leises Klimpern, als habe er mit seinem Unterarm den Inhalt der Tasche wieder hineingeschoben. Dem Schaben folgte ein dumpfes Geräusch und sie wusste, dass er gerade ihre Tasche auf den Boden hatte fallen lassen. Also doch. Er hatte ihre Tasche durchwühlt. Was zum Teufel suchte er? Einen Beweis für ihre Untreue?

»Und was will dieser Kripobeamte von dir? Der hat sich benommen, als seist du ein Schwerverbrecher. Behauptet, er hätte dich in der Wohnung von diesem … diesem Seitz angetroffen. Ich hoffe, du hast eine sehr gute Erklärung dafür. Außerdem sagt er, du hättest Seitz ein Alibi für Freitagabend gegeben. Spinnst du? Du kannst doch die Polizei nicht anlügen!«

Jetzt hallten seine Schritte im Flur. Wenn das eben der Küchentisch war, musste er gleich in ihrem Arbeitszimmer sein.

»Ich habe die Polizei nicht angelogen. Ich erkläre dir alles, wenn ich nach Hause komme.«

»*Wenn* du nach Hause kommst? Du setzt dich unverzüglich ins Auto und holst Jonas bei deiner Mutter ab.« Eine Schublade wurde aufgerissen und wieder zugeknallt. Er saß an ihrem Schreibtisch. Sara schloss die Augen und zählte bis fünf. *Hör auf, durch meine Sachen zu gehen.*

»Das Auto ist kaputt.«

Wieder wurde eine Schublade geöffnet. »Das Auto ist brandneu, das kann gar nicht kaputt sein.«

Hast du eine Ahnung, wie kaputt so ein neues Auto sein kann. Zum Glück warst du nicht dabei.

»Heißt das, dass du mich angelogen hast? Dass du nicht bei der Weihnachtsfeier, sondern bei diesem Seitz warst?«

Sie schwieg. Was sollte sie darauf antworten? Ja, ich habe dich angelogen vielleicht?

»Sara?« Sein Tonfall nahm an Schärfe zu. »Ich warte.«

Wieder knallte eine Schublade. Sara wurde immer angespannter und schloss unwillkürlich die Augen. *Hör auf, meine Schubladen zuzuknallen, du weißt, dass ich das hasse!*

»Das Auto ist kaputt. Ich hatte einen Unfall.«

Er sog scharf die Luft ein. »Du hast es *kaputt gefahren*?«

»Ja.«

»Nein! Das glaub ich nicht. Nicht meinen Audi.« Sie sah ihn vor sich, wie er sich den Nasenrücken rieb und dabei den Kopf senkte, als laste alles Gewicht dieser Welt auf ihm.

»Doch. Leider.«

»Wie kaputt?«

»Ziemlich. Fahruntauglich.«

»Das glaube ich nicht. Du fährst mein Auto kaputt und hältst es nicht mal für nötig, mir das mitzuteilen? Stattdessen gehst du zu diesen… Weibern!« Wieder wurde eine Schublade scheppernd aufgerissen und mit voller Wucht zugeschlagen. »Denkst du irgendwann einmal nicht nur an dich?«

»Ich bin hierher, um die Zeit zu überbrücken, bis ich Jonas holen musste.«

»Du hast Jonas aber nicht geholt. Nicht mal das.«

»Ja eben. Wegen dieser Asthma-Attacke!«

»*Vermeintlichen* Asthma-Attacke.« Die letzte Schublade flog auf.

»Ist doch egal! Valeska hat Hilfe gebraucht.«

Das Rascheln von Papier füllte die neuerliche Stille aus. Sie wartete, ob er noch etwas sagen würde. Aber es war eigentlich egal. Sie hatte ohnehin nicht geglaubt, dass er nachfragen würde, ob sie sich bei dem Unfall verletzt hatte, oder warum sie ohnmächtig geworden war, oder wie sie sich fühlte. Aber sie ertrug jetzt seine Anklagen nicht. Für heute reichte es, sie wollte einfach nur ein freundliches Wort.

Rückhalt. Unterstützung. Idealerweise von ihrem Partner, aber das hatten sie heute ja bereits konstatiert, dass sie keine Partner waren …

»Und nur du konntest ein Telefon bedienen.«

»Wir waren allein.«

Wieder machte er eine Pause.

»Ich will, dass du sofort nach Hause kommst und jeden Kontakt zu dieser Gruppe abbrichst. Und sag jetzt nicht, das geht nicht wegen Christina. Diese Frauen sind nicht zurechnungsfähig. Drei Männer sind schon tot.« Das Papierrascheln wurde stärker. Zerknüllte er gerade ihre Unterlagen? Egal. Es war ihr wirklich egal.

»Willst du, dass ich das nächste Opfer bin?«

»So ein Unsinn! Was hat das denn mit dir zu tun? Ich gehöre doch nicht zur Gruppe.«

»Ganz genau. Du gehörst nach Hause. *Sofort.* Wir haben eine Menge zu besprechen, angefangen mit deinem Besuch bei diesem Seitz.«

50

Valeskas Rucksack lag immer noch auf dem Schreibtisch im Büro. Sara betrachtete ihn und spielte am Reißverschluss herum. Unfähig, ihre Gedanken zu ordnen und sich auf eine Sache zu konzentrieren. Wer war Valeska wirklich? Hieß sie in Wahrheit Lydia Schwartz? Hatte sie nicht nur Haar- und Augenfarbe, sondern auch ihren Namen geändert? Wozu dieser König sie wohl aufs Revier bestellt hatte? Ob Ronnie sich wieder beruhigt hatte? Sie glaubte nicht daran. Im Gegenteil, jetzt würde er sich erst recht hineinsteigern, um dann den ganzen Abend am Küchentisch ein scheinbar konstruktives Streitgespräch zu führen. Aber mit ihm zu streiten, war so sinnlos. Sie hörte Stimmen, die sich dem Büro näherten und weitergingen, dann das Öffnen und Schließen der Eingangstür. Jemand kam ins Büro und blieb auf der Türschwelle stehen, die Klinke in der Hand.

»Kannst du kurz die Stellung halten?« Suphie ließ die Klinke los und legte sich ihren Tschador über die glänzenden Haare. »Die anderen sind weg. Nur fünf Minuten. Ich bin gleich wieder da.«

Sara nickte stumm. Was waren schon fünf Minuten. Eine Zornesfalte mehr auf Ronnies Stirn. Fünfzig extra Atemzüge, bevor der Sturm losbrach. Sie ging zur Tür, nahm den Parka vom Haken, rollte ihn so klein wie möglich zusammen und versuchte vergeblich, ihn in den Rucksack zu quetschen. Sie nahm die Colaflasche und die Bücher heraus und versuchte es erneut. Diesmal passte er hinein. Sie zog den

Reißverschluss zu und schlüpfte in ihren Mantel. Als sie den Bürostuhl auf seinen Platz schob, stieß sie gegen einen Widerstand. Eingerollt wie eine Schlange, blockierte Valeskas rote Perücke die Stuhlbeine. Sie bückte sich und hob sie auf.

Die Schlange! Sie schlug sich die Perücke vor die Stirn. Eine Spur hatte sie ja doch noch. Die Mamba musste unter der Hand verkauft worden sein, sonst hätte die Polizei längst den Besitzer! Der Verkäufer könnte den Käufer beschreiben. Sie griff nach dem Handy, das noch auf dem Tisch lag, und wählte eine Nummer.

»Peter? Sara hier. Du musst mir einen Gefallen tun.«

»Na, Kletterfee! Was läuft denn so? Neuigkeiten von deiner Schwester?«

Sie sah das breite Grinsen des Kletterkollegens vor sich. »Hör zu. Ich sitz in der Tinte. Ich brauche deine Hilfe.«

»Über was schreibst du diesmal? Pinguine und Eisbären? Passend zur Saison?«, witzelte er.

»Nein, keinen Artikel. Ich sitze richtig tief drin. Die Bullen wollen mir einen Mord anhängen.«

Sie hörte einen leisen Pfiff.

»Holladiewaldfeesaklzement.«

»Peter, ich muss wissen, ob jemand in letzter Zeit eine schwarze Mamba unter der Hand verkauft hat. In den letzten zwei, drei Wochen. Ich brauch einen Kontakt. Den kannst du mir als Tierhändler bestimmt vermitteln.« Sie ließ die Perücke um ihren Zeigefinger kreisen. Wieder ertönte sein Pfiff.

»Du hast Nerven. Du weißt doch, diese Typen kommen ungern aus ihren Höhlen.«

Sara hörte, wie Peter sich den dichten Haarschopf kratzte. Ein Zeichen, dass er nachdachte. Sie wartete geduldig.

»Kannst du was springen lassen?«, fragte er schließlich.

»Wie viel?« Sie stoppte die Bewegung des Fingers abrupt. Die fliegenden Kunsthaare fielen schlaff über ihren Unterarm. Vielleicht konnte ihre Mutter etwas drauflegen, wenn es für ihr Budget zu viel war. Oder Michael.

»Dreihundert. Für weniger kommen solche Typen nicht aus ihren Schlupflöchern.«

»Okay.« Das schaffte sie alleine.

»Ich hör mich um. Aber ich kann nichts versprechen, klar?«

»Ist klar. Vielen Dank. Du bist ein Schatz!« Sie kniff triumphierend die Lippen zusammen und ballte unter der Perücke ihre Hand zur Faust. *Ich gebe nicht auf, Tini, hörst du?*

51

Du bist also Sara.

Sara Neuberg.

Er duckte sich in den Busch und beobachtete durchs Fenster, wie sie die zu einem Kreis aufgestellten Stühle an die Wand stapelte.

Weißt du nicht, dass man sich in anderer Leute Angelegenheiten nicht einmischen soll? Hat deine Mutter dir das nicht beigebracht? Was hattest du für eine Mutter, Sara? Hat sie dir über das Haar gestreichelt, wenn sie dich ins Bett gebracht hat? Oder hat sie dir eine ausgestopfte Riesenspinne aufs Bett gelegt, damit du die ganze Nacht vor Angst keinen Mucks machst?

Ich bin ein Ungeheuer? Ein Sadist? Unmenschlich? Ich?

Er drückte den Mittelfinger nach unten.

Ich habe uns ein schönes Plätzchen hergerichtet. Da kann ich dir von dem wahren Ungeheuer erzählen. Gleich hier. Direkt neben eurem KulturLaden. Ist das keine Ironie des Schicksals?

Beim Ringfinger ertönte das vertraute Knacken. Zufrieden löste er die Hände.

Wartest du auf deine Freundin? Traust du dich nicht alleine heraus? Du hast Recht, in dunklen Hinterhöfen lauern Gefahren. Das spürst du, nicht wahr? Du weißt, dass ich hier bin. Dass ich auf dich warte. Aber das nützt dir nichts. Ich habe deine Witterung aufgenommen. Unser Spiel hat begonnen.

Vielleicht schlägst du einen Haken, aber zum Schluss landest du in meinen Fängen.

Auch du kommst nicht davon.

Das sind die Spielregeln.

52

Das Handy in Saras Manteltasche vibrierte. Sie zog es heraus und blickte auf das Display.

»Hallo Mama, ich bin schon unterwegs.« Sie konnte die Taxisäule an der Theresienhöhe schon blinken sehen, dennoch beschleunigte sie ihren Schritt.

»Ronnie war gerade hier. Er hat Jonas abgeholt. Du, so habe ich ihn noch nie erlebt! Er hat gesagt, ich soll dir ausrichten, dass du Jonas nicht sehen darfst, bis du zur Vernunft gekommen bist. Er behauptet, es sei nicht sicher, sich in deiner Nähe aufzuhalten. Was ist da los, Schätzchen?«

Sara blieb abrupt stehen. Er verbot ihr, Jonas zu sehen? Ihren Sohn? »Das ist nicht dein Ernst! Wie … nicht sicher? Jonas war doch bei dir! Er will mir Jonas wegnehmen? Das kann er nicht machen.«

Sie bebte vor Wut. »Jetzt reicht's! So ein …«

Zwei ältere Damen wichen erschrocken aus, als sie die letzten Worte in den Telefonhörer schrie.

»Sara, was ist los bei euch?«

Sie schloss die Augen und zählte still bis zehn.

»Sara?«

Sie kannte die feinen Nuancen in der Stimme ihrer Mutter. Sie wusste, wann Schweigen zwecklos war.

»Nichts ist los!«, schnaubte sie.

»Nichts?«

»Nicht so was. Wir haben uns bei der Therapeutin in die Haare bekommen und dann hatte ich einen Unfall und …«

»Um Gottes willen! Ist dir was passiert?«

»Nein! Ich bin dann zu der Frauengruppe, du weißt schon, da, wo Tini immer war, und dann ist die Gruppenleiterin umgekippt, und ich musste den Notarzt holen und konnte nicht weg. Du hast Jonas geholt, und das war's. Nichts also.« Die Angst, die seit dem Vorfall im KulturLaden immer wieder aufflackerte, wurde von Wut überlagert. Er war zu weit gegangen. Endgültig.

»Schätzchen, was macht ihr denn für Sachen? Jetzt, wo Christina unsere Unterstützung braucht!«

»Aber darum geht es doch! Ich versuche, ihr zu helfen, und Ronnie verbietet es mir!« Sie setzte ihren Weg fort. Schnell näherte sie sich dem Taxistand.

»Aber Sara, das macht doch keinen Sinn! Warum sollte er dir das verbieten?«

»Weil er meint, das würde uns in Gefahr bringen. Und dass die Frauen dort alle gestört sind. Du kennst doch Ronnie.«

»Bringst du euch denn in Gefahr?«

»Nein!«, rief sie bestimmt und lief an den Taxis vorbei zur U-Bahn-Station. Wenn sie Jonas nicht bei ihrer Mutter holen musste, konnte sie sich das Geld für das Taxi sparen. Sie dachte an die vergangenen Stunden. An die Pfeffersprayattacke auf den arglosen König. Sie verzog das Gesicht.

»Bist du sicher?« Wieder diese Nuance im Tonfall. Die *Ich habe Angst um dich*-Note, die auf jeder Autobahn einen Geisterfahrer und in jedem Klettersteig einen losen Tritt befürchtete. Sara seufzte. Wie war das mit der Glasglocke? Wer setzte sie wem auf?

»Mama! Jetzt fang du nicht auch noch an. Es reicht, wenn Ronnie Gespenster sieht. Ich glaube nicht, dass wir in Gefahr sind, und wenn überhaupt jemand betroffen wäre, dann wäre das ich. Nur ich.«

»Das ist genauso schlimm! Du bist meine Tochter! Warum kommst du nicht vorbei? Ich kann dich holen.«

»Später vielleicht, ich will jetzt erst nach Hause. Und dann hole ich mir mein Kind zurück. Ich ruf dich an.«

Sie betrat den U-Bahnhof und blickte sich verstohlen um. Sie war so leicht zu manipulieren. Kaum setzte ihre Mutter neue Angststachel, schon fühlte sie sich wieder bedroht. Bildete sie sich jetzt wirklich ein, dass ihr jemand folgte? Sie lief die Treppen hinunter und stellte sich an einen Kiosk. Mit gespieltem Interesse nahm sie eine Illustrierte aus dem Zeitungsständer und blätterte darin, während sie die Menschen um sich herum beobachtete. Der Mann in dem dunklen Mantel dort, war der nicht auf der Straße hinter ihr gewesen? Er stempelte seine Fahrkarte und verschwand auf der Rolltreppe. Was war mit dem jungen Mann in der Lederjacke? Wie verschlagen der aussah. Allein die Körperhaltung. Aggression in jeder Pore. Oder der Dunkelblonde mit dem blauen Anorak. Hatte der sie nicht am Taxistand überholt? Ja. Sie war sich sicher. Was machte der so lange am Ticketautomat? *Mal sehen, was er tut, wenn ich plötzlich gehe.* Sie schlenderte Richtung Rolltreppe.

»He, du, Fräulein! Bezahlen!«, schrie der Kioskhändler ihr hinterher. Sie lief zurück, spürte, wie ihr die Hitze in den Kopf stieg, und wusste, dass sie feuerrot war.

»Entschuldigen Sie bitte, ich war ganz woanders in Gedanken, was macht das bitte?«

»Ein Euro fünfzig«, sagte der Händler und hielt ihr seine Hand hin. Sara zahlte und blickte auf die Zeitschrift. *Die moderne Hausfrau.* Na super. Seufzend steckte sie die Zeitschrift in Valeskas Rucksack und fuhr mit der Rolltreppe nach unten, ohne weiter über mögliche Verfolger nachzudenken.

53

Er hielt sich dicht hinter ihr, achtete darauf, dass der Abstand gerade reichte, um nicht aufzufallen, aber gering genug war, um ihr Gespräch zu belauschen.

So, so. Du bist nicht in Gefahr. Dabei weißt du doch, dass wir unser Spiel schon begonnen haben.

Er wusste, wie er jemanden verfolgen konnte, ohne bemerkt zu werden, wie er jemanden beobachten konnte, ohne selbst gesehen zu werden.

Du solltest mehr auf deinen Mann hören, Sara. Aber auf den hörst du wohl nicht so gerne? Das ist euer Problem. Dass ihr nicht auf uns hört. Das mögen wir nicht. Oder dass ihr uns anlügt. Oder betrügt. Manchmal muss man dafür bestraft werden, Sara, das wirst du noch lernen. Wie Lydia. Ich dachte, Lydia hätte ihre Lektion gelernt, aber sie ist unbelehrbar. Weißt du, was mit den Unbelehrbaren geschieht? Nein? Das ist besser für dich, du könntest sonst nicht mehr schlafen.

Sie war wütend. Das war gut. Wütende Menschen sind unachtsam. Sie machen Fehler. Sie sind so sehr mit sich selbst beschäftigt, dass sie ihre Umwelt nicht mehr wahrnehmen. Ihre Verfolger übersehen.

Sie beschleunigte ihren Schritt.

Was hat er dir weggenommen? Deinen Sohn? Manche Söhne muss man ihren Müttern wegnehmen. Mich hat niemand meiner Mutter weggenommen. Mich hat keiner beschützt.

Er rannte hinter der Säule hervor und sprang in den Waggon.

Du fährst nach Hause, hast du gesagt. Dann zeig mir mal, wo du wohnst.

54

Sara betrat den Flur ihrer Wohnung. Sie schaltete das Licht ein, warf schnell die Tür hinter sich ins Schloss und lehnte sich dagegen. Sie wünschte sich nichts sehnlicher, als Jonas' Stimme zu hören, sein fröhliches: »Mami, komm, ich muss dir was zeigen!«, als seine Kinderarme zu spüren, die sich um ihren Hals warfen und ihren Kopf energisch nach unten zogen, um ihr einen feuchten Kuss zu geben. Ronnie war zu weit gegangen. Sie spürte, wie die Wut ihr vom Magen in die Kehle stieg und sie zuschnürte.

Die Wohnung war so still, dass sie das Ticken der Küchenuhr bis in die Diele hörte. Sie sah auf ihre Armbanduhr. Zwanzig vor neun. Jonas schlief wahrscheinlich schon. Mit einem Ruck stieß sie sich von der Tür ab, verstaute Mantel und Tasche an der Garderobe und ging zur Küche. Sie machte Licht und ließ ihren Blick über Tisch und Arbeitsplatte wandern. Wo hatte er das Telefon hingelegt?

Die auf dem Tisch verstreuten Blätter fielen Sara sofort auf. Mit gerunzelter Stirn setzte sie sich an ihren Schreibtisch und schob die Papiere zusammen. Das oberste Blatt war mit einem fetten Ausrufezeichen markiert. Sie nahm es und las.

Was erdreistet sich diese psychopathische Zicke? Wer ist diese hirnkranke Sara überhaupt? Ein total gestörter Neuzugang, der ausgerechnet nach drei unnatürlichen Todesfällen zu uns stößt und uns schwupdiwups unter Generalverdacht stellt? Wenn sie uns für so gefährlich hält, sollte sie besser auf sich aufpassen, oder lieber auf ihren Mann… Wenn ich die Mörderin wäre, würde ich ihr das Maul stopfen…

Kein Wunder, dass er überreagiert hatte. Vielleicht sollte sie ihn anrufen und versuchen, die Wogen zu glätten.

Sie drückte mit dem Zeigefinger auf die interne Ruftaste der Telefonbasis und lauschte auf den Klingelton. *Wo ist das blöde Telefon?* Nichts. Sie lief zur Garderobe, zog ihr Handy aus der Manteltasche und wählte auf dem Weg in die Küche hastig Ronnies Nummer.

»Die Rufnummer ist derzeit nicht verfügbar…« Sie legte auf und suchte nach der Nummer ihrer Schwiegereltern.

»Neuberg.«

»Hallo, ich bin's. Ist Ronnie bei euch?«

»Er bringt Jonas zu Bett.« Die Stimme ihrer Schwiegermutter war noch kühler als sonst.

»Kann ich ihn sprechen?« Sie bemühte sich um einen freundlichen Ton. »Bitte.«

»Ich richte ihm aus, dass du angerufen hast. Guten Abend.« Bevor Sara antworten konnte, hatte sie aufgelegt.

Fluchend lief sie zur Garderobe, riss Mantel und Tasche vom Haken. *Oh nein! Du wirst mich nicht davon abhalten, die Situation zu klären und meinen Sohn zurückzufordern.* An der Tür hielt sie inne. Nein. Nicht so. Nicht in diesem Zustand. Was brachte es, Jonas jetzt aus dem Bett zu zerren und ihn durch die Kälte nach Hause zu schleppen? Morgen früh würde sie einen Familienanwalt kontaktieren, sich über ihre Rechte informieren und Jonas ganz normal von der Schule abholen. Sie würde so handeln, wie Ronnie es *nicht* von ihr erwartete: überlegt und rational.

Mit erhobenem Kopf kehrte sie zur Küche zurück, zog ihren Mantel aus und setzte sich. Müde. Das monotone Tick-Tack der Uhr lullte sie ein, kehrte alle Gedanken aus ihrem Kopf, während sie den Weihnachtsstern in der Mitte des Tischs fixierte.

Das Läuten der Klingel schreckte sie auf. Ronnie? Sie lief zur Tür.

»Hallo?«, rief sie in die Gegensprechanlage.

»Postwurfsendung.« Die Männerstimme klang bestimmt. Mit einem Knopfdruck entriegelte sie die Eingangstür. Der ist aber spät unterwegs, dachte sie, schmiss sich im Wohnzimmer auf die Couch und schaltete den Fernseher an. Sofort füllte das Lachen eines Moderators die Leere des Raums und gab ihr die Illusion, nicht allein zu sein. Sie nahm das große, beigefarbene Kissen, an das sich Jonas immer kuschelte, und sog seinen Duft ein. Das Kissen fest an sich gepresst, schloss sie die Lider.

Da stand er vor ihr, in seinem zu großen Harry-Potter-Pyjama, und bettelte sie an. »Bitte Mami, nur fünf Minuten. Ich versprech dir, dann geh ich sooofort ins Bett.«

»Schnuffelino, wir haben doch eben eine Gute-Nacht-Geschichte gelesen.«

»Bitte Mami, nur fünf Minuten. Bitte, bitte!« Die großen Kinderaugen ließen ihren Vorsatz, etwas strenger zu sein, schmelzen.

»Na gut, fünf Minuten. Was hast du denn rausgesucht?«

»Liest du mir die Folterkammermorde vor?« Seine Stimme rutschte plötzlich zwei Oktaven tiefer, das Gesicht verzog sich zu einer hässlichen Fratze, verwandelte sich dann in den jungen Mann mit der Lederjacke aus der U-Bahn.

»Wer mit dem Feuer spielt, verbrennt sich«, raunzte er und entblößte ein gelbliches Gebiss, dessen Eckzähne zu wachsen schienen, bis sie wie bei einem Vampir drohend herausragten. »Hörst du's? Hörst du, wie deine letzte Stunde schlägt?«

Sie riss die Augen auf. Nur ein Traum!

Warum hört das Klingeln nicht auf? Mein Handy!

Sie sprang vom Sofa und rannte in die Küche, riss es aus der Manteltasche. »Hallo?«

»Sara! Ist dir was passiert? Bist du in Ordnung?« Die Sorge in Michaels warmer Stimme traf sie unvorbereitet. Es schnürte ihr die Kehle zu, und bevor sie sich dagegen wehren konnte, fing sie an zu schluchzen.

»Um Himmels willen! Was ist passiert? Hattest du einen Unfall? Ist etwas mit Jonas? Oder Ronnie? Ich habe diesen Knall auf deiner Nachricht gehört. Sara?«

»Jonas ... okay ... Ronnie auch«, schniefte sie ins Telefon. Sie holte tief Luft und stieß sie mit kleinen Seufzern aus, um ihre Stimme wieder unter Kontrolle zu bekommen. »Aber das Auto ist kaputt, und Ronnie hat Jonas mitgenommen, und die Polizei verdächtigt mich jetzt auch, und Valeska ist verschwunden und ...«

»Stopp!« Seine Stimme war freundlich, aber bestimmt. »Sara, ich verstehe kein Wort! Bitte ganz langsam, noch mal von vorn. Was ist mit Jonas? Und was will die Polizei von dir?«

Ihre Augen füllten sich wieder mit Tränen. »Ronnie hat Jonas zu seinen Eltern gebracht. Er sagt, er sei nicht sicher in meiner Nähe.«

»Warum behauptet er das?«

Sie wischte mit ihrem Ärmel die Tränen weg. »Ich weiß es nicht! Vielleicht, weil dieser König ihm erzählt hat, dass ich bei dir war und dir ein Alibi gegeben habe. Oder weil er diesen Eintrag gelesen hat ... Du weißt schon, den mit dieser lächerlichen Morddrohung.«

Michael schwieg.

»So ein Idiot«, sagte er schließlich innbrünstig, und sie

wusste nicht, ob er König oder Ronnie meinte. »Ist das alles? Ist sonst nichts passiert, das Ronnies Reaktion ausgelöst hat? Bitte denk nach.«

Sara nahm ein Taschentuch aus der Packung und schnäuzte sich.

»Das weiß ich eben nicht!« Sie warf das Taschentuch in den Müll. »Auf jeden Fall weiß er nichts von dem Verrückten im KulturLaden.«

»KulturLaden?« Sie hörte, wie er nach Luft schnappte. »Sara! Du warst bei der Frauengruppe?«

»Ja … nein! Ich wollte Valeska treffen, aber dann … Ist ja egal, auf jeden Fall bin ich seitdem total paranoid.« Sie zögerte, unsicher, ob sie ihm von ihren Ängsten erzählen sollte.

»Paranoid? Wovor? Niemand weiß, wer du bist, *oder*?«

Sara biss sich auf die Lippe. »Naja, also nicht wirklich, aber als Edina kam, ist ihr rausgerutscht, dass ich Tinis Schwester bin.«

»Sara!« Er stöhnte.

»Ja. Ich weiß. Und der König hat Petra meinen Nachnamen gesagt. Aber nur ihr. Das ist echt blöd gelaufen. Und seitdem habe ich das Gefühl, jemand ist hinter mir her.«

»Kannst du mir genau beschreiben, wann du dich verfolgt gefühlt hast?« Auf einmal war sein Ton gedämpft, fast sanft, als wolle er ein verschrecktes Kind beruhigen.

Sara dachte nach. »Auf dem Weg zur U-Bahn. Und in der U-Bahn-Station. Ich kann dir das nicht beschreiben, aber ich hatte so ein komisches Gefühl.«

»Nur da, oder gab es auch andere Zeitpunkte?« Die Dringlichkeit in seiner Stimme ließ sie aufhorchen.

»Im KulturLaden. Da war dieses Schleichen. Und dann hing da dieses Foto.« Die Erkenntnis, dass sie sich nicht getäuscht hatte, traf sie wie ein Hammerschlag. Wenn sie dort richtiggelegen hatte, warum dann nicht auch auf dem Weg zur U-Bahn?

»Ich hab Angst«, sagte sie leise in den Telefonhörer.

»Gut. Das reicht. Ich komme zu dir. Sofort. Keine Widerrede.«

Sara überlegte kurz. Wenn Ronnie doch heimkam, weil er sich mit seiner Mutter stritt oder einsah, dass er überreagiert hatte, und Michael hier fand … Das durfte auf keinen Fall passieren!

»Nein, lass uns am Rotkreuzplatz treffen. Nein, besser im Grünwald-Bistro, da kann man eher parken, und es ist nicht so laut. Weißt du, wo das ist?«

»Nein, hast du die Adresse?«

»Ganz einfach, Ecke Nymphenburger und Romanstraße. Gegenüber vom Grünwaldpark, dort gabelt sich die Straße.« Sie hörte Papier reißen.

»Gib mir eine Viertelstunde.«

Sara steckte ihr Handy in den Mantel zurück und spürte, wie sich das erste Mal an diesem Abend ein Lächeln auf ihre Lippen schlich. Ein Lächeln der Erleichterung, weil er sie ernst genommen hatte und jetzt kam, um sie zu beschützen.

55

Er schlich die Stufen in den Keller hinunter und wagte erst unten im Flur, das Licht anzuschalten. Geübt wie jemand, der es gewohnt war, sich in fremden Kellern aufzuhalten, ging er auf die Suche nach dem Sicherungskasten. Wenn er Glück hatte, war er nicht verschlossen, sonst musste er den Keller nach geeignetem Werkzeug absuchen, um ihn aufzubrechen. Dabei würde er Spuren hinterlassen. Das konnte er sich nicht leisten. Er fand den Sicherungskasten in einem durch einen Vorhang abgetrennten schmalen Gang neben der Waschküche. Er war frei zugänglich, die Sicherungen erstaunlich modern. Er las die Beschriftungen und drehte mehrere Sicherungen heraus.

Sofort lag der Keller in völliger Dunkelheit. Er verharrte kurz in seiner Position, bis seine Augen sich daran gewöhnt hatten und er die Konturen wieder erkannte. Dann bewegte er sich vorsichtig Richtung Kellertreppe und schlich sie ebenso leise wieder hinauf.

Im Hausflur probierte er den Lichtschalter. Es blieb dunkel.

Er lächelte.

So einfach geht das, Sara.

Erst lässt du mich selbst hinein, dann nehme ich dir das Licht im Flur weg, damit du nicht erkennst, wer gleich vor deiner Tür stehen wird.

Ein bisschen Zeit gebe ich dir noch, ein paar Minuten, du sollst dich erst wohlfühlen in deinem Zuhause, dich in

Sicherheit wiegen, damit du mir aufmachst, wenn ich gleich läute. Mich als Vertretung des Hausmeisters ausgebe, auf der Suche nach der Ursache für den Kurzschluss im Treppenhaus …

Auf Zehenspitzen stieg er Stufen hinauf, vorsichtig und langsam, immer darauf bedacht, das Knarzen der alten Holzstufen zu vermeiden.

56

Kaum hatte Sara aufgelegt, überrollte sie eine Welle der Erleichterung. Die Sorge in seiner Stimme, sein Entschluss, sich sofort mit ihr zu treffen, all das erfüllte sie mit neuer Zuversicht. Er wusste sicher, wie sie jetzt am besten vorgehen sollten.

Sie hastete in ihr Schlafzimmer und vertauschte ihren Pullover mit einer engen Angorajacke. Der Gedanke an Michael, an das Knistern in der Luft, als er bei ihr am Küchentisch saß, löste bei ihr ein angenehmes Flattern im Magen aus. Im Badezimmer wusch sie die verlaufene Wimperntusche weg. Kritisch betrachtete sie ihr Gesicht im Spiegel. Sie tuschte ihre Wimpern aufs Neue und legte Lippenstift auf. Sie lächelte ihr Spiegelbild an und dachte an Sonntag früh, als er in ihrer Küche gesessen und ihre Hände genommen und ihr versichert hatte, dass sie jetzt eine echte Chance hatten, Tini zu helfen.

An der Garderobe zog sie die schwarzen Stiefel und den Wollmantel an. Nahm die lila Mütze und den Schal, steckte Handy und Geldbörse ein und sperrte die Wohnungstür auf. Die Hand an der Klinke, spähte sie durch den Spion. Der Flur lag pechschwarz vor ihr. Sie spürte die Anspannung in ihrem Körper und atmete tief durch. Dann öffnete sie die Tür und drückte den Lichtschalter. Nichts geschah.

Mit klopfendem Herzen hastete sie zum nächsten Schalter und drückte ihn. Nichts. Immer wieder presste sie ihre Finger auf den runden Knopf. Es blieb dunkel. Mit der

Hand auf dem Schalter stand sie im Gang und lauschte auf die Geräusche des Hauses. Hier ein Knacksen, da ein Fernseher, eine Spülung, die das Wasser durch die alten Rohre rauschen ließ.

Alles war gut.

Das Knarzen der Stufen traf sie wie ein Knüppelschlag. Wie elektrisiert raste sie den Gang entlang, stieß die Tür auf und warf sie hinter sich ins Schloss. Keuchend lehnte sie sich dagegen. *Wer ist auf der Treppe? Was ist mit dem Licht? Eben hat es noch funktioniert!* Sie drehte den Schlüssel zitternd zweimal im Schloss.

Komm schon, mach wieder auf! Ohne die Wohnungstür aus den Augen zu lassen, ging sie rückwärts zur Garderobe, zog ihr Handy aus der Manteltasche und rief Michaels Nummer auf. Er musste sie abholen kommen, es half nichts. Sie würde auf keinen Fall den dunklen Flur betreten – nicht allein.

»Mist!« Seine Mailbox meldete sich. Sie legte auf. Dann, nach einem kurzen Zögern, wickelte sie ihren Schal zweimal um den Hals, verknotete die Enden und verstaute sie im Mantelkragen. Sie öffnete die Balkontür, trat hinaus und zog sie sorgfältig hinter sich zu. Die Innenhofbeleuchtung verströmte ein gleichmäßiges Licht, hell genug, um ihr den Weg über die Balkongeländer zu weisen. Geschickt schwang sie ihre Beine über das Geländer, hielt sich mit einer Hand am Rahmen an der Wand und mit der anderen am Geländer fest und ließ sich auf das Balkongeländer der unter ihr liegenden Wohnung herab.

Kaum zwei Minuten später stand sie vor dem Fahrradständer. Sie durchquerte den Hof und verließ ihn über den Fußweg zwischen Vorder- und Hinterhaus, der in die Zufahrt zu den Garagen mündete. Mit einem Mal hatte sie das

Gefühl, hinter ihr bewege sich ein Schatten. Sie wagte nicht, sich umzudrehen, ging geradeaus weiter, beschleunigte ihren Schritt, und rannte die letzten Meter zur Straße.

Der belebte Gehweg vermittelte ihr sofort ein Gefühl der Sicherheit, wie immer zogen Menschen an ihrem Haus vorbei, auf dem Weg zur U-Bahn oder in eine der Kneipen in den umliegenden Straßen. Wieder einmal merkte sie, wie sie dieses Viertel mochte, in dem das Leben pulsierte und doch die Anwohner von lärmender Aufdringlichkeit verschont blieben. Sie bog in die Nymphenburger Straße ein und marschierte zügig die von Läden und Restaurants gesäumte Straße entlang. Das Restaurant, in dem sie sich mit Michael verabredet hatte, lag an dem ruhigen Ende der Straße, genau an der Gabelung zur Romanstraße und gegenüber vom Grünwaldpark, der sich von hier bis zum Kanal erstreckte. Sie hatte es bewusst gewählt, da sie ungestört über die Ereignisse des Tages reden wollte und die Wahrscheinlichkeit sehr gering war, dort Bekannten zu begegnen, denen sie erklären müsste, wer der fremde Mann an ihrer Seite war. Sie überquerte die Straße und lief die letzten Meter zum Eingang des Restaurants.

Die Tür war verschlossen. Auf einem Schild an der Eingangstür unterhalb der angezeigten Kreditkarten las sie *Dienstag Ruhetag*. Unschlüssig blieb sie vor dem leeren Restaurant stehen. Sie sah auf die Uhr. In spätestens fünf Minuten würde Michael hier sein. Sollte sie ihn anrufen, umbestellen und zum Rotkreuzplatz vorlaufen? Wieder zurück in die Sicherheit der belebten Gehwege? Nein, dort gab es überhaupt keine Parkplätze. Er kam mit dem Auto, sie konnten gemeinsam woanders hin fahren. Ihre Finger ertasteten ein Stück Papier in der Manteltasche und zogen es heraus. Automatisch begann sie es zu falten.

Ein Käuzchen schrie. Ängstlich blickte sie sich um. Die Bäume des Grünwaldparks auf der anderen Straßenseite streckten ihre kahlen Äste bedrohlich nach ihr aus. Fast schien es, als ob sich hinter den Bäumen jemand bewegte. Ein Schauer überlief sie. Sie stellte sich unter die Straßenlampe und behielt die furchterregenden Bäume genau im Blick. Vielleicht sollte sie Michael doch umbestellen und zurückgehen. Ihr Handy läutete. Sie zog es aus der Tasche.

57

Geh weiter, Sara, was zögerst du? Spürst du, dass ich auf dich warte? Oder warum siehst du dich so oft um?

Er duckte sich hinter dem geparkten Auto, das ihm als Versteck diente, und beobachtete, wie Sara auf die Straßenlaterne zuging, sich darunter stellte und ihre Hand in die Manteltasche steckte. Er drückte den rechten Ringfinger gegen seinen Handballen.

Geh weiter, Sara, du hast mein Rufen gehört. Geh weiter.

Doch sie blieb stehen, als sei sie mit der Laterne verschmolzen. Wieder drehte sie den Kopf Richtung Grünwaldpark und drängte sich näher an den Laternenpfahl. Dann zog sie etwas aus der Manteltasche.

Er hörte die jazzigen Töne einer bekannten Melodie, dann ihre Stimme, die mehrmals laut »Hallo? Haaallo?« ins Telefon rief.

Was machst du? Willst du telefonieren?

Sie hielt das Handy an ihr Ohr. Wippte von einem Fuß auf den anderen. »Ja. Hallo. Sara hier.«

Du darfst jetzt niemanden mehr anrufen. Kennst du noch immer nicht die Spielregeln?

Er sprang hinter dem Auto hervor, sprintete über die Straße, direkt auf sie zu, unbemerkt, da sie ihm den Rücken zukehrte.

»Das Bistro hat –«

Er warf sich mit seinem ganzen Gewicht auf sie. Hörte,

wie sie aufschrie, als sie gemeinsam zu Boden fielen. Er sah, wie ihr Handy auf den Pflastersteinen aufprallte und ins Gebüsch schlitterte, während ein gefaltetes Papier langsam zu Boden segelte und dort liegen blieb.

58

Stöhnend rappelte sie sich auf. »Sind Sie völlig verrückt? Haben Sie keine Augen im Kopf?« Sara hielt inne, als sie sein schmerzverzerrtes Gesicht sah. Einen Arm auf seinen Bauch gepresst, saß er gekrümmt auf dem Gehweg und wiegte seinen Oberkörper vor und zurück.

»O Gott! Bitte verzeihen Sie mir! Haben Sie sich verletzt? Warten Sie…«, stammelte er und richtete sich mühsam auf.

Sara schüttelte den Kopf. »Nicht schlimm. Mehr erschreckt.« Sie klopfte den Schmutz von ihrem Mantel, putzte ihre Hände ab und betrachtete die Handballen. Der rechte blutete leicht. »Aber Sie sehen nicht gut aus. Was ist mit Ihnen? Haben Sie etwas am Magen?«

Er nickte. »Alte Kriegsverletzung… sozusagen. Es geht gleich wieder. Ich glaube, ich bin auf Ihren Ellenbogen gefallen.« Er verstärkte den Druck auf seinen Bauch mit dem anderen Arm. »Lassen Sie mich kurz verschnaufen.«

Plötzlich wurde sein Gesichtsausdruck besorgt. »Sie bluten ja!« Er beugte sich zu ihrem Knie und betrachtete die Wunde.

Sie sah an ihrem Bein hinunter. Ihre Strumpfhose hatte ein Loch, das Knie blutete. Jetzt fühlte sie einen pochenden Schmerz. Mit einem zischenden Geräusch zog sie die Luft ein.

»Ich bin gelaufen und muss gestolpert sein.« Er blickte sich suchend nach der Stolperfalle um und schüttelte missbilligend den Kopf. »Die Stadt sollte endlich die Gehwege reparieren, das ist wirklich gefährlich!«

Sie nickte und zog ein Taschentuch aus ihrem Mantel hervor. »Hier ist es besonders schlimm. Mein Sohn ist hier schon öfters mit den Skates hängen geblieben.« Sie befeuchtete das Taschentuch mit ihrer Zunge und wischte ihren Handballen ab.

»Kommen Sie, ich wohne gleich hier, lassen Sie mich die Wunde auswaschen und versorgen.« Er machte einen Schritt auf sie zu und streckte seine Hand nach ihrem Arm aus. Sie wich zurück.

»Danke, nein! Es geht schon. Helfen Sie mir lieber, mein Handy zu suchen.«

»Selbstverständlich. Schauen Sie bei der Laterne. Ich unter den Büschen«, schlug er vor und ging vor der Kirschlorbeerhecke in die Hocke. Kurze Zeit später hielt er ihr das Telefon in seinen Einzelteilen hin.

»Ich hab's. Sieht leider nicht gut aus.« Er setzte den Akku vor ihren Augen fachmännisch wieder ein. »Ich komme selbstverständlich für den Schaden auf. Und auch für Ihre Strumpfhose.«

Sie nahm das Handy entgegen und schaltete es an. Das Display blieb schwarz.

»Mist«, murmelte sie. »Das hat heute noch gefehlt.«

»Ich habe leider mein Handy nicht dabei, aber Sie können gerne bei mir telefonieren. Ich wohne gleich hier.« Er deutete mit dem Finger auf den dunklen Teil der Nymphenburger Straße. »Neben der Tankstelle.«

»Danke.« Sie steckte das Handy in die Manteltasche. »Geben Sie mir einfach Ihre Nummer, dann rufe ich Sie morgen wegen dem Schaden an.«

Er zog eine Visitenkarte aus der Jackentasche und reichte sie ihr. »Selbstverständlich. Wohnen Sie hier in der Nähe?«

»Ich? O ja.« Sie deutete auf ein etwa dreißig Meter entferntes Mehrfamilienhaus auf der gegenüberliegenden Straßenseite mit einem von Büschen und Bäumen gesäumten Vorgarten. »In dem Haus dort. Mein Mann kommt gleich, er musste noch kurz einen Anruf entgegennehmen.«

59

Er spürte ihre Nervosität. *Na, traust du mir nicht? Hast du etwa Angst? Natürlich hast du Angst! Ich rieche deine Angst. Wusstest du, dass Angst riecht? Wusstest du, dass der Geruch von Angst das Verhalten von Menschen verändert? Dass sich mit der Witterung von Angst in der Nase die Konzentrationsfähigkeit erhöht, wusstest du das?*

Sie sah auf ihre Uhr. »Naja, dann geh ich halt nochmal rein, ich muss ohnehin die Strumpfhose wechseln. Ich melde mich bei Ihnen, falls ich das Handy nicht mehr zum Laufen bringe.«

Du wirst es nicht zum Laufen bringen, ich habe Schneematsch in die Kontakte gerieben. Aber glaub mir, du wirst es nicht mehr brauchen.

Sie steckte die Karte ein und wandte sich zum Gehen.

Du willst mit mir spielen? So schnell wirst du zum Luder, schau einer an.

»Warten Sie.« Er legte seine Hand auf ihre Schulter. »Dann bringe ich Sie wenigstens zu Ihrem Haus. Das ist das Mindeste, was ich tun kann! Eine hübsche Frau wie Sie sollte so spät nicht allein hier in der Dunkelheit stehen. Ihr Mann sollte wirklich besser auf Sie aufpassen.«

Er spürte, wie ihre Panik stieg.

Ja, Sara, so läuft das Spiel nun mal. Ich stelle die Falle, und du tappst hinein. Und mit jedem Versuch, dich zu befreien, ziehst du sie enger zu.

Sie schüttelte seine Hand von ihrer Schulter. »Vielen

Dank, aber mein Mann kommt mir sicher schon entgegen.«

Er hörte, wie die Angst ihre Stimme veränderte. *Merkst du gerade, dass du nicht mehr auskommst?*

Er schenkte ihr sein freundlichstes Lächeln. »Kommt nicht infrage! Ich begleite Sie auf jeden Fall. Das bin ich Ihnen einfach schuldig.«

Wie ein Schraubstock schloss sich seine Hand um ihren linken Arm.

60

Wie hypnotisiert ließ Sara sich die Straße entlangführen. Noch immer saß ihr der Schreck des plötzlichen Zusammenstoßes in den Gliedern. Ihr Verstand sagte ihr, dass der Mann, dessen Visitenkarte sie in ihrer Manteltasche zerknickte, sich nur bemühte, den Schaden wieder gutzumachen. Sie sicher nach Hause geleiten wollte, um zu zeigen, dass er über sein Missgeschick untröstlich war. Ihr Bauch jedoch rebellierte. Wie eine Alarmanlage sendete er Signale, die sie vor einer undefinierbaren Gefahr warnen sollten. Sie fühlte Übelkeit in sich aufsteigen. *Denk an den König. Dem hättest du fast Pfefferspray in die Augen gesprüht vor lauter Hysterie. Reiß dich zusammen! Gleich sind wir an dem Haus, dort verabschiedest du dich, klingelst irgendwo und verschwindest im Hauseingang, bis er weg ist. Wo ist nur Michael? Er müsste schon längst da sein.* Unwillkürlich drehte sie sich um und spürte sofort, wie er seinen Griff verstärkte, als wolle er sicherstellen, dass sie bei ihm blieb. Sie spürte, wie die Übelkeit sich verstärkte und sich zugleich ein Gefühl des Widerstands in ihr regte. Wie kam dieser Mann dazu, sie festzuhalten? Sie am Arm zu führen wie ein kleines Kind? Hatte sie nicht deutlich gesagt, sie brauche seine Begleitung nicht?

Plötzlich hörte sie ihren Namen. Dann wieder. Lauter.

»Sara!«

Sie drehte den Kopf. Michael! Mitten auf der Straße rannte er auf sie zu und winkte. Sie riss sich los und rannte auf ihn zu. Sekunden später fiel sie ihm um den Hals. Sie zitterte am ganzen Körper.

Er hielt sie fest. Seine Arme umschlangen sie. Pressten sie an sich. Er musste ihre Angst spüren, denn er verstärkte den Druck seiner Arme, als könnte er ihr dadurch mehr Geborgenheit geben, und flüsterte ihr beruhigende Worte ins Ohr.

»Wo wolltest du denn hin?«, fragte er schließlich. »Was war das für ein Mann?«

Sie löste sich aus seinen Armen und sah sich nach dem Mann um. »Er ist weg. Komisch. So besorgt wie der eben noch war, hätte ich angenommen, dass er wartet, bis ich zurückkomme.«

Gemeinsam suchten sie die Straße nach ihm ab, doch er blieb wie vom Erdboden verschwunden.

»Seltsam, er sagte, er wohnt neben der Tankstelle, da hätte er an uns vorbeikommen müssen. Hast du ihn vorbeikommen sehen?«

»Nein.« Michael sah sie beunruhigt an. »Wer war das denn?«

»Ich weiß es nicht. Aber er war unheimlich. Vielleicht wollte er nur freundlich sein, aber er hat mir wirklich Angst gemacht.«

»Aber warum bist du dann mit, wenn du Angst hattest?«

»Er hat mich einfach am Arm genommen. Er wollte mich nach Hause bringen.«

»Hier?« Er schaute sie verwundert an. »Du wohnst doch in der anderen Richtung.«

»Ich wollte nicht, dass er weiß, wo ich wirklich wohne.« Bei dem Gedanken an seinen Griff lief ihr ein Schauer den Rücken herunter. Sie schüttelte sich.

»Aber warum wollte er dich überhaupt nach Hause bringen?«

»Er wollte mir helfen.« Sie hob ihr Knie an und zeigte auf ihre zerrissene Strumpfhose.

»Du blutest ja!« Er beugte sich erschrocken vor, um die Wunde näher zu betrachten, doch sie stellte ihr Bein schnell wieder ab.

»Halb so schlimm.« Sie winkte ab. »Er ist gestolpert. Wir sind beide gestürzt. Aber mein Handy ist im Eimer.«

Er nahm ihre Hand. »Jetzt bring ich dich erst mal nach Hause. Dann versorgen wir dein Knie. Und dann erzählst du mir alles, was heute geschehen ist.«

»Aber nicht bei mir.«

»Dann fahren wir zu mir. Allerdings müssen wir ein Taxi nehmen, mein Auto hat mich im Stich gelassen.«

61

»Mach es dir bequem.« Michael deutete auf das Sofa und blies das Streichholz aus, mit dem er eine Kerze auf dem Flügel angezündet hatte. »Möchtest du einen Tee? Oder lieber Wein?«

Ihr Blick blieb am Flügel hängen. Das Bild. Das Bild von Michael und Sylvia. Es war weg.

»Sara?«

»Ja?« Warum hatte er das Bild entfernt? Was hatte ihn jetzt so plötzlich dazu bewegt? Wollte er seine Verbindung zu ihr vertuschen?

»Tee oder Wein?«

Sie musterte ihn. »Was nimmst du?«

Michael verschwand durch die Küchentür, und sie hörte, wie er den Wasserhahn aufdrehte und etwas Schweres abstellte. Er erschien mit einer Flasche Wein im Türrahmen.

»Nach dem, was du mir eben über Valeska und König erzählt hast, hat der für heute Abend die richtige Schwere.« Mit einem leisen Plopp öffnete er die Flasche. Michael stellte sie auf den Couchtisch und ging mit dem Korkenzieher in die Küche zurück.

Sara stand vor dem Flügel und strich über den schwarzen Lack. Auf dem Weg zu seiner Wohnung hatte sie ihm die Ereignisse im KulturLaden geschildert. Anfangs hatte er Zwischenfragen gestellt, doch dann wurde er immer stiller, bis er nur noch ihre Hand drückte und angespannt ihren Worten lauschte. Von Ronnie und Dr. Rosen hatte sie bislang nicht gesprochen, und sie war sich nicht sicher, ob sie das Thema überhaupt anschneiden sollte. Mit zwei Gläsern in der Hand betrat er wieder das Wohnzimmer.

»Wie lange spielst du schon Klavier?«

»Seit meinem sechsten Geburtstag. Ich wollte immer Musiker werden.«

»Und?«

»Der Hunger war größer.« Er platzierte die Gläser neben die Flasche. »Setz dich doch, der Tee kommt gleich.«

Der heiße Tee entspannte sie. Sie trank schweigend, in kleinen Schlucken, und wärmte die Hände an dem warmen Porzellan.

Michael saß neben ihr, einen Block auf seinem Schoß. »Dein Tag war so ereignisreich, ich muss mir das jetzt skizzieren. Irgendwie in logische Sequenzen gliedern, damit wir überblicken können, ob und was für uns relevant ist.« Er kritzelte stumm in seinen Block. »Ich weiß nicht, wie es dir geht, aber für mich deutet alles immer mehr auf Valeska Liebig.«

»Meinst du?«

»Findest du ihr Verhalten nicht verdächtig?« Mit dem Zeigefinger der rechten Hand zählte er an den Fingern der Linken die Punkte ab. »Es ist alles da: Motiv, Gelegenheit, Folterkammer und die Opfer... Und dann so Details wie der Parka und der Rucksack. Hast du nicht gesagt, im Radio haben sie im Zusammenhang mit Grossmann eine Person mit Parka und Nike-Rucksack erwähnt? Das alles ist ziemlich dicht.«

Sie schüttelte bedächtig den Kopf. »Nein. Das ist zu einfach. Denk mal darüber nach, diese Indizienflut, das trifft auf Tini auch zu.« Sie machte eine kurze Pause, überlegte, ob sie ihren Gedanken aussprechen sollte. Dann sah sie ihm direkt in die Augen. »Oder auf uns.«

»Unsinn!« Er griff nach ihrer Hand. »Der König spielt mit uns, weil er im Trüben fischt.«

Sie spürte, wie seine Wärme sich auf sie übertrug und empfand seine Nähe mit einem Mal als das Natürlichste der Welt. »Und Valeskas Mann? Was spielt er für eine Rolle? Immerhin hat er dieses Bild aufgehängt.«

»Überleg mal: Du hast ihn nicht gesehen. Niemand hat ihn gesehen. Vielleicht hat sie das Ganze inszeniert. Die Ohnmacht, ihr Verschwinden, das Poster. Wie war der Name nochmal?«

»Lydia Schwartz.«

Mit der freien Hand vermerkte Michael den Namen auf seinem Block. »Nie gehört. Aber ich erkundige mich morgen. Wann ist dein Termin beim König?«

»Um fünf.«

»Ich komme mit.« Er notierte die Uhrzeit neben dem Namen. »Wir geben ihm Valeskas Sachen und weisen ihn auf die Verdachtsmomente hin. Damit müssten wir dich entlasten können.«

»Ich weiß nicht...« Konnte Valeska wirklich die Täterin sein? Kann sich ein Mensch so verstellen? Immerhin hatte sie diese Gruppe ins Leben gerufen, widmete diesen Frauen ihre Zeit. Alles das, um sie dann ins Unglück zu stürzen? Irgendetwas in ihrem Inneren sträubte sich gegen diesen Verdacht. Vielleicht, weil sie diese taffe Frau mochte. Sie wollte, dass sie unschuldig war.

»Möchtest du lieber allein dorthin?«

Sie schaute ihn dankbar an. »Nein! Es wäre toll, wenn du mitkommst, aber... Ich meine, klar, Valeska wusste über alles Bescheid, sogar, wo Tini wohnt. Aber warum sollte sie die Frauen aus einem Gefängnis befreien, nur um sie in ein anderes hineinzumanövrieren?«

»Vielleicht hat sie das nicht vor. Vielleicht plant sie, sich zu bekennen und unterzutauchen. Aber damit sie weiter töten kann, muss sie die Schuld auf die anderen lenken.«

»Eine Rachegöttin?«

»Eine von Hass getriebene Psychopathin.« Er nahm zwei Kekse aus der Keramikschale auf dem Couchtisch, gab Sara einen davon und steckte sich den anderen in den Mund. »Immerhin hat Valeska die Folterkammer ins Leben gerufen. Sie hätte das von langer Hand planen können. Bereits das Forum könnte Teil des Plans gewesen sein.«

»Ich finde, sie ist eine tolle Frau«, sagte Sara. »Irgendwie möchte ich nicht glauben, dass sie die Täterin sein könnte. Aber du hast natürlich Recht, es spricht vieles dafür.«

Sie seufzte laut und fuhr fort. »Und bei den meisten Serienmördern fallen die Nachbarn und Freunde aus allen Wolken, wenn es herauskommt.«

»Das stimmt. Allerdings gibt es praktisch keine Serienmörder*innen*.« Er angelte sich noch einen Keks aus der Schale. »Und wenn, dann bringen sie meist ihre eigenen Männer um, wie die schwarze Witwe von Göttingen, oder töten ihre Kinder.«

»Und Dr. Rosen? Sie hatte Tini, Kathi und Anja in Therapie und kennt die Folterkammer.«

Er sah sie fragend an. »Motiv?«

»Psychopathin mit Männerhass?«

Er schüttelte den Kopf. »Mir fehlt der emotionale Bezug.«

»Wer bleibt dann noch? Marie? Petra? Oder jemand anderes aus dem Forum? Vielleicht jemand, der nicht bei der Gesprächsrunde dabei ist?«

»Halte ich nur für valide, wenn zügig weitere Morde verübt werden. Also, wenn jemand von sich ablenken will. Ich sehe sonst die Motivation einer geprügelten Frau nicht, andere zu befreien und selbst in der Hölle zu verharren.« Er legte seinen Block weg und stand auf. »Was hältst du von einer Kleinigkeit zu essen? Ich gehöre zu den Menschen, die mit vollem Magen deutlich besser denken können.«

62

Scheppernd flog die Bierdose durch die stille Nacht. Vier schnelle Schritte, dann krachte sie gegen sein nächstes Ziel. Die entgegenkommende Passantin wechselte schnell den Bürgersteig, hielt sich dicht bei den Häuserreihen, als sie auf seiner Höhe war. Hab ruhig Angst, wollte er ihr zubrüllen, alle sollt ihr Angst vor mir haben, ihr Luder, alle seid ihr Luder.

Wie diese Sara.

Zwei Mal hast du meine Pläne durchkreuzt. An einem Tag.

Dabei wirkte sie so unschuldig. Typisch Frau. Falsch und hinterlistig wie eine Schlange.

Du hast mich angelogen und mir dabei ins Gesicht gelächelt. Wie Lydia. Genau wie sie. Genauso verlogen und berechnend. Du hast gewusst, dass du in der Falle steckst. Ich konnte deine Anspannung spüren, als ich mit dir die Straße überquerte. Dabei hattest du mich erst auf die Idee gebracht, dich in diesen dicht bewachsenen Vorgarten zu schleppen.

Es wäre perfekt gewesen. Noch zwei Meter. Dann mit einer schnellen Bewegung hinter den Busch, die Hände um den Hals.

Weißt du, dass du nicht mehr schreien kannst, wenn meine Hände sich einmal um deinen Hals gelegt haben? Wenn dein Kehlkopf eingedrückt, und dein Zungenbein gebrochen ist?

Dein Mann hat dich heute nochmal gerettet.
Heute. Heute hattest du Glück.
Aber morgen, morgen ist ein neuer Tag.
Vergiss nicht, es sind meine Spielregeln.

Wieder trat er gegen die Bierdose. Eiernd schepperte sie über den Gehsteig, fiel vom Rinnstein und verschwand unter einem geparkten Opel.

63

Sara leckte sich die Tomatensauce von den Fingern, als sie bemerkte, dass Michael sie versonnen beobachtete. Sie nahm die Serviette vom Tisch und putzte sich Mund und Hände ab.

»Das hat gutgetan!« Sie rieb sich ihren Bauch. »Danke.«

»Dein Tag schrie nach Pizza.« Er nahm die Teller und trug sie in die Küche.

»Die Figur auf dem Flügel ist schön«, bemerkte sie, als er wieder ins Wohnzimmer trat. »Dr. Rosen hat eine ähnliche. Du weißt, die Psychologin, die Tini dir empfohlen hatte. Dort waren wir heute. Zur Eheberatung.«

Er beugte sich über den Tisch und schenkte Wein ein. Mit dem Fuß schaltete er den Stecker der Stereoanlage an und setzte sich zu ihr. Aus den Lautsprechern tönte ein Stück von Randy Crawford.

»Ihr wart bei der Eheberatung?« Sein Gesichtsausdruck war vollkommen neutral. Zu neutral. Zumindest im Vergleich zu seinem Verhalten vorhin, als er ihre Hand gehalten hatte. Ob er denkt, dass sie ihm etwas durch die Blume mitteilen will? Dass sie ihm sagen möchte, dass sie noch an Ronnie hängt und die Ehe retten möchte?

Sie lächelte ihn an. »Jetzt können wir die Scheidung einreichen.«

Sein Gesichtsausdruck änderte sich. Sie sah Mitgefühl, als könnte er erahnen, wie sie sich nach der Sitzung gefühlt haben musste. »Warst du deswegen am Telefon so fertig?«

Sie schüttelte den Kopf. »Nein. Ich hatte Angst.«

Michael streckte seinen Arm aus und nahm ihre Hand. Er drückte sie sanft, fast zärtlich. »Es ist in Ordnung, sich zu fürchten.«

»Naja, dem König hab ich fast Pfefferspray in die Augen gesprüht, im Bahnhof hab ich vor lauter Verfolgungswahn meine Zeitschrift nicht bezahlt, und dann der Typ vor dem Bistro … Völlig hysterisch.«

»Du hast klug reagiert.« Sein Händedruck nahm zu. Fast unmerklich, und doch spürte sie ihn so intensiv, dass sich Wärme in ihrem Körper ausbreitete.

»Außerdem habe ich Ronnies neues Auto zu Schrott gefahren.«

Michael blickte sie ernst an. »Erzählst du mir, was bei der Eheberatung passiert ist? Warum ihr überhaupt dorthin seid?«

Sie nahm einen Schluck Wein. Ihre Mundhöhle füllte sich mit dem Geschmack von reifen Beeren. Plötzlich bemerkte sie, wie müde sie war. Vielleicht durfte sie hier auf der Couch schlafen. Wie Tini. Sie kämpfte gegen das Gefühl an, sich sofort in die weichen Kissen zu lümmeln und auszustrecken, hier, neben ihm, mit seiner Hand auf der ihren. Was er wohl über sie dachte? Wie fest er sie vorhin auf der Straße an sich gedrückt hatte. So, wie sie Jonas an sich gedrückt hatte, damals, als er einfach vom Spielplatz weggelaufen war und sie ihn verzweifelt gesucht hatte. Sie hatte kein Wort herausgebracht, aber in ihrer Umarmung hatte alles gelegen, was sie gefühlt hatte – die Angst vor dem Verlust, die Schuld, dass sie nicht aufgepasst hatte, und die Erleichterung, ihn wiederzuhaben. Ob Michael sich in sie verliebt hatte? Hatte er deshalb das Foto von Sylvia weggeräumt? Ihr Herzschlag beschleunigte sich.

»Bist du sicher? Willst du das hören? Das wird eine lange Geschichte«, sagte sie.

»Ich habe heute nichts mehr vor.«

Sie nahm einen Schluck Wein, lehnte sich in die großen weißen Kissen zurück, ein kleines Stück näher zu Michael, und fing an zu erzählen.

Mittwoch, 17. Dezember

64

Sara öffnete die Augen. Sie spürte das gleichmäßige Heben und Senken von Michaels Brust und fühlte, wie ihr Kopf sich im Rhythmus seines Atems bewegte. Sie schloss die Augen, sog den Duft seines After Shaves ein und genoss es, dass er seine starken Arme beschützend um sie gelegt hatte, gestern Nacht, als sie so müde gewesen war und sich mit jeder Faser ihres Körpers nach seiner Wärme und Geborgenheit gesehnt hatte. Sie wagte nicht, sich zu bewegen. Sie wollte ihn nicht aufwecken, wollte noch ein paar Minuten seine Nähe spüren, mit dem Kopf auf seiner Brust dem beruhigenden Klopfen seines Herzens lauschen. Sobald er aufwachte, war der Zauber der letzten Stunden vorbei. Ein Grund mehr wahrzumachen, was sie gestern gesagt hatte.

Sie rief sich ihr Gespräch über Ronnie und Jonas ins Gedächtnis zurück. Bereute sie ihre emotionsgeladenen Worte? Oder dass sie Michaels Hilfe akzeptiert hatte, um einen neuen Weg einzuschlagen?

Zaghaft hob sie ihre Hand und blickte auf die schwach leuchtenden Neonziffern ihrer Uhr. Zehn nach sechs. Mit angehaltenem Atem löste sie sich aus seinem Arm, stand auf und schlich zur Garderobe, wo sie Mantel, Mütze und Schal vom Haken nahm, ihre Stiefel vom Fußboden aufhob und auf Zehenspitzen die Wohnung verließ. Leise schloss sie die Tür hinter sich, zog ihre Sachen an und ging die Holztreppe hinunter, peinlich darauf bedacht, keinen Lärm zu machen.

Sie ging durch den spärlich beleuchteten Innenhof und trat auf die Schwanthalerstraße, auf der bereits reges Treiben herrschte.

»Mama!«, rief Jonas und ließ die Hand seiner Großmutter los. Er lief über den kleinen Platz vor dem Haupteingang der Schule und flog in Saras Arme. Sie drückte ihn fest an sich.

»Guten Morgen, mein Engelchen«, flüsterte sie in sein Ohr. »Hast du gut geschlafen?«

»Meine Sportsachen! Papa hat gesagt, ich soll so turnen, aber die Frau Kirschner …«

Sara ließ ihn los, nahm den Rucksack von ihren Schultern, holte einen Turnbeutel heraus und gab ihn Jonas. »Aber Schätzchen! Ich lass dich doch nicht ohne Turnbeutel zu Frau Kirschner! Das Geschenk für Tom ist auch da drin, also nicht herumwerfen!« Sie gab Jonas einen schmatzenden Kuss auf die Backe. »Ab die Post! Viel Spaß! Ich hol dich bei Tom ab.«

»Guten Morgen, Sara.« Die Stimme ihrer Schwiegermutter klang noch kühler als sonst.

»Guten Morgen.« Sara blickte Jonas nach, wie er die Treppe hinaufrannte und hinter der großen, braunen Doppeltür verschwand. Unter dem musternden Blick ihrer Schwiegermutter fühlte sie sich sofort unwohl. Er machte ihr bewusst, wie schäbig ihre Jeans und der abgetragene Lammfellmantel im Vergleich zu ihrem vornehmen Hosenanzug und der Lodenjacke wirkten. Plötzlich begriff sie, wie sehr diese perfekte Fassade sie erdrückte, wie sehr sie die abschätzigen Blicke ihrer Schwiegermutter hasste, diese Blicke, die Ronnie von ihr übernommen hatte.

»Ronnie wünscht, dass Jonas nach der Schule wieder zu uns kommt«, sagte sie spitz.

»Das wird er nicht«, antwortete Sara bestimmt. »Jonas geht nach der Schule auf einen Geburtstag. Und von dort werde *ich* ihn abholen und mit nach Hause nehmen. Wo er hingehört. Wenn Jonas möchte, kann er euch gerne am Wochenende besuchen. Und wenn Ronnie das nicht gefällt, dann soll er mich anrufen.«

»Ich bin mir sicher, das wird ihm nicht gefallen. Ich hoffe, du weißt, was du da tust.« Ihre Schwiegermutter presste die Lippen fest zusammen, bis der Ausdruck höchster Missbilligung nicht mehr zu übersehen war.

»Danke, ich weiß genau, was ich tue. Ich wünsche dir noch einen schönen Tag.« Sie wandte sich abrupt ab. Dann ging sie direkt zur U-Bahn, die Hand fest um den Schlüssel in ihrer Manteltasche geballt. Sie hatte etwas Wichtiges zu erledigen.

Die Haustür stand offen. Sara trat einen Schritt zurück und vergewisserte sich, dass die Hausnummer stimmte. Dann überprüfte sie noch einmal die Klingelschilder, doch der Name, der hier stehen sollte, fehlte.

Im Eingang roch es nach Essen. Bei den Briefkästen fuhr sie mit dem Finger die ungleichmäßigen Namensschilder entlang. Schließlich fand sie, was sie suchte.

Zögerlich ging sie auf die breite Treppe zu. Sollte sie wirklich …? Was, wenn …? Sie gab sich einen Ruck und stieg die Stufen hoch. Am Treppenabsatz machte sie Licht, bevor sie im Flur die Namen an den Wohnungstüren studierte. An der letzten Tür rechts stand keiner.

Sie klingelte und klopfte abwechselnd. Erst zaghaft, dann immer stärker. Als keiner öffnete, holte sie den Schlüssel aus ihrer Manteltasche und steckte ihn ins Schloss. Plötzlich hörte sie, wie hinter ihr die Tür aufging.

»He, geht's noch, oder was?« Ein verschlafener Mann blinzelte sie verärgert an. »Was soll der Lärm?«

»Tut mir leid, ich dachte, ich hätte den Schlüssel vergessen, aber jetzt habe ich ihn gefunden«, sagte Sara und versuchte, einen zerknirschten Blick aufzusetzen.

»Wie viele Leute haben eigentlich einen Schlüssel? Was wird das? Konspirativer Treffpunkt, oder was?« Der Mann kratzte sich durch die offene Pyjamajacke am Bauch und gähnte.

»Unsinn.« Mehrere Leute hatten einen Schlüssel? War das gar nicht Valeskas Wohnung? Vielleicht eine Art Safehouse für Frauen, die kurz Unterschlupf suchten? Aber wieso war dann die Stromrechnung an Valeska Liebig adressiert? Und am Briefkasten nur ihr Name?

»Der kleine Rotschopf am Sonntag hatte einen und der Typ gestern. Und du. Und Valeska. Das macht vier Schlüssel für ein Einzimmerappartement. Sag Valeska, sie soll mal ihren Mietvertrag durchlesen, was da über Untervermietung drinsteht. Auch tageweise.«

Ein Typ? Dann fiel Safehouse wohl weg. »Ich soll nur was abholen – mit Valeskas Schlüssel. Bleib mal locker, ja?«

Ob der Nachbar den Nagel auf den Kopf getroffen hatte und Valeska ihre Wohnung bereits untervermietete? Schließlich wollte sie ja abhauen.

Sara betrat die Wohnung und legte den Riegel vor. Sie atmete tief durch.

Also gut, Valeska, dann erzähl mal: Wo bist du und wer wohnt hier?

An der Garderobe sah sie zwei Jacken, mehrere Mützen, einen Schal, einen Baseballschläger, einen kaputten Schirm, ein Paar Sportschuhe, ein Paar Stiefel und eine Ledertasche.

Die schwarzen Stiefel erkannte sie sofort wieder. Valeska hatte sie am Freitag bei der Gruppenstunde getragen, zusammen mit der schwarzen Baskenmütze und dem schwarzen Schal. Auch eine der Jacken kam ihr bekannt vor. *Ganz ausgezogen kannst du also noch nicht sein. Es sei denn, du hast die Wohnung mitsamt Klamotten vermietet.* Sie betrat die kleine Küche. An einer Pinnwand hingen kleine aus Zeitungen ausgeschnittene Artikel und bunte Zettel. Sie überflog mehrere Überschriften.

Vater tötet Familie

Die Entlassung des Familienvaters Helmut K. aus einer dreimonatigen Haftstrafe war für seine drei Töchter (6, 11 und 13 Jahre) tödlich. Er hatte wegen häuslicher Gewalt eingesessen und wollte sich mit den grausamen Morden an seiner Frau für ihren Verrat rächen. Gestern Abend …

Tödliches Familiendrama

Mit 27 Messerstichen rächte sich Gerhard M, 38, aus Pasing dafür, dass seine Frau Melanie M., 32, ihn verlassen hatte. Der bis dahin nicht auffällig gewordene Vertreter passte seine Frau nach Feierabend in einer …

Sie las den Artikel zu Ende, dann das Gedicht darunter, in Tusche über eine gezeichnete Rose gepinselt.

Des Lebens Tag ist schwer und schwül
Des Todes Odem leicht und kühl;
Er wehet freundlich uns hinab,
Wie welkes Laub ins stille Grab.
(F. L. von Stolberg)

Ach Valeska, denkst du so über das Leben? Dass der Tod uns erlöst? Erlöst von was? Angst? Verzweiflung? Oder drehst du es um, und erlöst deine Schützlinge durch den Tod ihrer Peiniger?

Neben der Pinnwand hing eine Collage. Im Zentrum befand sich das Portraitfoto einer schönen jungen Frau mit strahlenden Augen und einem herzlichen Lachen, darum kreisförmig angeordnet Fotos von Kindern. Sie betrachtete die Kinderfotos genau und stellte fest, dass es sich um verschiedene Fotos derselben drei Kinder handelte. Eine hübsche Familie, glückliche, lachende Gesichter.

Um die Kinderfotos legte sich ein weiterer Kreis, gezeichnete abstrakte Monsterfratzen, die mit dem unregelmäßigen Untergrund verschmolzen, in den ganz fein vier Namen eingraviert waren: *Anina, Lucca, Neni, Nora.*

»Du bist sicher die Freundin, die von ihrem Mann erschossen wurde«, murmelte Sara. »Du wüsstest wahrscheinlich, wo sie jetzt steckt.«

Sie strich mit dem Finger über die Fotos der Frau und ihrer Kinder und spürte Trauer über den verlorenen Kampf der ihr unbekannten Familie in sich aufsteigen. Schnell wandte sie sich ab und ging zum Küchentisch. Dort stapelten sich neben einem Laptop zusammengeheftete Papiere und Briefe. Sara nahm den obersten Stapel, über dessen Titelblatt sich ein rötlicher Fleck zog, als hätte ein Marmeladebrot Spuren hinterlassen. *Zwangsstörungen: Der Einsatz von Zwangs-*

handlungen zur Neutralisierung von Zwangsvorstellungen. Hausarbeit von Valeska Liebig

Sara schlug die erste Seite auf.

> *Wer unter Zwangsgedanken und Zwangshandlungen leidet, braucht viel Zeit, da eine Zwangshandlung oft in Programmabläufe eingebunden ist, die immer gleich sein müssen. Dieses ritualisierte Verhalten gehört zu der häufigsten Verlaufsform von Zwangsstörungen.*

Gespannt überflog sie mehrere Seiten.

> *Viele Zwangsgestörte haben schon vor Ausbruch der Erkrankung Probleme mit ihrer Umwelt. Sie sind oft unsicher, entscheidungsschwach, haben ein geringes Selbstwertgefühl und Angst vor Ablehnung durch andere …*

Ob Valeska unter Zwangsgedanken gelitten hatte?

> *Für den Patienten sind Zwangsgedanken belastender als die Zwangshandlung, die instrumentalisiert zur Neutralisierung der Zwangsgedanken eingesetzt wird. Dabei übernimmt die kognitive …*

Ob sie diese Gedanken mit bestimmten Ritualen verbannt hatte? Nachdenklich legte Sara die Blätter auf den Tisch zurück. Bilder von Valeska tauchten vor ihren Augen auf. Nein, sie wirkte zu selbstsicher. Wahrscheinlich war das einfach nur eine von mehreren Hausarbeiten, die sie schreiben musste. Dennoch hatte Sara den Verdacht, dass Valeska das Thema nicht ohne Grund gewählt hatte.

Ihr Blick blieb an einem zerrissenen Foto hängen. Die Schnipsel des Fotos sahen aus, als hätte jemand das Bild zerrissen und dann über den Tisch verteilt. Sie sammelte die einzelnen Stücke zusammen und fügte sie wieder zu einem Ganzen. Es war ein Hochzeitsfoto, Valeska mit Brautstrauß in einem hellen Sommerkleid und längeren Haaren, er mit Schnauzbart im dunklen Anzug. Im unteren Teil hatte jemand auf die glänzende Oberfläche gekritzelt.

Der Mann kam ihr bekannt vor. Sara kniff ihre Augen zusammen und betrachtete konzentriert das Bild. Konnte das der Typ von gestern Abend sein? Nur mit Schnauzbart? Sie schauderte, aber es gelang ihr nicht, sich zu erinnern. Es war zu dunkel gewesen und seine Mütze zu tief ins Gesicht gezogen, um ihn zu erkennen.

Sie verließ die Küche und betrat einen spartanisch eingerichteten Wohnraum, der gleichzeitig als Schlaf- und Wohnzimmer diente. Das Bett stand in einer Ecke, halb von einem Paravent mit japanischen Schriftzeichen verdeckt. Links versetzt daneben ein Schaukelstuhl, mit einem Beistelltisch, der unter einem Stapel Bücher fast zusammenbrach. Kein Sofa, kein Esstisch oder Stühle, nichts, was auf mehrere Bewohner oder viel Besuch hindeutete.

Der Schaukelstuhl war bequem. Sara schaukelte hin und her und ließ ihren Blick durch das Zimmer schweifen. Dann schloss sie die Augen und lauschte auf die Geräusche um sich herum. Eine Wasserspülung, leiser Verkehrslärm, schnelle Schritte auf der knarzenden Treppe, jemand lief sie hoch und rannte den Gang entlang. Sara hielt den Atem an. Valeska? Wie sollte sie ihre Anwesenheit in der Wohnung erklären? Sie sprang aus dem Schaukelstuhl. Sie würde sagen, dass sie nur hier war, um ihr den Rucksack zu bringen.

Die Schritte wurden langsamer. Schließlich verstummten sie ganz. Sara spitzte die Ohren, wartete auf das Drehen des Schlüssels, auf das Klappern der Tür, wenn Valeska merkte, dass der Riegel vorgelegt war. Sie hörte, wie die Tür im Appartement nebenan aufgeschlossen wurde.

Glück gehabt. Zeit zu gehen. Sie atmete auf und ließ ihren Blick ein letztes Mal durch den Raum streifen. Er blieb an einer mit einem Tuch abgedeckten Kiste hängen. Sie stand auf dem Boden vor dem Bücherregal. Sara näherte sich neugierig und zog vorsichtig das Tuch weg. Mit einem Satz sprang sie zurück, ein entsetzter Schrei löste sich in ihrer Kehle. Die schwarze Mamba!

Die giftige Schlange lag reglos in dem zu kleinen Terrarium. Mit zitternden Händen nestelte Sara ein Handy aus der Tasche.

Doch Valeska.

Wie man sich in einem Menschen täuschen konnte. Sie hatte Grossmann umgebracht. Hier lag der Beweis. Das müsste reichen, um Tini sofort aus der U-Haft zu holen. Sie wählte eine Nummer und wartete. Endlich meldete sich eine tiefe Stimme.

»Peter Naumann.«

»Peter, ich hab sie gefunden!« Sie wollte ins Telefon schreien, doch sie zwang sich zu einem Flüstern.

»Hast du eine neue Handynummer?« Peter klang irritiert. »Ich habe deine Nummer nicht erkannt.«

»Nein, das ist Jonas' Handy, meines ist kaputt. Aber das ist doch jetzt unwichtig!« Sie bemühte sich, ihre Stimme zu dämpfen. »Ich hab sie gefunden!«

»Ich weiß zwar nicht, von was du sprichst, aber ich habe auch gute Nachrichten. Zwei Uhr in der Nähe vom Ostbahnhof. Ich hab ein Treffen arrangiert. Ich sag dir, das war nicht einfach. Aber was tue ich nicht alles für dich …«

»Ich hab die Mamba gefunden.«

»Was?«

Sara blickte wieder auf das Terrarium, in dem die Mamba gerade ihren Kopf hob. Automatisch wich sie einen Schritt zurück. Sie wusste, wie schnell und gefährlich diese Schlange war. Und das Terrarium war viel zu klein und nicht gesichert. Sie musste so schnell wie möglich aus dieser Wohnung und die Polizei benachrichtigen. »Du kannst das Treffen abblasen.«

»Das geht nicht! Ich erwisch den nicht mehr. Wenn du da nicht auftauchst, hat der das letzte Mal mit mir einen Deal gemacht. Du musst hin. Stell ein paar Fragen, gib ihm die Kohle und hau wieder ab.«

Mit einem Blick überprüfte Sara die Uhrzeit. Viertel nach neun. Da hatte sie noch genug Zeit.

»Okay. Wo genau?«

»Auf dem stillgelegten Industriegelände am Ostbahnhof. Dort steht ein grüner Bungalow. Warte dort. Er findet dich. Ich habe dich beschrieben. Du bist sicher, dass du die Mamba gefunden hast?«

»Definitiv. Ich weiß doch, wie eine Mamba aussieht.« Langsam, das Terrarium immer im Auge, bewegte sie sich rückwärts zur Tür.

»Wo?«

»In einer Wohnung. Nicht gesichert. Da ist nicht mal ein Schloss an der Schiebetür vom Terrarium.«

»Dann weißt du, was du zu tun hast. Wohnung sichern und raus.«

»Ich weiß. Und … Danke. Du bist echt ein Freund.«

»Immer gerne.« Dann fügte er ernst hinzu: »Pass auf dich auf.«

»Versprochen.« Sie schloss die Wohnzimmertür hinter

sich. Aus der Küche schleifte sie einen Stuhl in den Flur und platzierte ihn davor. Dann holte sie einen Zettel und Stift, schrieb groß *Achtung Giftschlange – Nicht gesichert!* darauf und legte ihn auf den Stuhl. Vier Schlüssel waren im Umlauf, hatte der Nachbar gesagt. Genaugenommen mussten es drei sein, sie hatte Valeskas Schlüssel. Selbst im Dunkeln würde man jetzt erst über den Stuhl fallen und auf den Zettel aufmerksam werden.

In der Küche ging sie zum Tisch, klaubte die Schnipsel des zerrissenen Fotos von der glatten Oberfläche und steckte sie in ihre Handtasche. Dann verließ sie die Wohnung.

Als sie die Tür absperrte, bemerkte sie, dass ihre Hand zitterte. Michael hatte Recht gehabt mit seiner Vermutung. Valeska war eine kaltblütige Mörderin. Sie legte den Schlüssel unter die Matte und lief den Gang entlang. Auf dem Weg durchs Treppenhaus holte sie die Karte von Kommissar König aus der Manteltasche und tippte seine Nummer in Jonas' Handy.

»König«, bellte er heiser.

»Sara Neuberg.«

»Frau Neuberg.« Er klang überrascht. »Haben Sie von Frau Liebig gehört?«

»Nein, aber ich wollte Ihnen mitteilen, dass die schwarze Mamba in Frau Liebigs Wohnung ist. Haben Sie etwas zum Schreiben? Westendstraße 34b, erster Stock, letzte Tür rechts. Sie sollten sie abholen lassen. Sie ist in einem nicht gesicherten Terrarium.« Sie hörte, wie er mitschrieb.

»Die schwarze Mamba? Was machen Sie in Frau Liebigs Wohnung?« Königs Stimme überschlug sich fast. »Ist Frau Liebig auch dort?«

»Nein.«

»Wie sind Sie dann in die Wohnung gekommen?« Der

lauernde Unterton, der ihr schon in Michaels Wohnung unangenehm aufgestoßen war, hatte sich wieder in seine Stimme geschlichen.

»Der Schlüssel liegt unter der Matte.« Das war die Wahrheit. Zumindest jetzt.

»Und Sie sind sich sicher? Eine schwarze Schlange?«

»Hellgrau.«

»Dann ist es nicht die, die wir suchen.« Sie konnte seine Enttäuschung hören.

»Schwarze Mambas sind grau. Schwarz ist nur der Rachen.«

»Aha …«

Sara biss sich auf die Lippe. So verdreht, wie der Kripomensch dachte, würde ihm sicher wieder etwas einfallen, um diese Informationen gegen sie auszulegen.

»Und wo sind Sie jetzt?« Königs autoritärer Ton ärgerte sie. »Sind Sie noch in dem Haus? Ich möchte, dass sie dort bleiben, bis ich komme.«

»Hallo? Herr König? Sind Sie noch da?« Sie schüttelte das Telefon und rieb es an ihrer Jeans. Sie wollte König nicht sehen. Nicht allein. Nicht ohne Michael an ihrer Seite. »Hallo? Herr König? Hallo? «

Dann schaltete sie das Handy aus und beschleunigte ihren Schritt.

65

Der Putzlappen quietschte über die blankgewienerte Tischplatte. Er hatte noch immer keine Spur von Lydia. Sie war nicht in ihre Wohnung zurückgekehrt. Die halbe Nacht hatte er auf sie gewartet, auf dem Küchenstuhl, im Flur, wie damals …

Du hättest die Tür geöffnet. Wärst eingetreten und hättest den Riegel vorgelegt. Dann erst hättest du das Licht angemacht, so wie immer. Bis du mich gesehen hättest, wäre es zu spät gewesen. Für dich.

Erst im Morgengrauen hatte er den Stuhl wieder in die Küche geräumt und ihre Wohnung verlassen, rechtzeitig vor den ersten Frühaufstehern, um ungesehen aus dem Haus zu gelangen. Er verstärkte den Druck auf den Lappen und polierte mit aller Kraft das glänzende Furnier.

Er brachte seine Augen näher an die Platte und untersuchte den Fleck, der seinem Schrubben standhielt. Ein Kratzer.

»Scheiße!« Er schlug mit der Faust so fest auf die Tischplatte, dass sie vibrierte. Hektisch wischte er über den Kratzer, als wolle er mit dem Putzlappen das fehlende Material wieder einfügen.

Der Tisch musste makellos sein. Alles musste makellos sein. Wer das Schandmal in sich trug, musste um sich herum für Reinheit sorgen. Seine Mutter hatte den Anblick von Schmutz nicht ertragen. Schmutz, der sie an den Makel erinnerte, mit dem er geboren worden war, der sie beschmutzen würde, solange er lebte.

Ich hole eine Tischdecke.

Und dann hole ich dich, Sara. Und dann ...

Er packte seine Jacke und verließ den muffigen Souterrainraum. Die Zigarette brannte, bevor er die letzte Stufe der Kellertreppe erreicht hatte.

66

Die Kälte kroch ihr langsam in den Daunenanorak. Lydia schickte ein stilles Dankeschön an die Leiterin des Frauenhauses, die ihn ihr zusammen mit den gefütterten Stiefeln heute früh aufgedrängt hatte. Sie rieb sich die Hände, versuchte, sie mit ihrem Atem zu wärmen, und steckte sie dann wieder in die Ärmel. Er war jetzt seit gut einer Stunde unterwegs. Sie sah auf die Uhr. Fünf nach halb zehn. Er musste zur Arbeit gegangen sein. Vom Einkaufen wäre er inzwischen zurückgekommen. Mit Tüten beladen oder eine Zigarette rauchend, mehrere Zeitschriften in der Hand vom Schreibwarenladen an der Ecke. Er brauchte nie länger als eine Stunde, und er wich nie von seinen Gewohnheiten ab. Das machte ihn berechenbar, im Gegensatz zu ihr selbst. Für ihn wäre es ungleich schwieriger, sich in ein neues Umfeld einzugewöhnen, die überschaubare Kleinstadt Fürstenfeldbruck gegen eine hektische Großstadt zu tauschen, oder nur innerhalb von Fürstenfeldbruck in eine andere Wohnung zu ziehen. Er wusste, dass sie anders tickte, dass sie am liebsten eine möglichst große Distanz zwischen sich und den Ort brachte, an dem sie sich nicht mehr wohlfühlte. Sie war sich sicher, dass er sie nach diesem Prinzip gesucht hatte. Angefangen mit den weit entfernten Großstädten, nicht ahnend, dass sie nur fünfundzwanzig Kilometer entfernt ein neues Leben begonnen hatte. Wie musste er sich geärgert haben, als er ihren wahren Aufenthaltsort entdeckt hatte.

Die Kapuze des Sweatshirts tief ins Gesicht gezogen, kam Lydia aus ihrem Versteck hervor, überquerte den Innenhof der riesigen Wohnanlage und öffnete hastig das mit buntem Graffiti besprühte Häuschen für die Mülltonnen. Sie sah sich kurz um und verschwand in dem Holzschuppen. Neben den überfüllten Tonnen stapelten sich Mülltüten. Sie zwängte sich durch die schmale Ritze zwischen zwei der grauen Tonnen, lehnte sich dahinter an die Wand und zählte die freiliegenden Deckenbalken. Unter dem fünften stieg sie auf die Tonne und tastete über das Holz. Sie spürte Dreck und Staub unter ihren Fingern, sonst nichts. Enttäuscht stieg sie herunter und versuchte, sich genau zu erinnern. Sie zählte noch einmal fünf Balken ab, diesmal von der anderen Seite, und stieg auf die Tonne darunter. Sofort ertastete sie die Kontur des Schlüssels.

»Gotcha!«, stieß sie triumphierend aus, löste vorsichtig das Klebeband und nahm zwei Schlüssel in die Hand. Nachdem sie den Schmutz von sechs Jahren abgewischt hatte, steckte sie beide in ihre Jackentasche und verließ den Schuppen. Wie gut, dass sie damals Vorsorge getroffen hatte, für den Fall, dass sie sich einmal ausschließen sollte. Kurz schoss ihr der Gedanke durch den Kopf, dass er das Schloss ausgewechselt haben könnte, doch dann verwarf sie den Gedanken wieder. Warum sollte er? Er wusste nichts von dem Reserveschlüssel. Und er würde nie damit rechnen, dass sie freiwillig den Ort betrat, der ihre schlimmsten Alpträume nährte.

Der Weg zur Haustür maß etwa zwanzig Meter, doch Lydia erschien er viel zu kurz. Sie verlangsamte ihren Schritt, als könne sie dadurch Zeit gewinnen, ihr Vorhaben hinauszögern, das Unausweichliche vermeiden, doch sie wusste genau, dass sie nicht mehr zurückkonnte, dass es ihre einzige, ihre letzte Chance war, ihr Leben zu retten. Schließlich hatte sie die Haustür erreicht. Zögerlich steckte sie den größeren Schlüssel ins Schloss. Noch konnte sie umkehren, zurück in die Sicherheit des Frauenhauses.

Und dann?

Sie drehte ihn nach links. Vernahm das Klicken des Schlosses, spürte, wie die Tür nachgab und sich nach innen öffnete. Sie trat ein. Der Specksteinboden glänzte, als sei er gerade gewienert worden. Am Treppenaufgang hing das Schild *Achtung frisch geputzt.* Sie hörte das Knallen, wenn der Schrubber links und rechts an den Rändern der Holzstufen anstieß, begleitet vom Ächzen der Hausmeisterin. An ihr durfte sie nicht vorbei. Sonst wusste morgen das ganze Haus, dass sie hier gewesen war. Sie ging zum Lift, der sich gerade dem Erdgeschoß näherte. Die Tür öffnete sich. Eine Frau kam heraus, nickte ihr kurz zu und verschwand im Flur.

Die Lifttüren schlossen sich gerade hinter Lydia, als jemand ihren Namen rief. Entsetzt sah Lydia, wie ein Fuß sich zwischen die fast geschlossenen Türen quetschte. Glühende Hitze breitete sich in ihrem Körper aus. Ihr Herz raste. Die Türen wichen langsam zurück.

»Lydia?« Die Frau von eben starrte sie ungläubig an. »Bist du das wirklich?«

»Melanie.« Lydia betonte jede Silbe des Namens ihrer ehemaligen Freundin, langsam und ruhig, obwohl sie innerlich schrie. »Ich habe dich fast nicht erkannt. Die kurzen Haare … Die sind gefärbt, oder?«

»Mensch! Lydia! Das gibt's ja nicht! Was machst du denn hier?« Melanies Stimme bebte vor Aufregung. Sie streckte ihre Hand aus, um Lydia zu berühren, als wollte sie sich vergewissern, dass sie wirklich vor ihr stand.

»Ich besuche … Carlo.« Lydia hoffte, dass Melanie ihre zitternden Hände nicht bemerkte. Es war das erste Mal, dass sie seinen Namen ausgesprochen hatte. Das erste Mal nach fünf Jahren.

»Wow. Nach all dem, was passiert ist? Mensch, ich habe dich vermisst!«

Ja, so sehr, dass du in den elf Monaten, die er mich eingesperrt hatte, nicht ein einziges Mal nach mir gefragt hast.

»Tja …« Sie drückte auf den Liftknopf, um das Schließen der Türen zu stoppen.

»Die haben nach dir gefahndet! Kannst du dir vorstellen, was hier los war? Jeder im Haus wusste auf einmal irgendeine Geschichte über dich …« Melanie rollte die Augen. »Mensch, Lydia, wo warst du nur? Wir haben uns echt Sorgen gemacht, als du plötzlich weg warst!«

Wirklich? Hast du mich vermisst gemeldet? Hast du Nachforschungen angestellt? Hast du dich je gefragt, wieso ich einfach abhaue, ohne das mit dir zu besprechen? Mit meiner besten Freundin? Sie lächelte Melanie an. »Wirklich?«

»Mensch, ja, natürlich! Wir haben dich vermisst gemeldet, tagelang hat keiner bei euch aufgemacht, keiner ist ans Telefon …«

Die Lifttüren setzten sich wieder in Bewegung. Lydia drückte den Knopf und trat zu Melanie in den Hausgang. »Du hast mich vermisst gemeldet?«

»Euch beide. Dich und Carlo. Die haben voll rumgezickt erst, am Revier, so von wegen, ihr seid halt im Urlaub, und das würde sich schon aufklären und so, aber dann hab ich deinen Chef dazu gebracht, bei denen anzurufen, und dann haben sie wohl reagiert.« Sie schüttelte den Kopf. Lydia konnte sich gut vorstellen, wie Melanie sich damals über die Polizei echauffiert haben musste.

»Na, und dann kam Carlo und hat uns deine SMS gezeigt, dass du mit Sven durchgebrannt bist und so … Du, der hat mir richtig leidgetan.« Sie schnitt eine Grimasse, als wolle sie sagen, dass sie sich so eine Gefühlsregung für ihn nicht hätte vorstellen können. »Er war wohl ein paar Tage zu Hause geblieben und wollte niemanden sehen«, fuhr sie fort. »Naja, und dann war Funkstille. Und ein knappes Jahr später steht plötzlich die Polizei vor der Tür.«

Sie schaute Lydia prüfend an. »Die wollten alles über dich und Sven wissen.« Lydia wich ihrem Blick aus.

»Es hieß, dass du Carlo mit Öl überbrüht und Sven erstochen hast. Wir waren total geschockt. Das stimmt nicht, oder?«

»Glaubst du wirklich, ich hätte Sven getötet?«

Melanie errötete. Dann schüttelte sie langsam den Kopf. »Nein. Aber du hast Carlo zum Krüppel gemacht. Das warst doch du?«

Lydia nickte.

Ein Schweigen entstand.

»Tja, toll, dich zu sehen. Melde dich doch. Bitte.« Melanie machte einen unvermittelten Schritt auf sie zu und umarmte sie. Lydia erstarrte. Melanie löste sich und ging hastig weg. Lydia drückte auf den Liftknopf und sah ihr hinterher.

»Meli!«, rief sie. »He, warte kurz.«

Melanie drehte sich um.

»Ja?«

Lydia lief auf sie zu. »Hast du dich nie gefragt, warum ich mich nicht wieder gemeldet habe?«

»Doch, habe ich, aber Carlo hat uns doch …«, stammelte Melanie.

»... gesagt, dass ich abgehauen bin.« *Monatelang habe ich gebetet, dass du mich nicht aufgibst.*

»Ja.« Melanie blickte sie unsicher an.

»Und das hast du einfach so geglaubt?« Lydia hörte die Schärfe in ihrem Ton, spürte, wie die jahrelange Enttäuschung über das Versagen ihrer Freundin hochschwappte, zusammen mit einer Welle Übelkeit.

»Natürlich habe ich mich gewundert, aber ... Ach komm, Lydia, erinner dich mal, wie du drauf warst. Party, feiern, immer Vollgas! Du wolltest alles nachholen, was du verpasst hattest in deinem komischen Dorf im Osten, wie immer das hieß. Und dann Carlo, der immer hinter dir herspioniert hat. Du hast oft gesagt, dass du keinen Bock mehr hast. Und dass du nicht von zu Hause abgehauen bist, um dich hier von deinem Mann einsperren zu lassen. Und dann die Sache mit Sven. Und deine SMS an Carlo. Was hätte ich denn glauben sollen?«

»Du hättest an *mich* glauben sollen. Das hätte ich getan.«

»Warum hast du mich nicht angerufen?« Melanies Ton hatte eine trotzige Note.

»Weil ich *eingesperrt* war!«, brach es aus Lydia heraus. »Hier! Zwei Stockwerke über dir.«

Sofort bereute sie, was sie gesagt hatte, und doch fühlte sie sich erleichtert.

»Was? Nie! Du hättest nur um Hilfe schreien müssen, das hätten wir doch gehört. Warum sagst du so was?«

Lydia schob den Ärmel zurück und hielt ihren Unterarm vor Melanies Gesicht. »Glaubst du, die habe ich mir selbst verpasst? Oder die?« Sie schob Pullover und Jacke wieder über den Arm und tippte mit ihrem Zeigefinger an die Narbe über der linken Augenbraue.

Melanie schaute sie verunsichert an. »Aber ...«

»Du *konntest* mich nicht hören.« Lydia umklammerte den Schlüssel in ihrer Jackentasche. »Er hat alles isoliert. Komm mit!«

Melanie folgte Lydia zögerlich in den Aufzug. Sie schwiegen. Die Spannung in der kleinen Kabine wurde von Stockwerk zu Stockwerk größer.

Vor der Wohnung zog Lydia den Schlüssel aus der Tasche. Ihre Hand zitterte so sehr, dass sie mehrere Versuche brauchte, um den Schlüssel ins Schloss zu stecken. In ihren Schläfen spürte sie jeden ihrer rasenden Pulsschläge.

Dann öffnete sie die Tür. Vorsichtig, als verberge sich ein Raubtier dahinter. Der scharfe Geruch nach Essigessenz und Ammoniak traf sie unvorbereitet. Sofort kam das Brausen. Stolpernd taumelte sie zwei Schritte zurück, trat auf Melanies Fuß.

»Was ist los? Du bist kalkweiß!«, rief Melanie. Lydia hielt sich mit einer Hand an ihr fest und riss mit der anderen eine Tüte aus der Jackentasche. Die Tüte vor dem Mund atmete sie tief ein und aus. Ein paar Mal reichten. Das Brausen verschwand.

»Geht schon …«

Gemeinsam traten sie ein. Tür, Decke und die Wände, die an Flur und Nachbarwohnung grenzten, waren überzogen mit Tausenden kleinen grauen Schaumstoffpyramiden.

»Oh Gott.« Melanie schlug die Hände vor den Mund. Lydia wunderte sich, wie ruhig sie plötzlich war. Sie stand in der Wohnung, die ihre Alpträume beherrschte, und atmete gleichmäßig. Als sei es ein Film, den sie im Kino gesehen hatte, erzählte sie Melanie von dem Tag, an dem ihre Gefangenschaft begann.

»Oh Gott«, ächzte Melanie zum zweiten Mal. »Direkt unter unseren Augen. Und ich habe nichts gehört. Hätte ich doch nur auf mein Gefühl gehört. Ich hatte nie verstanden, dass du einfach weggehst, ohne mir eine Nachricht zu hinterlassen. Aber … Elf Monate. Und niemand hat etwas gesehen oder gehört.«

»Niemand.«

»Aber warum kommst du zurück? Hast du denn keine Angst?« Der Gedanke, dass Carlo auftauchen könnte, schien Melanie zu erschrecken.

»Ich muss mich meinen Alpträumen stellen. Die sind hier«, log Lydia und wusste zugleich, dass sie die Wahrheit sagte.

»Und wenn er kommt? Was dann? Soll ich bei dir bleiben?« Melanie berührte eine der Schaumstoffpyramiden und zog die Hand zurück, als hätte sie sich verbrannt.

»Nein.« Lydia lächelte sie an. »Geh ruhig. Ich ruf dich an. Und wenn nicht, dann weißt du, wo du mich suchen musst.«

67

Wie immer ließ sich die Haustür einfach aufdrücken. Trotzdem läutete Sara, bevor sie das Haus betrat. Die erste Stiege nahm sie noch zügig, doch dann verlangsamte sie ihren Schritt. Was machte sie hier? Sie war verheiratet! Man warf doch nicht fast neun Jahre Ehe einfach weg! Für was? Eine flüchtige Affäre? Eine Liebelei? Mit einem Mann, den sie kaum kannte, der wahrscheinlich selbst noch mitten in einer unverarbeiteten Trennungsgeschichte steckte. Gestern erst hatte Ronnie sie zur Eheberatung begleitet. Er verdiente eine Chance, allein schon, weil er Jonas' Vater war. Was also machte sie hier? Unangemeldet. Als seien sie ein festes Paar, wo keiner den anderen störte und man einfach mal am Vormittag vorbeikam. Auch er hatte gestern viel Wein getrunken. Auch er war in einer seltsamen Stimmung gewesen. Vielleicht hatte er es sich ja anders überlegt. Heute früh, beim ersten Kaffee. Vielleicht dachte er schon den ganzen Morgen panisch darüber nach, wie er es ihr beibringen sollte, vielleicht würde er Tini als Ausrede nutzen, dass er nicht mit der Schwester einer Mandantin … Oder Ronnie, dass sie erst einmal alles mit ihm klarmachen sollte, bevor … Vielleicht sollte sie einfach umdrehen und ihn nachher anrufen, von zu Hause aus, ganz unverbindlich. So tun, als sei nichts gewesen.

Sie blieb stehen. Fünf Stufen trennten sie von seiner Wohnungstür. Sie konnte die Treppe hinuntersteigen und ihren Weg fortsetzen. Das peinliche Wiedersehen jetzt vermeiden. Wenn sie Glück hatte, war er gar nicht da.

Eine Wohnungstür öffnete sich. Sie hörte Schritte. Seine Schritte. Ihr brach der Schweiß aus.

»Sara? Warum kommst du nicht hoch? Geht's dir nicht gut?« Seine Stimme klang besorgt. Er kam die Treppe herunter. Nahm sie in den Arm, küsste sie aufs Haar. »Guten Morgen, meine Schöne. Ich habe dich beim Aufwachen vermisst …«

Bei seiner Berührung fielen all ihre Bedenken in sich zusammen. Wie gut sich seine Nähe anfühlte.

Gemeinsam stiegen sie die letzten Stufen hoch und betraten die Wohnung.

»Ich musste Jonas seinen Turnbeutel bringen.«

Er nahm ihren Mantel ab und hängte ihn auf. »Natürlich. Jonas. Hast du Ronnie auch getroffen?«

Plötzlich fühlte sie sich unwohl. Sie hätte nicht herkommen dürfen. Nicht gestern. Erst recht nicht heute. »Nein, nur meine Schwiegermutter. Aber ich habe ihr klargemacht, dass Jonas ab heute wieder bei mir ist.«

Michael trat zu ihr und zog sie an sich. Ihr Körper reagierte wider jede Vernunft, sie schmiegte sich an ihn, spürte, wie seine Lippen langsam von ihrer Schläfe zum Ohr wanderten und hörte, wie er flüsterte: »Das hast du gut gemacht.«

»Das war ziemlich leichtsinnig von dir!« Michael blickte sie ernst an. »Was hättest du gemacht, wenn sie da gewesen wäre? Oder, schlimmer, gekommen wäre, während du dich in ihrer Wohnung umsiehst?«

»Ich hätte ihr den Rucksack gegeben und gefragt, ob alles in Ordnung ist. Warum sollte sie mir etwas tun? Ihre Feindbilder sind die Männer.« Sie erinnerte sich an den kurzen Moment, als jemand die Treppe heraufgestürmt war, an ihre Panik. Glaubte sie wirklich, was sie da gerade gesagt hatte?

»Trotzdem. Niemand wusste, wo du warst.« Er legte seine Hand auf ihre. »Bitte, Sara. Keine Alleingänge mehr. Ich will nicht, dass dir was zustößt.«

Er will nicht, dass mir was zustößt. Weil ich ihm wichtig bin. Sie sah die Sorge in seinen Augen und schluckte. Wie oft hatte sie sich genau das gewünscht. Einen Mann, der sich um *sie* sorgte. »Versprochen. Keine Alleingänge.«

Er stand auf. »Noch einen Kaffee?«

»Gerne.«

Während er mit dem Pulver hantierte, bemerkte sie mehrere handgeschriebene Notizzettel auf dem Küchentisch. Sie ließ ihren Blick darüberwandern.

»Lydia Schwartz!« Aufgeregt zog sie die Notizen zu sich. »Was weißt du über sie?«

Lächelnd stellte Michael die Kaffeetasse vor sie und reichte ihr eine Butterbrezel. »Ich war auch fleißig.«

Er nahm die Notizen. »Ich habe einen Kontakt beim LKA.«

»Und?« Die Brezel in der Hand schaute sie ihn an, gebannt wie ein Roulettespieler, der mit angehaltenem Atem darauf wartet, dass die Kugel endlich im richtigen Feld liegenbleibt.

»Wenn Valeska und Lydia wirklich dieselbe Person sind, haben wir es mit einer gefährlichen Frau zu tun.« Er gab zwei Löffel Zucker in seine Tasse. »Lydia Schwartz wird seit gut fünf Jahren wegen mutmaßlichen Mordes und gefährlicher Körperverletzung gesucht.«

»Mord?« Sie ließ die Brezel sinken. »An wem denn?«

»An ihrem Liebhaber. Mutmaßlichen. Sven …« Er überflog einen der Zettel. »Sven Hagen. Ein Arbeitskollege. Erstochen.«

»Und die Körperverletzung?« Sie stellte ihm die Frage, obwohl sie die Antwort bereits wusste.

»Ihr Mann. Carlo Schwartz. Sie haben in der gleichen Firma gearbeitet. Lydia war Sachbearbeiterin, Carlo arbeitet immer noch dort, er ist inzwischen einer von fünf Abteilungsleitern in der Lagerverwaltung. Er lag monatelang mit schwersten Verbrennungen im Krankenhaus.« Wieder blickte er in seine Notizen. »Heißes Öl. Oberkörper und Unterleib waren am schlimmsten betroffen.«

»Wow. Deshalb ist der König gestern so schnell abgerauscht, nachdem er das Foto von Valeska gesehen hatte. Er wusste genau, wer Lydia Schwartz ist.«

»Mit Sicherheit.«

Sie waren am Ziel. Sie hatten eine echte Spur gefunden. »Und jetzt?«

Michael sah auf seine Uhr. »Um zwölf habe ich einen Gerichtstermin. Was hältst du davon, wenn wir uns um vier treffen und dann zusammen zum König gehen? Ich denke, wir werden den Verdacht gegen dich und mit etwas Glück auch den gegen Tini heute aus dem Weg räumen können.«

Er legte seinen Arm um sie und näherte sich ihrem Gesicht.

»Und dann kümmern wir uns um dich«, flüsterte er, während seine Lippen langsam, wie suchend über ihre Wangen tasteten, bis sie endlich ihren Mund trafen. Erst zögerlich, dann immer fordernder drückte er seine Lippen auf ihre, bis sie nachgab und mit ihm zum Kuss verschmolz.

68

Er spürte den kalten Schweiß auf seiner Stirn. Er brauchte einen Plan. Erst musste er die Tischdecke aus seiner Wohnung holen.

Lydia wäre jetzt bei ihm, wenn diese Sara sich nicht eingemischt hätte. Sie war schuld. Sie musste bestraft werden. Nicht einfach aus dem Weg räumen und töten, weil sie vielleicht zu viel wusste. Das war zu einfach. Sie würde seine Gefangene werden, seine Gespielin, Lydia ersetzen, bis er sie wiederfand. Und er würde sie finden. Egal wo sie sich versteckte, wie sie sich verkleidete, mit welchen Pseudonymen sie sich auch schmückte. Er würde sie aufspüren und verfolgen, überallhin, bis ans Ende der Welt, wenn es sein musste.

Langsam wurde er ruhiger. Der Gedanke, Sara in seinem Versteck gefangen zu halten, seine Fantasien an ihr auszuleben, erregte ihn. Er stellte sich vor, wie er sie in ihrer Wohnung überwältigen und bis zum Abend in ihrem Kellerabteil verstecken würde. Wer käme schon auf die Idee, dort nach ihr zu suchen. Er müsste ihre Schlüssel und ihre Handtasche mitnehmen, es so aussehen lassen, als habe sie die Wohnung freiwillig verlassen. Nachts würde er sie dann holen und in ihr neues Zuhause bringen. In seine Folterkammer neben dem KulturLaden. Die wahre Folterkammer. Nicht eine Forumsrubrik, wo jämmerliche Frauen über ihre noch jämmerlicheren Männer fantasierten. Nein, einen realen Raum des Entsetzens, direkt neben diesen ahnungslosen Schwätzerinnen. Er bereute keinen Cent des Geldes, mit dem er den Hausmeister bestochen hatte, die Band rauszuwerfen und den Raum an ihn zu vermieten. Sein Versteck, direkt neben Lydias liebstem Ort.

69

Die Küchenuhr tickte gleichmäßig. Melanie hatte die Wohnung bereits vor Minuten verlassen, doch Lydia stand immer noch reglos im Flur, erschlagen von der Flut von Bildern, die mit dem Schließen der Wohnungstür auf sie eingestürzt waren. Carlo mit der Zigarette, Carlo mit dem Bügeleisen, Carlo mit dem Kochlöffel, sein teuflisches Grinsen, wenn er die Essigessenz in ihre Wunden träufelte, sein wildes Stöhnen, wenn er brutal in sie eindrang, immer von hinten, als könnte er es nicht ertragen, ihr dabei ins Gesicht zu sehen.

Endlich löste sie sich aus ihrer Starre und ging in die Küche. Die Arbeitsflächen waren blitzeblank, das Geschirr in der Anrichte war penibel geordnet. Wahllos riss sie alle Küchenschränke auf und versuchte, etwas zu finden, was nicht dorthin gehörte, aber es war alles wie immer. Nichts hatte sich verändert. Jeder Teller stand an seinem angestammten Platz, selbst die Reihenfolge im Gewürzregal war dieselbe: Salz, Pfeffer, Oregano, Rosmarin. Der Küchentisch war leer, die Zeitungen ordentlich im Zeitungsständer geschichtet.

Mit einem abschließenden Blick verließ sie die Küche und lief zum Wohnzimmer. Auch hier hatte sich nichts verändert, die karge Einrichtung wirkte noch farbloser, die Schonbezüge auf dem Sofa etwas bleicher und die Tischdecke auf dem Couchtisch ausgewaschener. Ihr Blick blieb am Esstisch hängen.

Ein Computer. Klar, dachte sie, wie sollte er mich sonst im Chat aufspüren? Sie schaltete ihn an. Mit leisem Surren fuhr er hoch.

Nur ein Icon zierte den ansonsten eintönig blauen Desktop – der Shortcut zum Internet. Während sich die Verbindung aufbaute, tippte sie *Valeska* in die Suchmaske von Windows ein.

389 Treffer.

Sie saß wie vom Blitz getroffen da. Ungläubig starrte sie auf die Liste der Suchergebnisse, die sich vor ihren Augen aufbaute. Sie öffnete eines der aufgelisteten Elemente und las mit wachsendem Entsetzen einen ihrer Foreneinträge.

...sein verhalten hat nichts mit dir zu tun, sein verhalten ist nie deine schuld – es liegt immer am angreifer, sich zu kontrollieren. aber es liegt an dir, ihm einhalt zu gebieten, indem du gehst.
unternimm etwas. jetzt!
viel glück
valeska

Er hatte sie nicht nur im Chat, sondern auch im Frauenwehr-Forum beobachtet. Der Schweiß brach ihr aus. Hatte sie selbst ihn dorthin eingeladen? Wahllos klickte sie auf verschiedene Links der Suchliste. Beiträge aus verschiedenen Foren, vor allem aus dem Frauenwehr-Forum und aus der Folterkammer erschienen auf dem Bildschirm.

Sie gab *Blackwidow* ein.

166 Treffer.

Lydia fühlte, wie ihr Puls raste.

Als Nächstes rief sie den Dateimanager auf und durchsuchte die Ordner. Langsam stieg Übelkeit in ihr auf. Die meisten Foren und Chats, die hier genannt waren, kannte sie oder besuchte sie regelmäßig. Sie öffnete Outlook. Das Postfach war wohlsortiert. Lydia öffnete die letzte gesendete E-Mail.

Hallo Marie,
danke für deine Unterstützung. Ich bleibe dabei, diese Sara muss raus. Wenn wir beide vorschlagen, dass sie gesperrt wird, haben wir eine bessere Chance, was meinst du? Machst du mit?
Gruß
Carla

»Scheiße!«, entfuhr es Lydia. »Carla?«

Ihre Faust schlug auf den Tisch, so hart, dass der Bildschirm wackelte. Dann suchte sie nach *Lydia*.

Drei Treffer.

Ein PDF ihrer Heiratsurkunde, eine Liste mit den Dingen, die sie zurückgelassen hatte, und ihr Abschiedsbrief. *Mein Abschiedsbrief?* Ungläubig öffnete sie das Dokument.

Die Schuld, die ich auf mich geladen habe, wird immer unerträglicher. In klaren Momenten, wie jetzt, weiß ich, dass mein Handeln falsch ist, dass diese Menschen nicht hätten sterben müssen. Doch diese Momente sind immer seltener. Und meine Opfer wurden immer mehr. Sven, mein Mann, Paul, Heiner, Sara. Ich kann es nicht mehr kontrollieren. Ich kann so nicht mehr leben. Ich hoffe, man wird mir vergeben.
Lydia Schwartz

Sara? Mit zitternden Händen nestelte sie ihr Handy aus der Jackentasche und suchte Saras Nummer. Nach dreimaligem Läuten erklang eine monotone Frauenstimme. »Die Rufnummer ist derzeit –«

Lydia ließ das Telefon sinken und starrte auf die Buchstaben, die vor ihren Augen einen seltsamen Tanz aufführten und dann zu einem schwarzen Nebel verschwommen.

Paul Denk. Heiner Grossmann.

Er?

Warum?

Sven hatte er aus Eifersucht erstochen und es ihr angehängt. Das war nicht weiter schwer gewesen. Ihre Fingerabdrücke auf die Mordwaffe zu bekommen, ihren Schal mit Blutflecken von Sven zu besudeln, ihre Haare auf seinem Pullover zu drapieren.

Aber Paul und Heiner?

Sara?

Warum? Was haben die mit ihm zu tun? Du musst herausfinden, was er als Nächstes vorhat.

Sie öffnete den Outlook-Kalender. Die Monatsansicht erschien. Als Erstes fielen ihr die rot markierten Einträge auf. Dienstag 19.00 Uhr, Frauenwehr. Lydia wechselte zum Vormonat. Jeder Dienstag war rot markiert.

Er war dort gewesen. Seit Wochen. Sie spürte die Panik, die unaufhaltsam in ihr aufstieg und langsam zu dem verhassten Brausen anschwoll. Blitzschnell setzte sie die Tüte an den Mund. Mit der freien Hand navigierte sie zum Dezember zurück und überflog die anderen Einträge. Dann stockte sie. Ein farbiger Balken zog sich über die letzten drei Dezemberwochen.

Urlaub stand darauf. Es dauerte einige Sekunden, bis die Bedeutung des Wortes zu ihr durchdrang.

Dann sprang sie auf, der Puls dröhnte in ihren Ohren. Doch es war zu spät. Entsetzt hörte sie, wie ein Schlüssel ins Schloss gesteckt wurde.

70

Sara nahm das Handy von der Heizung, setzte den Akku ein und schaltete es an. Das Display blieb schwarz. Sie rieb es an ihrer Jeans, prüfte es noch einmal und legte es schließlich zurück auf die Heizung.

Sie goss sich eine Tasse Tee auf und ging in ihr Arbeitszimmer. Dort blieb sie vor dem großen Foto vom letzten Italienurlaub stehen. Wollte sie *das* wirklich wegwerfen? Jonas würde ihr nie verzeihen, wenn wegen ihr die Familie zerbrach. Sie dachte an Michaels Kuss und spürte wieder die Hitze und das Prickeln durch ihren Körper wandern. *Nein, jetzt nicht!*

Sie setzte sich wieder an den Schreibtisch und fuhr den Computer hoch. Als Erstes öffnete sie ihr Postfach. Werbemails, die sie ungelesen löschte, und eine Nachricht von Michael. Sie klickte aufgeregt die Nachricht an.

Liebe Sara,
ich hoffe, du checkst deine Mail, bevor wir uns treffen, denn ich kann dich auf deinem Handy nicht erreichen. Mein Gerichtstermin müsste bereits gegen drei beendet sein. Ich dachte, wir könnten uns früher treffen und vor dem Termin beim König gemeinsam dein Vorgehen mit Ronnie besprechen. Wenn du ihn heute Abend konfrontieren willst, wäre es, denke ich, hilfreich, wenn du deine Rechte und Pflichten kennst. Natürlich nur, wenn du willst. Ich will dich nicht drängen.

Ich bin spätestens um halb vier im Café am Rathaus. Ich freue mich auf dich.
Liebe Grüße
Michael

Sara schluckte... *heute Abend konfrontieren willst*... Ja. Sie wollte. Und sie wollte auch nicht. Die Mail erschreckte sie. Sie fühlte sich unter Zugzwang und spürte, dass sie noch nicht bereit war für diesen Schritt. Die letzten Tage waren viel zu chaotisch gewesen. Am besten, sie käme erst einmal zur Ruhe, bevor sie eine Entscheidung traf. Für sich. Für sich und Jonas. Unbeeinflusst von ihrem Verlangen nach Michael, seiner Berührung, der Geborgenheit, die sie bei ihm fühlte. Entschlossen klickte sie auf *Antworten.*

Lieber Michael,
wir können uns gerne früher treffen, aber heute über Ronnie zu sprechen, halte ich für verfrüht. Lass uns erst eine Sache abschließen und Tini aus der Haft holen. Dann sehen wir weiter. Ich komme zwischen drei und halb vier ins Café am Rathaus. Um zwei treffe ich den Schlangenmenschen am Ostbahnhof, du weißt schon, der, von dem ich dir erzählt habe. Da gehe ich zwar alleine hin, aber der Typ hat nichts mit dem Fall zu tun, und Peter hat seine Kontaktdaten. Falls es dich beruhigt, kannst du mich ja über die Trackingfunktion von Jonas' Handy virtuell begleiten: Ich schicke dir den Link der Trackingfirma und die Zugangsdaten, dann kannst du mich jederzeit über mein (Jonas') Handy orten. Ich schalte dich gleich bei dem Handyanbieter frei, der schickt dir eine SMS, die du nur noch bestätigen musst, dann hast du jederzeit Zugang.
Bis später,
Sara

Sie schickte die Mail ab. Dann öffnete sie den Artikel, an dem sie gerade arbeitete. Die Schrift erschien ihr sehr klein. Sie vergrößerte die Ansicht, doch auch das änderte nichts daran, dass sie den Inhalt der geschriebenen Worte nicht erfasste. Sie las den ersten Abschnitt noch einmal, ohne ihn zu verstehen, dann schloss sie das Dokument und ging zu ihrer Kletterwand. Sie zog sich die Kletterschuhe an und stutzte. Das Telefon! Kein Wunder, dass sie es gestern nicht gefunden hatte. Sie fischte es aus der Spalte zwischen Matte und Wand, stellte fest, dass sich der Batteriedeckel gelöst hatte und eine der Batterien fehlte. Mit der Hand tastete sie in der Ritze nach der zweiten Batterie, spürte sie schließlich unter ihren Fingern und holte sie hervor. Kopfschüttelnd legte sie die Batterie ein. Ronnie musste es gestern nach dem Telefonat mit ihr vor lauter Wut gegen die Wand geschleudert haben. Sie seufzte. Er würde seinen Jähzorn nie unter Kontrolle bekommen. Sie stellte sich vor die Wand, bestäubte die Hände mit Magnesium und wählte eine Route.

Die Visitenkarte in der Hand ging Sara in die Küche zurück und legte sie neben das zusammengeklebte Foto aus Lydias Wohnung. Sie las die Karte zum dritten Mal. *Bernd Haber, Haber Reisen, Landshuter Allee 180a, 80639 München, Telefon 089 44443333 Fax 089 44443334*

Landshuter Allee? Ein Reisebüro? Das kannte sie gar nicht. Dabei war das nur ein paar Minuten Fußmarsch von hier entfernt. Sie nahm Jonas' Handy und wählte die Nummer.

»Haber Reisen, guten Tag, wie darf ich Ihnen helfen?«, meldete sich eine zuvorkommende Frauenstimme.

»Grüß Gott, könnte ich … äh … mit Herrn Haber sprechen, bitte?« Sara spielte nervös mit der Karte.

»Tut mir leid, Herr Haber ist erst ab zwölf Uhr wieder im Hause, kann ich Ihnen weiterhelfen?« Die servile Freundlichkeit der Frau verunsicherte sie.

»Nein. Danke.« Sara blickt auf ihre Uhr. Zwanzig vor zwölf. Sie könnte ihm schnell ihr kaputtes Handy vorbeibringen, bevor sie zum Ostbahnhof fuhr. Dann konnte er sehen, ob er es seiner Versicherung meldete oder so reparieren ließ.

»Möchten Sie ihm eine Nachricht hinterlassen? Wer spricht denn bitte?«

»Sagen Sie ihm doch bitte einen schönen Gruß von der Dame von gestern Abend – das Handy sei definitiv kaputt. Ich würde jetzt doch gern seine Versicherung in Anspruch nehmen.«

»*Dame von gestern Abend*?« Die Frauenstimme klang plötzlich irritiert, in den künstlich gedehnten Worten war von der servilen Freundlichkeit kein Hauch mehr zu spüren. »Ich werde es meinem Mann ausrichten. Auf Wiederhören.«

»Danke«, sagte Sara noch, aber die Frau hatte schon aufgelegt.

71

Carlo zählte erst die Stockwerke ab, dann die Fenster, von rechts nach links. Das vierte war gekippt und hell erleuchtet. Sie war zu Hause.

Gleich würde er ihr gegenüberstehen. Erst würde sie ihn nicht erkennen, da war er sich sicher, ihn für den Fahrer des Paketdienstes halten und ihn arglos einlassen.

Erst wenn ich dich anspreche, in deiner Wohnung, wirst du merken, dass ich der Mann von gestern Abend bin. Dass du verloren bist. Wie ein Fisch am Haken. Weißt du, was passiert, wenn ein Fisch zappelt? Der Haken bohrt sich mit jeder Bewegung tiefer in das weiche Fleisch. Wirst du zappeln, Sara? Es wird dir nichts nützen.

Er verließ den Hinterhof und marschierte zur Haustür. Plötzlich hielt er inne, drehte sich ruckartig um.

Ein Schatten?

Was war das? Lauernd, lautlos, unsichtbar, wie ein böser Geist. Seit er aus der U-Bahn gestiegen war, verfolgte ihn dieses Gefühl, nicht greifbar, und doch war es da. Er suchte die Einfahrt mit den Augen ab.

Kopfschüttelnd ging er wieder zum Eingang. Er musste sich zusammenreißen. Wenn er jetzt die Nerven verlor und einen Fehler machte, zuließ, dass diese Sara die Polizei auf seine Fährte brachte, war alles umsonst gewesen, und schlimmer, *er* könnte im Gefängnis landen. Er war kaum zwei Meter von der Haustür entfernt, als diese aufgerissen wurde und Sara hinausstürmte. Sie eilte an ihm vorbei.

Für eine Sekunde verharrte er in seinem Schreck.

Dann rannte er hinterher. Und doch hatte er das Gefühl, nicht der Jäger, sondern der Gejagte zu sein. Er wusste, er *musste* es heute vollenden.

72

Der Duft nach Glühwein und Rostbratwürsten stieg verlockend in Saras Nase. Sie überquerte die Nymphenburger Straße und steuerte auf den ersten Würstchenstand am Rotkreuzplatz zu.

Das Wurstbrötchen in der Hand, marschierte sie zügig zu der Adresse auf der Visitenkarte. Sie biss in die Wurst und genoss den würzigen Geschmack auf der Zunge. *Gestern Pizza bei Michael, heute Bratwurst – gesund, Frau Neuberg …*

An der Kreuzung zur Landshuter Allee bog sie rechts ab, genau dort, wo sich die Hauptstraße gabelte und ein Zweig der Straße über die nahe gelegenen Bahngleise führte. Der andere Teil der Straße verlief still und von der großen Überführung verdeckt parallel dazu und endete an der nächsten Kreuzung. Sie überprüfte die Hausnummern an den von Abgasen schmutzig verfärbten Fassaden. Noch fünf Häuser. Endlich stand sie vor dem Reisebüro. Das einladende Schaufenster versprach Traumurlaube in fernen, warmen Ländern, in denen die Sonne strahlte und die Menschen lachten.

In dem winzigen Verkaufsraum telefonierte eine Frau und las dabei von dem vor ihr stehenden Bildschirm ab. Ihr gegenüber saß ein Mann und blätterte in einem Katalog. Sara suchte den Raum nach dem Mann vom Vorabend ab.

»Na, wenn das nicht die Dame von gestern ist.« Die leise Stimme erschreckte Sara mehr als die Hand, die sich wie eine Kralle in ihrer Schulter festhakte. Sie verschluckte sich an dem letzten Bissen ihrer Semmel. Die Finger an ihren Hals gepresst, hustete und würgte sie, spürte, wie jemand kräftig auf ihren Rücken klopfte. Schließlich löste sich der Krümel, und sie drehte sich keuchend um.

»Sind Sie bescheuert?« Eine weitere Hustenattacke unterbrach sie. Sie räusperte sich mehrmals, um den Reiz zu unterdrücken. »Sie können sich doch nicht so anschleichen!«

»Entschuldigung«, murmelte er. »Ich wollte Sie nicht erschrecken.«

Sara schüttelte den Kopf. Was war das bloß für ein Typ? Jede Begegnung eine Katastrophe. Wie er dastand, mit seiner Sonnenbrille und der Wollmütze, den Kragen des Anoraks bis zum Mund hochgezogen, als wolle er Werbung für einen Winteraktivurlaub machen.

»Ich komme wegen dem Handy.« Sie zog das Telefon aus der Tasche und reichte es ihm. »Es ist kaputt. Sehen Sie selbst ... Versuchen Sie, es anzuschalten.«

»Natürlich.« Er nahm es und betrachtete es prüfend. »Ich melde das gleich meiner Versicherung. Wissen Sie was, kommen Sie kurz mit in mein Büro, dann können wir das sofort erledigen.«

Sara nickte und bewegte sich auf die Tür des Reisebüros zu. Wieder spürte sie seine Hand auf ihrer Schulter.

»Nicht durch das Ladenlokal.«

Sie blickte ihn fragend an.

»Toilettenumbau. Der Durchgang zum hinteren Büro ist versperrt. Wir müssen den Hintereingang nehmen, kommen Sie.« Er drehte sich um und ging zur Toreinfahrt. »Kommen Sie.«

Sara zögerte, folgte ihm drei Schritte, blieb dann stehen. »Warum erledigen wir das nicht im Ladenlokal?«

Er kam auf sie zu. Umfasste ihren Ellenbogen. »Weil die Versicherungsunterlagen im Hinterzimmer sind.«

Mit einer energischen Bewegung riss sie ihren Arm los. »Hören Sie auf, mich anzufassen. Das hat mich gestern schon genervt!«

Wieder packte er sie. Diesmal härter. Beugte sich vor. »Genervt? Ich dich?«

»He!« Sie schubste ihn zurück, aber er ließ ihren Arm nicht los. Panisch blickte sie sich um, doch die Straße war menschenleer. Sie hörte ein Ratschen, dann fühlte sie etwas Kaltes, Spitzes in ihrer Nierengegend.

»Schnauze«, zischte er durch zusammengepresste Zähne und zerrte an ihrem Arm. Sie verspürte einen stechenden Schmerz und krampfte sich stöhnend zusammen. Ein Messer? Hatte er sie gerade mit einem Messer verletzt? Was wollte er von ihr? Was… Fieberhaft versuchte sie zu verstehen, was gerade geschah, zu überlegen, was sie tun sollte. Sie torkelte neben ihm den Gehweg entlang, unfähig, zu reagieren. Er zog sie zum Hinterhof des Gebäudes und schubste sie unsanft in den düsteren Durchgang. Sie nahm den modrigen Geruch wahr, sah, wie er mit ihr auf eine Eisentür zusteuerte. *Wo bringt er mich hin? Ist das eine Kellertür? Nicht in den Keller. Nicht da rein.* Plötzlich wusste sie, dass sie auf keinen Fall durch diese Tür durfte, wenn sie überleben wollte. Sie löste ihren Arm mit einer ruckartigen Bewegung und schnellte gleichzeitig mit dem Oberkörper nach vorne, um sich dem Messer zu entziehen. Kaum war sie losgerannt, wurde sie so abrupt zurückgerissen, dass sie taumelte. Sie hörte, wie Stoff zerriss und etwas auf den Boden fiel. Dann fühlte sie seinen Griff an ihrem Arm, erbarmungslos wie ein Schraubstock, spürte das kalte Metall, das sich wieder schmerzhaft in ihre Seite bohrte. Seine Stimme war direkt neben ihrem Ohr, leise, gefährlich, voller Hass. »Wo willst du hin, Luder? Weißt du nicht, dass hier Endstation ist?«

»Lass sie los, Carlo!«

Valeskas Stimme durchschnitt die Luft wie ein Speer.

»Jetzt!«

Sein Griff ließ nach, die kalte Klinge zog sich zurück. Sie drehte den Kopf und sah den Lauf einer Pistole an seinem Kopf, hörte den Hass, der bei jedem Buchstaben in seiner Kehle vibrierte. »Lydia.«

»Lauf, Sara. Lauf! Du bist die Nächste auf seiner Liste!«

Wie von Sinnen rannte Sara aus dem Hof, den Gehweg entlang zur nächsten Querstraße, in das erste Geschäft, einen Weinladen. Am ganzen Körper zitternd, griff sie nach Jonas Handy, langte jedoch ins Leere. Die Tasche hing zerfetzt nach unten, das Handy war weg. Er musste die Manteltasche ausgerissen haben, als sie zu fliehen versuchte.

Sie lief zum Tresen, an dem ein junger Mann Weingläser polierte. »Bitte, ich muss telefonieren!«

Der Mann sah sie erstaunt an.

»Ich bin überfallen worden.« Sie spürte seinen neugierigen Blick, als sie mit zitternden Fingern die Nummer der Polizei wählte.

73

Carlo warf die Tür ins Schloss und lehnte sich schwer atmend dagegen.

Du hast mich mit einer Pistole niedergeschlagen.

Er strich mit der Hand vorsichtig über die schmerzende Stelle. Sie fühlte sich feucht und geschwollen an. Er hielt die Hand vor sein Gesicht und sah Spuren von Blut. Aber es war nicht mehr frisch, die Wunde hatte aufgehört zu bluten. *Du fühlst dich wohl stark mit der Waffe, trotzdem warst du wieder zu feige, die Sache zu Ende zu bringen. So wie damals, als ich hilflos am Boden lag und es für dich ein Leichtes gewesen wäre, mir das Messer ins Herz zu rammen. Das Messer, mit dem ich Sven getötet hatte. Das Messer, das für dich bestimmt war. Stattdessen bist du abgehauen. Wie heute. Du wirst dich nie ändern. Du wirst immer Opfer bleiben. Mein Opfer.*

Er ging ins Wohnzimmer und setzte sich an den Computer. Er schaltete ihn an. Nichts geschah. Immer fester presste er den Knopf, drehte dann den Computer und überprüfte die Kabel. Plötzlich wurde ihm schlecht. Jemand hatte den Stecker herausgezogen. Carlo starrte darauf, und schlagartig verstand er.

Lydia war hier gewesen. In seiner Wohnung! An seinem Computer!

Wahrscheinlich war sie noch hier gewesen, als er vorhin [illegible] Sie hatte ihn gehört und den Stecker gezogen. Sich versteckt. Hier. Direkt vor seiner Nase. Er blickte sich um.

Was hatte sie gefunden? Hatte sie Beweise weitergeschickt? Waren die Bullen bereits auf dem Weg? Sie hatte den Abschiedsbrief gelesen!

Er hörte ihre Stimme, laut und deutlich, als stünde sie neben ihm. *Lauf, Sara. Lauf! Du bist die Nächste auf seiner Liste!*

74

Lydia stupste das Handy mit dem Zeigefinger an der Ecke an. Es kreiste knirschend um sich selbst, blieb dann quer vor einem Bierdeckel liegen. Sie schnippte den Bierdeckel aus dem Weg und schubste das Handy noch einmal. Fester. Es drehte sich schneller und rutschte dabei gefährlich nahe an die Tischkante. Sie nahm es hoch, lächelte der Bedienung zu, die sie von der Theke aus beobachtete, und rief das Adressbuch auf.

Daheim

Mama

Oma

Papa

Als sie es auf dem Gehsteig vor dem Reisebüro gefunden hatte, war sie sich sicher gewesen, dass Sara es im Handgemenge mit Carlo verloren haben musste. *Daheim, Mama, Oma, Papa.*

Sie seufzte und wählte die erste Nummer.

»Die Rufnummer ist derzeit…« Sie brach die Verbindung ab und drückte auf *Papa*.

»Sie haben die Mailbox von Ronald Neuberg… «

Sie legte auf und platzierte das Handy neben die leere Cappuccinotasse. Also doch von Sara. Wohl das Handy ihres Sohnes. Sie holte ihr eigenes aus der Jackentasche, schrieb eine SMS an Sara, um ihr mitzuteilen, dass sie ihr Handy hatte, und schickte sie ab.

Dann prüfte sie auf dem Telefondisplay die Uhrzeit und

starrte zum Eingang der Kneipe, während sie Saras Handy Pirouetten drehen ließ. Wieder schoss ihr die Erinnerung an Carlos Erscheinen in seiner Wohnung durch den Kopf. Die wertvollen Sekunden, die sie hatte verstreichen lassen, bevor sie den Stecker gezogen hatte. Ihre panische Suche nach einem Versteck, die Flucht hinter das Sofa. Ihr rasendes Herz, ihr stilles Gebet, dass er sie nicht finden möge… Dann, ohne dass er das Wohnzimmer betreten hatte, die Haustür, die hinter ihm ins Schloss fiel. Ihre Erleichterung, als sie das Drehen des Schlüssels hörte. War es da oder erst, als sie selbst wieder im Hausflur stand, dass sie beschlossen hatte, ihm zu folgen? Sie wusste es nicht mehr. Es war auf jeden Fall die richtige Entscheidung gewesen, das hatte sie bald festgestellt, schon als er aus der U-Bahn gestiegen und zu Saras Wohnung gelaufen war. Sie wagte nicht, sich vorzustellen, was Carlo mit Sara gemacht hätte, wenn sie nicht eingegriffen hätte. Zum Glück war er auf die Gaspistole hereingefallen, er hätte sie ihr mit Leichtigkeit einfach aus der Hand schlagen können. Aber er hatte stocksteif dagestanden, als würde er nur darauf warten, dass sie abdrückte und ihm eine Kugel durch den Kopf jagte. Vielleicht hätte sie genau das getan, besäße sie eine richtige Knarre. Aber so konnte sie ihn nur niederschlagen und sich so schnell wie möglich wieder aus dem Staub machen. Wenigstens wusste sie jetzt, dass er hinter den Morden steckte, und sie konnte beweisen, dass er wieder versuchte, ihr seine Taten anzuhängen. Sie musste die Kriminalpolizei auf seine Fährte ansetzen, damit sie den fingierten Abschiedsbrief auf seinem Computer lasen. Selbst wenn dann immer noch sein Wort gegen ihres stand, hatte sie jetzt deutlich bessere Chancen, vor allem, wenn Sara auch gegen ihn aussagte.

Die schwere Tür öffnete sich. Lydia streckte ihr Kinn vor,

beobachtete angespannt, wie ein neuer Gast in das Halbdunkel der Kneipe eintrat. Dann lehnte sie sich zurück und lächelte. Maren kam im Laufschritt auf sie zu und setzte sich auf den Stuhl ihr gegenüber. Erst jetzt nahm sie ihren Schal ab und zwängte sich aus dem gefütterten Parka. »Du hattest Recht.«

Lydia spürte, wie die Farbe aus ihrem Gesicht wich. Als sie ihre Sachen aus der Wohnung holen wollte, hatte sie sofort gewusst, dass etwas nicht stimmte. Es war nicht schwer zu erkennen gewesen, dass die Polizei dort herumschnüffelte und jeden beobachtete, der ein und aus ging. Ihr erster Reflex war, zu verschwinden. Doch dann hatte sie es sich anders überlegt und Maren angerufen, sie gebeten, herauszufinden, was in ihrem Haus vor sich ging. »Konntest du das Geld aus dem Versteck holen?«

»Die haben mich gar nicht in die Wohnung gelassen. Die ist voller Bullen. Das ganze Haus wimmelt nur so von denen.« Maren senkte ihre Stimme und beugte sich über den Tisch. »Auch welche von der Spurensicherung.«

Lydia schluckte. Spurensicherung? In ihrem Appartement? Das konnte nicht sein.

»Bei mir? Sicher?«

Maren nickte. »Der eine wollte mich gar nicht mehr gehen lassen. Was ich mit dir zu tun hätte und wann ich das letzte Mal bei dir gewesen wäre… fieser Typ. Kennst du den? Die Bullen haben dich doch auch schon befragt.«

Sie zog eine Karte aus ihrer Jackentasche und reichte sie Lydia.

Kriminalhauptkommissar Klaus König. Lydia schüttelte den Kopf. Sie hatte mit jemand anderem gesprochen. Franz irgendwas. Was konnte in ihrer Wohnung so interessant sein, dass ein Richter einen Durchsuchungsbefehl ausstellte?

»Er hat gesagt, ich soll ihn sofort anrufen, wenn ich dich sehe. Sonst bekäme ich großen Ärger…« Maren fuhr sich durch ihre Haarmähne. »Ich hasse solche autoritären Säcke.«

Lydia zuckte mit den Schultern. »Hat er gesagt, warum?«

Maren schüttelte den Kopf. »Nein. Aber er hat mich gefragt, ob ich eine Schlange gesehen hätte. In deiner Wohnung!« Sie lachte verächtlich, als bestätige diese Frage die Dummheit des Polizisten.

»Er hat *was* gefragt?« Lydia schob ihren Kopf ruckartig nach vorn. Sie schaute Maren direkt in die Augen.

»Ob ich eine Schlange gesehen hätte, als ich am Wochenende bei dir war.« Sie verdrehte die Augen. »Eine Schlange! Wie absurd ist das denn?«

Lydia stützte ihren Kopf auf ihre Hände und schloss die Augen. Eine Schlange. Unter Garantie die schwarze Mamba, mit der Grossmann ermordet wurde. Warum auch nicht. Er hatte es schon einmal getan. Wieso kein zweites Mal? Wenn sich Beweise so wunderbar unterschieben ließen. Wie sollte sie jetzt noch zur Polizei gehen? Was war der fingierte Abschiedsbrief gegen die Tatwaffe in ihrer Wohnung, zumal jetzt ihre Fingerabdrücke auf Carlos Computer waren? Sie hob ihren Kopf und sah Marens besorgten Blick. »Ist es das? Absurd?«

»Ja, also hör mal…«

»Was, wenn Carlo die Schlange dort platziert hat?«

In Marens Gesicht spiegelte sich Unglauben. »Wozu denn?«

Lydia legte ihren Zeigefinger auf das Handy. »Um mir den Mord an Großmann in die Schuhe zu schieben. Nimm das Handy hier zum Beispiel. Liegt es bei mir, geht jeder, der an den Tisch kommt, davon aus, es sei meines.« Sie schob es zu Maren hinüber. »Jetzt würde man es für deines halten, oder?«

Maren nickte bedächtig, dann verfinsterte sich ihr Gesichtsausdruck, rote Flecken glühten wie aus dem Nichts auf ihren Wangen. »Aber das musst du den Bullen doch sagen!«, rief sie laut.

Lydia legte den Finger auf den Mund. Wenn die Polizei nach ihr fahndete, konnte sie kein Geld mehr holen, nichts von dem erledigen, was auf ihrer Liste stand, und musste alles in der Wohnung zurücklassen. München sofort verlassen. Ohne Habe. Ohne sich zu verabschieden.

Sie zog ein zusammengefaltetes Papier aus ihrer Jeanstasche und schob es zu Maren.

»Wenn du morgen Mittag nichts von mir hörst, gibst du das dem König.«

Marens Hand lag plötzlich auf ihrer. »Es war keine Schlange in der Wohnung. Ich kann das bezeugen. Ich bin doch nicht blind! Die hätte ich gesehen, als ich bei dir war.«

»Danke. Aber heute war eine Schlange in der Wohnung. Da kannst du Gift drauf nehmen.« Sie nahm sich zusammen und lächelte Maren an, wieder ganz die starke Kriegerin. »Und keiner wird uns glauben. Nicht mit der Folterkammer im Rücken … Was willst du trinken?«

Maren griff nach der Karte und studierte sie. »Johannisbeerschorle. Nein, schwarzer Tee mit heißer Zitrone und ein Stück Kuchen.«

Sie streckte ihren Arm aus. »Darf ich?«

Ohne abzuwarten, fuhr sie mit den Fingern über Lydias kaum mehr als fünf Millimeter kurze, wasserstoffblonde Haarstoppel. »Das sieht echt krass aus. Ich hätte dich vorhin fast nicht erkannt.«

Lydia strich sich über den Kopf. Die Haare fühlten sich

wie ein Teppich an, dicht, stachelig und doch weich. »Das ist der Sinn der Sache.«

Sie erhob sich und ging zur Bar. Dort wechselte sie ein paar Worte mit der Bedienung, bestellte zwei Tassen Tee mit Zitrone und wählte ein Stück Kuchen aus der Auslage. Mit dem Teller in der Hand ging sie zu Maren zurück. Plötzlich blieb sie stehen. Der Mann, der sich vor Maren aufgebaut hatte, wirkte autoritär und fordernd.

»Sie sind sich sicher, dass Sie nicht wissen, wo Frau Liebig ist?« Der Mann sah sich suchend im Lokal um. »Ich glaube Ihnen nicht. Ich glaube, Sie warten hier auf sie. Wissen Sie was, ich warte mit Ihnen.«

Lydia näherte sich, hörte, wie Maren laut und deutlich sagte: »Nein, Herr König. Das tun Sie nicht.«

Lydia stellte das Gebäck auf den Tisch. »Der Tee kommt gleich. Kann ich die Tasse mitnehmen?«

Saras Handy läutete. Vibrierend rutschte es über den Tisch, als wolle es sie herausfordern. König fixierte Maren. Lydia starrte auf das Telefon.

»Gehen Sie ruhig dran.« Ein Lächeln umspielte seine Lippen. Maren schnappte sich das tanzende Handy und drückte den Anrufer weg.

»Nein, danke.« Sie steckte es in ihre Jackentasche und wandte sich an Lydia. »Könnte ich den Tee abbestellen? Hier stinkt es plötzlich.«

Demonstrativ schnupperte sie in Königs Richtung.

»Kein Problem.« Lydia ging zum Tresen. Hinter sich hörte sie, wie ein Stuhl gerückt wurde.

»He, hallo, kann ich gleich zahlen?« Sie drehte sich um und sah, wie Maren sich ihren Schal umwarf und in ihre Jacke schlüpfte. Dann kam sie auf sie zu. Lydia stellte die Tasse ab.

»Vier achtzig, bitte.«

Maren nestelte in ihrer Jackentasche, legte das Handy auf dem Tresen ab und zog schließlich einen Geldbeutel heraus. Sie entnahm ihm einen Fünfeuroschein.

»Stimmt so.«

Dann steckte sie ihren Geldbeutel wieder ein, warf Lydia einen langen Blick zu und formte den Mund zu einem angedeuteten Kuss. Abrupt wandte sie sich ab und verließ das Lokal, dicht gefolgt von dem Kommissar.

Lydia nahm das Handy und fügte dem Fünfeuroschein einen weiteren hinzu. Die Bedienung trocknete stumm Gläser. Dann grinste sie. »Das war cool.«

Lydia nickte. »Cool. Ja.«

Langsam, als zerre ein unsichtbarer Geist an ihr und versuche, sie aufzuhalten, ging sie zu dem Kleiderständer am Eingang, zog ihre Jacke an und wusste, dass sie nie wieder einen Fuß in ihre Stammkneipe setzen würde.

75

Er saß vor dem Computer und durchsuchte hektisch seine Ordner und Unterordner, um sich ein Bild davon zu machen, wie viel belastendes Material die Polizei darauf finden könnte. Er wusste, es hatte keinen Sinn, die Dateien zu löschen, die Computerexperten der Polizei würden das meiste wiederherstellen können.

Lydia hier.

An seinem Computer.

Das hätte er ihr nie zugetraut. Nie. Aus seiner linken Jackentasche zog er ein Päckchen Zigaretten und fischte in der rechten nach dem Feuerzeug, als er Saras Handy ertastete. Aufgeregt nahm er es heraus. Dann öffnete er es, entnahm den Akku und löste die SIM-Karte aus der Halterung. Auf der Karte klebte ein winziges Etikett. *2807. War das ihr Pin? Hatte er so viel Glück?*

Vorsichtig baute er Saras SIM-Karte in sein eigenes Handy ein. Gespannt schaltete er es an und gab die Pin ein. *2807.* Das Display änderte sich. *Hallo Sara* erschien darauf und verschwand wieder. Mehrere Kurznachrichten trafen ein, vier von ihrer Mailbox, eine von *Ronnie,* die letzte von *Valeska.* Er hielt den Atem an. Lydia! Sein Herz klopfte zum Zerspringen, als er auf die Mitteilung klickte.

hi sara, hab dein handy gefunden, melde dich bitte. gruß Lydia-valeska

Mit zitternden Fingern prüfte er, wann sie die Nachricht geschickt hatte. Vor nicht einmal einer halben Stunde. Wärme durchströmte ihn und hinterließ ein angenehmes Kribbeln. So fühlte es sich also an, wenn das Schicksal einem half.

Er drückte auf *Antworten.*

Vielen Dank! Lass uns kurz treffen, am Eingang vom Kultur-Laden? In einer Stunde? Danke für vorhin. Sara

Mit einem Lächeln versendete er die SMS. Jetzt hatte er sie.

76

Der Streifenwagen setzte sich langsam in Bewegung. Sara blickte ihm kurz nach, dann betrat sie die Zoohandlung.

»Bist du gerade aus einem Streifenwagen gestiegen?« Peter Naumann kam grinsend auf sie zu, doch mit jedem Schritt veränderte sich sein Gesichtsausdruck und als er vor ihr stand, sah er sie erschrocken an. »Um Himmels willen! Wie siehst du denn aus?«

»Ziemlich scheiße wahrscheinlich.« Sara versuchte ein Lächeln zustande zu bringen, doch es misslang ihr. Der Schock über Carlos Angriff saß noch immer zu tief.

»Was ist denn passiert? Dein Mantel ist zerrissen.«

»Ich bin überfallen worden. Kann ich mal bei dir telefonieren?«

»Am helllichten Tag?« Sein Ausruf enthielt eine Mischung aus Empörung und Unglauben. »Wir sind doch nicht in Rio!«

»Es hatte etwas mit dem Mord an Paul zu tun. Erinnerst du dich, was ich dir über diese Frauengruppe erzählt habe, in der Tini mitgemacht hat?«

Er nickte und führte sie zu einem Hocker neben dem Tresen. »Setz dich.«

»Die Leiterin der Gruppe hängt da irgendwie mit drin. Die Mamba ist in ihrer Wohnung.« Sara presste ihre Hand auf die Stelle, an der Carlos Messer sie erwischt hatte. Obwohl es nur eine kleine Fleischwunde war, die die Polizei fachmännisch verarztet hatte, schmerzte sie bei jeder Bewegung.

»Das entlastet dich doch, oder? Das ist gut, oder?«

»Ja, aber etwas stimmt nicht.«

»Hat sie dich in ihrer Wohnung erwischt?«

Sara schüttelte den Kopf. »Nein, sie hat mich nicht angegriffen. Das war ihr Mann. Sie hat mich vor ihm gerettet.« Sie brach ab. Wieder spürte sie Carlos Griff, sein Messer, hörte seine zischenden Worte. Sie schauderte. Was war passiert, nachdem sie den Hinterhof verlassen hatte? Als sie mit der Polizei zurückkam, waren beide verschwunden. Erst hatten die Polizisten ihr nicht geglaubt, bis einer von ihnen am Boden frische Blutspuren entdeckt hatte. Hatte Valeska Carlo erschossen? Aber wie hätte sie die Leiche in der kurzen Zeit wegschaffen sollen? Oder hat sie ihn angeschossen und gezwungen, mit ihr mitzugehen? Die Polizisten hatten Hinterhof, Hauseingang und Keller durchsucht, bei den Anwohnern geläutet, doch keiner hatte etwas gesehen oder gehört. Einen Schuss hätte irgendjemand hören müssen. Oder hatte Carlo Valeska überwältigt, weil sie gezögert hatte, abzudrücken, mitten in der Stadt, mitten am Tag. Hatte er sie mit dem Messer verletzt? Stammte das Blut am Boden von ihr? Sie sah Peters besorgten Blick und versuchte, erneut zu lächeln. »Etwas passt nicht. Warum greift dieser Typ *mich* an? Und warum schleicht Valeska ihm hinterher? Sie wollte untertauchen, wegen ihm, das hat sie mir selbst gesagt. Stattdessen riskiert sie ihr Leben, um meines zu retten. Klingt das nicht alles total wirr?«

»Wirr? Völlig verrückt, wenn du mich fragst. Ich hoffe, du hast das den Bullen alles genau geschildert.«

»Klar. Die fanden das auch ziemlich unglaubwürdig. Später treffe ich noch den Kripobeamten, der Tinis Fall bearbeitet, der kann damit vielleicht mehr anfangen. Apropos treffen, kann ich mal dein Telefon benutzen, ich habe meins bei dem Überfall verloren.« Sie holte ihren Geldbeutel aus der Innentasche des Mantels und kramte Michaels Visitenkarte hervor. Peter reichte ihr ein Telefon und beobachtete sie, während sie die Telefonnummer eintippte. Sie kannte diesen Ausdruck auf seinem Gesicht, eine Mischung aus Sorge und Skepsis, die er oft nur durch seinen Blick äußerte, wenn sie sich ein besonders gewagtes Kletterziel ausgesucht hatte und mit ihm die Route besprach. »Ich rufe Tinis Anwalt an. Mit dem gehe ich nachher zur Polizei.«

»Gut, ich bin froh, dass du das den Bullen überlässt.«

Die Mailbox sprang an. Offenbar war Michael noch immer im Gericht.

»Kann ich etwas für dich tun? Du hast dich von den Bullen doch sicher nicht ohne Grund hierher fahren lassen, oder?«

Sie nickte. »Ich wollte dich bitten, dass du mich zu dem Schlangenmenschen begleitest. Allein mach ich heute nichts mehr.«

»Scheiß auf den Typen.« Er machte eine wegwerfende Handbewegung. »Ich bieg das schon wieder hin.«

Sie schüttelte vehement den Kopf. »Nein, Peter, ich *muss* dahin.« Sie sah ihn flehend an. »Bitte lass mich nicht alleine gehen.«

Er musterte sie eingehend. »Du meinst das ernst, oder?«

Sie nickte stumm. Er blickte auf seine Uhr. Dann öffnete er eine Schublade hinter dem Tresen und holte die Ladenschlüssel hervor. »Das wird knapp.«

Kurz nach zwei sprangen sie aus dem Taxi und betraten das ehemalige Industriegelände am Ostbahnhof. Die mit einem

Zaun abgetrennte Baustelle sah desolat aus. Der geschmolzene Schnee der letzten Tage hatte den Kiesboden in ein matschiges Feld verwandelt, von den trostlosen Gebäuderesten mit den zersplitterten Fensterscheiben bröckelte der Putz ab. Eine grüne Bauleiterbaracke stand am östlichen Ende des Geländes und war der einzige Farbklecks in der grauen Trostlosigkeit. Sie stellten sich vor die Tür und sahen sich um.

»Du solltest allein kommen«, raunzte eine Stimme hinter ihr. Sofort schlug ihr Herz schneller. Automatisch griff sie nach Peters Hand. Sein fester Händedruck ermutigte sie. Sie drehte sich um.

»Wir sind allein«, sagte sie und versuchte, ihren Gesprächspartner durch das gekippte Fenster zu erkennen. Doch sie sah nur die Umrisse eines gedrungenen Mannes.

»Wer ist der Typ?«

»Er passt auf mich auf. Es ist etwas einsam hier … Vor allem für eine Frau, was ist dein Problem?«

»Ich mag es nicht, wenn man sich nicht an Verabredungen hält«, zischte der Mann.

»Dann sollten wir uns gut verstehen.« Sie drückte Peters Hand, um ihm zu signalisieren, dass er ihr das Reden überlassen sollte. »Was weißt du über die Schlange?«

»Erst die Kohle.«

Sara holte das Geld aus ihrem Portemonnaie und reichte es ihm durch das Fenster. Sie hörte das Rascheln des Geldes.

»Ok, was willst du?«

Sara räusperte sich. »Du hast vor kurzem eine schwarze Mamba verkauft. Wann war das?«

»Letzten Dienstag.«

»Weißt du an wen?«

»Du meinst, den Namen?« Er lachte kurz auf. »Nee. Aber der Typ war echt schräg drauf.«

»*Der?* Bist du sicher, es war ein Mann?« Saras Stimme überschlug sich.

»Willst du mich verarschen? Ich kann doch 'nen Mann von 'ner Schnalle unterscheiden.«

»Okay. Bleib cool, ja? Lass uns checken, ob wir von der gleichen Schlange reden. Die Mamba, die ich gesehen hab, war ein Jungtier. Etwa ein Meter bis eins zwanzig. Noch relativ hell. Kommt das hin?«

»Ein Meter dreiundzwanzig, hellgrau.«

»Passt.« Sie ließ Peters Hand los und zog das zusammengeklebte Foto aus Lydias Wohnung aus ihrer Manteltasche. Sie reichte es durch den Fensterschlitz.

»Kennst du den?«

»Klar, das ist der Typ. Die Fresse würde ich überall wiedererkennen.«

»Wenn das stimmt, das wäre der Hammer.« Peter stellte seine Tasse ab und starrte Sara kopfschüttelnd an. »Du glaubst wirklich, der Typ, der dich angegriffen hat, hat auch deinen Schwager umgebracht?«

»Er hat die Schlange gekauft, mit der Grossmann ermordet wurde.« Sara faltete das Papier zum letzten Mal und stellte den Vogel vor Peter. »Mich hat er zweimal überfallen. Gestern Nacht hat er sich als Reisebürobesitzer ausgegeben.«

»Vielleicht –«

»Als ich mit den Polizeibeamten ins Reisebüro bin, habe ich den richtigen Besitzer kennengelernt, er ist klein, kugelrund und völlig ahnungslos.« Sie schob das zusammengeflickte Foto näher zu Peter. »Jetzt, wo ich weiß, dass er der Mann ist, der mich überfallen hat, sehe ich die Ähnlichkeiten. Trotz Sonnenbrille.«

Peter nahm den Vogel in die Hand, knipste ein Loch in seinen Kopf und zog einen Bindfaden durch.

»Ich kenn mich mit Menschen ja nicht so gut aus wie mit Tieren, aber für mich macht das keinen Sinn.« Er kletterte auf den Tresen und befestigte den Papiervogel an der Lampe darüber. »Was hat der denn für ein Motiv? Der bleibt ja nicht mal bei einem Geschlecht …«

Die Ladentür öffnete sich, und zwei kleine Mädchen schlenderten durch den vollgestellten Verkaufsraum. Vor einem Käfig mit Mäusen blieben sie stehen.

»Warte.« Er ging zu den Kindern und redete kurz mit ihnen. Dann öffnete er den Käfig, gab jedem eine Maus in die Hand und verschloss ihn wieder.

»Fünf Minuten!«, hörte sie ihn rufen. Er lehnte sich an den Tresen, ohne die Kinder aus den Augen zu lassen. »Die Mäuse sind ihr größter Wunsch, aber die Eltern …«

Er schnitt eine Grimasse.

»Stattdessen gibt's teures Elektronikzeug.« Er strich nachdenklich über seinen Ziegenbart. »Wo waren wir? Motiv.«

Sara beobachtete, wie die Kinder die Mäuse vorsichtig streichelten. Sanft fuhren die Finger über das Fell, vom Kopf über den Rücken, in der Luft zurück wieder zum Kopf, ein ewiger Kreis, zarte, kleine Bewegungen, die das Verlangen der Kinder nach den pelzigen Gefährten erkennen ließ. Sie lieben diese Mäuse. Wie um Saras Gedanken zu bestätigen, hob eines der Mädchen das Tier ans Gesicht und presste die Lippen auf das Fell. *Sie lieben etwas, das sie nicht haben dürfen, und deshalb wird das Verlangen immer größer. Immer mächtiger. Bis …*

»*Das* ist sein Motiv.«

Peter runzelte die Stirn. »Nochmal?«

»Das ist sein Motiv! Valeska hat ihm verweigert, was er sich am sehnlichsten wünscht. Ihre Liebe.« Sara schlug sich mit der flachen Hand vor die Stirn. »Valeska … Lydia … egal, seine Frau hat ihn angeblich betrogen und soll ihren Liebhaber getötet haben. Was, wenn er ihren Liebhaber getötet und dann ihr die Schuld in die Schuhe geschoben hat? Sie soll ihn dann schwer verletzt haben – vielleicht war das ja Notwehr, vielleicht wollte *er* ja *sie* töten. Nach dem Motto: Wenn ich sie nicht haben kann, dann keiner!«

»Halt.« Peters Stirnrunzeln verstärkte sich. »Du beschreibst ein klassisches Eifersuchtsdrama, ich kann so weit folgen, klingt plausibel. Aber was hat das mit Paul und dir zu tun?«

»Paul und Grossmann sind Kollateralschäden. Stell dir mal vor, du schiebst deiner Frau einen Mord in die Schuhe. Dann planst du ihren Selbstmord, bereitest ihren Abschiedsbrief vor und so, und jetzt dreht sie den Spieß um, bringt dich fast unter die Erde und verschwindet spurlos. Wenn sie zur Polizei geht, steht ihr Wort gegen deins.« Sie trank einen Schluck Wasser. Je länger sie redete, desto klarer formten sich die Szenen vor ihrem inneren Auge. Aufgeregt stellte sie das Glas auf dem Tresen ab und nahm einen Notizzettel aus dem Papierspender.

»Ich bin gespannt auf den Sprung zu Paul und dem anderen.« Peter nickte den Mädchen lächelnd zu und zeigte mit der Hand weitere fünf Minuten an.

»Jahrelang sucht er seine Frau. Solange sie frei herumläuft, ist sie ein Risiko für ihn. Jetzt findet er sie, aber wenn er sie einfach so umbringt, sucht die Polizei nach ihrem Mörder, da dauert es nicht lange, bis man beim betrogenen Ehemann nachfragt, oder?« Ohne hinzusehen, faltete sie das Papier zu einem schmalen Rechteck. »Wenn er ihren Selbstmord vortäuscht, ist das auch nicht plausibel. Warum jetzt? Nach all den Jahren? Sie ist doch total verankert, das können zu viele Leute bestätigen.«

Sie löste das Rechteck auf und faltete das Papier gegen die Faltrichtung, automatisch, ohne die Augen von Peters Gesicht abzuwenden.

»Weiter.« Peter richtete seine ganze Aufmerksamkeit auf sie.

»Er stöbert sie in einem Forum auf, stößt dabei auf die Folterkammer, du weißt schon, da, wo Tini den Mord an Paul beschrieben hat. Dabei kommt ihm die geniale Idee, ein paar dieser Männer zu töten und die Morde dann wieder ihr anzuhängen.« Mit einer schnellen Bewegung fuhr sie mit den Fingern so scharf an einer Faltkante entlang, dass es ratschte. »Das hat er ja auch geschafft! Mann! Ich bin voll darauf reingefallen… Und für die Kripo ist sie seit heute früh sicher die Verdächtige Nummer eins.«

Sie stellte die Papierfigur auf den Tresen und fischte ein neues Papier aus dem Spender.

»Seit heute früh?«

»Ich Depp hab der Kripo den Tipp mit der Schlange gegeben.« Sara schüttelte den Kopf über ihre eigene Dummheit.

»Mach mal langsam! Woher solltest du denn wissen, was wirklich gespielt wurde? Und was bringt es ihm, ihr diese Morde anzuhängen? Er geht doch ein irres Risiko ein. DNA am Tatort, zufällige Zeugen, was weiß ich noch alles.«

Sara ignorierte seinen Einwurf. Ihre Finger bewegten sich immer schneller. »Er hängt ihr die Morde an, räumt sie aus dem Weg und tarnt es als Selbstmord. Deshalb hat er auch das Poster im KulturLaden aufgehängt. Wahrscheinlich wollte er sie an dem Abend töten.«

Sie hielt die fertige Figur kurz in ihren Händen, betrachtete sie, als wisse sie nicht, was sie damit machen sollte, und legte sie dann neben die andere.

»Michael hat gleich gerätselt, ob sie das nicht selbst war. Praktisch für die Polizei inszeniert! Als Hinweis auf ihre gespaltene Persönlichkeit oder als Schuldeingeständnis. Sie pinnt ein Poster von ihrem alten Ich, Lydia Schwartz an die Tür und schreibt groß Luder drüber. Kurz darauf bringt sie sich um, weil sie mit ihren Schuldgefühlen nicht mehr leben kann. Die Schlange ist in ihrer Wohnung. Stellt da noch jemand Fragen?« Sie griff nach dem nächsten Notizzettel. »Würde mich nicht wundern, wenn plötzlich noch ein Abschiedsbrief aus dem Nichts auftaucht …«

»Deshalb wolltest du also zu dem Schlangentyp«, schlussfolgerte Peter.

»Genau. Nach dem Überfall und Valeskas … Lydias Auftauchen hatte ich diesen Verdacht, den nur er bestätigen konnte.«

Peters Gesicht bekam wieder einen besorgten Zug. »Warum hast du mich nach dem Überfall nicht angerufen?«

»Ich hab dabei doch mein Handy verloren … Falsch. Es war das von Jonas. Meins ist gestern bei dem Zusammenstoß mit dem Typen kaputtgegangen.« Sie verzog ihr Gesicht zu einer Grimasse. »Zwei Handys in zwei Tagen, ganz schöner Verschleiß.«

Peter öffnete eine Schublade. »Hier. Nimm das.« Er legte ein silbernes Mobiltelefon und ein Kabel auf den Tresen.

»Mein Ersatzhandy. Der Akku ist fast leer, aber auf der Prepaidkarte sind noch ein paar Euros drauf. Für Notfälle. Du kannst es mir ja irgendwann zurückgeben.«

»Danke.« Sie lächelte ihn dankbar an. »Du bist wirklich ein Schatz.«

Er winkte ab. »Und was machst *du* in der Opferliste?«

»Ich bin ihm wahrscheinlich mit meiner Theorie von dem Ablenkungsmanöver auf die Füße gestiegen. Letztlich trifft es das ja. Die Morde waren nichts anderes. Und dann hab ich ihm wohl im KulturLaden dazwischengefunkt, vielleicht wollte er Valeska an dem Abend töten. Vielleicht hatte er aber auch Angst, dass Valeska mir zu viel erzählt hatte und ich eins und eins zusammen zählen würde. Hab ich jetzt ja auch, mein Problem ist nur, dass mein Hauptzeuge ein namenloser Kleinkrimineller ist …«

Sara zerknüllte den Frosch in ihrer Hand. Die Kanten des Papiers bohrten sich in ihren Ballen. Wo Valeska jetzt wohl war? Und Carlo? Was hatte sie mit ihm gemacht? Ihn zur Polizei gebracht? Oder das Problem auf *ihre* Art gelöst? Aber was war *ihre* Art? Sara erinnerte sich an die Pistole in Valeskas Hand und schauderte.

77

Carlo starrte auf sein Handy, als könnte er dadurch ihre Antwort beschleunigen.

Eine Stunde noch, Lydia, dann sind wir wieder vereint.

Schließlich steckte er das Handy in seine Jacke zurück, stand auf, nahm den Computer und knallte ihn gegen die Wand, hob ihn auf und schmiss ihn wieder dagegen, sprang mit aller Kraft auf die Trümmer, riss die Eingeweide aus dem geplatzten Gehäuse und warf sie mit voller Wucht durch den Raum. Zufrieden betrachtete er die Verwüstung und ging zum Schlafzimmer.

Aus dem Spiegelschrank holte er eine fertig gepackte Reisetasche, dann riss er die oberste Schublade aus den Führungsschienen des Nachtkästchens und leerte sie auf das Bett. Er quetschte drei Uhren und mehrere Schmuckstücke in einen Samtbeutel und verstaute sie in der Tasche. Nach einem letzten Blick durch das Zimmer nahm er die Tasche, ging zur Garderobe, stopfte eine Mütze und eine Jacke hinein und schloss den Reißverschluss. Er zündete sich eine Zigarette an, inhalierte den Rauch und beobachtete, wie die Glut hell aufleuchtete und der Tabak knisternd verbrannte.

Er ging zurück ins Wohnzimmer und kippte ein Fenster. Dann knüllte er ein paar Papiere zusammen, warf sie locker übereinander in den Papierkorb und stellte ihn unter den Vorhang, so dass dessen Ende hineinhing. Er nahm einen letzten Zug von seiner Zigarette, betrachtete die Glut und legte sie vorsichtig auf den Papierhaufen. *Niemand wird mir je etwas nachweisen können. Nicht virtuell, nicht real. So ein Feuer passiert manchmal, vor allem bei Rauchern, wenn sie unvorsichtig sind …*

78

Die Türen der U-Bahn öffneten sich, und Sara stieg zusammen mit anderen Fahrgästen aus. Sie verbarg sich in der Menschenmenge, suchte Schutz bei den zahllosen Unbekannten, die für einen Moment nur ihren Weg teilten, um dann wieder im Nichts unterzutauchen.

Die Rolltreppe führte direkt zum Marienplatz. Sie lief die wenigen Schritte zum Eingang des Cafés, spürte, wie nervös sie mit einem Mal bei dem Gedanken wurde, in wenigen Augenblicken Michael gegenüberzustehen. Wie sollte sie ihn begrüßen? Eine Umarmung? Ein Kuss? Wenn ja, auf den Mund? Oder lieber auf die Wangen? Oder gar nichts, ein wenig Distanz schaffen? Ohne zu einem Ergebnis zu kommen, fuhr sie in den vierten Stock.

Der Ober kam bereits zum zweiten Mal an ihren Tisch. Sara winkte ab. »Ich warte noch.«

Er entfernte sich wieder. Sie beobachtete, wie er den Kopf schüttelte, ganz leicht nur, und doch drückte es klar seine Verärgerung über sie aus, über sie, die hier saß, auf einem der besten Plätze, und ihn um seinen Umsatz brachte. Sie drehte den Kopf wieder zum Fenster und suchte den großen, von Touristen bevölkerten Platz nach Michael ab. Wenn er vom Gericht kam, musste er den Marienplatz überqueren, wahrscheinlich kam er die Theatinerstraße entlang. Sie brachte den Kopf näher ans Fenster und versuchte, ihn in der Menge zu erspähen, doch die Menschen unter

Sara waren viel zu klein, um sie gut erkennen zu können. Sie wandte sich ab und ließ ihren Blick wieder durch das Café wandern. Für den Bruchteil einer Sekunde glaubte sie, ihn gesehen zu haben, doch sie hatte sich wieder geirrt. Sie dachte an Tini und den bevorstehenden Termin bei König. Mit den neuen Beweisen *musste* er dafür sorgen, dass Tini aus der Untersuchungshaft freikam, selbst wenn die Anklage noch nicht fallengelassen wurde. Sie war jetzt fast eine Woche im Gefängnis, wie es ihr wohl ging? Ob sie fest darauf vertraute, dass Michael und sie sich für sie einsetzten? Sie holte Peters Handy hervor und wählte die Nummer ihrer Mutter.

»Reiser.«

»Mama, hallo, du, kannst du, falls ich mich verspäte, Jonas pünktlich um sieben bei Tom holen?«

»Sara! Von wo rufst du an? Das ist doch nicht deine Nummer.«

»Das ist Peters Handy. Ich hab es mir von ihm geliehen.«

»Peters Handy? Was ist denn mit deinem?«

Sollte sie ihrer Mutter wirklich erklären, dass sie ihr Handy heute dem Wahnsinnigen gegeben hatte, der sie gestern Abend über den Haufen gerannt hatte, und dabei auch Jonas' Handy verlor, als der gleiche Irre, der vermutlich auch Pauls Mörder war, sie mit einem Messer bedroht und verletzt hatte? »Es ist kaputt.«

»Und wo bist du, dass du nicht weißt, ob du dich verspätest?«

Sara zögerte kurz. »Ich muss aufs Kommissariat, wegen Tini, reine Routine. Kannst du ihn holen?« Sie hörte, wie ihre Mutter einen Seufzer ausstieß.

»Natürlich kann ich ihn holen. Pass bitte auf dich auf, ja?«

»Danke, Mama.« Sie legte auf und sah auf die Zeitanzeige auf Peters Display. Viertel vor vier. Ob sich der Gerichtstermin verzögert hatte? Sie holte Michaels Visitenkarte aus der Innentasche ihres Mantels.

Sie hatte aufgehört zu zählen, wie oft sie nun die Wahlwiederholungstaste gedrückt hatte. Belegt. Wie konnte sein Telefon belegt sein, wenn er im Gericht war? Ausgeschaltet vielleicht. Aber nicht belegt. Immer mehr ergriff sie ein Gefühl der Enttäuschung, sogar Verärgerung, dann wieder Angst. War etwas passiert? Er würde sie nicht einfach hier sitzenlassen. So konnte sie sich nicht getäuscht haben. Er hätte sie angerufen.

Plötzlich schlug sie sich mit der Hand vor die Stirn. *Du Idiot! Wie soll er dich denn anrufen? Wenn er anruft, dann auf Jonas' Telefon! Woher soll er denn wissen, dass du es verloren hast!*

Sie wählte die Nummer von Jonas' Mailbox. Drei neue Nachrichten.

Sara, hier Michael, du gehst nicht an dein Telefon und ich habe gerade Pause und mal über die Trackingfunktion nachgesehen, wo du bist. Was machst du in der Westendstraße? Ich hoffe, du bist nicht zu Valeska zurückgegangen … Muss ich mir Sorgen machen? Ruf bitte an!

Sara sprang zur nächsten Nachricht.

Sara, was soll das? Hast du mich eben weggedrückt? Es ist Viertel vor zwei und du bist noch immer in der Westendstraße. Was ist los? Wir hatten doch gesagt, keine Alleingänge! Mensch, verdammt, Sara, mach ja keinen Scheiß. Ruf an, hörst du!

Sie hielt das Telefon etwas von ihrem Ohr weg, als die Menüführung die verschiedenen Optionen herunterleierte. Er hatte sie im Auge behalten – dachte er zumindest. Wen hatte er wirklich beobachtet? Valeska? Hatte sie das Handy gefunden? Hatte sie gesehen, wie es zu Boden gefallen war, als Carlo ihre Manteltasche aufgerissen hatte? Sie konnte es nur da verloren haben, Sara erinnerte sich an das Ratschen des Stoffes, gefolgt von einem Klackern. Westendstraße. Valeska wohnte dort. Es wäre mehr als wahrscheinlich. Sie war am Fundort gewesen, und jetzt befand sich das Handy in Valeskas Wohnung oder zumindest in unmittelbarer Nähe davon. Sie presste das Telefon wieder an ihr Ohr.

Sara, was machst du? Wir sind in sieben Minuten hier verabredet, und du bewegst dich stadtauswärts? Wie bist du unterwegs? Auto? Tram? Wo fährst du hin? Warum rufst du nicht an? Ich bin im Café am Rathaus, nein, warte, ich setze mich jetzt in ein Taxi und folge dir. Da stimmt doch was nicht.

Sie wählte *Nachricht wiederholen* und hörte sie sich ein zweites Mal an. Das durfte nicht wahr sein. Michael fuhr Valeska hinterher, und sie saß hier und wartete auf ihn. Und jetzt?

Die Wunde an ihrer Taille fing an zu pochen. Sie presste ihre Hand darauf, als könnte sie den Schmerz dadurch wegdrücken. Er blieb. Es war nur eine Fleischwunde, schmerzhaft, aber nicht gefährlich hatte der Polizeibeamte gesagt, trotzdem hatte er ihr nahegelegt, zum Arzt zu gehen und dabei auch gleich ihren Impfschutz überprüfen zu lassen. Sie wählte Michaels Nummer, doch sie wusste, dass sie besetzt sein würde. Natürlich. Er saß mit dem Handy im Schoß im Taxi, eingeloggt in den Handytracker und verfolgte den

Aufenthaltsort von wem auch immer. Wenn es Valeska war, würde er denken, sie hätte ihr etwas angetan. Er hielt sie für die Mörderin von Grossman. Weil Sara die Schlange gefunden hatte. Er würde die Polizei einschalten, Valeska in größte Schwierigkeiten bringen. Sie würde im Gefängnis landen. Unschuldig. Wie Tini. Und sie hatten keine Beweise für das Gegenteil, abgesehen von einem namenlosen Zeugen, der niemals vor Gericht aussagen würde …

Sie hätte ihm auf die Mailbox sprechen müssen, obwohl sie dachte, die Geschehnisse wären für eine Sprachnachricht zu komplex. *Großer Fehler!* Sie drückte auf *Nachricht schreiben*: *Du verfolgst die Falsche! Habe Jonas' Handy verloren. Ruf mich bitte sofort auf dieser Nummer an. Sara*

Sie schickte die SMS an Michaels Nummer und zog ihren zerrissenen Mantel an. Sie wusste, was sie zu tun hatte. Überstürzt verließ sie das Café, verfolgt von dem giftigen Blick des Obers.

79

Der Klingelton schreckte ihn aus seinen Gedanken. Er sah auf das Display des Handys und spürte, wie sich sein Puls beschleunigte.

Du bist darauf hereingefallen! Du denkst, Sara hätte dir geantwortet.

Er öffnete die Mitteilung und las:

Nicht KulturLaden. Da sind vllt bullen. Bin in schrebergartenanlage am hirschgarten, parz. 45, vom hauptweg 2. seitenweg rechts 4. haus.

Wie leicht es ihm die neuen Technologien machten. Er grinste vor sich hin. Wenn Lydia wüsste, dass sie sich ihm gerade ans Messer geliefert hatte… Wie schnell sich das Rad doch drehen konnte, jetzt war er wieder am Zug.

Ja, Lydia, so ist das. Du fühlst dich so sicher in deinem Versteck und weißt nicht, dass ich es bereits kenne. So wie du dich sicher gefühlt hast als Valeska und nicht wusstest, dass ich dich über Wochen beobachtet habe. Du dachtest, du hättest die Kontrolle über Frauenwehr, und hast nicht gemerkt, dass du deinen ärgsten Feind eingelassen hast. Du selbst hast mich in den Mitgliederbereich des Forums eingeladen, nichtsahnend, wer hinter dem Namen Carla stand. Du hast meine falschen Angaben einfach geschluckt. Du denkst, du kannst dich unsichtbar machen, doch ich sehe dich hinter all deinen Verkleidungen und Tarnnamen. Ich sehe dich, weil ich dein Schicksal bin. Davor kannst du dich nicht verstecken, das solltest du inzwischen wissen.

Er blinkte und bog rechts ab. Bis zum Hirschgarten waren es von hier keine fünf Minuten. Er hatte schon wieder Glück.

80

Der Rucksack ging immer noch nicht zu. Lydia hob ihn hoch und leerte ihn in dem kleinen Wohnraum der Schreberlaube auf den gemusterten Teppich aus. Einige Gegenstände kullerten über den Boden und verschwanden unter der Eckbank.

»Mann!« Ungehalten kroch sie unter Tisch und Bank und fischte nach Deo, Taschenlampe, Lipgloss und Thermoskanne. Sie wischte den Staub von ihrem Pullover und kniete sich vor den chaotischen Haufen. Stück für Stück nahm sie jedes Teil noch einmal in die Hand, begutachtete es und packte es dann entweder in den Rucksack oder legte es schweren Herzens zur Seite. Alles, was es nicht in den Rucksack schaffte, begleitete sie auch nicht in ihr neues Leben. Sie blickte von dem schwarzen Shirt zu dem grauen, sagte langsam einen alten Kinderreim auf und steckte schließlich das graue in den Rucksack, zögerte, nahm es wieder heraus und tauschte es gegen das schwarze.

»Mann! Ich hab keinen Bock mehr!« Sie erschrak über die Lautstärke ihrer eigenen Stimme, doch der Wall war gebrochen. »Keinen Bock, Bock, Bock! Hallo, da oben, hörst du mich? Ich will nicht wieder alles zurücklassen! Ich will nicht mein Leben lang Verstecken spielen. Ich bin keine Mörderin! Ist es zu viel verlangt, dass ich nicht als Mörderin abgestempelt sein will?«

Sie schrie sich ihren Frust von der Seele, und doch verspürte sie keine Erleichterung. Sie fühlte sich einsam. Betrogen um ihr Leben. Betrogen um die Arbeit, die Mühe, die sie hineingesteckt hatte. Und wozu? Um wieder alles hinter sich zu lassen? Wieder von vorne anzufangen, mit einem Rucksack, dreihundertvierzehn Euro in bar und dem Wissen, dass ihre Chancen, je rehabilitiert zu werden, gleich null waren. Viel zu viel sprach gegen sie. Nicht zuletzt die Tatsache, dass sie die letzten fünf Jahre eine illegale Existenz geführt hat.

Sie widmete sich erneut dem Chaos auf dem Boden, sortierte rasch die restlichen Gegenstände aus und stellte den Rucksack dann auf den Tisch. Er war etwa zu zwei Dritteln voll. Sie nahm den Laptop und die Bücher und verstaute sie. *Ob Sara bald kommt?* Sie las auf ihrem Handy die Uhrzeit ab. Hoffentlich findet Sara die Hütte gleich. Die Kleingartensiedlung war nicht zu verfehlen, aber selbst sie war anfangs in der Anlage umhergeirrt und hatte sich in den Parzellen verlaufen. *Ob ich sie anrufen soll? In einer halben Stunde muss ich los, sonst verpass ich den Zug.* Lydia wählte Saras Nummer, doch es meldete sich niemand. Dann öffnete sie die Mitteilung, die sie Sara geschickt hatte. *Nicht KulturLaden. Da sind vllt bullen. Bin in schrebergartenanlage am hirschgarten, parz. 45, vom hauptweg 2. seitenweg rechts 4. haus.*

Die Beschreibung war eindeutig. Sie musste es leicht finden. *Und wenn sie nicht allein kommt? Was, wenn sie die Bullen mitbringt? Wenn Sara auch dachte, dass sie schuldig war? Schließlich ging es um ihre Schwester. Die zu retten, war ihr Ziel.* Oder wenn die Bullen inzwischen die Verbindung zwischen dem Frauenhaus und der Schrebergartenlaube herausgefunden hatten? Der König war offensichtlich nicht dumm. Wenn der die letzten gespeicherten Rufnummern in ihrem Festnetztelefon abtelefonierte, war er bereits beim Frauenhaus. Dort wussten sie, dass sie vorgestern in der Laube gewesen war. Wieso hatte sie nicht eher daran gedacht? In Windeseile zog Lydia ihren Anorak an, stülpte die Norwegermütze über und schulterte den Rucksack. Sie überprüfte den Inhalt der Jackentaschen und wandte sich zum Gehen. Sie war keine zwei Meter von der Tür entfernt, als es klopfte.

Sie erstarrte. Sara? Oder hatte Carlo sie gefunden? Wieder hämmerte es gegen das Holz.

Lydia riss sich zusammen. Lautlos versteckte sie sich hinter der Tür. Ihre Hand suchte den Spaten, der dort immer in der Ecke lehnte.

Mit angehaltenem Atem beobachtete sie, wie sich die Klinke senkte und die Tür sich langsam mit einem Quietschen öffnete. Ihr ganzer Körper war angespannt wie der einer Raubkatze, die zum Sprung ansetzte. Sie umklammerte den Griff des Spatens, hob ihn über ihren Kopf.

Die Tür war jetzt zur Hälfte geöffnet. Ein Mann steckte seinen Kopf durch den Spalt. Er trug eine dunkle Mütze.

Er trat ein.

Lydia sah, dass er einen der Holzpflöcke aus dem Garten in der Hand hielt, vor sich ausgestreckt, bereit, ihn als Waffe einzusetzen. Noch ein Schritt. Jetzt war er ganz in der Hütte. Sah sich um.

Sie schlug zu.

Mit entsetztem Blick brach er zusammen, versuchte, sich am Stuhl zu halten, riss ihn um und fiel dann auf den Teppich. Leblos blieb er liegen.

Lydia stand wie angewurzelt auf der Stelle. Den Spaten noch immer in der Luft, starrte sie auf den Unbekannten am Boden. Plötzlich spürte sie das Schlagen ihres Herzens, heftig, schnell, zu schnell. Sie legte den Spaten ab und presste die Hand auf ihre Brust, als könne sie dadurch das Tempo des Herzschlags beeinflussen. Konzentriert atmete sie ein und aus, tief in den Bauch, immer darauf achtend, dass sie die Luft durch die Nase einsog und durch den Mund ausstieß.

Sie wusste nicht, wie lange sie so dagestanden hatte, wie lange sie gebraucht hatte, um wieder zu funktionieren, zu dem Mann zu gehen, um seinen Puls zu prüfen. Er lebte, aber der Atem ging unregelmäßig und flach. Ein rotes Rinnsal floss unter der Mütze hervor. Sie zog sie ihm aus und sah eine klaffende Platzwunde, um die herum die blonden Haare sich schnell mit Blut verfärbten. Sie öffnete seine Lederjacke und suchte nach seinem Portemonnaie. Wen hatte sie niedergeschlagen? Sie öffnete den flachen Lederbeutel und zog den Personalausweis heraus.

»Scheiße!« Panisch nestelte sie in ihrer Jacke nach ihrem Handy und wählte die 112.

»Rettungsnotdienst. Wer spricht bitte?«

»Ich brauche einen Krankenwagen. Schrebergartenanlage im Hirschgarten, Parzelle 45.«

»Ihren Namen bitte.«

Lydia sprach hektisch weiter. »Er hat eine Platzwunde am Kopf. Er ist bewusstlos. Und er blutet!«

»Ihren Namen bitte.«

»Der Verletzte heißt Michael Seitz.« *Er ist einer von den Guten.* »Beeilen Sie sich!«

»Ihren Namen bitte!«

Lydia legte auf, steckte das Handy weg und vergrub ihr Gesicht in den Händen. Was hatte sie getan? Vielleicht hatte Sara ihn geschickt, vielleicht konnte sie nicht selbst kommen. Oh Gott. Hoffentlich kommt er durch. Hoffentlich hatte sie nicht zu fest zugeschlagen. Eine Hirnblutung ausgelöst. Oder einen Schädelbruch. Hoffentlich war sie nicht zur Mörderin geworden.

Sie brachte ihn vorsichtig in die stabile Seitenlage.

»Das hast du gut gemacht.«

Die Stimme durchfuhr Lydia wie ein Schwert. Sie sprang auf. Doch es war zu spät. Schon spürte sie sein Messer an ihrer Kehle. Sie wusste, dass sie verloren hatte. Fünf Jahre war sie weggelaufen. Fünf Jahre Angst. Fünf Jahre Hoffnung.

Es war vorbei.

»Hoffen wir, dass er wieder aufwacht und sich an dich erinnert. An die wahnsinnige Lydia. Die Serienmörderin.«

Er verstärkte den Druck des Metalls gegen ihren Hals und zog ein paar Handschellen hervor. Er hielt sie vor ihr Gesicht.

»Na, erinnerst du dich?« Dann bog er ihre Arme auf den Rücken und legte ihr geschickt die Handschellen an. Grob schubste er sie zur Tür. »Gehen wir.«

81

Das Taxi kämpfte sich im Schneckentempo durch den einsetzenden Feierabendverkehr. Sara hielt Peters Handy krampfhaft in der Hand und starrte abwechselnd auf den blinkenden Punkt, der sich seit Aktivieren der Trackingfunktion nicht bewegt hatte, und die Ampel, die höchstens vier Autos auf einmal über die Kreuzung ließ.

»Nervös?«

»Mhm. Wie lange brauchen wir wohl?« Sie hielt ihm das Display vor die Nase. »Ich … Es ist ein Notfall!«

»Ist das so ein Spionageding? Meine Schwester hat damit ihren Mann in flagranti erwischt. Über sein Handy. Armer Kerl.« Er fuhr wenige Meter auf die Ampel zu, bevor sie wieder auf rot sprang. »Der hatte davor schon nichts zu lachen. Und? Ist wohl nicht, wo er sein sollte, der Gatte … Ist doch das Handy vom Gatten, das Sie verfolgen?«

»Von meinem Sohn. Da, das ist die Internetseite von dem Ortungsdienst. Wo der Punkt leuchtet, ist das geortete Handysignal. Unglaublich, nicht, was es heute alles gibt.« Sara richtete ihre Aufmerksamkeit wieder auf den blinkenden Punkt. Ein Piepton erinnerte sie daran, dass Peters Handy nicht aufgeladen war. Die Leuchte zeigte nur noch einen Balken an. Peter hatte sie gewarnt.

»Sohn?« Die Überraschung in seiner Stimme ließ sie aufblicken. Er musterte sie kritisch, als könne er sich nicht vorstellen, dass sie Mutter war, noch dazu von einem Sohn, der alt genug war, um ein Handy zu besitzen.

»Wie alt ist er denn?«

»Acht.«

»Acht?« Er beugte sich zu ihrem Sitz und griff nach dem Handy. »Das ist nicht der Hirschgarten. Das ist die Schrebergartensiedlung.«

»Dann muss ich eben dorthin.« Schrebergartensiedlung. Das also war die Grünflache. Vor Jahren hatte sie vom Balkon einer Freundin aus über die Siedlung geblickt und sich gefragt, wie man sich je in dem Gewirr von Wegen und Häuschen zurechtfinden konnte. Im Winter war das Gelände verlassen. Hier und da ein einsamer Hobbygärtner, der nach dem Rechten sah und überprüfte, ob sich Obdachlose in seinem Sommerhäuschen breitgemacht hatten. Ob wirklich Valeska Jonas' Handy hatte? Falls ja, was machte sie dann dort? Besaß sie eine Parzelle? Sara dachte an ihr winziges Appartement. Nicht eine Pflanze hatte dort gestanden. Nein, Valeska war keine Hobbygärtnerin. Was also suchte sie dort? Unterschlupf? War ihre Wohnung nicht mehr sicher? Von der Polizei belagert? Oder hatte doch Carlo das Handy eingesteckt? Kurz entschlossen wählte sie Jonas' Nummer. Sofort meldete sich die Mailbox. Jemand musste die Rufumleitung eingeschaltet haben.

Plötzlich riss der Taxifahrer das Steuer herum. Er wendete und bog in die nächste Seitenstraße ab.

»Was machen Sie? Sind Sie verrückt?« Sara krallte sich am Türgriff fest, während das Taxi stark beschleunigte. »Wir wären beim nächsten Grün über die Ampel gekommen!«

»Acht! Was zum Teufel macht der Junge ausgerechnet in dieser Schrebergartensiedlung?« Das grimmige Gesicht drückte Unverständnis über ihre Verantwortungslosigkeit aus. »Um die Uhrzeit! Im Winter! Der Bub müsste zu Hause sein! Wissen Sie, wie gefährlich es dort ist?«

Sara starrte ihn konsterniert an. Bub? Er dachte, Jonas …? Natürlich, er konnte ja nicht ahnen, dass nicht mal sie selbst wusste, wem sie wirklich nachfuhr. Dass sie nur annahm, Valeska könnte im Besitz von Jonas' Handy sein. Mit Sicherheit wusste sie nur, dass Michael demselben Signal folgte wie sie, allerdings im festen Glauben, ihr zu folgen. Der Fahrer machte eine Vollbremsung, hupte und fuhr dann viel zu schnell durch eine schmale Gasse. Die Dämmerung tauchte die Straßen allmählich in Dunkelheit.

»Ich sagte doch, es ist ein Notfall!« Bei dem Gedanken, Jonas könnte dort alleine umherirren, musste Sara sich nicht einmal bemühen, aufgeregter zu klingen, als sie wirklich war.

»Vor allem, seit vor zwei Jahren der Mord dort passiert ist.« Der Fahrer klang plötzlich freundlicher, fast schwang etwas Mitleid in seiner Stimme mit. »Wissen Sie noch?«

Sie schüttelte den Kopf.

»Ganz ein junges Ding. Keine achtzehn Jahre alt.« Er drückte das Gaspedal durch und rauschte bei Dunkelgelb über die Kreuzung. Wieder tauchte er in ein Gewirr von Nebenstraßen ein. Sara verlor die Orientierung und fixierte Peters Handy. Erneut signalisierte der Piepton, dass die Batterie bald leer war. Sie schickte ein Stoßgebet zum Himmel. *Bitte lass die Batterie halten, bis ich Michael gefunden habe.*

»Drei Monate hat sie dort gelegen, das arme Ding. Bildhübsch war die. Bevor das passiert war.« Das Taxi raste durch eine Tempo-dreißig-Zone. »Der Kerl, der sie gefunden hat …«

»O Gott!«, schrie Sara auf. »Der Punkt bewegt sich!« Hatte Michael Valeska gefunden? Hatte er die Polizei geholt? Wurde sie schon abgeführt?

»Wohin? Richtung Straße?«

»Ich weiß es nicht!« Sie verfolgte den blinkenden Punkt. »Geradeaus. Immer geradeaus!«

»Geradeaus Richtung Straße oder geradeaus Richtung Gleise?«

»Ich weiß es nicht! Das seh ich nicht! Geradeaus!«

Das Taxi kam mit quietschenden Reifen zum Stehen. Der Fahrer riss ihr das Gerät aus der Hand und scrollte ein Stück nach unten.

»Richtung Gleise.«

Er sah sie ernst an. »Er läuft weiter hinein. Da ist kein Ausgang. Da ist die neue Großbaustelle. Die wurde vorgestern gesperrt, wegen Einsturzgefahr. Etwas mit dem Fundament oder so.«

Der Punkt bewegte sich zügig weiter. Eine Sackgasse? Und am Ende eine gesperrte Baustelle? Michael würde diesen Weg nicht einschlagen. Die Polizei erst recht nicht. War Valeska alleine? Was wollte sie dort?

»Sie sollten die Polizei alarmieren.«

»Nein! Nein, wir sind doch gleich da. Ich mach das. Ich regle das ... nicht die Polizei.«

Er schaute sie stirnrunzelnd an.

»Das ... Dann ... dann verliere ich das Sorgerecht!«

»Na gut. Wie Sie meinen. Wenn es mein Sohn wäre ...«

Er fuhr weiter. »Ich bring Sie zur Baustelle. Wenn er noch nicht dort angekommen ist, können Sie über den Zaun klettern, das geht schneller, als wenn ich Sie zum Eingang bringe und Sie erst die ganze Siedlung durchqueren müssen. Passen Sie gut auf, wo er hingeht!«

Sara schlug die Autotür zu und rannte den Bauzaun entlang. Der Punkt näherte sich dem Ende des Weges. Dann wurde das Display schwarz. Die Batterie war leer. Sara verstaute das Handy im Mantel und blieb stehen. Gleich müsste Valeska an der großen Hecke ankommen, die den Schrebergartenbereich begrenzte. Laut Karte konnte der Punkt nur noch wenige Meter ungehindert geradeaus laufen. Leise ging sie weiter. Blieb wieder stehen und lauschte. Es knirschte. Jetzt vernahm sie Schritte. Unregelmäßige Schritte. Kurzer Schritt. Stopp. Lang und schwer. Kurz und leicht. Kurz und leicht. Kurz und schwer. Stopp …

Sie stellte sich das Schrittmuster vor, es machte keinen Sinn, es sei denn, es waren zwei Fußgänger. Einer bremste, der andere schubste. Das musste es sein. Schubste?

Plötzlich hörte sie Stimmen.

»Wo willst du hin? Das ist eine Sackgasse.« Es war Valeskas Stimme. Trotzig und doch voller Angst.

»Halt die Klappe.« Das war Carlos Stimme! Hatte er Valeska in seiner Gewalt? War sie in Gefahr? Wo war Michael? Hatte Carlo ihn … ? Sie wagte nicht, den Gedanken zu Ende zu bringen.

Sie hörte lautes Rascheln. Dann sah sie zwei dunkle Gestalten aus der Hecke heraustreten. Sie erkannte Valeska an ihrer Statur, die Hände waren auf dem Rücken zusammengebunden. Hinter ihr ging Carlo. Sara drückte sich an die Hecke und hoffte, nicht bemerkt zu werden. Er stieß Valeska unsanft vor sich her, den Bauzaun entlang, immer weiter von der Straße weg. Mit einer Hand hielt er einen länglichen Gegenstand an ihren Hals. Vermutlich das Messer, mit dem er auch sie bedroht hatte. Aber warum nutzte Valeska nicht ihre Pistole? Sie würde sie doch kaum weglegen, wenn sie sich bedroht fühlte. Verwirrt folgte Sara ihnen im Schutz der Hecke, sorgsam darauf bedacht, genug Abstand zu halten. Was sollte sie jetzt tun? Sie hatte keine Waffe, Valeska war gefesselt. Was konnte sie schon gegen Carlo ausrichten? Sie musste Hilfe holen, die Polizei rufen. Aber wie? Dazu müsste sie zur Tankstelle vorlaufen. Oder zur Straße, ein Auto anhalten, die Situation erklären. Den Fahrer bitten, die Polizei zu verständigen. Plötzlich hielt Carlo an. Mit der freien Hand hob er ein Gitter des Bauzauns an und zog es aus dem Verankerungsstein. Dann drückte er es ein Stück nach vorn und stieß Valeska durch die Öffnung auf das Baustellengelände.

Sara lief auf Zehenspitzen den Weg entlang, wartete etwas, um ihnen wieder einen Vorsprung zu geben, und betrat dann über die gleiche Lücke die Baustelle. Sie zögerte. Tat sie das Richtige? Noch konnte sie umkehren, Hilfe holen. Nein, sie musste dranbleiben. Wenn sie jetzt zur Straße lief, würde sie nicht wissen, wo Carlo Valeska hinbrachte, vielleicht käme jede Hilfe zu spät für Valeska. Sie beobachtete, wie Carlo und Valeska auf den mehrstöckigen Rohbau zuhielten. Das musste das einsturzgefährdete Gebäude sein. Ob Carlo das wusste? Sie folgte ihnen um das Gebäude herum. Ein großes, beleuchtetes Plakat warnte: Achtung! *Akute Lebensgefahr im Baustellenbereich*. Sara wich zurück. Hier herumzulaufen, war leichtsinnig. Es war mehr. Es war lebensgefährlich.

Das Scheppern von Metall ließ sie zusammenzucken. Schnell lief sie in die Richtung, aus der das Geräusch gekommen war. Im schwachen Schein einer Notlampe sah sie, wie Carlo die Stahltür eines Außenaufzugs hinter sich schloss. Mit einem Rumpeln setzte der Aufzug sich in Bewegung. Entsetzt sah Sara ihm nach, bis ihn die Dunkelheit verschluckte.

82

Lydia hatte Angst. Schreckliche Angst. Was wollte Carlo mit ihr in diesem Gebäude? Sie bewegte sich etwas, um nach unten zu sehen, und spürte sofort, wie der Druck des Messers sich verstärkte. Es tat weh.

»Verdammt! Was willst du?« Langsam regte sich Wut in ihr. Das war gut. Wut war gut. Wut hieß kämpfen.

»Halt's Maul.«

Der Aufzug hielt. Carlo entsperrte die Tür und stieß Lydia in einen offenen Raum. Die Winternacht war hell genug, um zu erkennen, dass zur Süd- und Westseite fast die gesamte Front mit bodentiefen Öffnungen versehen war, die darauf warteten, verglast zu werden. Betonpfeiler deuteten an, wo Trennwände geplant waren, und auf dem Fußboden waren dicke Rohre verlegt. Sie stolperte absichtlich darüber und ließ sich auf den Boden fallen. Obwohl sie versuchte, den Aufprall mit den Knien abzufangen, da ihre Hände noch hinter dem Rücken zusammengebunden waren, landete sie unsanft auf der Schulter. Sie stöhnte, versuchte, sich aus seiner Reichweite zu rollen, aufzuspringen, wegzurennen, doch er war schneller. Er riss sie an ihren Armen nach oben. Der Schmerz durchzuckte sie wie ein Feuerstrahl.

»Keine Tricks.«

»Was willst du?«, stieß sie mühsam zwischen den Zähnen hervor. Der Schlag zwischen die Schulterblätter zwang sie einen Schritt weiter zu den großen, schwarzen Fensterlöchern.

»Warum hast du Sven umgebracht?« Sie wartete auf seine Faust in ihrem Rücken. »Was hatte er dir getan?«

Der Schlag traf sie mit ungeheuerlicher Wucht. Lydia keuchte, stolperte weiter. »Musste ich wegen ihm durch diese Hölle? Weil du geglaubt hast –«

Der nächste Hieb landete auf ihrem Ohr. Sie fühlte ein Brennen, das ihr fast das Gleichgewicht raubte. Sie schwankte. Fasste sich wieder. »Da war nichts. Nichts! Wir waren einfach Freunde.«

Wieder riss er ihre Arme nach oben. Lydia schrie auf und beugte sich mit dem Kopf nach unten, um den Druck auf ihre Schultergelenke abzumildern.

»Nichts?« Er brüllte das Wort in die Nacht. »Nichts?«

Er drückte die Arme noch ein Stück weiter. Lydia schossen die Tränen in die Augen. Jeden Moment würde er ihre Armgelenke auskugeln. Dann ließ der Druck nach.

»Du hast mich betrogen.« Seine Stimme war wieder ruhig, fast gespenstig ruhig.

»Das stimmt nicht!« Vorsichtshalber sackte sie leicht nach vorne, um seine Strafe abzumildern. Doch sie blieb aus.

»Nein? Du lügst, wenn du dein Maul aufmachst. Er hat dich gesucht. Warum wohl? Er hat mich im Büro angerufen. Er hat mich dort abgepasst. Er wollte wissen, wo du bist. *Er* kam zu mir! Deinem Mann! Als hätte er ein Anrecht auf dich… Er hat mir gar keine Wahl gelassen. Ich musste ihn töten.« Carlo drehte sie zu sich um. Griff hart nach ihrem Kinn, zwang sie, ihn anzusehen. »Willst du immer noch behaupten, dass du mich nicht betrogen hast?«

»Ich kann nichts dafür, wenn Sven durchdreht.«

Ihr Kiefer begann zu pochen, wo sich sein Daumen und Zeigefinger in das Fleisch quetschten.

»Als ich ihm mit deinem Handy eine SMS geschrieben habe, war er sofort da. Ja! In die Falle getappt ist er, wie ein geiles Kaninchen. Ich habe ihn beobachtet, als er auf dich gewartet hat. Wie er immerzu auf seine Uhr geschaut hat. Wie er aufgestanden ist, sich hingesetzt hat, wieder aufgestanden ist…« Seine Stimme fing an, leicht zu zittern. »Wie einfach es war… Ein Stich. Du hättest die Überraschung in seinem Gesicht sehen sollen. Das hatte er nicht erwartet. Nein, er hatte dich erwartet, einen schnellen Fick, nicht mein Messer.«

Er schüttelte ihr Kinn. »Mein Messer mit deinen Fingerabdrücken. Dein Schal. Deine Haare.«

Plötzlich lachte er, ein meckerndes, kaltes Lachen. Lydia spürte, wie sich ihre Nackenhaare aufstellten. »Dann haben sie ihn gefunden. Viel zu früh. Also solltest du auch sterben. Wir wollten doch nicht, dass du bei der Polizei deine Tat leugnest.«

Wieder lachte er sein grausames Lachen. Dann beugte er sich ganz nah an ihr Ohr. »Er ist langsam verblutet. Und während das Leben aus ihm herausgesprudelt ist, habe ich ihm erzählt, was ich jeden Tag mit dir mache. Wie ich dich fessle und dich von hinten ficke. Dich an den Haaren ziehe und schlage, wenn du nicht laut genug stöhnst. Er hat nicht gewusst, dass du darauf stehst. Dass alle Luder darauf stehen. Dass Luder es brutal mögen. Dass Luder gern um Gnade winseln. Stell dir vor. Das hat er nicht gewusst.«

Ohne Vorwarnung rebellierte Lydias Magen. Sie übergab sich. Carlo ließ ihr Kinn los, sprang blitzschnell zur Seite. Hektisch zog er ein Taschentuch aus der Jacke und rieb seinen Ärmel ab. Er warf es auf den Boden. Dann boxte er sie in den Bauch.

»Du willst kotzen?«

Lydia sackte zusammen, rang nach Atem. Dann richtete sie sich wieder auf. »Und Denk? Und Grossmann?«

Noch immer war ihr flau. Ihre Beine zitterten. Er nahm ein neues Tuch, befeuchtete es mit Spucke und rieb über den Ärmel.

»Das war gut. Nicht wahr? Ein Meisterwerk. Ohne deine Folterkammer wäre ich nie auf die Idee gekommen. Jeder glaubt jetzt, du bist verrückt. Eine durchgeknallte Männerhasserin, die nur einen Ausweg sah, den Freitod.« Er schaute sie an. »Schade eigentlich. Ich hatte noch so viel mit dir vor...«

Mit dem Messer fuhr er langsam über ihre Kehle.

Lydias Atem wurde unruhig. Sie spürte das Brausen. Nicht jetzt! Sie hob den Kopf, sog die Luft über die Nase ein und stieß sie hechelnd aus. Sie hörte sein Lachen.

»Flüchten wir jetzt in eine kleine Ohnmacht? Ts, Ts. Immer dieselben Tricks.«

Nein! Sie legte all ihre Konzentration in ihre Atmung. Das Brausen verschwand. Dankbar atmete sie mehrmals tief ein und aus. »Und jetzt?«

»Jetzt fällst du aus dem fünften Stock in die Grube einer versiegelten Baustelle. Es wird Frühjahr, bis sie dich finden. Dich und deinen Abschiedsbrief. Keine Angst, ich werde als Erster davon erfahren, ich bin schließlich dein Mann.« Wieder lachte er, dann schubste er sie ein Stück weiter zum Fenster.

»Ich stürze mich mit Handschellen in den Tod? Das ist dein genialer Plan?« Sie vernahm den Zynismus in ihrem Ton. Spürte, wie die Wut wieder in ihr brodelte. »Originell. Die Polizei wird sofort auf Selbstmord tippen. Da bin ich sicher.«

Seine Faust krachte in ihr Gesicht. Sie torkelte zurück.

»Dein Ton gefällt mir nicht. Er hat mir noch nie gefallen.« Er steckte seine Hand in die Hosentasche und zog einen Schlüssel hervor. »Zeit zu sterben.«

Das Messer in der Faust, packte er sie bei den Handschellen. Mit der anderen Hand sperrte er auf. Schnell und geübt. Lydia schüttelte ihre Handgelenke aus und rieb ihre verkrampften Oberarme und Schultern. Sofort war Carlos Messer wieder an ihrer Kehle.

»Keine Tricks«, raunzte er ihr ins Ohr.

Die Fensteröffnung war nur noch wenige Schritte entfernt. Er schubste sie vorwärts. Ihre Sinne waren hellwach. Das Gehirn arbeitete auf Hochtouren. Klar. Präzise. Wie damals. Als sie den Topf genommen und ihn mit siedendem Öl übergossen hatte.

Sie hatte noch einen Meter, dann würde der nächste Schlag sie ins Jenseits befördern.

Aber sie war nicht mehr gefesselt.

Ich kann mich wehren.

Er hat ein Messer. Er ist stärker.

Aber er darf mich nicht mit dem Messer verletzen. Das zerstört sein Selbstmordszenario.

Die Gaspistole!

In der Innentasche. Wie soll ich zwei Reißverschlüsse öffnen?

Ich kann mich ducken und wegrennen.

Wohin?

Es gibt keine Treppe. Nur den Lift.

Wie soll ich ihn in Bewegung setzen, bevor er mich einholt?

Ich komme hier nicht raus.

Valeska. Die Kriegerin. Was würde sie machen?

Treten.

Laufen.

Weg von den Fenstern.

Kämpfen.

Sie würde um ihr Leben kämpfen.

Im Kampf sterben.

Mit erhobenem Kopf.

Der Schlag war fester als der letzte. Sie kippte nach vorn, weg von dem Messer und ließ gleichzeitig ihr linkes Bein nach hinten schnellen. Sie spürte Widerstand und hörte, wie er aufjaulte. Jeden Muskel angespannt, hielt sie ihr Gleichgewicht, duckte sich nach rechts weg. Mit einem Sprung hechtete sie aus der Reichweite seiner Arme und rannte in die Mitte des Raumes. Sie stellte sich hinter eine Säule und fixierte ihn.

»Keine Tricks, habe ich gesagt, Luder«, presste er hervor und näherte sich langsam, leicht gebeugt, einen Arm auf seinen Bauch gepresst. »Du kommst hier nicht lebend raus. Nur mit mehr oder weniger Schmerzen.«

Sie zog den Reißverschluss ihrer Jacke auf, ohne ihn aus den Augen zu lassen. Plötzlich raste er auf sie zu. Schnell sprang sie nach hinten, so dass sie einen besseren Blick hatte, überflog den Raum. *Bleib weg von den Fenstern!* Sie machte kehrt und rannte in die Richtung des Lifts. Es hatte keinen Sinn. Seine Schritte waren dicht hinter ihr. Sie hörte ihn keuchen, spürte, wie seine Hand ihre Jacke streifte. Sie schlug einen Haken. Er fluchte. Panisch lief sie zurück zu der Säule, hinter der sie zuerst Zuflucht gesucht hatte. Zerrte verzweifelt an dem Reißverschluss der Innentasche. Beobachtete ihn. Er war verwirrt. Verärgert. Er ertrug es nicht, wenn man sich ihm widersetzte. Das wusste sie. Sie wusste auch, dass er bald so weit sein würde. Dass er bald die Kontrolle über sich verlieren, unberechenbar werden würde. Rasen vor Wut. Das war ihre Chance. Wenn er sich vergaß und begann, Fehler zu machen. Sie totschlug. Spuren hinterließ. Sich selbst ans Messer lieferte.

Auf einmal wurde sie ganz ruhig. Die Angst verschwand.

Er würde sie töten. Die Gaspistole aus der Tasche zu zerren und zu entsichern dauerte zu lang. Es gab keinen Ausweg.

Aber er würde dafür büßen. Und wenn Maren der Polizei den Brief gab, dann vielleicht auch für die Morde an Sven, Denk und Grossmann. Eine grimmige Zufriedenheit erfüllte sie. *Du kommst auch nicht davon.*

Er war nur noch wenige Schritte von ihr entfernt.

Links oder rechts?

Sie wartete seinen nächsten Schritt ab, dann rannte sie nach rechts, direkt auf die nächste Säule zu. Er lief parallel zu ihr, fast auf gleicher Höhe. Kam gleichzeitig bei der Säule an. Sie stand dahinter, er davor.

»Ich mach dich fertig, Luder!« Die Wut in seiner Stimme schwoll an und ließ seine Kehle vibrieren. Er trat dicht an die Säule. Das Messer in seiner Hand gezückt, wippte er von einem Bein aufs andere. Zum Angriff bereit. Sie wich zurück. Dann drehte sie sich und sprintete in die andere Richtung. Sie hörte, wie er aufholte. Mobilisierte ihre letzten Kräfte, beschleunigte, dann stolperte sie über ein Rohr.

Fiel.

Sie landete auf ihren Händen und Knien.

In Sekundenschnelle raffte sie sich wieder auf, bereit weiterzulaufen, das Spiel fortzusetzen. Doch er hatte seine Chance genutzt.

Sein Griff um ihren Arm war unerbittlich, noch kräftiger als früher. Er wirbelte sie herum. Hass und Triumph blitzten aus seinen Augen. »Und? Jetzt? Hm?«

Ihr freier Arm schoss nach vorn, die Faust geballt, direkt auf seine Nase. Warmes Blut spritzte auf ihre Finger. Im Reflex ließ er sie los, tastete mit der Hand nach seiner Nase. Blut lief jetzt über seinen Mund. Sie nutzte seine Schrecksekunde, holte aus und ließ ihre Fäuste im Stakkato in sein Gesicht krachen. Mit einem Schrei riss er seine Arme hoch, wehrte ihre Schläge ab, griff sie an, stach zu.

Lydia spürte, wie das Messer in sie eindrang, tief in ihre Gedärme, zerstörte, was sich ihm in den Weg stellte. Sie spürte den Schmerz, als er es herauszog und wieder zustieß. Sie spürte den Frieden, der plötzlich über sie kam, als sie zu Boden sank und ihn toben hörte. Sie hatte ihr Ziel erreicht. Er hatte keine Macht mehr über sie.

»Das hast du jetzt davon, du Scheißluder!« Carlo stand vor ihr, keuchend, das Messer in der Hand steif nach oben gerichtet. Sie konnte ihn nur noch verschwommen erkennen. Er rührte sich nicht. Stille legte sich über den Raum. Sie schloss die Augen. Hörte nur seinen schweren Atem.

»K… Kein… Selbst… mord…«, keuchte Lydia in die Stille.

»Was?« Sie spürte seinen Atem neben sich. Er musste sich zu ihr heruntergebeugt haben.

»Du… hast… verlor…«

83

Die Dunkelheit machte Sara zu schaffen. Sie krallte sich mit den Zehen in den kalten Ziegelstein, verstärkte den Druck auf die Kante unter ihren Fingern und tastete mit der anderen Hand nach der nächsten Unebenheit, die ihr genug Halt geben würde, um sich weiter hochzukämpfen. Gleich müsste wieder eines der Bullaugen kommen, die leicht versetzt in regelmäßigen Abständen eingebaut waren. Sie konnte sich nicht vorstellen, wozu sie dienen sollten, aber als Kletterhilfen waren sie ideal. Wenn sie richtig mitgezählt hatte, passierte sie gerade den vierten Stock. Sie erreichte das Bullauge und machte eine kurze Verschnaufpause. Die Schnittwunde pochte wild. Die Hände schmerzten. Ohne Magnesium war es doppelt schwer, sich zu halten.

Es war wieder still geworden. Sie hörte keine Schritte mehr. Nicht mehr das Gerenne von vorhin, vielleicht war Lydia weggelaufen, hatte versucht zu entkommen. Dann das Gebrüll. Sie schauderte wieder. Fast wäre sie abgestürzt, als es losging. Es hatte nichts Menschliches gehabt. Das Zorngebrüll eines Löwen. Jetzt diese Stille. Eine unheimliche Stille. Schnell konzentrierte sie sich wieder auf die Wand. Die nächsten Griffe kamen mechanisch, tasten, greifen, sichern, hochziehen, nachgreifen. Noch einmal, dann hatte sie den letzten Stock erreicht.

Sie zog sich über die Schwelle und stand im Raum. Der feste Boden unter ihren nackten Füßen fühlte sich gut an. Plötzlich brach der Sturm los. Sofort sah sie Carlo. Wie er tobte, auf Valeska eintrat. Valeska, die am Boden lag und sich nicht rührte. Carlo, wie von Sinnen, der Obszönitäten brüllte, sich um sich selbst drehte, dann wieder zutrat.

»He! Carlo!« Sie schrie so laut sie konnte. Er reagierte nicht auf sie. »He! Arschloch!«

Er hielt inne. Dann drehte er sich um. In Zeitlupe, als glaube er, nicht recht zu hören.

»Ja! Du! Arschloch! Lass sie in Ruhe!« Sara hörte sich schreien, sah, wie Carlo langsam auf sie zukam. Einen Arm hielt er in Angriffsstellung vor sich gestreckt. Sie konnte nicht erkennen, was er in seiner Hand hielt, aber sie war sich sicher, es war das Messer, mit dem sie heute schon Bekanntschaft gemacht hatte.

Sie war hellwach. Jede Muskelfaser stand unter Hochspannung, bereit, zum Äußersten zu gehen, als wüsste ihr Körper, dass er sich auf einen ungleichen Kampf einließ. Saras Gehirn arbeitete fieberhaft, sie brauchte eine Waffe, um sich gegen sein Messer zu verteidigen. Ohne Carlo aus den Augen zu lassen, suchte sie den Raum nach etwas ab, womit sie sich wehren konnte. Ihr Blick fiel auf ein Gerüst an der Rückwand. Die untere Ebene fehlte, Bretter lagen erst auf etwa zwei Meter Höhe. Eine der oberen Stangen hing lose in der Verankerung.

Er kam näher.

»Sara…« Er schüttelte den Kopf, als wundere er sich über ihren Leichtsinn. »Mischt sich schon wieder in Dinge ein, die sie nichts angehen.«

Er lachte höhnisch. »Herzlich Willkommen zu deinem Tod…«

Sie raste los. Auf die Wand zu, fünf Schritte die Wand hoch, stieß sich ab und sprang zum Gerüst. Es wackelte gefährlich. Mit einem präzisen Aufschwung hievte sie sich auf das Holzbrett. Sie lief das Gerüst entlang, griff nach der Stange und löste sie mit einer geschickten Bewegung nach oben aus der Verankerung.

Die Stange in beiden Händen beobachtete sie Carlo. Wie angewurzelt stand er vor dem Gerüst. Es war zu dunkel, um von ihrem Platz aus seine Gesichtszüge zu erkennen, aber seine Körperhaltung war eindeutig. Er war verunsichert. Damit hatte er nicht gerechnet. Sara wusste instinktiv, dass sie diesen Moment ausnutzen musste. Sie rannte wieder über das Gerüst und sprang mit einem gellenden Schrei herunter. Sicher landete sie auf den Beinen.

Jetzt war sie auf gleicher Höhe, etwa drei Meter von ihm entfernt. Sie taxierte ihn. Die Stange hielt sie mit beiden Händen fest umklammert vor sich.

»Und, Arschloch, wo ist er jetzt, der starke Mann?«

Mit einem Grunzen stürzte er sich auf sie. Sara schwang die Stange, traf ihn an der Schulter. Er wich zurück. Sie machte einen Schritt auf ihn zu. Wieder griff er an. Das Messer nach vorn gestreckt, die andere Hand zur Abwehr gegen die Stange vor sein Gesicht erhoben. Er durfte die Stange nicht zu greifen bekommen. Kurze, schnelle Bewegungen. Schnell genug, dass er nicht zuschnappen konnte.

Sara holte aus. Zielte tief. Die Stange krachte gegen seine Rippen. Er heulte auf wie ein Tier. Nahm seinen Arm herunter und presste die Hand auf seinen Brustkorb. Sofort schlug sie wieder zu. Höher diesmal. Traf seinen Kopf. Er torkelte, wankte drei Schritte rückwärts. Sie folgte ihm, die Stange im Anschlag. Sein Bauch! Er ist am Bauch empfindlich! Sie zog die Stange etwas zurück und rammte sie ihm wie eine Lanze in den Bauch. Das Messer fiel aus seiner Hand. Er sackte in sich zusammen und fiel zu Boden.

Sara trat zu ihm. Er bewegte sich nicht mehr. Sie hob sein

Messer auf und lief zu Valeska. Sie legte Stange und Messer ab und kniete sich neben sie. »Valeska!«

Sie rührte sich nicht. Sara tastete nach ihrem Puls, fand ihn nicht. Panisch fasste sie an den Hals, versuchte es dort. Endlich fühlte sie ein schwaches Schlagen. »Valeska! Es wird alles gut.«

Erst jetzt bemerkte sie das Blut, das aus Valeskas Bauch quoll. Sie hob den Pullover und sah die klaffenden Wunden. Zwei Einstiche. Valeska musste sofort in die Notaufnahme. Sie schlüpfte aus ihrem Mantel und legte ihn so unter ihren Kopf und Schultern, dass der Oberkörper etwas höher gelagert war. Dann nahm sie die Beine und winkelte sie vorsichtig an, achtete darauf, ob eine Reaktion von der Schwerverletzten kam, ob ihr etwas unangenehm war. Doch Valeska rührte sich nicht. Schnell riss Sara sich Pullover und T-Shirt vom Leib. Das Baumwollshirt zu einer festen Kompresse gefaltet, presste sie es mit einer Hand auf die Wunden, während sie mit der anderen ihren Gürtel löste. In der Ferne hörte sie eine Sirene. *Hierher! Valeska stirbt! Wir brauchen euch hier!* Sie schob ihren Gürtel unter Valeskas Rücken durch und befestigte damit den improvisierten Druckverband. Dann schlüpfte sie wieder in ihren Pullover.

»Wir brauchen Hilfe! Wo ist dein Handy?« Sie durchwühlte Valeskas Tasche. »Bitte, Valeska, stirb nicht, bitte, halt durch, ein kleines bisschen noch, bitte! Gleich kommt Hilfe!« Endlich ertastete sie ein Handy. Sie zog es heraus. Es war das von Jonas.

Das Messer an ihrer Kehle kam so unerwartet wie die Hand, die sie an den Haaren zurückriss. Das Telefon fiel klackernd zu Boden. Noch immer in der Hocke, bemühte sie sich um ihr Gleichgewicht.

»Hast du wirklich gedacht, ihr kommt davon?«

Sara schwieg. *Ja, das hab ich gedacht.* Ihre Augen rasten von links nach rechts, verzweifelt auf der Suche nach einer Waffe, die sie greifen, mit der sie sich retten konnte. Die Stange war zu weit weg.

Angst kroch ihren Rücken hoch und lähmte sie. Der Druck auf ihre Kehle wurde stärker. Das Messer ritzte schmerzhaft ihre Haut.

Plötzlich nahm er ihre rechte Hand und legte sie um den Messergriff. Sie fühlte das raue Leder seiner Handschuhe, als er ihre Finger fest um den Griff quetschte. *Wird er mich dazu zwingen, mir selbst die Kehle durchzuschneiden?* Sara schloss die Augen. Jonas. *Bitte verzeih mir!*

»Du weißt gar nicht, was du mir für einen Gefallen tust…« Seine Stimme bebte triumphierend. »Wenn Lydia keinen Selbstmord begeht, dann eben du. Erst hast du Lydia umgebracht. Dann dich. Eine Sache unter Frauen…«

Der Druck seiner Hand nahm zu. Aufreizend langsam, als genieße er jede Sekunde, zog er das Messer über ihre Haut. Sie spürte den Schmerz, als die scharfe Klinge die Haut ritzte, fühlte das Blut ihren Hals hinunterlaufen.

Der Schuss war ohrenbetäubend. Abrupt ließ Carlo sie los. Sara warf das Messer weit von sich. Sprang auf. Sah, wie Carlo hin und her lief, die Hände vor dem Gesicht. Sie glaubte, ihn schreien zu hören, doch sie war sich nicht sicher. Der Hall des Schusses schwang noch immer in ihrem Trommelfell und irritierte sie.

Sie bückte sich nach der Eisenstange, hob sie hoch und schlug sie auf seinen Kopf. Er stolperte vorwärts. Sara holte aus und zog sie noch einmal durch. Er krachte auf den Betonboden. Mit einem Satz war sie bei ihm, riss seine Arme nach hinten. Den gleichen Fehler würde sie nicht zweimal machen. Sie suchte nach einem geeigneten Gegenstand, um seine Arme zu fesseln, griff nach ihrem Gürtel, erinnerte sich, dass sie den für Valeskas Druckverband verwendet hatte. Das Bild von Carlo und Valeska unten auf der Baustelle kam ihr in Sinn. Ihre Hände waren auf dem Rücken zusammengebunden gewesen. Er musste einen Strick bei sich haben. Sie durchsuchte seine Jacke und zog die Handschellen hervor.

Sie sah das Blaulicht, bevor sie die Sirene hörte. Der Krankenwagen hielt vor der Baustelle, dicht gefolgt von einem Polizeiwagen.

Sara suchte den Boden nach Jonas' Handy ab. Schließlich hielt sie es in ihren zitternden Fingern. Sie wählte die 112.

»Notrufzentrale.«

»Bitte, wir sind hier, schicken Sie die Sanitäter in den fünften Stock.«

»Wer spricht bitte?«

Sara versuchte sich zusammenzureißen. »Sara Neuberg. Ein... ein Krankenwagen steht vor der Baustelle an der Friedenheimer Brücke. Eine Schwerverletzte liegt im fünften Stock des Rohbaus. Bitte schicken Sie den Arzt nach oben. Bitte! Schnell! Sie stirbt!«

Sara blickte auf Valeska, die leblos vor ihr lag. Der Druckverband war blutgetränkt. Erst jetzt bemerkte sie die Pistole. Sie musste ihr aus der Hand gefallen sein, die Finger zeigten verkrampft nach oben. Sara hob sie auf. Eine Gaspistole. Valeska musste sie mit letzter Kraft aus ihrer Jacke gezogen und Carlo ins Gesicht geschossen haben, um sie zu retten. Sara schluchzte auf.

»Bleiben Sie bitte in der Leitung.«

Mit der freien Hand fühlte Sara Valeskas Puls, aber sie konnte ihn nicht mehr finden. Sie schmeckte ihre salzigen Tränen, spürte das Vibrieren ihres Körpers und weinte jetzt haltlos um die verlorene Freundin, die sterben musste, bevor sie eine werden konnte.

»Hören Sie, Frau Neuberg«, meldete sich die Stimme aus der Notrufzentrale. »Der Arzt ist auf dem Weg. Wir haben schon nach Ihnen gesucht. Halten Sie durch!«

Sara schluchzte wieder. »Danke.« Sie legte das Telefon auf den Boden und nahm Valeskas Hand zwischen ihre. Sie war so kalt.

Wie durch einen Schleier nahm sie plötzlich Hektik unten auf der Baustelle wahr. Krankenwagen und Polizei fuhren über den Kies, Türen öffneten sich, Menschen sprangen heraus, liefen zum Haus, riefen sich hektische Befehle zu. Der Aufzug fuhr surrend nach unten.

Sara starrte auf das stille Blaulicht und drückte Valeskas Hand.

»Sara!«

Sie spürte, wie jemand sie sanft hochzog und von Valeska wegbrachte, sah, wie zwei Männer in roten Jacken sich neben sie knieten.

»Sara.« Eine Jacke wurde über ihre Schulter gelegt. Arme umfingen sie, drückten sie. »Sara. Ich hatte solche Angst um dich.«

Erst jetzt bemerkte sie, dass es Michael war, der sie an sich presste und sein Gesicht in ihrem Haar versteckte. »Solche Angst.«

Plötzlich zitterte sie am ganzen Körper. Sie hatte keine Kontrolle mehr über ihre Tränen. Sie rannen über ihre Wangen, durchnässten seinen Pullover. Sara wollte nur noch gehalten werden, getröstet, seine Geborgenheit spüren. Wissen, dass der Alptraum zu Ende war.

»Valeska hatte nichts damit zu tun«, flüsterte sie und

wischte die Tränen mit ihrem Ärmel ab. »Es war Carlo. Es war immer Carlo. Er hat die Schlange besorgt. Er hat mich angegriffen. Er wollte mich umbringen.«

»Es ist vorbei.« Er streichelte über ihr Haar.

Plötzlich hielt er inne.

»Du blutest am Hals! Und ... du bist ja barfuß!« Sofort schlüpfte er aus seinen Schuhen und zog sie ihr an. Sie ließ es willenlos geschehen. Längst spürte sie die Kälte in den steifen Füßen nicht mehr. Sie strich über die Wunde an ihrem Hals und zuckte zusammen. Ein brennender Schmerz durchfuhr sie.

»Hast du uns gefunden?«

Er nickte. »Als ich wieder zu mir kam, waren Sanitäter bei mir. Ich habe sie überredet, dem Handysignal nachzufahren. Sie wollten erst nicht, aber dann habe ich König eingeschaltet und er hat bestätigt, dass Valeska höchst gefährlich ist.«

»Valeska ist unschuldig!«

»Das konnte ich nicht wissen. Valeska hat mich niedergeschlagen.« Er hob seine Mütze an. Ein weißer Verband lugte darunter hervor. »Sie hatte dein Handy. Ich musste das Schlimmste annehmen.«

Er drückte ihre Hand. »Aber du lebst ...«

Ein Polizist kam auf sie zu.

»Können Sie uns sagen, was hier passiert ist?« Er deutete auf Carlo, der noch immer reglos dalag. »Haben Sie den Mann so zugerichtet?«

Sara blickte zu Carlo. Ein Polizist und ein Sanitäter hockten neben ihm. Sie hörte, wie der Polizist über Funk einen zweiten Rettungswagen anforderte. Aus den Augenwinkeln beobachtete sie, wie Valeska auf einer Trage weggebracht wurde.

»Ja«, sagte sie. »Zusammen waren wir stärker.«

Einen Monat später

84

Der Geruch von Putzmittel und Kantine verfing sich in Saras Nase. Ächzend hielt sie sich die Hand vors Gesicht und unterdrückte den Brechreiz.

»Oh Mann, Sara, werd endlich erwachsen!« Tini verdrehte die Augen und blickte auf den Zettel in ihrer Hand. »Station für Innere Medizin, wir müssen da lang.«

»Von dem Geruch wird mir nun mal übel«, maulte Sara und hielt sich die Nase zu.

»Ganz schön empfindlich, unsere Heldin!« Michael lachte und boxte sie spielerisch in die Schulter. »Dann pass mal auf, dass dein nächster Einsatz als Superwoman nicht im Krankenhaus stattfindet …«

»Ach, du bist doof!« Sie zeigte Michael einen Vogel, musste aber selbst grinsen. Wie gut, dass sie jetzt über die schrecklichen Erlebnisse scherzen konnten. Ihre Narben würde sie behalten, auch die Erinnerung an den furchtbaren Kampf, aber das Leben ging weiter. Mit einem neuen Erfahrungsschatz, der ihr helfen würde, vielleicht in Zukunft bessere Entscheidungen zu treffen.

Vor dem Lift hielten sie an.

»Siebter Stock. Trakt B. Zimmer 715.« Tini steckte den Zettel ein und verfolgte auf der Anzeige, welcher der Aufzüge als Erster das Erdgeschoss erreichen würde. Sie deutete auf den rechten und stellte sich direkt davor. Die Türen öffneten sich.

Im siebten Stock verließ Tini als Erste den Lift und schritt zügig den Flur entlang. Bei Zimmer 715 blieb sie stehen. Zaghaft klopfte sie an die Tür. Dann drückte sie die Klinke herunter und spähte durch einen Spalt in den Raum, bevor sie die Tür ganz öffnete. Hintereinander näherten sie sich dem Bett, dem einzigen in dem kahlen Raum.

Saras Fröhlichkeit war plötzlich wie weggeblasen. Das blasse Gesicht in dem großen Bett wirkte traurig und drückte eine Verlassenheit aus, die Saras Herz zusammendrückte. Die Schläuche und Geräte, die um das Bett herum zu sehen waren, unterstrichen die Verletzlichkeit der Patientin.

Tini ging als Erste auf sie zu.

»Hi, Valeska! Willkommen zurück in unserem Leben!«

Ein schwaches Lächeln stahl sich auf Valeskas Lippen. Sie nickte leicht mit dem Kopf.

»Hallo Valeska. Du weißt gar nicht, wie froh ich bin … Du hast mir den größten Schreck meines Lebens eingejagt.« Sara fühlte, wie ihr die Tränen kamen, wie immer, wenn sie an die bangen Minuten in dem Rohbau dachte, doch diesmal aus Erleichterung, nicht aus Verzweiflung. Sie blinzelte mehrmals, um sie zurückzudrängen. »Du siehst wieder richtig gut aus!«

Jetzt meldete sich auch Michael zu Wort. Er berührte kurz ihre bleiche Hand. »Ich freue mich, dass wir jetzt doch noch die Chance haben, uns kennenzulernen. Ich bin Michael Seitz.«

Sara setzte sich auf den Stuhl neben Tini, Michael stellte sich ans Bettende.

Keiner sagte ein Wort. Schließlich zogen Tini und Sara ihre Mäntel aus.

»Wir haben dir was mitgebracht.« Tini sprang auf und öffnete ihren Rucksack. Sie legte einen Krimi, eine Tüte mit

Trauben, eine Schachtel Pralinen, mehrere Frauenmagazine und einen Stapel CDs auf Valeskas Nachttisch. »Das sind Hörbücher. Wir dachten, falls dir langweilig ist.«

Valeskas Augen leuchteten.

»Danke«, flüsterte sie. »Das ist toll.«

Tini zeigte auf einen riesigen Strauß Blumen. »Der ist ja irre! Von wem hast du den?«

»Das glaubt ihr nie. Vom König.«

»Was? *Dem* König?« Sara starrte sie verblüfft an. Der König, der sie alle unter Generalverdacht hatte?

»Er war gestern hier und hat sich so was wie entschuldigt. Nicht wirklich natürlich, aber er war nahe daran.« Sie hielt kurz inne, als müsse sie Kraft tanken, um weiterzureden. »Carlo hat alles zugegeben. Sven, Grossmann ...«

Sie schaute Tini an. »Paul ... Es tut mir so leid, dass das passiert ist. Er ist nur wegen mir tot. Wenn es mich nicht gäbe ...«

»Unsinn!« Tinis Stimme war forsch und bestimmt wie immer. »Nichts ist deine Schuld. Wenn dieser Psychopath durchknallt, kannst du nichts dafür. Lass dir jetzt ja keinen Schuldkomplex einreden. Lass ihn nicht aus der Ferne noch gewinnen.«

Sie nahm Valeskas Hand. »Versprich mir das. Ja?«

»Ja«, flüsterte Valeska, aber Tränen liefen über ihre Wangen.

Wieder entstand Schweigen. Sara reichte Valeska ein Taschentuch. Sie schnäuzte sich, dann ließ sie ihren Blick von Tini zu Michael und zurück wandern. »Und, läuft da jetzt was zwischen euch beiden? Ich habe da schon lange einen Verdacht.«

Michael grinste und blickte zu Sara. »Falsch geraten. Einen Versuch hast du noch.«

Valeska riss die Augen auf. »Nein, echt? Aber… das Geld?«

»Tini ist meine beste Freundin. Ohne sie hätte ich nach der Trennung von Sylvia alles einfach hingeschmissen. Tini hat dann für mich das Hirn eingeschaltet.« Er warf ihr einen dankbaren Blick zu. »Das Geld war nichts anderes als ein Hilfsangebot unter echten Freunden.«

»Aber warum die Heimlichtuerei?«

»Weil ein Geldgeschenk von einem Mann für den Verlauf der Scheidung nicht förderlich ist. Also haben wir es geheim gehalten… dachte ich.«

Valeska wandte sich an Sara. »Und du… hast dich getrennt?«

»Es war höchste Zeit. Stell dir vor, nächste Woche ziehe ich mit Jonas aus unserer Wohnung aus.«

Valeska ließ ihren Blick zurück zu Michael wandern. »Ziehst du dann mit Michael zusammen?«

Sara schüttelte den Kopf. »Nein, Michael und ich haben beschlossen, uns erst mal richtig kennenzulernen. Außerdem muss ich in Ruhe meine Ehe aufarbeiten. Für Jonas ist das sonst zu viel. Er braucht Zeit, sich an die neue Situation zu gewöhnen. Wir ziehen zu Tini. Sie hilft mir mit Jonas, und ich pass auf, dass sie keine Dummheiten macht.«

»Haha.« Tini tätschelte Saras Hand. »Wer da wohl auf wen aufpassen muss… *Ich* bin jedenfalls nicht ungesichert und barfuß eine Fassade hochgeklettert!«

Michael setzte sich auf die Lehne von Saras Stuhl. »Wir werden ab jetzt gemeinsam auf sie aufpassen. Das schafft einer allein gar nicht… Tini unter der Woche und ich am Wochenende, wenn Jonas bei Ronnie ist.«

»Ach, ihr seid echt doof!« Sara schüttelte den Kopf. »Was hätte ich denn sonst machen sollen?«

»Die Polizei holen? Ein Auto anhalten, jemanden um Hilfe bitten?« Tini sah ihr ernst in die Augen. »Was hast du dir nur dabei gedacht?«

»Ich habe nicht gedacht. Ich habe funktioniert.« Sara zupfte an ihrem Rock. »Du kennst das.«

»Ich bin dir jedenfalls sehr dankbar.« Valeskas Stimme wurde dünner. »Und bei dir wollte ich mich noch entschuldigen, du weißt, wegen …«

Michael winkte ab. »Längst vergessen. Was mich aber noch interessieren würde: Bleibst du jetzt Valeska Liebig oder wirst du wieder Lydia Schwartz?«

Sara sah, wie Valeska bei dem Namen Schwartz zusammenzuckte.

»Weder noch.« Sie lächelte verschmitzt. »Lydia Liebig. Liebig ist der Name meiner Großmutter. Den darf ich annehmen.«

Es klopfte, und alle drehten sich zur Tür. Maren trat ein. Der Geschenkkorb, den sie schleppte, war so groß, dass sie ihn kaum tragen konnte. Als sie die vielen Besucher sah, zögerte sie und stellte den Korb ab. »Oh! Ich wusste nicht …«

»Komm rein, Maren!« Tini stand auf und umarmte sie. »Wie geht's dir?«

»Oh. Gut. Glaub ich. Jetzt wo Lydia wieder …« Sie ging zum Bett und stellte den Geschenkkorb auf der Kante ab. »Der ist von der ganzen Gruppe. Dass du bald wieder auf den Beinen bist und so.«

Dann stellte sie ihn auf den Boden. »Wir vermissen dich. Bleibst du bei uns? Jetzt, wo er weggesperrt ist? Bitte!«

Sofort fiel Tini mit ein. »Du musst! Was sollen wir denn ohne dich machen? Marie das Kommando überlassen?« Sie schnitt eine Grimasse.

»Ich würde mich auch freuen, wenn du in München

bleibst.« Sara schenkte Lydia ihr wärmstes Lächeln. In Lydias Augen schimmerten Tränen. Und doch kam es Sara so vor, als sei die Verlassenheit und Trauer, die sie vorhin so berührt hatten, nicht mehr ganz so stark. Und dahinter schimmerte ein Funken Hoffnung.

Sie tastete nach Michaels Hand und drückte sie.

DANK

Dieses Buch hätte ich ohne die Menschen um mich herum nie schreiben können. Daher danke ich von Herzen:

Meinem Mann Michael für seinen unerschütterlichen Glauben an mich, seine liebevolle Unterstützung, seine endlose Geduld – und die heißen Kirschkernkissen für meine Schultern.

Meinen Söhnen Fabian und Max für ihr Verständnis und die leckeren Pastakreationen, die sie für die ganze Familie gekocht haben, wenn ich mich nicht vom Schreiben lösen konnte.

Meiner Mutter Gerda Leisch für unzählige Stunden des Korrekturlesens sowie ihre Kritik, Ermunterung und den alkoholfreien Sekt, wann immer wir einen Grund zum Feiern gesucht und gefunden haben.

Der Autorin und Dramaturgin Lisa-Marie Dickreiter, die mir das Handwerk des Schreibens beibrachte und wesentlich zum Entstehen des Buches beigetragen hat. Eine bessere Lehrmeisterin kann ich mir nicht vorstellen.

Meinen kritischen Testlesern, allen voran dem Autor Andreas Götz für seine hilfreichen Anmerkungen sowie meiner Schwägerin Johanna Leisch, meiner Schwester Tina Leisch und meiner Freundin Bärbel Siebold.

Meinem Agenten Thomas Montasser für sein Vertrauen und seine wertvollen Tipps bei der Überarbeitung der ersten Fassung.

Anne Tente, der leitenden Lektorin des Heyne Verlags, für ihre klugen Änderungsvorschläge.

Anke Göbel, der Lektorin des Heyne Verlags, für ihren messerscharfen Blick und ein entsprechend gründliches Lektorat.

Dr. Angelika Jodl und meinem Bruder Franz Leisch, die überhaupt erst den Anstoß zum professionellen Schreiben gaben.